エジプト十字架の謎

エラリー・クイーン

JN163291

クリスマスにウェストヴァージニアの小村近郊で起きたのは，丁字路にあるT字形の道標に，首を切断されたT字形の死体がはりつけにされるという酸鼻な殺人だった。そして半年後，今度は遠く離れたロングアイランドで，トーテムポストに首なし死体がはりつけにされる事件が発生。第一の事件に関わったエラリーは，大学時代の恩師からの電報で第二の事件を知るや，一目散に駆けつけ捜査に当たる。残虐な事件に秘められた驚天動地の真相とは？　スリリングな犯人追跡劇と，鮮やかな解明の論理で名高い，本格ミステリの金字塔。〈国名シリーズ〉第五作。

登場人物

アンドルー・ヴァン……………アロヨ村の小学校長
クリング……………………………アンドルーの召使
ピートじいさん……………………死体の発見者
ホルアクティ………………………太陽神を自称する宗教家
ヴェリヤ・クロサック……………ホルアクティの弟子
トマス・ブラッド…………………絨毯輸入商
マーガレット・ブラッド…………トマスの妻
ヘリーン・ブラッド………………トマスの義理の娘
スティーヴン・メガラ……………トマスの共同経営者
ジョーナ・リンカン………………トマスの会社の総支配人
ヘスター・リンカン………………ジョーナの妹
ヴィクター・テンプル……………ブラッド家の隣人。医師
パーシー・リン……………………ブラッド家の隣人

エリザベス・リン……パーシーの妻
ストーリングス……ブラッド家の執事
バクスター夫人……ブラッド家の家政婦
フォックス……ブラッド家の庭師兼運転手
ポール・ロメイン……ホルアクティの弟子
ケチャム……オイスター島の持ち主
スウィフト……〈ヘリーン号〉の船長
ルーデン……アロヨ村の巡査
アイシャム……ナッソー郡警察の地方検事
ヴォーン……ナッソー郡警察の警視
リチャード・クイーン……ニューヨーク市警の警視
エラリー・クイーン……クイーン警視の息子。推理小説作家
ヤードリー教授……エラリーの大学時代の恩師

エジプト十字架の謎

エラリー・クイーン
中村有希訳

創元推理文庫

THE EGYPTIAN CROSS MYSTERY

by

Ellery Queen

1932

目次

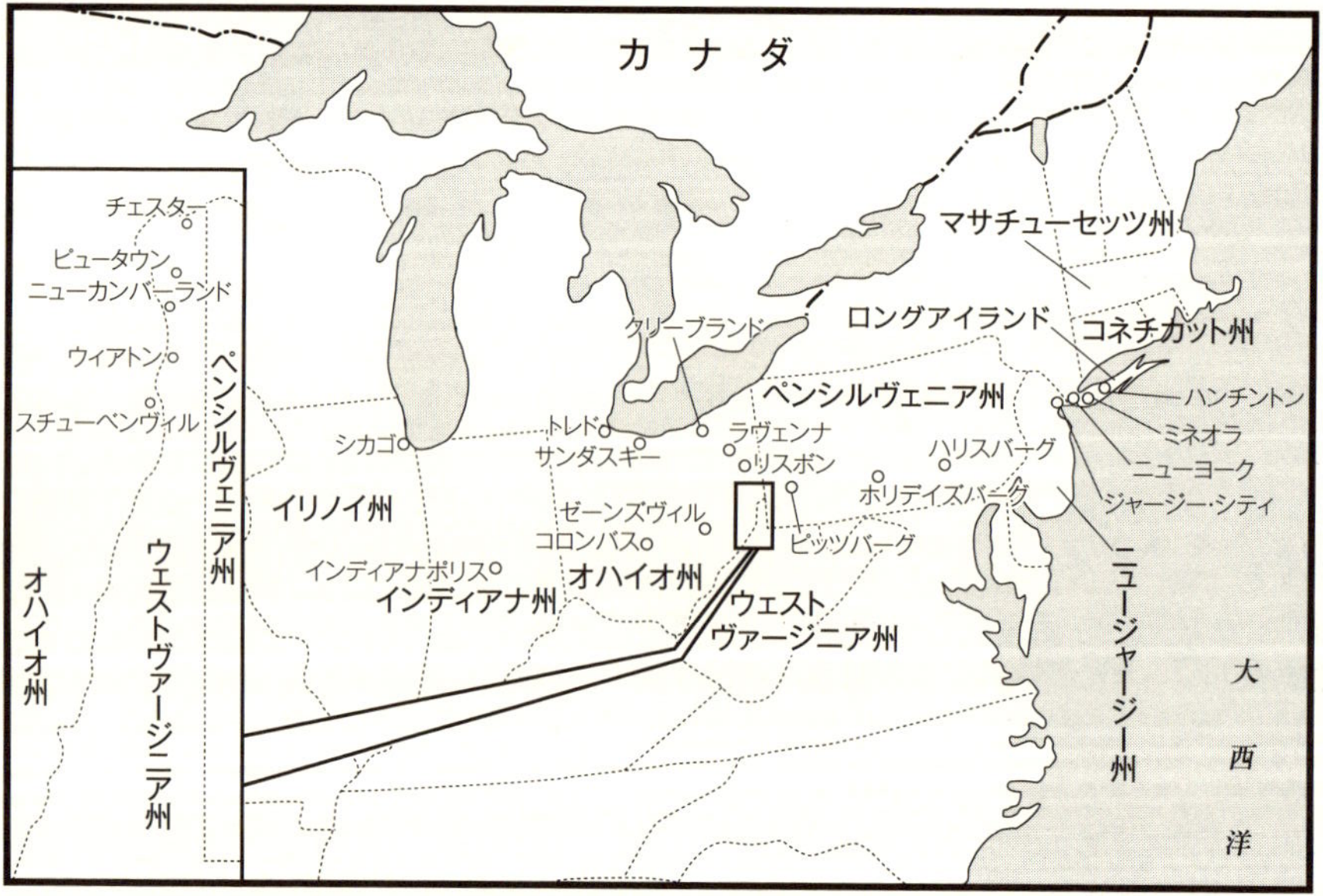

カナダ
マサチューセッツ州
ロングアイランド
コネチカット州
ハンチントン
ミネオラ
ニューヨーク
ジャージー・シティ
ニュージャージー州
大西洋
ペンシルヴェニア州
ハリスバーグ
ホリデイズバーグ
ピッツバーグ
ラヴェンナ
リスボン
クリーブランド
トレド
サンダスキー
ゼーンズヴィル
コロンバス
オハイオ州
ウェスト
ヴァージニア州
シカゴ
イリノイ州
インディアナポリス
インディアナ州
チェスター
ピュータウン
ニューカンバーランド
ウィアトン
スチューベンヴィル
ペンシルヴェニア州
ウェストヴァージニア州
オハイオ州

エジプト十字架の謎

――ひとつの推理問題

登場人物

アンドルー・ヴァン　小学校長
トマス・ブラッド　絨毯輸入商
スティーヴン・メガラ　旅行者
ヴェリヤ・クロサック　復讐者
ヘリーン・ブラッド　トマスの義理の娘
マーガレット・ブラッド　トマスの妻
ジョーナ・リンカン　トマスの事業の総支配人
ヘスター・リンカン　ジョーナの妹
ヴィクター・テンプル医師　隣人
パーシー・リン　英国紳士
エリザベス・リン　英国淑女
ホルアクティ　太陽神
ポール・ロメイン　裸体主義者
スウィフト船長　メガラの船の船長

フォックス　ブラッドの庭師兼運転手
ヤードリー教授　古物収集家

序文

『エジプト十字架の謎』には、文中のさまざまな重要な謎と関係する小さな謎が、ひとつある。といっても、この謎は物語そのものとたいして関係はない。まあ、〝題名の謎〟とでも呼ぶのがふさわしいだろうか。著者本人（すなわち、我が友エラリー・クイーン）が、ある熱烈な大ファンから電報で何度もしつこくうるさく催促されるものだから、イタリアのささやかなすまいから送ってきた原稿に添えた短い手紙に、念を押すようにそれは書かれていたものである。

謎についての部分を引用すると、〝いいか、J・J。これは、古代エジプト学でむやみにおどろおどろしく飾りたてた俗っぽい犯罪物語ではない。ピラミッドも、真夜中の不気味な博物館の暗がりで閃《ひらめ》くコプト人の短剣も、古代エジプトの農夫《フエラヒン》も、オペラ〈ミカド〉のプーバーのようないかなる東洋の高官も登場しない……そもそも、古代エジプト学なんてこれっぽっちも出てこないんだな、これが。では、なぜ『エジプト十字架の謎』なのかって？　実にもっともな疑問だよ、きみ。まあ、ひとつにはこの題名が、刺激的で人目をひきつける、ということがある。実際、ぼくもすっかり心奪われているしね。それが実際には古代エジプトになんの関係もないときたら、どうだい！　そう、ここが美しいところだよ。まあ、見ていたまえ〟。

実にエラリーらしい言いぐさではないか。愛読者諸氏ならおなじみの、興味をかきたて、時に謎めいた何かを匂わせる、いつものエラリーぶし《エラリアーナ》である。

この驚くべき連続殺人事件の捜査は、我が友の手がけた中でも最後の方になる事件のひとつだ。小説という形で世間に公表されたエラリー・クイーン五番目の事件にあたる。構成するのは、異常きわまりない数々の要素——古代宗教の狂信と、裸体主義者《ヌーディスト》の集落と、船乗りと、中欧の因習と暴力の温床から生まれた復讐鬼と、気の狂った古代エジプトの〝神の化身〟、それらの世にも奇妙な信じがたい混合物……表面は、奇想天外でとてもありえないことがらの単なる寄せ集めに見えるが、実はこれが、近代警察史上もっとも狡猾《こうかつ》で残虐な事件のひとつの背景なのだ。

もし諸君が、かの世にも珍しい、頑固《がんこ》一徹《いってつ》な人間狩りの名人ことリチャード・クイーン警視がいないことにがっかりされたなら——いつも私は、エラリーの父親の扱いはひどすぎると言っているのだが——どうか安心してほしい。警視はちゃんと帰ってくる。ただし、『エジプト十字架の謎』においては、事件の地理的条件のために、エラリーは心ならずも孤軍奮闘を強いられることとなった。本書の内容をわかりやすくするために、出版社には、読者に地図を参照することをすすめるか、合衆国の地図を口絵として掲載するように頼んでみようと思う。事件の始まりはウェストヴァージニア州から……

いや、ここまでにしておこう。なんといっても、これはエラリーの物語なのだ。エラリーに語ってもらおうではないか。

J・J・マック

ニューヨーク州ライにて
一九三二年八月

第一部　小学校長のはりつけ

実践的な心理学の知識が、犯罪の研究をなりわいとする私にとって、どれほど貴重な助けとなっただろうか。

ジャン・トゥルコ

1　アロヨのクリスマス

話はウェストヴァージニア州の小さな村アロヨから一キロほど離れた、ある丁字路で始まる。交差する道の一本はニューカンバーランドとピュータウンを結ぶ本街道で、もう一本はまっすぐアロヨに通じる道だ。

エラリー・クイーンはひと目で、この地形が重要だと見てとった。実は、最初の一瞥《いちべつ》で、ほかにも多くのことがらを見抜いていたのだが、何もかも矛盾した証拠ばかりで、混乱を覚えるだけだった。どれひとつとして、辻褄《つじつま》が合わない。これは一歩下がって、考える必要がある。

名高きエラリー・クイーンともあろうものが、いったいどういういきさつで、年の瀬も押しせまった某日の午後二時に、ウェストヴァージニア州の〝フライパンの柄（細長く突き出すように伸びた地域を呼《こ》ぶ）〟で、寒風吹きすさぶ曇天《どんてん》の下、古ぼけたレーシングカーのおんぼろデューセンバーグの傍《かたわ》らで突っ立っているはめになったのかは説明を要する。この異常な状況は、さまざまな要因が重なってもたらされたのだ！　ひとつは――すなわち、主たる要因は――父親のクイーン警視に言いくるめられて、ちっとも休暇ではない名ばかりの〝休暇〟に同行させられたことだった。父親は、警察官代表者会議とでも呼ぶべきイベントに膝までどっぷりはまっていた。それもこれも、ギャングが跳梁跋扈《ちょうりょうばっこ》するシカゴの暗黒街っぷりが、あいもかわらず最悪で、シカゴ警察長官が、おのれの管区の嘆かわしい無法地帯ぶりを共に嘆いてもらおうと、主要都市の名だたる警察官僚を招待したせいである。

警視が稀《まれ》に見るほど上機嫌でホテルからシカゴ警察本部に急ぐ道中、おともをつとめるエラリーは初めて、アロヨ近郊で起きた奇怪な事件――合同通信社《UP》が〝T殺人事件〟というしゃれた名をつけた事件について知った。この事件の新聞報道にはエラリーの心をくすぐる要素が実にてんこもりだった――たとえば、アンドルー・ヴァンが首を切り落とされてはりつけにされたのがクリスマスの朝だったとか！――そんなわけで、エラリーは紫煙がもうもうとたちこめるシカゴの会議場から父親をむりやりひっぱり出すと、愛車デューセンバーグ――時代ものの中古だが、恐ろしくスピードが出るオープンカー――を東に向けてぶっ飛ばした。

警視は息子孝行な父親だが、案の定、それまでの上機嫌は吹っ飛んでしまった。シカゴからの道中――トレド、サンダスキー、クリーブランド、ラヴェンナ、リスボンと、イリノイ州からウェストヴァージニア州にかけて主だった町を通過し、ついにウェストヴァージニア州のチェスターに到着するまでずっと――老人はぶすっとだんまりを決めこんでおり、時折、エラリーがひとりお気楽に叩く軽口や、デューセンバーグの排気の咆哮《ほうこう》が聞こえるばかりだった。

アロヨの村を気づかないうちに通過していた。人口二百あまりの小さな村だ。そして……問題の丁字路があった。

てっぺんに横木のついたその道標は、道の突き当たりのずっと手前からくっきり、シルエットとなって浮かびあがっていた。アロヨからの村道は道標のところで終わり、ニューカンバーランドとピュータウンを結ぶ本街道と、直角にぶつかっている。道標はアロヨ村道の出口に向きあうように立ち、腕木の片方は北東のピュータウンを、もう片方は南西のニューカンバーランドを指していた。

警視は不機嫌まるだしで怒鳴った。「勝手にしろ。馬鹿馬鹿しい。まったくくだらん！　わしをこんな場所まで引きずり出しおって……ちょっと変わった殺人事件と聞くとすぐこれだ……わしは知らんぞ――」

エラリーはイグニッションを切ると、前方に向かって大股に歩いていった。路上には人ひとりいない。見回すと、鋼色《はがね》の空に触れんばかりにウェストヴァージニアの山々がそびえたっている。足元の舗装していない土は、かちかちにひび割れている。身を切るような寒さの中、刺すような風がエラリーのコートの裾を容赦《ようしゃ》なくばたつかせる。そして正面には、アロヨの変わり者の校長、アンドルー・ヴァンがはりつけにされた道標が立っていた。

道標は、かつては白かったのだろうが、いまは汚らしい灰色で、こびりついた泥でまだらになっている。高さはだいたい百八十センチ――てっぺんがエラリーの頭とほぼ同じ高さだ――腕木は頑丈で長い。一、二メートル離れたところで立ち止まって眺めると、それは誰がどう見ても巨大なTの字そっくりの形をしていた。なるほど、なぜ合同通信社の記者がこの犯罪を〝T殺人事件〟と名づけたのかよくわかる、とエラリーは合点がいった――まず、道標がTの形をしており、その道標が立っている場所がT字形の交差点であり、エラリーの車が百メートル足らず前で通り過ぎた死者の家のドアには、血でべったりとなすりつけるように書かれた、おどろおどろしいTの文字があったのだ。

エラリーはため息をついて、帽子を取った。特に弔意《ちょうい》を示したわけでもない。寒さと風にもかかわらず、汗をかいていたのである。ハンカチで額を拭き、いったいどこの狂人がこの残忍きわまりない、不合理で、わけのわからない犯罪をやってのけたのかといぶかしんだ。死体まででもが……エラリーは、ある新聞の死体発見について報じた記事をまざまざと思い出した。それは凶悪犯罪の暴力的な描写に定評のある、シカゴの有名な某記者の書いた特別記事だった。


〝今年もっとも痛ましいクリスマス物語が今日、明らかになった。ウェストヴァージニア州の寒村、アロヨの四十六歳の小学校長、アンドルー・ヴァンの斬首された遺体が、村近くの人通りの少ない交差点の道標にはりつけにされているのが、クリスマス早朝に発見されたのである。〟

〝遺体の両のてのひらは鉄の三寸釘が打ちこまれ、道標の風雨にさらされた腕木に留めつけられていた。さらに二本の鉄釘が、道標の柱の下方で揃えた死者の足首を串刺しにしていた。両脇の下に打たれたもう二本の鉄釘に体重を支えられた、はりつけの死者の姿は頭部を切り落とされたことで、巨大なTの文字そのものに見えた。〟

〝道標はTの形をしていた。交差点はTの形をしていた。交差点からほど近いヴァンの家のドアに、殺人者は被害者の血でTの文字を書いていた。そして道標には、この狂人の頭が生んだ、人体で作ったTの文字……〟

〝なぜクリスマスに犯行を？　なぜ殺人者は被害者の自宅から百メートル近く離れた道標まで死体を引きずっていって、そこではりつけに？　これらのTの字は何を意味する？〟

〝地元警察は困惑している。ヴァンは変わり者だったとはいえ、物静かで、無害な人物だった。敵はいなかった──友人もいなかった。ただひとりの親しい人間は、召使をつとめていた、クリングという単純な男だけだ。このクリングも行方不明となっており、ハンコック郡地方検事のクラミット氏は、一般には未公表の証拠から、クリングもまた、この現代アメリカ犯罪史上でもっとも血に飢えた狂人の手にかかった可能性があると信じている……〟

そのほか、この件に関してもっと多くのことが書かれていた。たとえば、不運な小学校長のアロヨにおけるのどかな生活の詳細や、ヴァンとクリングの最近の動向に関して警察がかき集めてきたこまごました情報や、地方検事のやけにもったいぶった声明などが。

エラリーは鼻眼鏡《パンスネ》をはずしてみがくと、またかけなおし、鋭い眼でこの不気味な遺物を上から下までとっくりと眺めた。

腕木は左右両方とも端の近くに、警察がむりやり釘を引き抜いたのでぎざぎざになった穴が開いていた。どちらの穴も汚らしいさび色の染みがついている。穴から茶色い糸のような条《すじ》が何本も垂れているのは、アンドルー・ヴァンの釘を突き刺された両手からしたたった血の跡だ。柱から両腕が横に伸びた付け根のあたりには、染みのない穴がふたつある。ここから抜き取られた二本の釘が、死体の両脇を支えていたわけだ。道標の柱は上から下まで、血が何本もの糸となってつたい落ちたのが、乾いて汚くこびりついている。頭を落とした首のぱっくり開いた切断面から、柱のてっぺんにあふれた血だ。柱の根元近くには、十センチほど間隔を空けてふたつの穴があり、どちらも褐色の血で縁取られている。これはヴァンの両足首が釘で木にはりつけられた跡で、血は道標の立つ地面まで垂れていた。

エラリーは大まじめな顔で車まで歩いて戻ってきた。警視はあいかわらずむっつりした態度でいらだちもあらわに、助手席の革張りシートにふてくされたようにもたれて待っていた。老人は愛用の古いウールのマフラーで首を顎《あご》までぐるぐる巻きにしており、尖った真っ赤な鼻が危険信号のように突き出していた。「もういいだろう」警視はぴしゃりと言った。「行くぞ。わしは凍え死にしそうだ」

「全然、興味がないんですか?」エラリーは運転席にすべりこみながら訊ねた。

「ない!」

「まったく、あまのじゃくなんだから」エラリーはエンジンをかけた。にやりと笑ったとたん、車は猟犬のように前に飛び出し、前輪だけで地面をえぐりながら百八十度ターンをして、もと来た道をアロヨに向かって猛スピードで戻りだした。

警視は恐怖で死にそうになりながら、必死に座席のへりにしがみついた。

「なかなかおつな思いつきですね」エラリーはエンジンの雷鳴のような轟音《ごうおん》に負けじと声を張りあげた。「クリスマスの日にはりつけですよ!」

「ふん」警視はそっけなかった。

「ぼくはきっと」エラリーは怒鳴った。「この事件が気に入る予感がしますね！」

「いいから運転に集中しろ、馬鹿たれが！」警視が悲鳴をあげた。車は姿勢を立てなおした。

「気に入るひまはないぞ」警視はがみがみと付け加えた。「おまえはわしと一緒にニューヨークに帰るんだ」

　車はアロヨに突入した。

「それにしても」エラリーが小さな木造の建物の前でいきなり、デューセンバーグをきゅっと停めると、警視はぶつぶつ言い始めた。「ここの連中の仕事ぶりはひどすぎる。犯行現場にあの道標を放置しとるとは！」やれやれと頭を振った。「おまえ、どこに行く？」小鳥のような小さな白い頭をくっとかしげて詰問した。

「あれ、興味なかったはずじゃありませんかね」エラリーは歩道に飛び降りた。「やあ、こんにちは！」暖かくしっかり着こんだ青いデニム姿の、古ぼけた枝ぼうきで歩道を掃いている男に、エラリーは声をかけた。「ここはアロヨの警察署ですか？」男は、あまり賢くなさそうな顔でぽかんと口を開けた。「なんつう、無駄なこと訊くんじゃろ。ほれ、そこに誰でも読める看板があろうが……頭が悪いんかのう。ああ、けえさつじゃよ」

*

　それは眠っているような小さな開発地で、ほんのひとにぎりの建物が寄り添うように固まっていた。デューセンバーグが停まった木造の建物は、開拓時代の旧西部（モンタナ、ワイオミング、ユタ、コロラド、ダコタ、ネブラスカなどの諸州地域のこと）によく見られた、正面だけはりっぱに見せかけた木箱そっくりだった。その隣にはよろず屋があり、店の前には古ぼけたガソリンのポンプがひとつと、小さいながらもれっきとした自動車整備のガレージが併設されている。問題の木造の建物には、誇らしげな手書きの看板がかかっていた。

　アロヨ村役場

　ふたりが探し求める紳士は建物の奥の、〝巡査〟と書かれたドアの向こうにある机で眠りこけていた。黄色い出っ歯で肥《ふと》った赤ら顔の田舎くさい男だ。

　警視がやれやれとため息をつくと、巡査は重たいまぶたをあげた。がりがりと頭をかいて、錆びついたような太い声で言った。「あんたら、マット・ホリスに用があるんなら留守だよ」

　エラリーは微笑んだ。「アロヨ村のルーデン巡査を探してるんです」

「ああ！　そりゃあ、おれだわ。なんの用だね？」

「巡査」エラリーはもったいぶって言った。「ご紹介しましょう。こちらはニューヨーク警察殺人課課長リチャード・クイーン警視――ご本人です」

「誰だって？」ルーデン巡査は眼をむいた。「にゅうよおく？」

「そのとおりですよ」エラリーは父の爪先を踏みつけた。「それで巡査、ぼくらは――」

「まあ、坐んなされ」ルーデン巡査が警視に向かって椅子をちょいと蹴ってよこすと、警視は、ふんと鼻を鳴らして、品よく腰をおろした。

「あのヴァンの事件だろ、な？　まさかニューヨークの人まで興味を持っとるとはなあ。しかしまた、なんでだね？」

エラリーはシガレットケースを取り出し、紙巻きたばこ《シガレット》をすすめたが、巡査はいやいやと断って、噛みたばこのかたまりから大きくひと口かじりとった。「事件について、全部話していただきたいんですよ、巡査」

「話すことなんぞ、もうないわ。シカゴやら、ピッツバーグやらの連中がわんさか押しかけてきて、村じゅう、ひっかきまわしてった。もう、事件のことは、思い出すだけでうんざりさ」

警視は皮肉った。「それは無理もないな、きみ」

ここでエラリーが、おもむろに胸ポケットから札入れを取り出し、無造作にばさっと開けて、中に詰まっている緑色の紙幣を、何やら思うところがあるように、しげしげと眺め始めた。ルーデン巡査の眠そうな眼がたちまち輝いた。「けどなあ」巡査は急いで言った。「もう一回くらいなら、話すのもそんなにいやってこともないですわ」

「死体を見つけたのは誰です？」

「ピートじいさんだよ。あんたらは知らん人間だろ。そこの山ん中の掘っ立て小屋に住んどる」

「ああ、そうそう。それと誰か、農家のかたがいませんでしたっけ」

「そりゃ、マイク・オーキンズだ。ピュータウン街道の先に、二エーカーばかり畑を持っとる。オーキンズはフォードを運転してアロヨに来る途中で――ええと、今日が月曜だから――金曜の朝だな、あれは……クリスマスの、うんと早い朝だった。ピートじいさんもアロヨに来る途中で——ときどき山をおりてくるのさ。オーキンズがじいさんを拾ってな。そんで、あの丁字路まで来て、オーキンズがアロヨの方にハンドルを切ったら、あれがあったんだと。道標に。冷凍肉みたいにこちこちになって、ぶらさがっとったんだ——アンドルー・ヴァンの死体が」

「あの道標ですね、ええ、ぼくらも見てきましたよ」エラリーはうながすように言った。

「いやあ、ここ二、三日は、あれを見物しに、よその町から百人も車で押しかけてくるもんだから」ルーデン巡査はこぼした。「交通整理でえらい目にあった。ともかく、オーキンズもピートじいさんも震えあがっちまって。ふたりとも気絶しそうになって……」

「ふうむ」警視は声をもらした。

「もちろん、ふたりとも死体に触っていませんよね？」エラリーが言った。

ルーデン巡査は白髪頭を勢いよく横に振った。「いやいや、とんでもない！　もう悪魔に追っかけられてるみたいにアロヨにすっ飛んできて、おれをベッドから叩き起こしたさ」

「それは何時のことです、ルーデンさん？」

ルーデン巡査は顔を赤らめた。「八時だが、あの日はたまたま、前の晩にマット・ホリスの家でちっとはめをはずして、寝過ごしちまったんで——」

「あなたとホリスさんはすぐ丁字路に向かったんですね？」

「ああ。マットと——マットつうのはうちの村長だわ——おれと、あと四人、若い衆《しゅ》を連れて、車ですっ飛んでったよ。いやあ、ありゃひどかった——ヴァンがなあ、まさかあんな」巡査は頭を振った。「生まれてこのかた、あんなもんは見たことないわ。しかもクリスマスの日に。あれこそ神への冒瀆《ぼうとく》っちゅうもんだ。そもそもヴァンが不信心もんだったし」

「ん？」警視が素早く反応した。真っ赤な鼻がマフラーのひだの間からダーツのように飛び出した。「不信心者？　どういう意味だね」

「いや、まあ、本当に不信心かどうか、はっきりはわからんけど」巡査はばつが悪そうに、もごもごと言った。「おれも教会にはそんなに熱心に通う方じゃないが、ヴァンはいっぺんも行ったことがないもんだから。牧師さんも——いや、この話はこれ以上やめときますわ」

「驚きだな」エラリーは父を振り返った。「驚きとしか言いようがない、ねえ、お父さん。これは狂信者の仕業としか思えませんね」

「そうそう、みんなそう言っとるよ」ルーデン巡査は言った。「おれは——さっぱりわからん。ただの田舎巡査だしのう。何もわからん。三年間で浮浪者をひとり、ぶちこんだくらいさ。けど、あんたがた、言っとくが」どことなく脅すような口ぶりで言った。「こいつはただの宗教だけの問題じゃあないよ」

「思うに、この村の人の中には」エラリーは眉根を寄せて、断言した。「容疑者はいないんでしょうね」

「だって、なんぼなんでも、うちの村にはあそこまでいかれたもんはおりませんわ。これはおれの考えだけど——ヴァンの過去に関係ある人間の仕業だね、絶対」

「最近、よそ者が来たことはありますか」

「いや、ひとりも……そんで、マットとおれと若い衆たちで、死体の大きさや、体格や、服装や、財布の中身だの持ち物だのから身元を確認して、道標からおろしてやってな。村に戻る途中、ヴァンの家に寄ってみると……」

「ええ」エラリーは身を乗り出した。「何を見つけました？」

「いやもう、地獄さ」ルーデン巡査は嚙みたばこの音をくちゃくちゃと響かせた。「どえらい格闘の跡があったわ。椅子はひとつ残らずひっくり返っとるし、どこもかしこも血まみれだし、新聞でも派手に騒がれとったように、ドアにはでっかいTの血文字が書かれとるし、おまけに、かわいそうなクリングは行方知れずでな」

「あ」警視が口を開いた。「使用人か。ふらっといなくなったのか？　自分の持ち物を持っていったのか？」

「それが」巡査は頭をかいた。「よくわからんのです。検死官がおれの手から事件をすっかり取りあげちまったもんで。あんひとらがクリングを探しとるのは知っとるけど――それと、たぶん」ゆっくりと片眼をつぶった。「別の人間も探しとるらしい。ただ、おれは立場上、そのことは何も言えんのですわ」慌てて付け加えた。

「クリングの行方は全然、手がかりなしですか」エラリーは訊ねた。

「おれの知るかぎりじゃ、まるっきり。全国に指名手配はされとるがね。死体は郡の役所があるウィアトンに移送されたよ――ここから三十キロちょっと離れたとこで、検死官が事件を全部、仕切っとる。ヴァンの家も検死官が封鎖したんだわ。ハンコック郡地方検事と州警察がこふむ、とエラリーは考えこんだ。警視は落ち着かない様子で、椅子の上でもぞもぞしている。ルーデン巡査はぼうっとした眼で、エラリーの鼻眼鏡《パンスネ》を見つめている。

「で、頭が切り落とされていたわけか」ついに、エラリーはつぶやいた。「妙だな。斧で切ったんでしょうね」

「ああ、凶器の斧は家ん中にあった。クリングの持ち物《もん》だよ。指紋はなかったな」

「頭は？」

ルーデン巡査はかぶりを振った。「影も形も。その狂った殺人犯が記念品かなんかのつもりで、持ってったんじゃないかね。くわばらくわばら！」

「それじゃ」エラリーは帽子をかぶりながら言った。「そろそろおいとましましょうか、お父さん。ありがとう、ルーデンさん」エラリーが片手を差し出すと、巡査はめんどくさそうにその手を取った。てのひらに何かが押しつけられるのを感じたとたん、巡査の顔に、にんまりと笑みが広がった。よほど嬉しかったのだろう、巡査は昼寝の続きはやめにして、外までふたりを見送りに出てきたものである。

2　ウィアトンの新年

はりつけにされた小学校長の事件にエラリー・クイーンが執拗なまでに興味を持ったことに、特にこれという理由はなかった。当然、とっくにニューヨークに帰っているはずだった。警視のもとには、休暇を打ち切ってセンター街（警察本部）に戻れと通達が来ていた。そして、警視の行くところ、エラリーがついていくのが常だった。しかし、ウェストヴァージニア州の郡役所在地、ウィアトンの空気にある何かが——ひそひそという囁きにのって街に充満する押し殺された興奮が、エラリーを引き留めたのである。警視は愛想をつかしてあきらめ、ニューヨーク行きの列車に乗ることにした。エラリーは父をピッツバーグまで車で送っていった。

「いったいおまえは」エラリーに豪華なプルマン車両の座席に押しこまれながら、老人は詰問した。「何をするつもりなんだ。なあ——お父さんに話しなさい。もうとっくに頭の中で事件を解決したと言うんだろう、ええ？」

「ほら、警視どの」エラリーはなだめるように言った。「血圧が上がりますよ。ぼくはただ、興味を持っただけです。ここまで非の打ちどころのない狂気の沙汰《さた》にはお目にかかったことがない。何をするつもりかって、検死審問を待つつもりですよ。ルーデン巡査がちらっとほのめかしていた証拠とやらがどんなものか、ぜひ聞いてみたい」

「どうせ、しっぽを巻いてニューヨークに帰ってくるだろうさ」警視はぶすっとした声で予言した。

「はいはいはい、そうでしょうとも」エラリーはにやりとした。「だけど、ちょうど小説のネタが尽きたところでもあるし、この事件からいろいろヒントがもらえそうだし……」

この話はここでしまいになった。列車は動きだし、ターミナル駅のプラットフォームにぽつんと置き去りにされたエラリーは、自由の身になったものの落ち着かない気持ちで突っ立っていた。そして、その日のうちに、ウィアトンに車で引き返した。

この日は火曜日だった。ハンコック郡の地方検事からうまいこと情報を引き出すには土曜日、つまり、元日の翌日まで猶予がある。さて、このクラミット地方検事なる御仁《ごじん》は、抜け目なく野心的で、自分はたいそう偉いと思いこんで天狗《てんぐ》になっている、実に気難しい年寄りだった。エラリーは検事執務室の待合室のドアまではたどりついたが、どんなに頼みこもうが、機嫌をとろうが、そこより奥にはどうしても入れてもらえなかった。検事はただいま多忙です。どなたにもお会いできません。また明日、出なおしてきてください。ですから、検事は誰にも会えないと言ったら会えないんです。はあ、ニューヨークから――クイーン警視のご子息ですって？　申し訳ありませんが……

エラリーはくちびるを噛むと、街に出てあちこち歩きまわり、ウィアトン市民の会話に疲れを知ることなく耳を澄まし続けた。ひいらぎやちらちら光る飾り物やきらびやかなクリスマスツリーであふれるウィアトンの街なかをゆく人々は、もし被害にあったのが自分だったらとの想像にふるえあがり、戦々恐々としていた。女性の姿は驚くほど少なく、子供はひとりも見当たらない。男たちは口元をこわばらせて、慌ただしく顔を合わせては、善後策について、ああでもないこうでもないと相談しあっている。リンチにするべきだ、という話も出た――この名案は、リンチにかける対象がいないのでお流れになった。ウィアトンの警官たちは街じゅうを、びくびくしながら巡回した。州警察の人間は忙しく街を出たりはいったりしている。ときどき、クラミット地方検事の尖った顔が、通り過ぎる車の中で鋼《はがね》のような復讐の意志にこわばっているのがちらりと見えた。

そしてエラリーは自分のまわりがずっと騒然としているにもかかわらず、冷静さと調査を続ける意志を保ち続けた。水曜日には、郡検死官のステイプルトンに接触をこころみた。ステイプルトンというのは、いつもやたらと汗をかいている、ぶくぶくに肥《ふと》った青年だった。しかし、この青年もまたなかなか食えない男で、エラリーは結局、とっくに知っていること以外、何ひとつ聞き出せなかった。

そんなわけで、エラリーは残る三日ほどを、被害者のアンドルー・ヴァンについて知ることに費やした。この男についてほとんど何も知られていないことときたら、信じられないほどだ。生前の彼と会っている人間は皆無と言ってよかった。どうやらヴァンは隠者のような出不精《でぶしょう》で、めったにウィアトンの街に出てくることはなかったらしい。アロヨの村人たちの間では、教師のかがみと考えられていた。生徒には、甘い顔をするわけではないが親切だった。アロヨの村会は彼の仕事ぶりに満足していたようだ。教会にはまったく通わなかったものの、酒は一滴も飲まなかった。この絶対禁酒主義が、神を畏《おそ》れる堅気《かたぎ》の村社会では、ヴァンの地位を固めたようだ。

木曜になると、ウィアトンでもっとも影響力のある一流新聞の編集者が、格調高い記事を書かねばという気分になったらしかった。あくる日は新年初日であり、なんの種もまかないわけにはいかない、なにがしか、ためになる記事でもって、実りある年をスタートさせねば、と奮起したのだろう。ウィアトン市民の精神的なよりどころたる六人の聖職者による説教が、新年最初の新聞トップページを飾った。聖職者たちの言い分によると、アンドルー・ヴァンは神を畏れぬ人間だった。神を畏れぬ生きかたをした人間が、神に見放された死にかたをするのは当然である。とはいえ、暴力によって死をもたらされるとは……編集者はそこでとどめておかなかった。十ポイントの太い活字で組まれた社説があった。それは、フランスの青ひげことランドリュ、デュッセルドルフの偏執狂、アメリカ（原文ママ）の怪人切り裂きジャック、そのほか、実在や架空の多くの怪物たちを派手にたっぷりちりばめたもので——ウィアトンの善良な人々の新年のご馳走のデザートとして振る舞われる、風味豊かな美味なる話題となった。

＊

土曜日の朝、検死審問が開かれる郡裁判所は、開始時刻のずっと前からドアの外まで傍聴人があふれ返らんばかりだった。エラリーは賢くも、ほぼ一番のりして、手すりのうしろの一列目に席をちゃっかり確保していた。九時少し前にステイプルトン検死官ご本人が登場したのを目ざとく見つけると、ニューヨーク市警察委員長様の署名入りの電報を突きつけた。この魔法《ひら》の呪文《けゴマ》の効果は絶大で、エラリーはアンドルー・ヴァンの遺体が安置された控え室にはいりこむことができた。

「死体は結構ひどいことになっていますよ」検死官はぜいぜいと咽喉《のど》を鳴らして言った。「まさかクリスマス週間に検死審問を開くわけにいかないじゃないですか、だからもう八日もたっていて……遺体は地元の葬儀屋の安置室に保管してありました」

エラリーはうんと腹に力をこめると、死体をおおっている布をとりのけた。吐き気をもよおす光景に、エラリーは慌てて布をかけなおした。死体は大柄な男だった。頭があったはずの場所には何もない……ただ、ぽっかりと空《うつ》ろになっている。

近くのテーブルには、男ものの衣類がのせられていた。地味なダークグレーのスーツ、黒い靴、シャツ、靴下、下着――どれも色あせた血でごわごわにこわばっている。死んだ男の衣類からはずされた小物類もあった――鉛筆、万年筆、財布、鍵束、くしゃくしゃに潰《つぶ》れた紙巻きたばこのパック、硬貨が数枚、安物の時計、古い手紙が一通――エラリーの見たかぎり、どれもこれもまったく興味をひかれないものばかりだ。ただ、持ち物のいくつかにA・Vという頭文字がはいっていることと、（ピッツバーグの書店から届いた）手紙がアンドルー・ヴァン宛になっていること以外、検死審問で役だちそうな重要な証拠はひとつもなかった。

そこに、苦虫を噛みつぶしたような顔の背の高い老人がはいってきて、いぶかしむ眼でエラリーをじっと見つめていた。ステイプルトンは紹介しようと振り返った。「こちらはクイーンさん——クラミット地方検事です」

「誰だって?」クラミットは鋭く訊き返した。

エラリーは微笑んで、ひょいと会釈すると、廷内に引き返した。

五分後、ステイプルトン検死官が木槌を鳴らすと、満員の法廷はしんとなった。お定まりの事前の手続きと儀式がさっさと片づけられ、検死官はマイケル・オーキンズを証人席に呼んだ。オーキンズがどすどすと通路を歩いてくるのにあわせて、囁きと視線がさざなみのようにあとを追っていった。ふしくれだった身体つきで、腰が曲がり、マホガニー色に日焼けした老いた農夫は、緊張した様子で腰をおろすと、大きな手を組んだ。

「オーキンズさん」肥った検死官はぜいぜいと咽喉を鳴らした。「遺体を発見した時の状況を教えてください」

農夫はくちびるをなめた。「へえ。こないだの金曜の朝、わしはうちのフォードでアロヨに行くとこでした。ちょうど村道にはいる手前んとこで、山からおりてきたピートじいさんがのろのろ歩いとるのを見つけて、乗っけてやったです。そんで、あの丁字路で曲がって、村道にはいろうとしたら——したら、死体があったんじゃわ、道標からぶらさがって。手と足が釘で、はっつけられとった」オーキンズの声がかすれた。「わしらは——もう、肝を潰して、村に向かって逃げました」

傍聴人の誰かが忍び笑いをもらすと、検死官は木槌を鳴らして黙らせた。「死体に触りましたか」

「めっそうもねえ！　わしらは車から降りもせんかった」

「なるほど、もう結構です、オーキンズさん」

農夫は、はあっとため息をつくと、大判の真っ赤なハンカチで額を拭きながら、よたよたと通路を戻っていった。

「ええと……ピートさん？」

ざわめきが起きて、やがて座席のうしろの方で奇妙な人物が立ち上がった。もじゃもじゃの白いひげと、眼の上に盛大に垂れさがる眉毛の、背筋のしゃんとした老人だ。服装はみすぼらしく――裂けて、汚れて、つぎはぎだらけの古いぼろを何枚も重ね着している。老人はひょこひょこと通路を歩いてくると、一瞬、とまどっていたが、やがて頭を振り、証人席に腰をおろした。

検死官はいらだったようだった。「あなたのフルネームは？」

「はああ？」老人は、よく光る、何も見ていないような眼で、横ざまにぽかんと空中を見つめている。

「あなたの名前は！　フルネームで――ピーター何さんです？」

ピートじいさんは頭を振った。「名前はない」きっぱりと言った。「ただのピートじじい。わしは死んだんじゃ。二十年前に」

不気味な沈黙が落ちた。ステイプルトン検死官は助けを求めるような眼であたりを見回した。壇上の検死官の近くに坐っていた、中年のきびきびした感じの小柄な男が立ち上がった。「いや、いいんです、検死官どの」

「ん、ホリスさん？」

「いいんです」小柄な中年男は大きな声で繰り返した。「少しねじがゆるんどるんです、そのピートじいさんは。何年も前からその調子で——山にはいってからずっとです。アロヨ村の近くの山の掘っ立て小屋に住んどって、二、三カ月に一度、山からおりてきます。罠でもかけて、食いつないどるんでしょう。アロヨにはよく出入りしていて、村では顔なじみのじいさんです。不審人物じゃありません」

「なるほど、よくわかりました。ありがとうございます、ホリスさん」

検死官はぶくぶくに肥った顔をぬぐい、アロヨ村長は好意的なざわめきを浴びつつ着席した。ピート老人はにこにこして、マット・ホリスに向かって汚い手をひらひら振った……検死官はきびきびと先を続けた。老人の返答はいささかあやふやだったものの、マイケル・オーキンズの証言を正式に裏づけるのに十分な情報は引き出せたので、放免された。老人は眼をぱちくりさせつつ、ひょこひょこと自分の席に戻っていった。

今度はホリス村長とルーデン巡査がそれぞれ証言した——オーキンズとピート老人にどんな具合に寝床から叩き起こされ、どうやって丁字路に駆けつけ、死体の身元を確認し、釘を抜いて、現場から死体を運び、帰る途中にヴァンの家に寄って、血の臭いがたちこめる現場と、ドアに書かれた血文字のTを見つけたのか等々……

肥って血色のいい、歳をとったドイツ人が呼ばれた。「ルーサー・バーンハイムさん」

ドイツ人は口元をほころばせて金歯を見せると、腹を揺らして腰をおろした。

「あなたはアロヨ村でよろず屋を営んでおられますね?」

「はい、はい」

「アンドルー・ヴァンをご存じでしたか」

「はい、はい。うちの店で買い物をしていました」

「いつからお知り合いでしたか」

「アッハ! そりゃもう、むかしっからです。お得意さんでした。いつも現金払いしてくれましてね」

「本人が買いにきていたわけですか」

「ときどきは。たいていは召使のクリングが来ていましたが。それでも、勘定は必ず自分で払いにきましたよ」

「人づきあいはいい方でしたか」

バーンハイムは視線を天井に向けて考えこんだ。「ううーん……いいというか、そうでもないというか」

「つまり、進んで他人と親しく交わろうとはしないけれども、別に感じが悪いわけじゃない、普通に人当たりのいい人物だったと?」

「ヤー、ヤー、そうです」

「ヴァンは変わった人だったと思いますか」

「は？　ああ、はい、はい。たとえば、よくキャビアを注文してましたね」

「キャビアを？」

「ヤー。うちでキャビアを注文するのは、あの人だけでしたよ。特別に発注して取り寄せていました。いろいろな種類のを――ベルーガのや、赤いのや。でも、たいていは極上の黒キャビアですね」

「バーンハイムさん、それからホリス村長、ルーデン巡査にお願いします、隣の部屋にはいって、正式に遺体の身元確認をしてください」

検死官は席を立つと、三人のアロヨの村人を案内して法廷を出ていった。一同が戻るまで、廷内はざわついていた。善良なるよろず屋の店主の赤ら顔からは血の気が引き、眼は恐怖でいっぱいだった。

エラリー・クイーンはため息をついた。人口が二百人そこそこの村の小学校長がキャビアを注文するって！　もしかするとルーデン巡査は見かけより頭が切れるのかもしれないぞ。巡査がほのめかしたように、ヴァンは職業や暮らしぶりから想像されるよりはるかに、はなやかな過去を持っていたに違いない。

クラミット地方検事の背の高いほっそりした姿が、ぎこちない足取りで証人席に向かった。傍聴席を期待まじりの興奮が走り抜ける。ここまでは前座だ。ここからいよいよ暴露の始まりだ。

「地方検事」ステイプルトン検死官は、ぐっと表情を引き締めて、身を乗り出した。「故人の過去について調査されましたか」

「むろんです！」

エラリーはふうっと身体を椅子に沈めた。このクラミット地方検事は心の底から気に入らない。が、あの氷の眼にある不吉なものは気になる。

「発見したことを話してください」

ハンコック郡地方検事は証人席の肘掛けをつかんだ。「アンドルー・ヴァンは九年前に、村の小学校の教員募集の広告を見て、アロヨに現れました。身元も学歴も十分に満足いくものと判断して、村会は彼を雇用しました。召使であるところのクリングをともなって移住してくると、アロヨ村道ぞいの家を借りて、死亡時までそこに住んでいました。教師としての働きぶりは及第点に値《あたい》するものでした。アロヨに居住している間の行状に、まったく問題はありませんでした」クラミット地方検事は思わせぶりに間をおいた。「部下たちに、この人物がアロヨに現れる前の過去を調査させました。その結果、当該の人物は、アロヨ村に来る前はピッツバーグ市の公立小学校の教員であったことが判明しました」

「それよりも前の経歴は？」

「不明です。しかし、十三年前にピッツバーグ市で市民権を獲得した、帰化市民であることは明らかになっています。ピッツバーグ市に保管されていた記録によれば、帰化以前の国籍はアルメニアで、一八八五年生まれということです」

アルメニア人ねえ！　エラリーは手すりのうしろで顎《あご》をさすった。イエス・キリストゆかりの地、ガリラヤからそう遠くないな……頭を駆けめぐりだしたおかしな考えを、エラリーはいらだって蹴り出した。

「地方検事、あなたはヴァンの召使のクリングについても調査されましたか」

「むろんです。この男は捨て子で、ピッツバーグ市の聖ヴィンセント孤児院で育てられました。成人してからはそこに雇われて、雑用を引き受けていました。生まれてからずっと、当孤児院で暮らしていたのです。アンドルー・ヴァンは、ピッツバーグの公立小学校を辞めてアロヨで再就職が決まった時、この孤児院を訪ねて、誰か人をひとり雇いたいと意思を伝えました。どうやらクリングがめがねにかなったようで——その後、綿密に調査をして、やはり気に入ったということで、男ふたりでアロヨに移住し、ヴァンが死ぬまで同居していました」

エラリーは、ピッツバーグのような大都市におけるそれなりの地位をなげうって、アロヨのような寒村に職を探さなければならないというのは、いったいどんな事情だろうかと、ぼんやり考えていた。前科があって、警察から身を隠したかったのか？　いやいや、それはない。身を隠すなら大都市だ。小さな村では、よそ者は目立ってしょうがない。違う、もっと深い、もっと曖昧《あいまい》で漠然とした理由だろうな。死んだ男の脳髄《のうずい》に根を張って取り除くことの難しい、本人にしかわからない理由が。人生で挫折《ざせつ》を味わい、失望した人間が、孤独に走ることはままあるものだ。もしかすると、このアロヨ在のキャビアを愛する小学校長、アンドルー・ヴァンもその口だったのか。

「クリングとは、どのような人物でしたか」ステイプルトン検死官が訊ねた。

地方検事はつまらなそうな顔になった。「孤児院側は、単純な頭の持ち主であったと報告してきています——いわゆる知的障害者であったと。人畜無害な男だったそうです」

「クリングが殺人を犯しそうな兆候を見せたことはないわけですか、クラミット地方検事？」

「ありません。聖ヴィンセント孤児院では、優しい気質でおっとりした愚直な男だと考えていました。孤児院の子供たちには親切だったそうです。ひかえめで、現状に満足しており、孤児院の上司たちを尊敬していたと」

地方検事はいま一度くちびるを湿して、いよいよお待ちかねの新事実を暴露するかに見えたが、ステイプルトン検死官が素早くそれを止めて、アロヨ村のよろず屋店主を再び呼び出した。

「クリングをご存じでしたね、バーンハイムさん」

「はい、はい」

「どんな人でしたか」

「おとなしい人でしたよ。気立てのいい。こう、無口でのっそりした人でね、牛みたいに」どこかで笑い声がして、ステイプルトン検死官はむっとした顔になった。が、身を乗り出した。

「バーンハイムさん、クリングがアロヨ村では評判の力持ちだったというのは本当ですか」

エラリーは忍び笑いをもらした。この検死官はまた、ずいぶんと単純な奴だな。

バーンハイムはちっと舌を鳴らした。「アッハ、そうです。そりゃもう、力持ちですよ、クリングは。砂糖の詰まった樽をひとりで持ち上げるんですから！　でも、検死官さん、あの人には虫一匹殺せません。一度なんか——」

「もう結構です」ステイプルトン検死官はうるさそうに言った。「ホリス村長、もう一度、証人席にお願いします」

マット・ホリスは得意満面の笑みだった。底の浅い、どこもかしこも小さい男だな、とエラリーは断じた。

「あなたは村会の長ですね、ホリス村長」

「はい！」

「アンドルー・ヴァンについてご存じのことを、陪審員の皆さんに話していただけますか」

「りっぱなお人でしたな。誰とも問題を起こしたことはありません。学問好きなお人で。学校の勤務時間以外は、私の貸した、いい家に引きこもっとられました。気取り屋だという人もおれば、よそ者だと陰口を叩くもんもおりましたが、私はそんなことは思っとりません」村長はもったいぶった顔になった。「ただ、物静かなお人だったたっちゅう、それだけです。つきあいが悪い？　そんなことは、そりゃあ、個人の自由っちゅうものですしな。私とルーデン巡査が釣り旅行に誘ったのを断ったからちゅうて、それは本人の自由ですしなあ」ホリス村長は笑顔でうなずいた。「それにあのお人は完璧な英語を話しましたしな、検死官さん、あなたや私みたいに」

「あなたの知るかぎりで、アンドルー・ヴァンを訪ねてくる客はいましたか」

「いいえ。ですが、私には確実なことは言えませんでな。まあ、風変わりなお人ではありましたが」村長は考え考え、言葉を続けた。「二、三回、私がピッツバーグに出張する時に、本を買ってきてほしいと頼まれましたな――妙てけれんな本ばかりで、なんじゃら、高尚《こうしょう》なやつですわ。哲学じゃの、歴史じゃの、星じゃの、そういうことについて書かれとる本で」

「なるほど、なるほど、実に興味深いですね、ホリスさん。ところで、あなたはアロヨの銀行家でもいらっしゃいますね」

「はい、そうです」ホリス村長は顔を赤らめると、恥ずかしそうに小さな足を見下ろした。村長の表情から推察するに、どうもアロヨの村のあらゆることに手を染めているようだ。

「アンドルー・ヴァンはおたくの銀行に口座を持っていましたか」

「いえいえ。給料は現金で受け取りにきとりましたが、どこにも預金したとは思えませんな。ちゅうのも、私、二、三回、打診してみたんですわ――まあ、ほれ、これも商売ですし――そしたら、金は家に置いとると言われましてな」ホリス村長は肩をすくめた。「銀行は信用しとらんからと。まあ、そんなことは人それぞれですしな。私は他人の考えにとやかく口を出す趣味は――」

「そのことは、アロヨでは知られた話でしたか」

ホリス村長は口ごもった。「そ、う、ですなあ、私がどこかで喋ったかもしれません。まあ、村のたいていのもんは、あの校長先生のおかしな癖を知っとったでしょうな」

村長は証人席から追い払われ、ルーデン巡査がもう一度、呼び出された。巡査はしゃちこばって歩いてきた。まるで、こんな場合は自分ならこうするという信条を持っているような顔で。

「巡査、あなたはアンドルー・ヴァンの家の捜索をしましたね。十二月二十五日金曜日の朝に」

「はい」

「現金は見つかりましたか」

「いいえ」

法廷のあちこちで、はっと息をのむ音がした。物とりだったのか！　エラリーは眉を寄せた。それは理屈が合わない。最初に、どこからどう見てもりっぱな宗教狂いのしるしだらけの犯罪が起きて、そして今度は……金の盗難だと？　このふたつはしっくりこないぞ。不意に、エラリーは身を乗り出した……ひとりの男が何かを演台に運んでいる。安物の、あちこちへこんだ、緑色のブリキの箱だ。掛け金はひどくねじ曲げられ、ちっぽけな錠前がだらんとぶらさがっている。検死官は、その箱を係官から受け取ると、蓋を開けて、手に持ったまま上下をひっくり返してみた。からっぽだった。

「巡査、この緑色のブリキの箱に見覚えはありますか」

ルーデンは鼻をすすった。「それは」太いがらがら声で言った。「ヴァンの家に、そういう状態で置いてあったもんです。金をしまっとった箱でしょう」

検死官は、首を伸ばして見ようとする田舎の陪審員たちに向かって、それをかかげてみせた。

「陪審の皆さん、この証拠物件をよくごらんください……ルーデン巡査、もう結構です。では、アロヨ郵便局長、証人席へどうぞ」

しなびた小柄な老人がひょいと証人席にあがった。

「アンドルー・ヴァンは郵便物をたくさん受け取っていましたか」

「いや」郵便局長はきしるような声で答えた。「本の広告が来るくらいで、たいして」

「亡くなる前の一週間に、手紙や小包といったものは何か届きませんでしたか」

「全然、なんも！」

「自分からしょっちゅう手紙を出していましたか」

「いやいや。たまーに一通か二通、出すか出さないかっちゅう程度で。最近じゃ、もう三、四カ月、一通も出しとらんです」

検死医のストラング医師が呼び出された。その名が出たとたん、傍聴席はざわざわと活気づいた。ストラング医師は陰気な顔つきのみすぼらしい男で、まるで時間ならいくらでもたっぷりある、というように、ゆうゆうと通路を歩いてきた。

医師が着席すると、検死官は訊ねた。「ストラング先生、被害者の遺体を最初に調べたのはいつですか」

「発見の二時間後です」

「陪審の皆さんに、死亡推定時刻を教えていただけますか」

「はい。故人はおそらく丁字路で発見される六時間から八時間前に死亡していたと思われます」

「ということは、殺害されたのは、クリスマスイブの真夜中あたりですか」

「そうです」

「本法廷における審問の参考になりうる、遺体の状態に関するさらなる詳細について、陪審の皆さんにご説明いただきたい」

エラリーは苦笑した。ステイプルトン検死官はまさにいま得意の絶頂で、晴れの舞台を満喫している。言葉づかいはむやみに難しいお役人風で、聴衆たちはといえば、ぽかんと開いた口を見るに、すっかり感銘を受けているようだ。

ストラング医師は足を組むと、けだるそうに言った。「頭部が切断された首の切り口と、両手足に打たれた釘の穴以外に、損傷はありませんでした」

検死官は半分腰を浮かし、でっぷりした腹を机の端にのせた。「ストラング先生」勢いよく、しゃがれた声で訊ねた。「その事実から、どのような結論を出されますか」

「故人はおそらく頭部を殴られるか撃たれるかして殺されたのでしょう。身体のほかの部分に、暴力をふるわれた痕跡はまったくありませんから」

エラリーはうなずいた。この一見しょぼくれた田舎医者は、見かけによらず、しっかりした頭の持ち主らしい。

「私見ですが」検死医は続けた。「被害者は、頭部を切断された時にはすでに死亡していたと思われます。首の付け根の傷の特徴から、非常に鋭利な凶器が用いられたに違いありません」

検死官は、目の前の机に慎重に置かれている物体を取りあげ、かかげてみせた。それは柄の長い不気味な斧で、刃の血がついていない部分はぎらぎらと光っていた。「ストラング先生、この凶器でなら、被害者の頭部を胴体から切断できるとお考えですか?」

「はい」

検死官は陪審席を振り返った。「この証拠物件はアンドルー・ヴァンが住んでいた家の裏手にある台所の床で発見されました。そこが殺害の現場です。あらかじめ申しあげておきますが、皆さん、この凶器に指紋はまったく付着していません。犯人は手袋をしていたか、使用後に指紋をふき取ったかしたと思われます。この斧は故人の持ち物であることが確認されています。普段は台所に置かれていて、主に、行方不明のクリングが薪を割るのに使用していました……では、これで結構です、ストラング先生。ピケット警視監、証人席に着いてください」

ウェストヴァージニア州警察長官が求めに応じた――背の高い、いかにも軍人風の男だ。

「ピケット警視監、報告をお願いします」

「アロヨ村周辺を捜索しましたが」警視監はマシンガンのような早口で報告を始めた。「殺害された男性の頭部は発見できませんでした。行方不明の召使、クリングの足跡《そくせき》もまったくつかめていません。クリングの人相書は近隣の各州に送られ、目下指名手配中です」

「被害者と行方不明の男の最近の動静を、あなたが指揮して調査中であるということですね、警視監。何か発見はありましたか」

「アンドルー・ヴァンが生前最後に目撃されたのは、十二月二十四日の木曜、午後四時です。当該の時刻に被害者はアロヨ村住人、レベッカ・トロープ夫人の家を訪れています。夫人の息子ウィリアムが、被害者の勤務していた小学校の生徒であり、最近、成績が思わしくないと注意をするための、家庭訪問だったということです。被害者がそこを辞去したあとに生きている姿を目撃した者は、現在、ひとりも見つかっていません」

「クリングは？」

「クリングは、アロヨとピュータウンの間に住んでいる農夫、ティモシー・トレイナーが、同日の午後四時を少しまわったころに、会っています。じゃがいもを一ブッシェル（重量の単位。27・2キログラム）、現金で購入し、じゃがいも袋を肩にかついで帰っていったそうです」

「そのじゃがいも袋はヴァンの住まいで見つかりましたか？　このことは、警視監、クリングがヴァンの家に帰り着いたかどうかを決定する重要な手がかりになると思われます」

「見つかりました。手つかずのままで。トレイナーはそれがその日の午後、クリングが買っていったものに間違いないと確認しています」

「ほかに何か、報告されることはありますか」

　ピケット警視監は答える前に廷内をぐるりと見回した。おごそかに開いた口は、まるで落とし穴のようだった。「もちろんあります！」

　法廷は死のようにしんと静まり返った。エラリーはやれやれと苦笑した。ついに新事実が明らかにされる時が来たのだ。ピケット警視監は身を乗り出して、検死官の耳元に何か囁いた。ステイプルトン検死官は眼をぱちくりさせ、にっこりすると、ぽちゃぽちゃした両頬をこすって、うなずいた。傍聴人たちもまた、いよいよだと感じとって、椅子の上でもぞもぞと坐りなおした。ピケット警視監はそっと、法廷のうしろの方にいる誰かに合図した。

　現れた長身の州騎馬警官は、なんとも奇妙奇天烈《きてれつ》な人物の腕をつかんでいた。それは小柄な老人で、くしを入れたことのなさそうな茶色い髪をぼうぼうと伸ばし、もじゃもじゃの茶色いひげを生やしていた。小さなぎらつく眼は、まさしく狂信者の眼だった。まるで生まれてこのかたずっと外で暮らしていたかのように、肌は汚く黒ずみ、太陽と風に痛めつけられ、皺だらけで、ぼろぼろに荒れている。着ているものは――エラリーはじっと眼をすがめた――泥がこびりついたカーキ色の半ズボンに古ぼけた灰色のタートルネックのセーターだ。褐色の足は、灰色の静脈がロープのようにからみついていて、へんてこなサンダルを履いている。そして手には、珍妙な代物を持っていた――それは杖のような棒切れで、てっぺんにはへたくそな職人が彫ったような、明らかに手作りの、蛇の飾りがくっついている。

たちまち廷内は騒然となり、けたたましい笑い声が炸裂した。検死官は狂ったように木槌を叩きまくって、黙らせようとした。

騎馬警官と、珍妙なとらわれ人のうしろからは、油じみたつなぎを着た青白い顔の青年が、ずるずると足を引きずるように歩いてきた。どうやら、傍聴人たちの大半がその顔を知っていたらしく、青年が通り過ぎようとするそばから、何本もの手が先を争って伸ばされ、勇気づけるように身体を叩いてはげましていた。法廷じゅうの傍聴人たちが、おどおどとすくんでいる青年の姿を、遠慮会釈なしに指さしている。

三人は傍聴席を仕切る手すりの切れ目を通り抜け、前方に用意された席に着いた。茶色いひげの老人は明らかに怯えきっていた。眼はひっきりなしにきょろきょろ動き、痩せこけた茶色い両手は、持っているへんてこな棒切れをせわしなく、何度となくぎゅっと握りしめては、また握りなおしている。

「キャスパー・クローカーさん、証人席へどうぞ！」

油じみたつなぎを着た青白い顔の青年はごくりと咽喉《のど》を鳴らし、立ち上がると、証人席に着いた。

「あなたはウィアトンの本通りでガレージ兼ガソリンスタンドを経営していますね？」検死官は質問した。

「はあ、なに言ってるんすか。あんた、おれを知ってるでしょ——」

「私の質問に答えてください」ステイプルトン検死官はいかめしく言った。「クリスマスイブの夜十一時ごろに起きた出来事を、陪審の皆さんに説明していただきたい」

クローカーは大きく息を吸いこむと、まるで、誰か味方はいないかと探すような眼であたりを見回し、そして語りだした。「クリスマスイブは、ガソリンスタンドを閉めてました——やっぱり、祝いたいじゃないすか。おれんちはガソリンスタンドのすぐ裏の家なんです。あの夜、十一時におれと女房が居間でゆっくりしてたら、どこか外でがんがん叩いて大騒ぎしてるのが聞こえてきて。なんだかうちのガソリンスタンドから聞こえてくるようだったから、慌てて駆けつけました。とにかく真っ暗闇で」そこで、クローカーはまたごくりと唾を飲んで、すぐに続けた。「そしたらどっかの男が、ガレージのドアをぶっ叩いてたんですよ。そいつはおれを見て——」

「ちょっと待ってください、クローカーさん。その男はどんな服装でしたか？」

ガソリンスタンドの経営者は肩をすくめた。「真っ暗でよく見えませんでしたよ。だいたい、そんなこと、いちいち気にする理由もなかったし」

「男の顔はよく見えましたか」

「まあ、一応。男が、ちょうどうちの常夜灯の下に立ってたんでね。襟巻《えりま》きまでして、がっちり着こんでましたよ——ものすごく寒かったってのもあるけど——むしろ顔を見られたくなかったんじゃないすかね。ともかく、その男がきれいにひげを剃ってて、髪は黒くて肌は浅黒くて、見た目は外国人っぽいってことくらいはわかりましたよ。アメリカ育ちのような英語を話しましたけど」

「年齢はどのくらいだと思いますか」

「まあ、三十代なかばってところですかねえ。難しいなあ」

「どういった用向きだったんです？」

「アロヨまで乗せていってほしいから、車を出してくれと」

エラリーの耳には、すぐうしろの列に坐っている、でっぷりした男のぜいぜいという息づかいが聞こえてきた。そのくらい、廷内は静まり返っていた。誰もが、椅子の端から身を乗り出して、緊張して耳を澄ましている。

「それで、どうなりましたか」検死官は訊いた。

「それでですね」クローカーは前よりは自信ありげな態度で続けた。「おれはあんまり気が進みませんでした——だってクリスマスイブの夜の十一時だし、女房をひとりにすることになるし。そしたら男が財布を取り出して言ったんです。〝車を出してくれたら十ドル払おう〟って。

いやね、十ドルなんて、おれみたいな貧乏人にとっちゃ大金ですよ。だから、おれは〝いいっすよ、だんな。わかりました〟って答えたんで」

「あなたの運転で送っていったわけですか？」

「うん、はい、そうです。コートを取りに家に戻って、女房に、三十分くらい出かけるけど、すぐ戻ると言って、ガレージに引き返して、おれのぼろ車をひっぱり出して、そんでその男が乗りこんできたから、車を出したんです。で、アロヨのどこに行きたいんすかって訊いたら、その男が〝アロヨ村道とニューカンバーランド＝ピュータウン本街道とぶつかる場所があったね〟って言うんで、うん、ありますよって答えました。そしたら、〝ああ、そこに行きたいんだ〟って男が言ったんです。で、そこまで連れてったら、男が車を降りて、おれに十ドルくれたもんで、そのまま、おれは車をぐるっとまわして、家にすっ飛んで帰りました。なんつうか、ぞっとして、寒気がしたもんで」

「あなたがその場を離れる時に、男が何をしていたのか見ましたか」

クローカーは力強くうなずいた。「おれ、肩越しにうしろを見ましたから。もうちょっとでみぞにはまるとこでしたよ。男はアロヨに行く分かれ道にはいって、歩いていきました。なんか、片脚をずいぶんかばって歩いてましたよ」

騎馬警官の隣に坐っている、茶色いひげの奇妙な男が息をのむ音が聞こえた。その両の眼が、まるで逃げ道を探すかのように、きょろきょろと狂ったようにあたりを見回し始めた。

「どちらの脚ですか、クローカーさん？」

「ええと、左脚をかばってましたね。体重を右にかけてました」

「それが、最後に男を見た機会ですか？」

「はあ、そうです。最初で最後っすよ。あの夜より前には見たことありませんから」

「ありがとうございました、もう結構です」

ほっと肩の荷をおろしたようにクローカーは証人席をおりると、いそいそと通路をドアに向かって歩いていった。

「では」ステイプルトン検死官は、椅子の中でちぢこまっている、茶色いひげの小男を、そのガラス玉のような眼でじっと見据えた。「あなたの番です。証人席へどうぞ」

騎馬警官が立ち上がり、茶色いひげの男をぐいとひっぱりあげて立たせ、前に押しやった。小男は逆らわずにうながされるまま歩きだしたが、狂気にかられた眼にはパニックの色があり、何度もしりごみして、立ち止まりそうになる。騎馬警官は遠慮会釈なしに男を証人席に押しこむと、自分の席に戻っていった。

「あなたの名前は？」ステイプルトン検死官は訊ねた。

証人席というよく見える場所に、この男の実に珍妙な服装や外見がさらされると、傍聴席は爆笑の渦に包まれた。再び静粛《せいしゅく》になるまで、えらく時間がかかったのだが、その間じゅう、証人はくちびるをなめては、身体を右に左に揺すりながら、ぶつぶつとひとりごとをつぶやいていた。エラリーは、その男がまるで祈っているような気がして、思わず目を疑った。たしかに祈っている――なんとも不気味なことに――杖のてっぺんについている木彫りの蛇に向かって。

ステイプルトン検死官はいらだったように、質問を繰り返した。男はぴんと腕を伸ばして、杖を前に突き出すようにかかげ、痩せた肩をうんとそらし、どうやらその姿勢であらんかぎりの力と威厳を誇示しようとしているらしかった。そして、ステイプルトンの両眼を正面からまっすぐ見据え、よく通る甲高い声で叫んだ。「我《われ》はホルアクティ［訳註］なり。朝に地平からのぼりゆく、若き太陽の神ぞ。隼《ハヤブサ》のラー・ホルアクティなり！」

あっけにとられた沈黙がおりた。ステイプルトン検死官は眼をぱちくりさせ、いきなり目の前の誰かにわけのわからない脅し文句をがなりたてられたかのように、ぎょっとしてすくみあがった。傍聴人たちは、口をぽかんと開けていたが、やがてヒステリックな爆笑が廷内にこだました――今度は嘲笑ではなく、名状しがたい恐怖が生み出した笑いだった。この男には何か、気味の悪い、ぞっとする空気がまとわりついている。その大まじめな様子からは、とてもただの見せかけの芝居とは思えない、本物の狂気が感じられたのだ。

「誰ですって？」検死官は弱々しく訊ねた。

みずからをホルアクティと名乗った男は、痩せて骨ばった胸の前で腕を組むと、身体の正面でがっちり杖を握ったまま、ひとことも返事をしようとしなかった。

ステイプルトン検死官は両の頬をごしごしこすり、これから先、どう続ければいいのか途方に暮れているようだった。「ええと――ご職業はなんですか、その――ホルアクティ、さん？」

エラリーは穴にでももぐるようにぐったりと深く坐ると、検死官に同情して自分も顔を赤らめた。なんとも居たたまれない。

ホルアクティは頑固そうなこわばったくちびるを開いた。「我は弱き者のいやし手なり。病める身体を治し、強くする。我は〝あけぼのの船〟マンジェトを走らせる者。〝たそがれの船〟メセクテトを走らせる者。我をホルスと呼ぶ者もおる。地平線の神と呼ぶ者もおる。天空の女神にして、大地の神ゲブの妻にして、イシスとオシリスの母たるヌトの、息子である。我はメンフィスの地の至高神ぞ。またの名をエトムと――」

「ストーップ！」検死官は怒鳴った。「ピケット警視監、いったいこれはどういうことです？あなたはこの狂人が、本審問に重大な証言をするとおっしゃいましたが！　私は――」

州警察長官は慌てて立ち上がった。みずからホルアクティと名乗る男は落ち着き払っていた。最初に見せた怯えきった様子はすっかり消えている。そのねじれ曲がった脳髄の奥底で、自分がこの場の支配者であることを思い出したかのようだ。

「失礼しました、検死官」警視監は早口に言った。「あらかじめ、申しあげておくべきでした。この男は少々、常軌《じょうき》を逸《いつ》しておりまして。職業その他については、私から検死官や陪審員の皆さんに説明したうえで、より詳しい質問をされるのがよろしいでしょう。この男は、いわゆるまじないの見世物をしております――いんちきくさい、太陽や星や月やエジプトのファラオの奇妙な絵を使ったこけおどしです。無害な男ですが、どうも、自分は太陽神だかなんだかだと信じているようで。古い荷馬車で、町から町へ放浪してまわっています。イリノイから、インディアナ、オハイオ、ウェストヴァージニアとさすらって、説教をしたり、毛がふさふさに生える万能薬とやらを売ったり――」

「あれは若返りの霊薬である」ホルアクティは重々しく言った。「太陽の光を瓶に詰めたものぞ。我は太陽神の教えを説く預言者なり。我はモントゥ（軍神。太陽の船の守護者）であり、アトゥム（原初の創造神。太陽神）であり――」

「私の知るかぎり、その万能薬はただの肝油です」ピケット警視監は苦笑まじりに説明した。

「この男の本名を知る人間はおりません。おそらく本人も忘れていると思われます」

「ありがとうございました、警視監」検死官は威厳たっぷりに言った……

ふとエラリーはあることに気づき、固い座席の上で骨の髄までぞっとした。狂人の手に握られた、何かの象徴らしき不細工な物体の意味が、わかってしまったのである。あれは、古代エジプト人のあがめる神々の中でも中心的な存在であり、神々の子孫である諸王を象徴する、コブラ姿の女神ウラエウスの笏《しゃく》だ。実は最初、エラリーは杖に蛇のデザインがほどこされているのを見て、手作りのお粗末な〝使者の杖〟かと思ったのだが、神々の使者マーキュリーが持つ杖には翼がついているものなのに、目を凝《こ》らしてよくよく見れば、一匹かそれ以上の蛇がからまりあった台座の上に、えらく不細工な太陽らしき円盤がのっている……ファラオ時代の古代エジプトか！　このなかなか愛嬌《あいきょう》のある、小柄な誇大妄想狂の先生の口からこぼれ落ちた名のいくつかは、聞き覚えがあった。ホルス、ヌト、イシス、オシリス。ほかの名前はほぼ初耳だが、なんとなくエジプト的な響きを感じる……エラリーは背筋を伸ばして坐りなおした。

「ああ――ホルアクティさん、だかなんだか知りませんが」検死官は続けた。「キャスパー・クローカーさんが話された、片脚をかばっていた色黒の、ひげをきれいに剃った男に関する証言を聞いていましたか？」

ひげもじゃの男の両眼に理性の光が射しこむとともに、ひそんでいた恐怖の色が戻ってきた。

「か、かた、片脚の悪い男」口ごもりつつ、答えた。「ああ」

「そういう外見の男に心当たりがありますか」

ためらいがあった。やがて――「ある」

「ああ！」検死官はため息をついた。「よかった、ホルアクティさん、やっと話が通じましたな」検死官の口調はいくらか温かく、親しげになった。「この男は何者ですか。あなたはどうしてこの男をご存じなのですか」

「あれは、我が僧侶である」

「そうりょ！」傍聴席にざわざわと囁きが広がり、エラリーはまうしろのでっぷりした男が「この罰当たりめが！」と言うのを聞いた。

「ええと、それはつまり、この男があなたの――助手ということですか？」

「我が弟子なり。あれは我が僧侶。ホルスの高僧である」

「わかりました、わかりました」ステイプルトン検死官は慌てて言った。「この男の名は？」

「ヴェリヤ・クロサック」

「ふうむ」検死官は眉を寄せた。「外国人の名ですね？　アルメニア人ですか？」そして、茶色いひげの小男をじっと睨みつけた。

「エジプトのほかに国はない」ホルアクティは淡々と答えた。

「そうですか！」ステイプルトンは眼をむいた。「この名前のつづりは？」

ピケット警視監があとを引き取った。「こちらで調べがついています。Velja Krosacです。この男の荷馬車にあったいくつかの書類で見つけました」

「そのヴェル——ヴェリヤ・クロサックはどこにいますか」検死官はさらに質問した。

ホルアクティは肩をすくめた。「どこかに行ってしまった」しかしエラリーは、そのぎょろぎょろした小さな眼に恐慌の光がちらりと閃《ひらめ》いたのを見逃さなかった。

「いつから？」

ホルアクティはまた肩をすくめた。

ピケット警視監が再び助け舟を出した。「ステイプルトン検死官、おそらくそれも私から説明した方が、審問がスムーズにはかどると思います。クロサックという男は、我々が調べたかぎりでは、常に身元を隠していたようです。ここ二年ほど、そこのホルアクティと行動を共にしていました。言ってみれば謎の人物です。マネージャー兼宣伝係のようなものをつとめながら、ホルアクティにいんちき商売をやらせていました。ホルアクティは西部のどこかでクロサックを拾ったのです。最後にクロサックとホルアクティが一緒だったのは、クリスマスイブでした。ふたりはホリデイズ・コーブの近くで野宿をして——」ウィアトンから数キロの場所だ。エラリーはそんな地名の道標を覚えていた。「クロサックは十時ごろに出かけていきましたが、それが姿を見た最後だったと、このホルアクティだかなんだかは主張しています。時間的なものは合っています」

「クロサックの消息について、あなたは何も見つけられなかったんですか」

これには警視監もかちんときたらしい。「まだです」そっけなく答えた。「まるで土にのみこまれたように、消えてしまいました。ですが、必ず見つけます。絶対に逃げられません。我々はクリングに加えてクロサックの人相書もあわせて指名手配しました」

「ホルアクティさん」検死官は言った。「あなたはアロヨ村に行ったことはありますか」

「アロヨ？　いや」

「このふたりはウェストヴァージニアのそこまで北に行ったことはありません」警視監が補足した。

「クロサックについて、あなたはどんなことを知っていますか」

「あれは本物の信者である」ホルアクティはゆっくりと言いきった。「うやうやしく祭壇を作って礼拝する。香《キフィ》（日没時に太陽神に捧げて焚く、十六種の香料をまぜた香）の聖なる煙を焚き、聖なる教えを熱心に聴く。あやつこそ、我が誇り、我が誉《ほま》れ――」

「はいはい、もう結構です」検死官はぐったりした声で言った。「騎馬警官、証人を連れていきなさい」

騎馬警官はにやりとして、立ち上がると、茶色いひげの男の痩せた腕をつかみ、証人席からひっぱり出した。ふたりの姿が群衆の中にまぎれてしまうと、検死官はほっとため息をもらした。

エラリーもまた、つられてため息をついた。父の言ったとおりだった。この分ではどうやら、しっぽを巻くまでいかなくても、ばつの悪い顔でこそこそとニューヨークに帰ることになりそうだ。一連の出来事すべてが狂気の沙汰であり、事件そのものがそもそも理解不能で、まったく筋がとおらず、もはや茶番劇としか思えない。しかしながら——残虐に切断された死体がたしかに存在する。はりつけにされた、あれは……

はりつけ！　思わず、まわりに聞こえそうな音をたてて息をのんでしまった。はりつけ——古代エジプト。どうしてこの奇妙な事実に思い当たったのか……

　検死審問はとんとん拍子に進んでいた。ピケット警視監は、荷馬車の中で見つけた、ホルアクティがクロサックのものと認めたいくつもの品を提出した。物そのものとしても、持ち主の背景や身元を知るための手がかりとしても、価値のないものばかりだ。検死官が陪審員に説明したとおり、クロサックの写真はない——この事実は、逮捕をますます難しくするものだった。さらに困難を増したのは、クロサックの筆跡のサンプルがひとつも手にはいらなかったことである。

　ほかの証人たちが次々に呼び出された。こまごまとした事実が明らかにされた。クリスマスイブにアンドルー・ヴァンの家を注意してよく見ていた者はおらず、あのガソリンスタンドの持ち主のクローカーが交差点に送り届けたあとにクロサックの姿を見た者もない。例の交差点の近くにある住居はヴァンの家だけであり、事件の夜に通りかかった者はひとりもいなかった……。ヴァンの死体をはりつけにした釘は、本人の台所の食品置き場にいつも置いてある工具箱の中にはいっていたものだった。それはかなり前に、バーンハイムのよろず屋でクリングが買っていったものであると判明した。その大半は薪小屋を作るために使われていた。

ステイプルトン検死官が立ち上がろうとした時、エラリーははっと我に返った。「陪審の皆さん」検死官は言っていた。「本審問のこれまでの経緯をお聞きになって——」

エラリーはさっと立ち上がった。ステイプルトン検死官はぎょっとして言葉を切り、見回した。「なんですか、クイーンさん。検死審問を邪魔して——」

「少しだけ時間をください、ステイプルトンさん」エラリーは早口に言った。「陪審の皆さんにお話をされる前に。この審問に関係がありそうな事実を、ぼくは知っているんです」

「なんだって」クラミット地方検事は席から飛び上がるように立った。「新事実だと?」

「新事実ではありません、地方検事」エラリーは笑顔で言った。「非常に古い事実です。キリスト教よりもはるか大昔の事実ですよ」

「いやはや」ステイプルトン検死官はもらした——傍聴人たちはよく見ようと首を伸ばし、ひそひそ囁きあい、陪審員たちは席から立ち上がって、突然、わいて出た証人を、なんだなんだという眼で凝視している。「何が言いたいんです、クイーンさん。この事件とキリスト教にどんな関係があるんです」

「ないです——たぶん」エラリーは鼻眼鏡《バンスネ》を検死官の真正面に向けた。「この恐るべき犯罪のもっとも目をひく特徴についてですが」きびきびと言った。「失礼ながら言わせていただくと、ここまでの審問の中でまったく触れられませんでしたね。ぼくが言っているのは、殺人犯が誰であるにしろ、そいつがTの文字、あるいは、その形のしるしを、犯行現場付近に手間ひまかけてべた残しているという事実ですよ。T字形の交差点。T字形の道標。T字形の死体。犠牲者の玄関のドアに血で書きなぐられたT。これらはすでに新聞で報道されています——当然のことですが」

「ああ、そのとおりだ」クラミット地方検事が嘲るような笑みを浮かべて割りこんだ。「それはもうみんな知っていることだ。きみの言う新事実とやらはどこにあるんだね」

「ここにあります」エラリーがまっすぐに見つめると、クラミット地方検事は顔を赤らめて腰をおろした。「ぼくにはまだ、これの持つ意味がわかりません——白状しますが、まったくちんぷんかんぷんです——ですが、このTのしるしが実は、アルファベットではない可能性があることにお気づきですか？」

「どういう意味ですか、クイーンさん」スティプルトン検死官は不安げに訊ねた。

「このTのしるしには宗教的な意味合いがあるのではないかと、ぼくは言いたいのです」

「宗教的な意味合い？」スティプルトン検死官はおうむ返しに言った。

牧師のカラーをつけた、かっぷくのいい老紳士が、すし詰めの傍聴席の中で立ち上がった。「博学の識者《しきしゃ》にもの申すまねをして恐縮ですが」老紳士は鋭い声で言った。「——私は福音の伝道師でありますが、Tという形に宗教的な意味がこめられているなど、この私は聞いたことがありません！」

誰かが叫んだ。「いいぞ、もっとやれや、牧師！」牧師は顔を赤らめ、腰をおろした。

エラリーは微笑んだ。「博学の牧師さんにもの申すまねをして恐縮ですが、その意味はこうです。さまざまな宗教的なシンボルの中にTの文字の形をしたものがあります。タウ十字架（タウはギリシャ文字のT）、または crux commissa《クルックス・コミッサ》（commissioned cross 託された十字架）と呼ばれるものです」

牧師はさっと立ち上がった。「そのとおりです」そう叫んだ。「それは本当です。しかし、もとはキリスト教の十字架ではありません。異教徒のしるしです！」

エラリーはにこりとした。「ええ、たしかにそうです。ですが、キリスト教が興る前は何世紀にもわたって、キリスト教以前の人々によってギリシャ十字架が使われていませんでしたか？　このT十字架は、我々もなじみ深いギリシャ十字架よりさらに何百年も前に使われていたものです。一説で、その起源は男根崇拝にあると考えられています……それはさておき、要点はこうです」

一同はいっそう静まり返り、エラリーが言葉を切って大きく息を吸いこむ間、固唾《かたず》をのんで待っていた。やがて、エラリーはまたもや鼻眼鏡を検死官にまっすぐ向けると、きびきびと言った。「タウ、つまりT十字架とは、この十字架の唯一の呼び名ではありません。またの名を――」ここでひと息ついて、言葉を継いだ。「――エジプト十字架というのであります！」

［訳註］ホルアクティまたはホルアハティ（原文では Harakht とあるが、おそらく Harakhti の誤り）は古代エジプトの太陽神。ホルは王の象徴であるハヤブサの神ホルス、アクティ（アハティ）は地平線を意味する。ホルス神の別形態であり、地平線からのぼる若い太陽を、翼を広げたハヤブサにみたてて神格化したものと思われる。太陽の光の神なので、ハヤブサの神ホルスよりも、太陽そのものであるラーに近い神。一体化させて、ラー・ホルアクティ（Ra Harakhti ハヤブサの翼を持つ太陽神ラ

ー）と呼ばれることもあるが、この名で呼ばれるのはハヤブサの頭の時で、人頭の時はエトムと呼ばれる。

第二部　百万長者のはりつけ

常習的な犯罪者でない人間が犯罪をおかした時こそ、警察官は用心しなければならない。それまで学んできた法則がひとつも通用しないばかりか、何年にもわたる調査で蓄積した暗黒街に関する知識がまったく役にたたないのだ。

ダニロ・リエカ

3　ヤードリー教授

そして、それっきりだった。なんとも不思議で、信じられないことに——事件はそこで途絶えてしまった。エラリー・クイーンがウィアトンの市民に指摘した謎めいた意味の存在は、この不気味な事件の神秘性を薄めるどころか、かえって濃くしただけだった。そもそも当のエラリーに、解答がわからないのだ。狂人の脱線した行動にまともな論理は通用しないと思うことで、エラリーは自分を慰めるしかなかった。

エラリー・クイーンの手におえない難問が、ステイプルトン検死官、クラミット地方検事、ピケット警視監、陪審員、アロヨとウィアトンの一般市民、さらに、検死審問の日に大挙して押し寄せた新聞記者の手におえないのは当たり前である。一方で検死官は、結論はわかりきっているのだから、いますぐその明白な結論に飛びつきたいという誘惑にかられたものの、裏づけの証拠がないので、ぐっとこらえて陪審員たちに指示すると、彼らは額を寄せあい、頭をかきかき、〝ひとり、もしくは複数の、未知の人物の手による殺人〟という評決を出した。ブン屋たちは一日二日《いちにちふつか》うろついていたが、ピケット警視監やクラミット地方検事の捜査が堂々めぐりするばかりでさっぱり進まないので、事件はやがて、新聞紙上から完全に姿を消してしまった——この事件は迷宮入りしたのである。

やれやれと肩をすくめ、エラリーはニューヨークに引き返した。考えれば考えるほど、この問題はまったく簡単に説明がつくような気がしてくる。あれほど圧倒的な証拠が指し示す結論なのだ。疑う理由はどこにもない。たしかに状況証拠でしかないのは事実だが、指し示す結論は決定的だ。すなわち、ここにヴェリヤ・クロサックと名乗る、英語がぺらぺらの、うさんくさい外国人の男がいる。この男は何か秘密の理由があって、同じく外国人である田舎の小学校長を狙い、計画を練り、身辺を調べあげ、ついにその命を奪った。方法はたしかに犯罪学的な見地からすれば興味深いものだが、そこはさして重要なポイントではない。身の毛もよだつ残忍な手口とはいえ、狂人の心理という奇妙な炎にあぶられて歪《ゆが》んだ心が発信した表現であると思えば、理解できないこともない。背後に何が横たわるのか――妄想が生んだ誤解か、宗教の狂信か、血に飢えた復讐か――それはきっと永久にわからないままなのだろう。クロサックは、そのおぞましい目的を果たしたあとは、姿を消すのは当然で、いまごろはとっくに海の上で、生まれ故郷をめざしていてもおかしくはない。召使のクリングは？　疑いもなく、偶然、まずい場所に居合わせてしまっただけの無実の犠牲者であろう。犯罪そのものか、殺人者の顔を目撃してしまい、死刑執行人の手で処分されたに違いない。どこから見てもクリングはまさに橋であり、クロサックはこの橋を焼き捨てておかなければ、のちのち危険だと判断したのだ。なんといっても、みずからの復讐のしるしを人体で描く目的のためだけに、人間の首を切断することもいとわなかった男だ。思いがけなくも自分の身の安全をおびやかすことになった存在を消すのに、ためらいなどまったく感じなかったに違いない。

というわけで、エラリーは警視にちくちくいじめられるために、ニューヨークに戻ってきた。

「〝だから言っただろう〟と言うつもりはないがね」エラリーが帰宅した夜、夕食のテーブル越しに老人はご満悦でくすくす笑っていた。「だがな、ひとつ教訓を言ってやろう」

「どうぞ」エラリーは厚切り肉をやっつけながら、もごもご返事をした。

「教訓というのはな。殺人は殺人でしかない。この地球上のどこで起きた殺人だろうが、九九・九パーセントはごく簡単に説明がつくということだ、この青二才の馬鹿たれが。摩訶不思議な殺人なんてものはない。わかったか」警視は得意満面だった。「あんな神に見放されたへんぴな土地で、おまえがいったい何をやって、いい格好ができると思っとったのか知らんがな。しかしあの事件の答えなら、どんなぺーぺーのおまわりにも出せただろう」

エラリーはフォークを置いた。「しかし論理というものが――」

「くだらん！」警視は鼻を鳴らした。「いいからさっさとめしを食って、寝ろ」

＊

五カ月が過ぎる間にエラリーはアロヨ殺人事件の奇妙な出来事を完全に忘れていた。仕事はいくらでもあった。ニューヨーク市はペンシルヴェニア州の兄弟分（フィラデルフィア市のこと。〝兄弟愛の町〟の異名を持つ）とは違い、お世辞にも兄弟愛の町とは呼べなかった。殺人事件は山ほど起きた。警視は夢中になって捜査に駆けまわり、エラリーはあとをついて歩き、興味をひかれた事件があれば、その異能を発揮して貢献した。

ウェストヴァージニアでアンドルー・ヴァンがはりつけにされてから五カ月が過ぎた六月になってついに、エラリーはアロヨ殺人事件をいやおうなしに思い出させられることとなる。

口火が切られたのは、その月の二十二日の水曜日のことだった。エラリーとクイーン警視が朝食をとっていると、ドアの呼び鈴が鳴った。クイーン家のなんでも屋こと、万能の少年召使ジューナが玄関に出てみると、エラリー宛の電報を持った配達人が立っていた。

「変だな」と言いながら、エラリーは黄色い封筒をびりっと開けた。「こんな朝っぱらからぼくに電報を打ってくるなんて、どこのどいつだ?」

「誰からだ」老人はトーストを口いっぱいにほおばったまま、もごもごと言った。

「これは――」エラリーは電報を開いて、タイプされた署名を見下ろした。「ヤードリーだって!」びっくり仰天して叫んだ。そして父親に笑顔を向けた。「ヤードリー教授だ。覚えてるでしょう、お父さんも。ぼくの大学時代の恩師ですよ」

「覚えとるとも。古代史の先生だろうが。ニューヨークに来た時、うちに一週間泊まっていった。たしか、顎《あご》ひげを生やした醜男《ぶおとこ》だったな」

「あの顎ひげは天下一品だ。いまどき、あれほどの顎ひげはなかなか見ませんよ」エラリーはうなずいた。「いや、まったく、教授から連絡なんて、もう何年ぶりだろう。いったいなんでまた――」

「ぐだぐだ言っとらんで」老人は優しく声をかけた。「さっさと読んでみろ。それが、なぜ誰かがたよりを出してきたのか知る、普通一般の方法だろうが。まったくおまえときたら、頭がいいのか悪いのかさっぱりわからんな」

老人の眼にきらめくからかうような光は、エラリーの顔を見守るうちに消えてしまった。老紳士の顎は、傍目《はため》にもわかるほどだらりと落ちた。

「どうした」警視は急いで訊ねた。「誰か死んだのか？」警視はいまだに、電報はろくな知らせを運んでこないという中流階級の迷信をかかえていたのである。

エラリーは黄色い紙片をぽいとテーブルに投げ出し、椅子から飛び上がると、ナプキンをジューナに投げつけ、ガウンを脱ぎ捨てながら、寝室に駆けこんでいった。

警視は読んでみた。


きみのことだ、あいかわらず趣味が仕事だろう。延び延びになっている約束どおり遊びにこないか。我があばらやの向かいで実におもしろい殺人が起きた。まだ警察も来ていない。隣人が首なしになって自宅のトーテムポストにはりつけにされた。すぐに来てくれ。

ヤードリー

4　ブラッドウッド荘

なにかしら異常なことが起きているのは、古ぼけたデューセンバーグが目的地に着く何キロも手前から明らかだった。エラリーがいつもどおり無茶なスピードを出しているロングアイランドのハイウェイには、郡の警察官がうじゃうじゃしていたのだが、この真剣な顔の長身の青年が平均時速九十キロでぶっ飛ばしていることには、とんと興味がないようだった。エラリーは、特別にスピードを出していいというお墨つきをもらっていたので、むしろ、誰かが止めてくれないかな、といたずら心半分で期待していた。そうしたら、バイクにまたがった敵の鼻先で「警察の用だ！」と怒鳴りつけるチャンスができるというものだ。というのも、エラリーはうまいこと父親を言いくるめて犯行現場に電話をかけさせ、ナッソー郡警察のヴォーン警視に向かって、親馬鹿まるだしで〝うちの有名な息子〟が行くから、なにとぞ、この若き英雄にあらゆる便宜をはかってやっていただけないだろうか、と頼んでもらったのである。老人はさらに、この有名な息子はヴォーン警視とそちらの地方検事の興味をひくこと間違いなしの情報を持っていると言い添えた。次に、ナッソー郡の地方検事、アイシャム氏に電話をかけると、同じ息子自慢と保証の言葉を繰り返した。アイシャム地方検事は、朝からひどい事件にほとほと参っていたので、ぐったりした声で「この際、どんな情報でもありがたいです、警視。息子さんをこちらに送ってください」と答え、エラリーが着くまでは犯行現場に一切手をつけず、そのままにしておくと約束した。

正午にデューセンバーグが道をぐんと曲がって、ロングアイランドらしく塵《ちり》ひとつ落ちていないとある私道にはいりこんだところで、ついに白バイ警官につかまった。

「ブラッドウッド荘はこの道でいいんですか？」エラリーは叫んだ。

「そう、だけど、こっちには行けないよ」警官はつっけんどんに答えた。「Uターンして、きみ、ほら、早く」

「ヴォーン警視とアイシャム地方検事がぼくを待ってるはずなんだけどな」エラリーはにやりとした。

「ああ！　あなたがクイーンさんですか。失礼しました。お通りください」

やりこめて得意満面のエラリーは、ぐんと車を走らせ、五分後には、二軒の家にはさまれたりっぱな舗装道路に停めていた――うち一軒の車寄せに警察の車が山ほど停まっているのを見れば、これこそ殺人事件が起きたというブラッドウッド荘に違いない。ということは、道路をはさんだ向かいにある家が、かつての恩師であり、いまはよき友人のヤードリー教授の住まいであろう。

その教授自身は、背が高く、手足がひょろりと長く、びっくりするほどエイブラハム・リンカーン大統領そっくりで、大急ぎでせかせかと出てくると、デューゼンバーグから飛び降りたエラリーの手をぎゅっと握った。

「クイーン君！　また会えて嬉しいぞ」

「ぼくもですよ、教授。いや、まったくひさしぶりですね！　ロングアイランドくんだりで何をしてるんです？　前に聞いた噂じゃ、まだ大学のキャンパス内にお住まいで、二年生をいじめてるって話でしたが」

教授は短い真っ黒な顎《あご》ひげの中で愉快そうに笑っていた。「道路の向こう側にある、あの夕ージ・マハルを借りたんだ――」エラリーが振り返ってみると、ヤードリー教授の親指が示している木々の上あたりに、いくつかの尖塔とビザンチン風の丸屋根《ドーム》が顔を覗かせていた。

「――変人の友達にな。あいつめ、東洋の虫にかぶれて、つい、あんなとんでもないものを建てた。当人はいま小アジアをうろつきにいっているよ。私はこの夏、ここで仕事をさせてもらっている。遅れに遅れた〝アトランティス伝説の起源〟に関する論文を仕上げるのに、静かな場所にこもりたくてね。プラトンがこれについて記録しているのを覚えているな？」

「ぼくが覚えているのは」エラリーは微笑んだ。「むしろベーコンの『新アトランティス』ですが、まあ、ぼくの興味はむかしから科学より文学方面にありますので」

ヤードリー教授は鼻を鳴らした。「あいかわらず口の減らない生意気な若造だ、ちっとも変わっとらんな、きみは……まあ、いい、見たまえ！　これが私の巻きこまれた事件だ」

「いったいどうして、ぼくのことを思い出したんです」

ふたりはブラッドウッド荘のごった返した車路《くるまみち》を、コロニアル風の大邸宅に向かって大股に歩いていった。屋敷の巨大な円柱が正午の日を浴びてきらめいている。

「偉大なる偶然のおかげだ」教授は淡々と答えた。「言うまでもないことだろうが、私はきみの活躍ぶりを、興味を持って見てきたよ。きみの功績にはいつも感心していたのでね、五、六カ月前のウェストヴァージニアで起きた奇妙な殺人事件の記事もむさぼるように読んださ」

エラリーは答える前に、あたりの光景を頭に叩きこんだ。ブラッドウッド荘は大庭園のすみずみまで美しく造園された、まさに富豪の屋敷そのものだ。「何千というパピルスや石碑を調べてきた眼からは、何ひとつ逃れられっこないことくらい、ぼくも覚えているべきでしたよ。つまり、教授はぼくの短いアロヨ滞在に関する実にロマンチックに脚色した記事を読まれたと」

「読んだとも。実にロマンチックなきみの失敗談を」教授はくすくす笑った。「それと同時に、私がきみの頑固な頭になんとか叩きこもうと苦労した根本の原則を実践していると知って嬉しかった——いついかなる時も、ものの起源を探れ、と教えたな。エジプト十字架だって、きみ？　やれやれ、きみの芝居っ気が純粋な科学的真理をくびり殺したんじゃないといいが……ああ、ここだ」

「どういう意味です？」エラリーは胸騒ぎを覚えつつ、眉を寄せて詰め寄った。「タウ十字架はたしかに古代エジプトの——」

「それはまたあとで話しあおう。まずアイシャムに会いたいんじゃないかね。実に親切な御仁《ごじん》でな、私がこのあたりをうろつくのを黙認してくれとるんだ」

ナッソー郡地方検事のアイシャムは、ずんぐりした身体つきで、淡い青い眼の、馬蹄形の白髪が後頭部を囲むようにのっかっている中年男で、いまはコロニアル風の屋敷につきものの長いポーチに続く階段の上に立ったまま、長身で力が強そうな私服の男と、熱心に話しこんでいるところだった。

「あー、アイシャムさん」ヤードリー教授は声をかけた。「これが我が愛弟子のエラリー・クイーンだ」

ふたりの男がさっと振り向いた。「ああ、はい」アイシャム地方検事は心ここにあらずといったていで答えた。「ようこそおいでくださいました、クイーンさん。どう助けていただけるのかわかりませんが、ともかく――」地方検事は肩をすくめた。「ナッソー郡警察のヴォーン警視をご紹介しましょう」

エラリーはふたりと握手をした。「このへんをぶらついてもかまいませんか？　皆さんの足はひっぱらないとお約束しますから」

ヴォーン警視は茶色い歯を見せた。「いやあ、むしろこの足をひっぱってくれる人が欲しいくらいですわ。私らはいま、ぼんやり突っ立ってるだけで、身動きひとつとれん状態なんでね。肝心かなめの証拠物件を見ますか？」

「それがものの順序ってものでしょうね。行きましょう、教授」

四人の男はポーチの階段をおりて、砂利を敷いた道を歩き、屋敷の東の角を曲がった。この敷地の広大さをエラリーはいまさらながら思い知った。目の前の母屋は、さっきデューセンバーグを停めてきた舗装された私道と、入江の中間に建っている。小高い場所にある母屋からよく見える入江のさざなみは太陽の光に彩られていた。アイシャム地方検事の説明によれば、これはロングアイランド湾の一部で、ケチャム入江と呼ばれているそうだ。入江の向こう側には、木々の生い茂る小島のシルエットが見える。あれがオイスター島だ、と教授が解説した。住んでいる連中が変わり者ばかりで……

エラリーが問いかけるように教授を見上げると、アイシャムがぴしりと「あとにしましょう」と言ったので、ヤードリー教授は肩をすくめ、それ以上、口を出そうとしなかった。

砂利を敷いた小径《こみち》は少しずつ屋敷から離れ、コロニアル風の大邸宅から十メートルほどのところで鬱蒼《うっそう》とした森の中にはいりこんだ。さらに三十メートルほど進んだところで突然、ぽっかりと空き地が目の前に開けると、そのど真ん中に醜怪《しゅうかい》な物体が立っていた。

一同はぴたりと足を止め、お喋りをやめた。むごたらしい死を目の当たりにすれば誰でもそうするだろう。グロテスクな物体のまわりには郡の騎馬警官や刑事たちがうろうろしていたが、エラリーの眼にはその物体しか映らなかった。

それは高さが三メートルほどの、びっしりと一面に彫刻をほどこした柱《ポスト》で、よく保存されている部分から判断するに、もとはけばけばしく彩色されていたようだが、いまとなっては、まるで何百年も風雨にさらされていたかのように、見る影もなく色あせ、汚れ、朽《く》ちかけていた。彫刻は、怪物《ガーゴイル》の面やさまざまな動物が組みあわさった空想の生き物の集合体で、てっぺんには荒々しく刻まれた、くちばしを下に突き出し、両翼を大きく広げた鷲《わし》の彫刻がほどこされている。鷲の翼はほぼ水平に伸びているので、この柱がてっぺんの広げた翼と組みあわさって、まるで大文字のTのように見えることに、エラリーはすぐに気づいた。

柱には首を切られた男の死体がかかっている。両腕を太いロープで両翼にくくりつけられ、両脚も同じ要領で、地上一メートルの高さで縛りつけられている。男の頭があった場所にぽっかりと空いた血まみれの空間のほんの数センチ上に、木でできた鷲の鋭いくちばしがぐっと突き出されている。この見るもおぞましい光景は、恐ろしくもあり、物悲しくもあった。首なし死体は、まるで頭をもがれたぬいぐるみのように哀れっぽく、無力感を漂わせていた。

「こいつはまた」エラリーは震える声でひきつった笑いをもらした。「ずいぶんじゃないですか」

「ぞっとしますよ」アイシャムは小声で答えた。「こんなものは見たことがない。文字どおり、血が凍りそうだ」地方検事は身震いした。「さっさとすませましょう」

一同はさらに柱の近くに寄った。エラリーはこの空き地に、柱から数メートル離れて草ぶき屋根のあずまやがあることに気づいた。そして、また死体に注意を戻した。それは中年男の死体だった。でっぷりした太鼓腹で、両手はやけに老いてふしくれだっている。死体はグレーのフランネルのズボンをはき、絹のシャツの襟元《えりもと》をはだけ、白い靴、白い靴下を身につけ、べっちんの室内用上着を羽織っていた。首から爪先まで、死体は血の桶《おけ》で洗われたような、すさまじいありさまだ。

「トーテム棒《ポール》ですね、これは」エラリーは、死体の下から離れながらヤードリー教授に話しかけた。

「トーテム柱《ポスト》だ」ヤードリー教授は厳しい口調で言った。「それがより好ましい呼称で……ともかく、ああ、きみの言うとおりだ。トーテム制度（社会がいくつかの集団に分かれ、各集団が特定のトーテム（動植物などの自然種）を崇める信仰）は私の専門分野ではないが、この遺物は北アメリカのかなり原始的な部族のものか、かなりうまく作った偽物だろうな。こんな形のものは見たことがない。その鷲は、鷲族を表しとるんだろう」

「死体の身元は確認できてるんですよね？」

「もちろん」ヴォーン警視が言った。「あなたがいま見ているのは、百万長者の絨毯輸入商で、ブラッドウッド荘の持ち主の、トマス・ブラッドのなきがらってやつですわ」

「だけどまだ死体はおろされてないでしょう」エラリーは噛んでふくめるように言った。「この状態でどうして身元に間違いないって確信がもてるんです」

アイシャム地方検事は、思いもよらないことを訊かれてびっくり仰天した顔になった。「いや、間違いなくブラッドです。衣服も確認がとれましたし、そもそもあの太鼓腹を見間違えることは無理ですよ?」

「それもそうだ。死体を発見したのは誰です」

ヴォーン警視が説明を引き受けた。「今朝七時に、ブラッドの使用人のひとりが発見したんですよ、運転手と庭師をかけもちしてるフォックスって男でね。フォックスはここから母屋をはさんだ向こう側の、林の中にある小屋に住んでます。で、今朝、いつもどおり車を出しに母屋の方に来たら——ガレージは母屋の裏手にあるんですわ——ここの住人のひとり、ジョーナ・リンカンのために車を出そうとしたんですが、リンカンのしたくがまだできてなかったもんで、それなら、ちょっくら花の世話でもしてこようかと庭にまわったわけです。で、こいつと鉢合わせするはめになったと。そりゃもう、ぶったまげて、あやうく胃の中身をぶちまけるところだったそうで」

「そうだろうとも」そう言うヤードリー教授自身は、吐き気などまったく感じていない涼しい顔で無神経に、トーテムポストとそれにぶらさがっているおぞましい荷物を、まるでそれが貴重な歴史的遺物であるがごとく、じっくりと調べている。

「それでも」ヴォーン警視は続けた。「フォックスは気を取りなおして、屋敷に駆け戻りました。あとはまあ、お定まりで――家じゅうてんやわんやってわけです。誰もなんにも触っていませんよ。リンカンというのが、神経質だけど理性のあるしっかりした男でしてね、我々が着くまでこの場を仕切っていてくれたおかげです」

「それで、リンカンというのは何者ですか?」エラリーは愛想よく訊ねた。

「ブラッドの事業の総支配人です。〝ブラッド&メガラ〟はご存じでしょう」アイシャムは説明した。「あの大手の絨毯輸入業者ですよ。リンカンはここに居候《いそうろう》してるんですわ。ブラッドがずいぶん気に入っとったようで」

「つまり、絨毯王のたまごだったと。で、メガラというかたは――やっぱりここにお住まいなんですか」

アイシャムは肩をすくめた。「旅をしていない時は。いまはどこかを航海中です。何カ月も留守にしていますよ。ブラッドは実務を担当しているんです」

「ということは、察するにその旅行家のメガラ氏がトーテムポールを――もとい、ポストですね、教授――持ちこんだってわけだ。まあ、どうでもいいことですが」

黒鞄を持ったさえない小男が、小径をぶらぶらと一同に向かって近づいてきた。

「ラムゼン先生が来てくれた」アイシャム地方検事はほっと安堵の吐息をもらした。「ナッソー郡の検死官ですよ。ドクター、ちょっとこれを見てください!」

「見とる」ラムゼン医師はぴしゃっと言い返した。「なんだ、これは——ギャングのいけにえか？　ここはシカゴか？」

エラリーは死体をとっくりと眺めてみた。どうやら、かちかちに硬直しているようだ。ラムゼン医師は無頓着《むとんちゃく》にじろりと見上げ、鼻を鳴らして言った。「まず、あれをおろしてくれ。私がこの棒によじのぼって、あれを調べると思ってるのか」

ヴォーン警視がふたりの刑事に合図すると、部下たちはさっと進み出つつ、折りたたみナイフを開いた。ひとりはあずまやに姿を消して、まもなく、飾り気のない椅子を持って現れた。それをトーテムポストのそばに置くと、椅子にのぼり、ナイフを差しあげた。

「切りますか、警視？」部下はナイフの刃を、右腕を縛るロープにあてがう前に訊ねた。「一本のままにしておいた方がよければ、この結び目はほどけそうですよ」

「切れ」警視は鋭く言った。「結び目を見たい。手がかりになるかもしれん」

助っ人が次々に加わり、死体をおろすといういやな仕事は、誰も口をきかないままにすまされた。

「ところで」一同が遠巻きに作業を見守る間に、エラリーが言いだした。「犯人はどうやって、あの死体をあそこまで持ち上げて、地上三メートルの位置で手首をくくりつけたんですかね」

「あそこで部下たちがやっているのと同じやりかたですよ」地方検事は淡々と答えた。「いま使っているのと同じ、血だらけの椅子をあずまやで発見しました。犯人はふたり組だったか、あるいは、もし単独でやってのけたとすれば、相当の力持ちだったかでしょう。椅子があったとはいえ、あの位置まで死体を引き上げるのは、かなり骨だったに違いありません」

「椅子はどこにあったとおっしゃいましたっけ」エラリーは考え考え言った。「あずまやの中でしたっけ？」

「そうです。犯人が仕事をすませたあとで、もとの位置に戻したのでしょう。あずまやには、まだまだ調べるものがたくさんありますよ、クイーンさん」

「ほかにもあなたの興味をひきそうなものがあるんですがね」ヴォーン警視は、死体がようやくいましめから解放されて草の上におろされるのを見ながら言った。「これです」

警視はポケットから小さな丸く平たい物体を取り出して、エラリーに手渡した。それは赤い木製のチェッカー（ボードゲームの一種）の駒だった。

「ふむ」エラリーは言った。「まあ、平凡なやつですね。これはどこで見つけたんですか、警視」

「この空き地の砂利の上で」ヴォーン警視は答えた。「そのトーテムポールの右側から一メートルそこそこ離れた場所に」

「どうしてこれが重要な証拠だと思われるんです？」エラリーは指でつまんだそれをひねりまわしていた。

ヴォーン警視はにんまりした。「見つけた状況が状況ですからなあ。まず、ごらんになってわかるとおり、そいつはなかなか状態がいいですから、そう長いこと、ここで野ざらしになってたわけじゃない。それに、ネズミ色の砂利の上に、そんな真っ赤なものがぽつんと落っこちてたら、目立ってしょうがありませんわ。ここらへんは毎日、フォックスがすみからすみまできっちり掃除しますからね、なら、前の日の昼間からあったとは思えない——ともかく、フォックスはそんなもんはなかったと言ってます。ま、そんなわけですから一応、そいつは昨夜の出来事に関係あると考えていいんじゃないですかね」

「ご賢察です、警視！」エラリーは微笑んだ。「敬服いたしました」チェッカーの駒を警視の手に返したその時、ラムゼン医師がおよそ医師らしくなく罵《ののし》り言葉を口汚く吐き出した。

「どうしたんです」アイシャム地方検事が慌てて駆け寄った。「何か見つけましたか」

「こんな妙なものは見たことがないぞ」検死官はぴしゃりと返した。「あんたも見てみろ」

トマス・ブラッドの死体はトーテムポストから一メートルほど離れた草の上に、倒れた大理石像のようにごろりと横たわっていた。不自然にこわばっているので、エラリーは積み重ねてきた悲しい、卓越した経験から、死後硬直がまだ解けていないのだと見てとった。両腕を大きく広げて横たわるさまは、その太鼓腹と服装以外は、六カ月前にウィアトンでエラリーが見たアンドルー・ヴァンの死体と驚くほどそっくりだった。どちらもわざわざ切断してTの形にされていたわけだが、と考えてみても謎は謎のままだ……エラリーはやれやれと頭を振ると、ラムゼン医師がいったい何にそんなに驚かされたのか、ほかの面々に続いて様子を見にいった。

医師は死者の右手を持ち上げていた。そうしながら、死人の青いてのひらを指さしている。てのひらの中央には、まるで染料で染めたように、ほんの少しだけ輪郭《りんかく》のぶれた丸い赤い染みがついていた。

「いったい、こりゃなんなんだ？」ラムゼン医師はぶつくさ言った。「こいつは血じゃない。ペンキか染料のようだな。しかし、なんでこんなものがついてるのか、さっぱりわからん」

「どうやら」エラリーがゆっくりと口を開いた。「あなたの予言が大当たりみたいですよ、警視。あのチェッカーの駒は――トーテムポールの右側に落ちていた――そして死者の右手には……」

「あっ、そう、そうだ！」ヴォーン警視は叫んだ。もう一度、チェッカーの駒を取り出し、警視は死者のてのひらの染みに当ててみた。ぴったり重なった。警視は得意ととまどいのまざった表情で立ち上がった。「だけど、どうしてこんなものが？」

アイシャム地方検事は首を横に振った。「私はそれほど重要だと思わない。きみはまだブラッドの書斎を見ていないだろう、ヴォーン。だから知らないんだ。書斎にはチェッカーのゲームをしていた形跡が残っている。家の中にはいれば、それについてもっといろいろわかるはずだ。殺害された時、ブラッドはなんらかの理由でチェッカーの駒を握っていたが、犯人はそれに気づかなかったんだろう。そして、そこの棒にくくりつけられたはずみで手からこぼれ落ちた。ただ、それだけだ」

「ということは、殺害されたのは家の中なんですか？」エラリーは質問した。

「いいえ、違います。そこのあずまやの中です。それに関しては証拠がどっさりあります。チェッカーの駒なら、まったく単純に説明がつくと思いますよ。安物の粗悪品のようですから、ブラッドの手の汗や体温で色が溶け落ちたのでしょう」

ラムゼン医師が無言の警察官たちに囲まれて、人体とは思えない物体をいじくりまわしている場をあとに、一同はあずまやに向かった。それはトーテムポストからほんの数歩しか離れていなかった。エラリーは階段もない低い入り口から中にはいる前に、あずまやの上を見上げ、あたりを見回してみた。

「外には照明が一切ないんですね。じゃあ、どうやって――」

「犯人は懐中電灯を使ったってことでしょうなあ。犯行がおこなわれたのが」警視は言った。「暗闇だったら。ラムゼン先生がブラッドの死後どのくらいたったか教えてくれれば、その点ははっきりしますわな」

入り口を守っていた警官が敬礼し、脇にどいた。一同は中にはいった。

それはこぢんまりとした円《まる》い建物で、わざとあまり加工していない大枝や小枝をたくみに組みあわせ、自然の木の味を生かした田舎風のあずまやだった。草ぶきのとんがり屋根に、壁は下半分だけが目隠しになっており、上半分は緑色の格子造りだった。中には荒削《けず》りのテーブルが一台と椅子が二脚あり、一脚は血まみれだった。

「たいして疑う余地はないでしょう」アイシャム地方検事は弱々しい声でうめくように言うと、床を指さした。

床の中央に赤茶色の大きなべっとりした染みが残っている。

ヤードリー教授が初めて落ち着かない様子を見せた。「いやいや――まさか、あれは人間の血じゃないだろう――あんなに大きい染みだぞ?」

「間違いなく人間の血ですな」ヴォーン警視は重々しく答えた。「そして、あんなに大量の血が流れたことに対する唯一の説明は、ブラッドの頭があの床の上で切り落とされたってことです」

エラリーの鋭い眼は、田舎風のテーブルの前の、木の床に釘づけになっていた。そこにべっとりと血をなすりつけて書かれていたのは、大文字のTだった。

「これはこれは」エラリーは口の中でつぶやいて、ごくりと唾を飲みこむと、やっとそのしるしから視線をはぎとった。「アイシャムさん、その床に書かれたTのしるしの意味はおわかりですか」

地方検事は両手を広げた。「それはこっちが訊きたいことですよ、クイーンさん。私は頭が古くて、この手のことには、とんとうといものでして。うかがったところでは、あなたはこういうことには相当のご経験がおありだそうで。常識ある人間なら、これが狂人の仕業であることは疑わないでしょう?」

「常識ある人間なら疑わないでしょうね」エラリーは言った。「疑うわけがない。ええ、おっしゃるとおりです、アイシャムさん。それにしてもトーテムポールとはね！　実にぴったりだ。そう思いませんか、教授」

「ポストだ」ヤードリー教授は言った。「きみはこれも、あれと同じ宗教的意味があると言うのかね」教授は肩をすくめた。「北アメリカの呪物信仰と、キリスト教と、原始的な男根崇拝を、Tという記号ひとつにひっくるめて表すなんてのは、いくら狂人の想像力でも無理があるだろう」

ヴォーン警視とアイシャム地方検事はきょとんとしていた。ヤードリー教授とエラリーの言葉はふたりにはちんぷんかんぷんだったのである。エラリーはかがみこむと、凝固した血だまりのそばに転がっている物を観察した。軸の長いブライアーのパイプだ。

「それはもう調べましたよ」ヴォーン警視が口を出した。「指紋がついてます。ブラッドの。本人の持ち物ですわ。ここで吸っとったんでしょう。クイーンさんのために、発見した位置に戻しときましたよ」

エラリーはうなずいた。実に変わった形の、珍しいパイプだ。火皿の部分は海神ネプチューンの頭と三叉《みつまた》の矛《ほこ》らしきものが精巧に彫られている。火皿の半分ほどに白っぽい灰が詰まっており、ヴォーン警視の言うとおり、火皿のそばの床には、同じ色と質感の刻みたばこの灰が落ちていた。ちょうど、パイプがそこに落ちて、火皿から灰がこぼれたような塩梅《あんばい》だ。

エラリーはパイプを取ろうと手を伸ばし――動きを止めた。そして、警視を見上げた。「警視、これが被害者のパイプというのはたしかなんですか。つまり――ここの家人に見せて確認しましたか」

「実を言えば、見せてませんが」ヴォーン警視は硬い口調で答えた。「だって疑う理由はないでしょう。なんたって、本人の指紋がついてるんだし――」

「それに、本人は室内用上着《スモーキングジャケット》を着ていましたし」アイシャム地方検事が指摘した。「ほかの種類のたばこも身につけていませんでした――紙巻きや葉巻といった。ですから、クイーンさん、どうしてあなたが疑うのか——」

ヤードリー教授はひげの奥で笑いをごまかし、エラリーはけだるい口調で答えた。「いや、別に疑ってるわけじゃないんです。うるさいくらい細かいのはぼくの癖なんですよ、アイシャムさん。たとえば……」

エラリーはパイプを取りあげると、軽く叩いて、中の灰を注意深くテーブルの上に落とし始めた。灰がついに落ちなくなると、火皿の中を覗きこみ、燃え残ったたばこのかすが底にこびりついているのを見つけた。いつもポケットに忍ばせている愛用の小さな道具箱からグラシン紙の半透明の封筒を取り出すと、火皿の底の燃えていないたばこをかき落とし、封筒の中に入れた。ほかの者は無言でそれを見守っていた。

「ぼくは」エラリーは言いながら立ち上がった。「何ごとも、はいそうですかとうのみにしないたちでしてね。これがブラッドのパイプではないと言いたいわけじゃありませんよ。ただ、この中にはいっているたばこが決定的な証拠になるかもしれない、と言いたいんです。パイプがブラッドのものだとしても、中身のたばこは犯人からもらったものかもしれない。まあ、よくあることです。この刻みたばこがキューブカット（一辺が二、三ミリのサイコロ状）であることにはお気づきですね。ご存じでしょうが、これは一般的な刻みかたじゃありません。ブラッドのたばこ保湿器を調べて、キューブカットのたばこが見つかったとしたら？　もしあれば、このキューブカットのたばこは被害者本人のものであり、犯人からもらったものではないことがはっきりする。それで我々が損することはありません。ただ、前提が事実であったと、はっきり確認されるだけです。もしキューブカットのたばこがなければ、それは犯人からもらったものだと一応、推定できる。だとすると、重要な手がかりになりうるというわけです……くだらないことをごちゃごちゃ言ってすみません」

「実におもしろいですよ」アイシャム地方検事は言った。「お世辞じゃありません」

「これぞ犯罪捜査学の細かさだな」ヤードリー教授はくすくす笑った。

「で、ここまでのところ、あなたはどんなふうにお考えですかね？」ヴォーン警視が訊ねた。

エラリーは鼻眼鏡《パンスネ》のレンズをみがきながら考えていた。細い顔は何やら悩んでいるように見えた。「現時点でわかっている以上のことを具体的に断言しても、むしろ滑稽《こっけい》なだけだ。とりあえず、いま言えるのはこれだけです……いいですか、ブラッドがこのあずまやに来た時、犯人はブラッドと一緒だったか、そうでなかったかは、いまのところ、はっきりわかっていません。どっちにしろ、ブラッドは屋敷から庭に出てあずまやに向かった時、赤のチェッカーの駒をひとつ手に持っていた。なんらかの謎の理由があって、家から持ち出したんでしょう――チェッカーのゲームをしていた場所から。あずまやの中で、ブラッドは襲われ、殺された。おそらく、たばこを吸っている間に襲われたんでしょうね。パイプは口から落ちて、床に転がります。そしてこれも推測ですが、ブラッドはポケットの中で無意識にチェッカーの駒をもてあそんでいた。死んだ時は駒を手に握っていて、その後、首を切られ、トーテムポストまで引きずっていかれ、翼にくくりつけられる間、ずっとそのままだったんでしょう。そこで駒は手から落ち、砂利の間に転がって、犯人はそのことに気づかなかった……なぜチェッカーの駒を持ち出したのか。その謎を追うのが、現時点でいちばん当を得た行動でしょうね。事件において大きな意味を持つ鍵になるかも……どうも光明をもたらすような分析になりませんでした、ねえ、教授?」

「光の正体は誰にもわからんよ」ヤードリー教授は口の中でつぶやいた。

＊

ラムゼン医師が不機嫌そうにせかせかとあずまやにはいってきた。「終わったぞ」と宣言する。

「どういう結果です、先生?」アイシャム地方検事は飛びつくように訊いた。

「胴体には暴力の痕はまったくない」ラムゼン医師はそっけなく言った。「ということは、どうやって殺されたかは知らんが、ともかく頭をやられて死んだってことは確実だ」エラリーははっとした。まるで、何カ月も前にウィアトンの法廷での検死審問でストラング医師が証言した言葉を繰り返されたかのようだ。

「絞殺《こうさつ》された可能性はありますか」エラリーは訊ねた。

「いまの段階じゃなんとも言えんな。解剖すりゃ、肺の状態でわかる。死体ががちがちにこわばっとるのは単なる死後硬直だ。あと十二時間から二十四時間はこのままだな」

「死後、どのくらいですかね」ヴォーン警視が訊いた。

「ま、十四時間そこそこってところだね」

「ということは、夜だったんだな！」アイシャム地方検事が叫んだ。「昨夜十時ごろの犯行に違いない」

ラムゼン医師は肩をすくめた。「いいから、私に最後まで喋らせてくれんかね。こっちは早く家に帰りたいんだ。右膝の上二十センチのところに生まれつきの赤いあざがある。以上だ」

あずまやからぞろぞろと出ていく途中、ヴォーン警視が突然、言いだした。「そうだ、いま思い出した、クイーンさん。お父さんが電話で、あなたが何か情報をお持ちだとおっしゃってましたが」

エラリーはヤードリー教授を見やり、ヤードリー教授はエラリーを見返した。「ええ」エラリーは言った。「持ってます。警視、この犯罪に、何かおかしなところがあると思われますか」

「なにからなにまでですわ」ヴォーン警視は唸った。「そのご質問はどういう意味で？」

エラリーは考えこんだまま、通り道にあった小石を蹴とばした。一同は無言のまま、トーテムポストのそばを通り過ぎた。トマス・ブラッドの遺体は、いまはもうおおいをかけられて、警察官が数人がかりでストレッチャーにのせようとしていた。皆は小径を通って、母屋に向かって歩きだした。

「あなたがたは疑問に思いませんでしたか」エラリーは続けた。「なぜひとりの人間が頭を切り落とされ、トーテムポストにはりつけにされなければならなかったのかと」

「思いましたよ、だけど、考えたってしょうがないでしょうが」ヴォーン警視はふんと鼻を鳴らした。「狂人の仕業ってだけのことです」

「まさかとは思いますが」エラリーは言い返した。「Tの文字が何度も登場することに気づいてないんですか」

「Tの文字が何度も？」

「まず、そのトーテムポールそのものですよ――ちょっと変わった形のTだ。柱の部分が縦の棒、真横に伸びた翼が横の棒です」ふたりは眼をぱちくりさせている。「そして死体だ。これは頭を切り落とされ、両腕が真横に伸ばされ、両脚が揃えられている」ふたりはまた眼をぱちくりさせた。「さらに現場には、わざわざ血でTの文字が書かれている」

「ああ、まあ」アイシャム地方検事はそれがどうかしたのかという顔で答えた。「我々も見ましたが、それは――」

「そして、笑えないオチがついていますよ」エラリーはにこりともせずに言った。「トーテムという言葉がTで始まっている」

「そんなのはどうってことのない、つまらん事実でしょう」地方検事はあっさり答えた。「単なる偶然だ。トーテムポールも、死体の形も――どれもたまたまそうだったというだけです」

「偶然？」エラリーはため息をついた。「いいですか、六カ月ほど前にウェストヴァージニア州で起きた殺人事件でも、被害者はT字形の交差点に立つT字形の道標に、頭を切り落とされた状態ではりつけにされ、その現場から百メートル足らずしか離れていない被害者の家のドアに、血でTの文字がなぐり書きされていたんですよ。どうです、これでもまだ偶然だと？」

アイシャム地方検事とヴォーン警視はぴたりと足を止め、そして地方検事は真っ青になった。

「冗談ではないでしょうね、クイーンさん！」

「いやはや驚きだな、まったくあきれたね、あなたがたには」ヤードリー教授が淡々と言った。「そもそも、あなたがたは本職じゃないのかね。ずぶの素人の私でさえ、その件についてはあらかた知っているというのに。全国の新聞という新聞で報道された事件じゃないか」

「そういえば」アイシャム地方検事がぼそぼそと言った。「そんなこともあったような」

「いや、しかし、クイーンさん！」ヴォーン警視は怒鳴った。「そりゃ、ありえない！　そんなのは——まともじゃない！」

「まともじゃない——そのとおりです」エラリーはつぶやいた。「しかし、ありえない、というのは——それは違う。実際に起きているんだ。あの事件ではおかしな男がいました。ホルアクティだかラー・ホルアクティと名乗って……」

「その男のことで、きみに話したいと思っていたんだが」ヤードリー教授が言いかけた。

「ホルアクティ！」ヴォーン警視が叫んだ。「そりゃあ、入江の向こうのオイスター島でヌーディスト村を作っている頭のおかしい男と、まったく同じ名前だ！」

5　家庭の事情

立場が逆転した。今度はエラリーが仰天する番だった。あの茶色い顎《あご》ひげの狂人が、ブラッドウッド荘のご近所さんだったとは！　ヴェリヤ・クロサックにもっとも近いつながりを持つ人物が、第一の事件そっくりの犯行現場近くに出現するとは！　いくらなんでも、話ができすぎではないか。

「まさかほかの関係者も、このへんに大集合してるんじゃないだろうな」皆とポーチに続く階段をのぼりながら、エラリーは言葉をもらした。「いま我々が調べている事件は、最初の事件と共通の人物が登場する、単なる続編にすぎないのかもしれない！　ホルアクティが……」

「きみとゆっくり話す機会がなかったが」ヤードリー教授がぼそりと言った。「古代エジプトがどうのこうのと、けったいな話をし始めたきみだからな、クイーン君、もうとっくに私と同じ結論に達しとるんだろう」

「こんなに早くですか？」エラリーはけだるい口調で答えた。「それで、教授の結論は？」

ヤードリー教授は、醜いが人好きのする顔全体をほころばせた。「証拠もなしに、他人様《ひとさま》を犯罪者扱いするのは好きじゃないがね……しかし、まあ、はりつけとTの文字が、この紳士につきまとっているのはたしかだ。そうじゃないかね？」

「クロサックの存在を忘れてますよ」エラリーは指摘した。

「いいかね、きみ」教授はぴしりとやり返した。「長いつきあいなんだから、そろそろ私という人間をわかっていいころだぞ……私は、そういうことは絶対に忘れない。だいたいクロサックの存在がなぜ、いま私がきみに聞かせた仮説を無効にするのかね。犯罪には共犯者というものがいておかしくない。しかも、おあつらえむきに、子供のようにすなおに、なんでも人の言うことをきく力持ちの男がいる――」

ここでヴォーン警視が、まだポーチにいた彼らのもとに駆け戻ってきて、これからおもしろくなりそうだった会話をぶったぎった。

「いま、オイスター島を監視するように手配してきたところですわ」警視はぜいぜいと息を切らしていた。「万一ということがある。とにかく、こっちをすませたら、すぐにあっちの連中を調べましょう」

地方検事は事件の急展開にすっかりまごついているようだった。「つまり容疑者は、ホルアクティのマネージャーをしていた男ということですか？　どういう外見の男です？」地方検事は、エラリーがアロヨ事件の説明をした時、しっかり聞いていたのである。

「たいしたことはわかっていません。実際、手がかりになるほどのことは何もわかっていないんです、その男は片脚が不自由だという事実以外は。ええ、アイシャムさん、問題はそれほど単純じゃない。ぼくの知るかぎり、クロサックという謎の人物を特定できるのは、ホルアクティと名乗るその男だけです。そして、仮にこの我らが友、太陽神どのが強情に口を割らないとなると……」

「中にはいりましょうや」ヴォーン警視が出し抜けに言った。「もう、私には何がなんだかさっぱりだ。ともかく、家の連中からいろいろ話を聞き出したい」

コロニアル様式の屋敷の客間には、悲しみに沈んだ一団が寄り添い、一行を待っていた。エラリーとその連れがはいっていくと、床をきしませて立ち上がった三人は、眼が真っ赤で、顔の表情は歪《ゆが》み、緊張のあまり動作はひどくぎこちなかった。

「あ――どうも」男は乾いた、しゃがれ声で言った。「お待ちしていました」背の高い、細身だが力の強そうな三十代なかばの男だ。くっきりと尖った顔立ち、かすかに鼻にかかった声から察するに、ニューイングランドっ子らしかった。

「お邪魔します」アイシャム地方検事はむっつりした顔で言った。「奥さん、こちらはエラリー・クイーンさんです。わざわざニューヨークから応援に駆けつけてくださいました」

エラリーはもごもごと月並みな悔やみの言葉を述べた。握手はしなかった。マーガレット・ブラッドは、恐ろしい悪夢のはざまを漂うようにゆらりと歩いてきた。歳のころは四十五、六といったところで、均整のとれた、出るべきところは出て、熟れた身体つきが実に魅力的なご婦人だった。ブラッド夫人はこわばったくちびるから声を絞り出した。「ようこそいらっしゃいました……ありがとうございます、クイーン様。わたくし――」そこまで言うと、夫人は顔をそむけ、あとは続けられずに坐りこんでしまった。まるで、何を言うつもりだったのかを忘れてしまったかのように。

「それからこちらは――その、ブラッド氏の義理のお嬢さんです」地方検事は続けた。「お嬢さん――クイーンさんです」

ヘリーン・ブラッドはぎこちなくエラリーに微笑みかけると、ヤードリー教授に軽く頭を下げ、ひとことも言わずに母のそばに行った。賢そうで愛くるしい眼をした、すなおな顔立ちの、かすかに赤みがかった髪の若い娘だった。

「で？」長身の男が訊いてきた。その声はあいかわらずしゃがれていた。

「目下捜査中です」ヴォーン警視は歯切れ悪く答えた。「クイーンさん――こちらはリンカンさんです……クイーンさんにも知っておいていただきたいことがいろいろありますし、一時間前に我々がここであれこれ話しあったこともまだ全然解決していませんし」一同はまるで芝居の登場人物のように重々しくうなずいた。「クイーンさん、あなたが仕切られますか？　どうぞ」

「いえいえ」エラリーは辞退した。「何か思いついた時に声をかけさせてください。ぼくのことはいないものと思って、どうかおかまいなく」

　ヴォーン警視は暖炉のそばで、力強くしゃんと背を伸ばして立ち、両手を背中にまわしてゆるく組むと、じっとリンカンを見つめた。アイシャム地方検事は腰をおろし、頭の禿げたあたりをハンカチでこすっている。教授はため息をついて、音をたてずに窓辺に歩いていくと、立ったまま前庭や車路《くるまみち》を見下ろした。屋敷の中は、しんと静まり返っている。まるで騒々しいパーティーのあとのように――もしくは、葬儀のあとのように。騒がしさもなく、泣き声もなく、ヒステリーの叫びもない。ブラッド夫人と、その令嬢と、ジョーナ・リンカンのほかに、家人は誰ひとりとして――召使さえも――現れなかった。

「それでは、手始めに」アイシャム地方検事が疲れたように口を切った。「昨夜の劇場の切符の件について、片づけておくのがいいでしょう、リンカンさん。あなたの口から、すべて話していただきましょうか」

「劇場の切符というと……ああ、はい」リンカンは、まるで戦争のショックがトラウマになった兵士のような、うつろなガラスのような眼でアイシャムの頭越しに壁を見つめた。「昨日、トム・ブラッドがオフィスから奥さんに電話をかけてきて、奥さんとヘリーンと私のために、ブロードウェイの芝居の切符をとったと言ったんです。奥さんとヘリーンはニューヨークで私と落ちあうことにしました。トム本人は屋敷に帰るということでした。切符をとった話をしてまもなく、そう言いだしたんです。なんだか、私に奥さんたちを連れ出させようと、やけに熱心になっていると思えましてね。どうにも断れなかった」

「なんで断りたかったんです？」警視が素早く訊いた。

リンカンの貼りついたような表情は変わらなかった。「よりによってあのタイミングでそんなことを私に頼むなんて、どうにも不自然に思えたからです。オフィスでちょっとしたトラブルがありまして。経理の問題で。それで私は監査役と一緒に、夜遅くまでかかってでも、問題を解決することになっていたんです。トムが忘れているのかと思って、そのことを言ったんですが、トムはそんなことは気にしなくていい、の一点張りで」

「わたくしにもわけがわかりませんでしたわ」ブラッド夫人が抑揚《よくよう》のない声で言った。「なんだか、わたくしたちを追い払いたかったみたいで」急に、ぶるっと身震いすると、ヘリーンは母親の肩を軽くさすった。

「奥さんとヘリーンとは、ロンシャンで落ちあって夕食をとりました」リンカンはあいかわらず硬い声で続けた。「夕食がすんでから、私はふたりを劇場へ――」

「どの劇場です?」アイシャム地方検事が訊ねた。

「パーク劇場です。ふたりをそこに残して、私は――」

「ほう」ヴォーン警視は言った。「てことは、やっぱり残業することにしたってわけですかね?」

「ええ。芝居がはねたあとにまた迎えにくると約束して、私はオフィスに戻りました」

「それで、あなたは監査役と一緒に仕事をしたんですな、リンカンさん?」ヴォーン警視はやけに優しげな猫なで声で訊ねた。

リンカンはきょとんとした。「ええ、そうです……はあ」不意に、おぼれる者のように天を仰いで、大きくあえいだ。誰もひとことも言わなかった。やがて、再び話し始めた時には、何ごともなかったように落ち着き払っていた。「夜遅くにようやく仕事が終わってから、私は劇場に引き返しまし――」

「監査役はひと晩じゅう、あなたと一緒にいたわけですか?」警視はさっきと同じ、猫なで声で訊いた。

リンカンはぎょっとした顔になった。「どうしてそんな――」めまいを払うように頭を振った。「どういう意味です? いいえ、監査役は八時ころで帰ってしまいました。私が残りの仕事を全部ひとりで片づけたんです」

ヴォーン警視は空咳《からぜき》をした。眼がきらめいている。「何時に劇場へご婦人がたを迎えにいきましたか」

「十一時四十五分です」唐突に、ヘリーン・ブラッドが口を開いた。静かな落ち着いた声だったにもかかわらず、母親はぎょっとしたように娘を見上げた。「まあ、ヴォーン警視様、あなたって卑怯な手をお使いになるかたですのね。何かは存じませんけれど、ジョーナのことを疑ってらして、かまをかけて——失言させようとしてらっしゃるんじゃありませんこと？」

「真実は誰も傷つけませんよ」ヴォーン警視は冷ややかに言った。「続けてください、リンカンさん」

リンカンはぱちぱちと二度またたいた。「奥さんとヘリーンとはロビーで落ちあいました。それから一緒に帰ってきました……」

「車で？」アイシャム地方検事が口をはさんだ。

「いいえ、ロングアイランド線です。列車を降りた時、フォックスの車は待っていなかったので、そこからタクシーで帰宅しました」

「タクシー？」ヴォーン警視は口の中でつぶやいた。立ったまましばらく考えていたが、やがて無言で部屋を出ていった。ブラッド家のふたりの女性とリンカンは、恐怖でいっぱいの眼でその背中を追っている。

「続けてください」アイシャム地方検事が急《せ》かした。「屋敷に帰った時、何か変わったことに気づきましたか？　家に着いたのは何時です？」

「特に変わったことは何も。一時ころだと思いますが」リンカンはしょんぼりと肩を落とした。

「一時過ぎよ」ヘリーンが言った。「覚えてないの、ジョーナ？」

「そう、そうだった。とにかく、変わったことというのは特に気がつきませんでした。あずまやへの小径《こみち》は……」リンカンは身震いした。「あそこは見ようと思いませんでしたから。どっちにしろ、何も見えなかったでしょうが——真っ暗なので。そのまま、私たちは休みました」

ヴォーン警視がそっと戻ってきた。

「奥さん」アイシャムが訊いた。「さっきもお話しいただきましたが、今朝までご主人がいないことに気づかなかったというのは、どういうわけです？」

「わたくしたちは——あの、隣合わせの寝室で別々に休むものですから」夫人は血の気の失せたくちびるを震わせて説明した。「ですから、わかりようがございませんでしたの。ヘリーンとわたくしはすぐに休んで……わたくしたちが知りましたのは——トマスに起きた出来事を——フォックスが今朝になってわたくしたちを起こしにきた時です」

ヴォーン警視が進み出て、かがみこむと、アイシャム地方検事の耳に何ごとかを囁きかけた。地方検事は曖昧《あいまい》にうなずいた。

「この屋敷にはどのくらい住んでるんです、リンカンさん」ヴォーン警視が訊ねた。

「もう結構長いこと世話になっています。何年たつかな、ヘリーン？」長身のニューイングランドっ子はヘリーンを振り返った。ふたりの眼が合うと、相手を気づかう光が交わされた。男はぐっと肩をそらし、深い息をついた。眼からうつろな色が消えていた。

「八年だと思うわ、ジョーナ」令嬢の声が震えたかと思うと、初めて、その眼が涙で曇った。

「わたし——わたしは、あなたとヘスターがうちに来た時はまだ子供だったもの」

「ヘスター？」ヴォーン警視とアイシャム地方検事が同時に繰り返した。「そりゃ、誰です？」

「妹です」リンカンはいっそう穏やかな声で答えた。「妹と私は幼いころに両親を亡くしました。私は――ですから私にとって妹は、自分の名前と同じくらい、いつも一緒にべったりくっついている、当たり前の存在なんです」

「いまはどこに？　なぜ、妹さんにまだお目にかかっていないんだろう」

リンカンは静かに言った。「妹は島にいます」

「オイスター島ですか」エラリーがのろのろと言った。「そいつは興味深い。まさか、妹さんは太陽崇拝者になったんじゃないでしょうね、リンカンさん」

「まあ、どうしてご存じなの？」ヘリーンは叫んだ。「ジョーナ、あなた、まさか――」

「妹は」リンカンは言いにくそうに説明を始めた。「なんというか、新しいもの好きなんです。おもしろそうなことにすぐ飛びついて、夢中になるんです。ホルアクティと名乗る頭のおかしい男が、ケチャム家からあの島を借りて――ケチャム一家は古くからあの島に住んでいる、島の持ち主なんですが――新興宗教を始めたんです。太陽を拝む宗教で、そして――ええ、その、ら、裸体主義の……」リンカンは咽喉《のど》に何かが詰まったようだった。「ヘスターは――そのう、興味を持つようになりました――島に住んでいる連中に。それで私と大喧嘩になりました。妹はこうと決めたらてこでも動かない頑固者で、とうとうこのブラッドウッド荘を出て、あのカルト教団に入信してしまったのです。あのいかさま師ども！」リンカンは吐き捨てるように言った。「今度のおぞましい事件に、あのクズどもが関わっていたとしても、私はまったく驚きませんね」

「もっともだな、リンカンさん」ヤードリー教授がぼそりと同意した。

エラリーはこほんと咳《せき》をすると、身をこわばらせたままのブラッド夫人に話しかけた。「ひとつふたつ、立ち入ったことをお訊きしてもかまいませんか?」夫人は顔をあげ、そしてまた、膝に置いた両手に視線を落とした。「いままでのお話から拝察したところでは、お嬢さんはあなたの実の娘さんで、ご主人にとっては義理の娘さんのようですね。ふたり目のご主人ということですか、奥さん?」

端麗な美女は答えた。「そのとおりですわ」

「ご主人も以前に結婚されていたことがあるのですか?」

夫人はくちびるを噛んだ。「わたくしたちは――結婚して十二年になります。トムは――あの、わたくしはあまりよく存じませんの、トムの――最初の奥様のことは。ヨーロッパで結婚したみたいですけれど。最初の奥様はとてもお若い時にお亡くなりになったそうです」

「それはそれは」エラリーは同情するように顔を曇らせた。「ヨーロッパのどこですか、奥さん?」

夫人はエラリーを見上げ、頬にゆっくりと血の色をのぼらせた。「本当に存じませんの。トマスはルーマニア人でした。ですから、たぶん――そちらだったのでしょう」

ヘリーン・ブラッドがぐっと顎をそらし、つっかかるように言った。「ほんと、どうしようもない人たちね。どこの出身だとか、何年も前に誰と結婚したとか、どうでもいいことでしょう。どうして殺した犯人を見つけようとしないんですの?」

「虫の知らせなんですよ、お嬢さん」エラリーは悲しげに微笑んで答えた。「地理の問題が非常に重要になってくるんじゃないかと……メガラさんもルーマニアのかたですか？」

ブラッド夫人はきょとんとしていた。リンカンがそっけなく答えた。「ギリシャ人です」

「それはまた――」地方検事が情けない顔で言いかけた。ヴォーン警視がにやにやした。「ギリシャ人、ねえ。ところで、皆さんは全員、アメリカ生まれなんでしょうなあ？」

一同はうなずいた。ヘリーンの眼は怒りに燃え盛っていた。赤々と燃えるようにきらめく髪さえもいっそう明るく輝いているようだった。ヘリーンは、ジョーナ・リンカンが抗議してくれるのを期待するようにじっと見た。しかし、リンカンは無言でうつむき、靴の爪先を見つめているだけだった。

「メガラさんはどちらに？」アイシャム地方検事はさらに質問を続けた。「どなたかおっしゃいましたね、いま航海中だと。航海というのはどういう――世界一周のようなものですか」

「いえ」リンカンはゆっくりと言った。「そういうのじゃありません。メガラさんはなんというか、世界を股にかけた旅人で、アマチュア探検家なんですよ。個人のヨットを持っていて、いつもそれで航海しています。急にふらっと出かけたかと思うと三、四カ月帰ってきません」

「今回はどのくらい留守にしとるんですかね」ヴォーン警視は追及した。

「そろそろ一年になります」

「いまはどちらに？」

リンカンは肩をすくめた。「知りません。手紙をよこしたことは一度もありませんし――いつも前触れなしに、ひょいと帰ってくるんです。今回はなぜこんなに長く帰ってこないのか、私も不思議なんですが」

「たぶん」ヘリーンは額に皺を寄せた。「赤道を越えて南に行ったんじゃないかしら」彼女の眼は輝き、くちびるはかすかに震えている。エラリーは不思議な心もちでヘリーンを見つめ、これはいったいいかなる理由があるのだろうか、と考えた。

「ヨットの名前は？」

ヘリーンはさっと赤くなった。「〈ヘリーン号〉です」

「スチームエンジン付きのヨットですか」エラリーが口をはさんだ。

「ええ」

「ヨットにはラジオが——つまり、無線通信機がありますか」ヴォーン警視がさらに質問した。

「あります」

警視は手帳に走り書きしつつ、満足げな顔になった。「自分で操縦するんですかね？」書きながらそう訊ねた。

「まさか！　専属の船長と船員がいます——スウィフト船長といって、もう何年も一緒です」

エラリーが出し抜けに坐りなおし、長い脚を伸ばした。「ほほう、それは……で、メガラさんのファーストネームは？」

「スティーヴンですけど」

アイシャム地方検事は咽喉の奥深くで唸った。「ああ、もう、本題からずれっぱなしだ。ブラッドさんとメガラさんはその絨毯輸入業をどのくらい長く共同で経営してきたんです？」

「十六年です」リンカンは答えた。「始めた時からずっと一緒です」

「成功していましたか。財政的なトラブルはなかったわけですか」

リンカンはうなずいた。「ブラッドさんもメガラさんもそれぞれかなりの財産を築かれましたから。もちろんあの大恐慌には、当然、巻きこまれはしましたが、事業は磐石《ばんじゃく》でした」そこでひと息つくと、健康そうな細く引き締まった顔に妙な表情が浮かんだ。「いえ、今度の事件の底に、金の問題は見つからないと思います」

「そうですか」アイシャム地方検事は低い声で言った。「では、この事件の底に何があると思っているんです？」

リンカンは慌てて口をつぐんだ。

「まさかとは思いますが、ひょっとするとひょっとして」エラリーがのんびりと言いだした。「宗教が裏にあると思っていたりしますかね、リンカンさん？」

リンカンは瞠目《どうもく》した。「な、なにを——そんなことを言った覚えはありませんよ。でも、この犯罪そのものが——はりつけ、でしょう……」

エラリーは愛想よくにっこり笑った。「ところで、ブラッドさんは何を信仰してらっしゃいましたか」

ブラッド夫人は肉づきのいい背中をぐっとそらし、胸を突き出したまま、ぐっと顎をあげると、小さな声で言った。「以前、主人は子供の時分にギリシャ正教の教会に通っていたと申していました。ですが、それほど信心深かったわけではございません。実際、宗教的なしきたりなんて、なんとも思っていませんでしたから、無神論者と思われることも珍しくありませんでしたし」

「では、メガラさんは？」

「ああ、あの人なら何も信じていませんわ」その声の調子には、思わず皆がはっとあらためて夫人を振り返らずにいられない何かがあった。しかし、夫人の顔にはなんの表情もなかった。

「ギリシャ正教か」ヤードリー教授は考え考え言った。「ルーマニアと一致するな……」

「一致しないものをお探しですか？」エラリーがひそひそと訊ねた。

ヴォーン警視が咳払いをすると、ブラッド夫人はびくっと緊張して、警視を見つめた。次に来たるべきものを察知したかのように。「奥さん、ご主人の身体には何か目じるしになる特徴はありますかね」

ヘリーンは軽く吐き気を覚えたようで、ふいと顔をそむけた。ブラッド夫人は囁くように答えた。「右のももに赤いあざがございます」

警視はほっと息をもらした。「ああ、はい、なるほど。それじゃあ、皆さん、そろそろ核心に触れる質問をさせてもらいましょうか。敵はいましたかね？　ブラッドさんを始末したいと思ってた人間は？」

「はりつけとか、そういった事情はこの際、忘れてください」地方検事が言い添えた。「単純に、ブラッドさんを殺したいという動機を持っていた人間はいますか」

母と娘は首をまわして顔を見合わせた。が、互いにすぐ、眼をそらした。リンカンはあいかわらず、絨毯を穴が開くほど凝視し続けている――すばらしい東洋の絨毯だな、とエラリーは考えていた。生命の樹（旧約聖書創世記）のモチーフが美しく織りあげられている。持ち主の身に起こった事実を考えれば、これはなんという、現実との不幸な対比だろう……

「いいえ」ブラッド夫人は答えた。「トマスは人好きのする人でした。敵なんてひとりもいませんでしたわ」

「おたくでは、あまりなじみのない他人を招待する習慣はありましたか」

「まあ、いいえ。わたくしたちはここで世間様から遠ざかって、ひっそりと暮らしておりますの、アイシャム様」その声の調子にはまた、皆が思わず見つめなおさずにいられない何かがあった。

エラリーはため息をついた。「どなたか、ここに――招待客としてでも、別にそうでなくてもかまわないんですが――片脚の不自由な男が来たのを見たことがあるというかたはいらっしゃいますか」一同はすぐに首を横に振った。「ブラッドさんには、脚が不自由なお知り合いはいませんでしたか」またも、いっせいに否定が返ってきた。

ブラッド夫人は繰り返した。「トマスには敵はひとりもおりませんでしたわ」その事実を印象づけることが特に大事と感じているのか、重々しく強調した。

「忘れていますよ、マーガレット」ジョーナ・リンカンがのろのろと言った。「ロメインがいる」

リンカンはぎらぎらと燃える眼で夫人を見た。ヘリーンは、リンカンのすっきりした横顔に、怯えのまじった非難の眼をちらりと向けた。不意にくちびるを噛むと、その眼に涙が盛りあがってきた。四人の男たちは高まる興味を胸に、何やら裏に別の話が隠れているらしいと予感しつつ、じっと見守っていた。ここには何か不健康な問題がありそうだ。ブラッド家の家庭そのものに根ざす何かが。

「ええ、ロメインがいましたわね」ブラッド夫人はくちびるをなめた。さっきから十分間も、夫人の姿勢は微動だにしていなかった。「忘れていましたわ。あのふたりは口論をしていましたの」

「そのロメイン、ってのはいったい何者ですかね？」ヴォーン警視が口をはさんだ。

リンカンが低い声で早口に言った。「ポール・ロメインという男です。あのオイスター島の狂人、ホルアクティが〝一番弟子〟と呼んでる男ですよ」

「ははあ」エラリーは声をもらしつつ、ヤードリー教授を見た。醜男《ぶおとこ》の教授は意味ありげにひょいと肩をすくめ、にやりとした。

「連中、あの島にヌーディスト村を作ったんです。裸体主義ですよ！」リンカンは苦々しげに怒鳴った。「ホルアクティは狂ってます――まあ、あの男は大まじめなのかもしれません。しかし、ロメインはペテン師だ。最悪の部類の詐欺師です。自分の肉体を売り物にしている。あんなもの、腐った魂を包むいれものにすぎないのに！」

「ですが」エラリーはぼそぼそと言った。「たしかオリバー・ウェンデル・ホームズ（一八〇九―九四アメリカの作家、医学者）がすすめていましたよね。〝おお、我が魂よ、さらに堂々たるすみかを築けよ〟と」

「ごもっともで」ヴォーン警視はこの奇妙な証人をなだめようとしていた。「わかりますよ、うん。ところで、口論というのはどんなものです、リンカンさん」

　痩せた顔がきっときつい表情になった。「ロメインはあの島の〝客人〟たちを管理する責任者です——要は運営をしてるんですよ。あの男は馬鹿者どもをひっかけてだましてるんだ。自分を地上の神か何かだと勘違いしたり、抑圧されすぎたせいで、すっぱだかで走りまわりたくなった連中……」そこで急に言葉をのみこんだ。「失礼、ヘリーン——マーガレットも。こんなことを話すべきじゃなかった。ヘスターは……ええ、たしかに、あそこの連中はこのあたりの住人に直接、迷惑をかけてはいません。それは認めます。しかし、トムもテンプル先生も私と同じように感じてるんです」

「ふむ」ヤードリー教授は言った。「私には誰も相談してこなかったな」

「テンプル先生というのは？」

「東側のお隣さんです。あの連中はオイスター島を文字どおりすっぱだかで、まるで人間の皮をかぶった山羊のように自由に駆けまわっていて、とにかく、ええと——我々はたしなみのある道徳的な人間ばかりですのでね」はあ、とエラリーは思った。清教徒《ピューリタン》、かく語りき。「トムはそこの入江に面する土地を全部所有しているので、干渉する義務があると感じたんですよ。それで、まあ、ロメインとホルアクティと、言ってみればひと悶着《もんちゃく》を起こしたわけです。どうもトムは、連中を島から追い出すために法的措置をとるつもりで、そのことを言い渡したみたいなんです」

ヴォーン警視とアイシャム地方検事は互いに顔を見合わせると、エラリーを振り返った。ブラッド母娘はやけに静かに坐っていた。リンカンはためにためていたうっぷんを一気に吐き出したせいか、そわそわと落ち着かない様子で、気恥ずかしそうにしている。

「ま、その件はあとで調べますよ」ヴォーン警視は軽い口調で言った。「ところでテンプル先生という人が、東隣の家をお持ちだそうで？」

「持っているわけではございませんの。借りてらっしゃるんです――トマスから」ブラッド夫人の眼の緊張がやわらいだ。「ずいぶん長い間、お住まいで。退役した元軍医さんですわ。トマスとはいいお友達でいてくださいました」

「西隣の家には誰が？」

「あら！　リンさんという、イギリス人のご夫婦ですわ――パーシーとエリザベスの」ブラッド夫人は答えた。

ヘリーンは小さな声で言った。「去年の秋に、わたしがあのご夫婦とローマで知りあって、親しくなったんです。アメリカにも来てみたいとおっしゃったので、わたしが帰国する時に、一緒に来て、お客様としてうちに滞在するようにすすめたんですの」

「お嬢さんは、いつ帰国されたんですか」エラリーは訊ねた。

「感謝祭のころです。リンさんご夫婦はわたしと同じ船でアメリカにいらしたんですけれど、ニューヨークでお別れして、ご夫婦はアメリカ国内を観光されたんです。一月になって、こちらにいらっしゃいました。ここをたいへん気に入られて――」リンカンが鼻を鳴らすと、ヘリーンはかっと赤くなった。「本当よ、ジョーナ！　とても気に入ったけれども、わたしたちの厚意に甘えるわけにはいかないからって――もちろん、そんな水くさいこと、馬鹿げてますけど、イギリスのかたってときどきものすごく頑固になられるでしょ――だから、西隣の家を借りるといってきかなくて――あれも父の持ち物なんです。その時からずっとあそこに住んでらっしゃいます」

「なるほど、ご夫婦にも話をうかがうことにしましょう」アイシャム地方検事は言った。「では次に、そのテンプルという医者について、話を聞かせてください。奥さん、あなたはご主人とその医者が仲のいい友達だったとおっしゃいましたね。最良の関係だったわけですか」

「あの、なにか、勘ぐってらっしゃるのでしたら」ブラッド夫人は硬い声で言った。「おかしなことは何もございませんわ、アイシャム様。わたくし自身はテンプル先生をそれほど好もしいかたと思いませんけれど。でも、先生は高潔で正直なお人柄ですし、トマスは人を見る目に間違いがありませんでしたから、先生をたいへんに好いておりました。夜にはよく、ふたりでチェッカーを愉しんでいましたわ」

ヤードリー教授はため息をついた。こんなふうにご近所さんの悪徳やら美徳やらについてだらだらとどうでもいい話を聞かされることには、いささかうんざりだ、自分に質問してくれれば、もっと核心をつく分析を提供できるのに、というように。

「チェッカー！」ヴォーン警視が大声をあげた。「そりゃ、おもしろい。ほかにご主人とチェッカーをしていた人間はいますかね、それともテンプルって医者だけがチェッカー友達だったとか」

「まあ、いいえ！　チェッカーなら折に触れて、わたくしたち全員、トマスの相手をしていましたわ」

ヴォーン警視は見るからにがっかりした様子だった。ヤードリー教授は黒々としたリンカーンひげをなでながら言った。「気の毒だが、そこはいくらほじくっても何も出てきませんよ、警視。ブラッドはチェッカーがそれはもうばつぐんにうまかった。そして、屋敷に来る者来る者に手合わせをねだっていた。チェッカーのやりかたを知らない客には、わざわざルールを――それこそ辛抱強く――教えてまで、相手をさせたものです。思うに」教授はくすくす笑った。「あの男の誘いに最後までのらなかった客は、私ひとりじゃないかな」そう言うと、またまじめな顔になって口をつぐんだ。

「主人は本当に上手だったんです」ブラッド夫人は悲しみのまじった、誇らしげな顔を見せた。「国内のチェッカー選手権で優勝したかたが、そう言ってくださいました」

「では、あなたもお上手なんですね？」アイシャム地方検事が素早く訊いた。

「いいえ、全然ですわ、アイシャム様。去年のクリスマスイブにその優勝したかたをご招待しましたら、トマスと朝から晩までずっとチェッカーをしてらっしゃいました。そうしたら、トマスの腕前は互角だと言ってくださいましたのよ」

エラリーが出し抜けに立ち上がった。やけに真剣な顔をしていた。「どうもぼくらはこちらの善良な皆さんを疲れさせているようです。あと二、三質問させていただいたら、もうあなたをわずらわせません、奥さん。ヴェリヤ・クロサックという名前を聞いたことはありますか」

ブラッド夫人は心底からとまどっているようだった。「ヴェル——まあ、なんておかしな名前！　いいえ、クイーン様、わたくしは初耳ですわ」

「あなたは、お嬢さん？」

「ありません」

「あなたはどうです、リンカンさん」

「いえ」

「クリングという名前に心当たりは？」

全員が首を横に振った。

「アンドルー・ヴァンは？」

またもきょとんとした間があった。

「ウェストヴァージニア州のアロヨという村はご存じですか」

リンカンがぶつぶつと言った。「なんですか、これは。ゲームですか」

「ある意味ではそうですね」エラリーはにこりとした。「で、どなたもご存じない？」

「ええ」

「なるほど、それでは、皆さんが絶対に答えられる質問をしますよ。そのホルアクティと名乗る狂人がオイスター島にやってきたのは、実際、いつでしたか」

「ああ、それなら！」リンカンは言った。「三月でしたよ」

「ポール・ロメインとやらは、一緒に来たんですか」

　リンカンの顔が険悪になった。「そうです」

　エラリーは鼻眼鏡《バンスネ》をみがき、まっすぐな鼻梁にちょいとのせると身を乗り出した。「大文字のTという文字に、何か思い当たることのあるかたはいらっしゃいませんか」

　一同はぽかんとしてエラリーを見た。「Tですって？」ヘリーンが問い返した。「なんのお話ですの？」

「心当たりなし、と」エラリーが言うと、ヤードリー教授はくすくす笑って、何ごとか耳打ちした。「じゃあ、それはいいです。奥さん、ご主人はルーマニア時代の話をよくされましたか」

「いいえ、全然ですわ。わたくしが存じておりますのは、十八年前にスティーヴン・メガラと、ルーマニアからアメリカに来たということだけですの。ふたりはあちらでお友達だったか、仕事を一緒にしていたみたいです」

「どうしてそれをご存じです？」

「だって――だって、トマスがわたくしにそう言ったんですもの」

　エラリーの眼がきらりと光った。「立ち入ったことをお訊きして申し訳ありませんが、非常に重要なことかもしれませんのでご容赦《ようしゃ》を……ご主人は移住してこられた時には裕福でしたか」

　ブラッド夫人の顔に血がのぼった。「存じません。結婚した時は裕福でした」

エラリーは考えこむ顔になった。「ふうむ」と何度か満足げに頭を振ると、やがて地方検事を振り返った。「では、アイシャムさん、あとは地図帳さえ拝借できれば、しばらく、ぼくは皆さんのお邪魔をしないように、おとなしく引っこんでいます」

「地図帳ですって！」地方検事はぽかんとし、ヤードリー教授もいぶかしげな顔になった。ヴォーン警視はしかめ面になった。

「書斎にありますよ」リンカンがのろのろと言った。そして、客間を出ていった。

エラリーはぼんやりした微笑を口元に浮かべ、うろうろと行ったり来たりしていた。ほかの者は皆、わけがわからず、その動きをじっと眼で追っている。「奥さん」エラリーが立ち止まって声をかけた。「奥さんはギリシャ語かルーマニア語がわかりますか」

夫人はまごついた顔で、かぶりを振った。リンカンが青い表紙の大きな本を持って戻ってきた。「あなたはどうです、リンカンさん」エラリーが言った。「あなたは主にヨーロッパやアジアのかたがたを相手に商売されていますよね。ひょっとしてギリシャ語かルーマニア語がおわかりになりますか」

「いえ、全然。我々は外国語を使う機会はほとんどありません。うちのヨーロッパやアジアの支社とは英語でやりとりしますし、取引先のアメリカ支店とも同じです」

「なるほどね」エラリーは考えこみながら、地図帳を手で持ち上げた。「ぼくからは以上です、アイシャムさん」

地方検事は疲れたように手を振った。「では、奥さん、これで結構です。率直に申しあげて、どうにも解決の難しい事件だと思っていますが、全力を尽くすとお約束します。できるだけここから離れないようにしてください、リンカンさん。お嬢さんもです。ともかく、しばらくは敷地の外に出ないようにお願いします」

ブラッド母娘もリンカンもぐずぐずとためらい、顔を見合わせていたが、やがて立ち上がると、無言のまま出ていった。

ドアが閉まったとたん、エラリーはどすんと肘掛椅子に腰をおろし、青い地図帳を広げた。ヤードリー教授はしかめ面になっている。アイシャム地方検事とヴォーン警視は、やれやれという顔を見合わせている。エラリーはまるまる五分間というもの、地図帳に夢中で、三カ所の地図と目次をひっくり返し、それぞれのページを穴が開くほど凝視して何やら調べていた。調べが進むにつれ、その表情が明るくなってきた。

エラリーはごく慎重に肘掛椅子の腕に地図帳をのせると、立ち上がった。皆は期待のまなざしでエラリーを見た。

「やっぱりそうだ」エラリーは言った。「そうだと思ったんだ」エラリーは教授に向きなおった。「これが偶然だとすれば、驚くべき偶然です。判定はあなたにおまかせしますよ……教授、我らが奇妙な登場人物たちの名前について、感じるところはありませんか?」

「名前だと、クイーン君」ヤードリー教授はすっかりめんくらっていた。

「そうです。ブラッドとメガラ。ブラッドは――ルーマニア人。メガラは――ギリシャ人。さあさあ、何か思い当たることは?」

ヤードリー教授はかぶりを振り、ヴォーン警視とアイシャム地方検事は肩をすくめた。

「ご承知のとおり」エラリーは言いながら、シガレットケースを取り出すと、一本抜いた紙巻きたばこに火をつけ、すぱすぱと吸った。「人生を愉しくするのは、ごくささいなことです。たとえばぼくの友人ですが、そいつはあることに正気とは思えないほど熱中していましてね――地理という、どこがいいのかさっぱりわからない、子供っぽい趣味です。なぜ、そいつがそんなものに夢中なのかは神のみぞ知る、という次第ですが、とにかくひまさえあればいつでもどこでもその遊びにふけってるんですよ。ブラッドの場合は、それがチェッカーであり、大勢の人にとってはそれがゴルフであり――そしてぼくの友人の場合は地理だったというわけです。あげく、いまでは何千という、誰も知らないような地名を暗記するところまで極めましたよ。で、わりと最近の話ですが……」

「まったくいらいらさせられる男だな、きみは」ヤードリー教授はぴしゃりと言った。「さっさと本題にはいりたまえ」

エラリーはにやりとした。「トマス・ブラッドはルーマニア人です――ルーマニアにはブラッドという都市があります。さあ、何か思うところはありませんか？」

「別に何も」ヴォーン警視は不機嫌に答えた。

「スティーヴン・メガラはギリシャ人です。ギリシャにはメガラという都市があります！」

「ふむ」アイシャム地方検事はつぶやくように言った。「それがなんだと言うんです」

エラリーは地方検事の腕をそっと叩いた。「さて、ここでもし、百万長者の絨毯王とも百万長者の冒険家ともまったく関係のなさそうな、六カ月前に殺されたアロヨの気の毒な校長が——ひらたく言えばアンドルー・ヴァンが、実は……」

「まさか——」ヴォーン警視は口ごもった。

「ヴァンの帰化証明書には、生国はアルメニアとありました。アルメニアにはヴァンという都市があります——ついでに、同じ名の湖もありますよ」エラリーはふう、とひと息ついて、にこりとした。「さて、この三人の名前のうちふたりはうわべの関係があり、残るひとりはふたりのうち片方と殺害方法が共通であり、三人ともに同じ符合が見られるわけですが——」エラリーは肩をすくめた。「これが偶然なら、ぼくはシバの女王を名乗りますよ」

「たしかに妙だな」ヤードリー教授はつぶやいた。「こう言っちゃなんだが、自分たちの国籍の証拠にするために、そんな偽名をつけたように思える」

「まるで、どの名前も地図からとってきたように見えますよね」エラリーは煙の輪をぽっとひとつ吹いた。「おもしろいじゃありませんか？　三人の、明らかに外国生まれの紳士が、本名を隠すのにえらく必死で、しかも教授のおっしゃるとおり、自分は間違いなくこれこれの国の出ですと証拠づけて、真の国籍を隠そうとしたみたいだ」

「なんとまあ」アイシャム地方検事はうめいた。「次はいったい何が出てくるやら」

「さらに意味深長な事実があります」エラリーは陽気に言った。「ヴァン、ブラッド、メガラの三人が偽名なら、この悲劇に出演する四人目の外国人役者こと、行方知れずのクロサックも、ランドマクナリー（米国の地図出版社）から名を借りてきたに違いないと思うのが人情ですよね。ところが、さにあらず――すくなくとも、ヨーロッパにも中近東にも、クロサックという名の都市はない。町も、湖も、山も、そんな地名はない。さて、ここからどんな推論が導き出されるでしょうか」

「偽名の三人と」教授はのろのろと言った。「本名らしいひとりか。本名らしき人物は疑いなく、偽名のひとりの殺人事件と関わりがある。これは……ふむ、クイーン君、どうやら我々は象形文字《ヒエログリフ》解読の鍵をつかみかけたようじゃないか」

「ということは、教授も」エラリーは意気ごんで言った。「今回の事件全体にエジプトの匂いを感じることに同意されるわけですね」

ヤードリー教授は仰天した。「おいおい！　きみ、人の言うことをなんでもかんでも文字どおりに受け取るものじゃない。まったく、教師というものは、気のきいた軽口のひとつもうっかり言えんのかね」

6　チェッカーとパイプ

一同は客間を出ていきながら、すっかり考えこんでしまっていた。アイシャム地方検事が先に立ち、故トマス・ブラッドの書斎のある屋敷の右翼に皆を案内した。閉めきった書斎のドアの前で刑事がひとり、廊下を行ったり来たりしている。皆がドアの前で立ち止まると、背後で喪服の衣擦《きぬず》れの音が聞こえ、母親を思わせるでっぷりした女が現れた。

「バクスターと申します」女はおどおどと声をかけてきた。「よろしければ、お昼食のご用意ができておりますけれど」

ヴォーン警視の眼が輝いた。「まさに天使降臨だ！　めしのことをころっと忘れていた。あんたは家政婦さんだね？」

「さようでございます。あの、そちらのおふたかたも召しあがりますか？」

ヤードリー教授はかぶりを振った。「私にはそこまでごやっかいになる権利はない。うちはすぐそこの、道路をはさんだ向かいなんだよ。それに、帰らないとナニーばあさんに叱られるんだ。せっかく作った料理が冷めるのなんのとうるさくてかなわん。もう、おいとまするよ……クイーン君、きみはうちに泊まるんだからな、忘れんでくれたまえ」

「どうしても帰るんですか？」エラリーは聞いた。「楽しみにしていたのに、ゆっくりと積もる話を……」

「今夜だ、今夜」教授は腕を振った。「きみの鞄はあのぼろ車から私が運び出しておこう。車はうちの車庫に入れておく」

教授は刑事ふたりに笑顔で挨拶すると、歩き去った。

昼食はおごそかにとりおこなわれた。明るい雰囲気の食堂で、三人だけに供された——家人は誰も食欲がわかなかったようだ——男たちはほとんど黙ったまま食べていた。バクスター夫人がみずから給仕をつとめた。

エラリーはむさぼるようにがつがつ食べた。脳は惑星のようにぐるぐると回転し、奇想天外な思いつきを次々とはじき出す。けれどもエラリーは、余計なことは口にせず、胸にしまっておいた。一度だけ、アイシャム地方検事が持病の坐骨神経痛について、しきりにこぼしていたほかは、家全体がしいんと静まり返っていた。

二時になって、一同は食堂を出て右翼に引き返した。書斎は実にひろびろとした部屋であると判明した。まさに教養ある紳士の書斎そのものだ。正方形の部屋の、塵《ちり》ひとつ落ちていないぴかぴかの硬材でできた床は、壁際の周囲一メートル弱ほどを残して、分厚い中国風の絨毯におおわれている。ふたつの壁に造りつけられた、床から梁の見える天井までの本棚は、ぎっしりと書物で埋まっている。別のふたつの壁の角はくぼみのような小部屋になっていて、小ぶりなグランドピアノがおさまっている。蓋ははねあげられ、艶《つや》やかな鍵盤が見えており、大きな上蓋も高く開けられている——昨夜、トマス・ブラッドが使ったままの状態で残されているのだ。部屋の中央に置かれた読書用の低い丸テーブルの上は、雑誌やたばこ道具でいっぱいだった。長椅子が一台、壁の前に置かれており、前の脚が二本、絨毯にのっていた。反対側の壁のライティングデスクはいま、蓋を手前に倒して、机の形にしてある。エラリーは蓋板に眼をやり、赤と黒のインク瓶がふたつあることと、ついでに、どちらの瓶もほぼ満杯であることまで瞬時に見てとった。

「そのライティングデスクは私が拡大鏡を使って、なめるように調べましたよ」アイシャム地方検事はどすんと長椅子に腰をおろしながら言った。「当たり前ですが。いの一番にやりました。それがブラッド個人の書き物机だとしたら、捜査に役だつ書類がはいっているかもしれませんから」地方検事は肩をすくめた。「まるっきり空振りでしたが。どれもこれも修道尼の日記なみに清廉潔白なものばかりでしたよ。部屋のほかの部分ですが――どうぞ、ご自由に見てまわってください。ほかはもうブラッド個人の匂いのするものはありませんでしたし、そもそも殺人が起きたのはあずまやでしたからね。いま問題なのは、あのチェッカーです」

「そうそう」ヴォーン警視が言い添えた。「トーテムポールのすぐ近くでチェッカーの赤い駒をひとつ見つけましたからね」

「屋敷のほかの場所はみんな調べたんですよね」エラリーは歩きまわりながら疑問を口にした。

「そりゃあもう、型どおりですが。ブラッドの寝室とか、そんなようなところを。興味をひかれるものは何ひとつありませんでしたよ」

エラリーはまた、丸い読書テーブルに視線を向けた。ポケットから、あずまやの床に落ちていたパイプの刻みたばこを入れたグラシン紙の封筒を取り出すと、テーブルの上に置かれた、刻みたばこを保存する大きな加湿容器の蓋をひねってはずし、片手を中につっこんだ。再び現れたてのひらいっぱいの刻みたばこは、パイプから回収したたばこと色も刻みかたもまったく同じ――珍しい、キューブカットだった。

エラリーは声をたてて笑った。「なるほど、この汚らわしい葉っぱについては疑問の余地なしだ。またひとつ、手がかりが煙になって消えてしまいましたよ。このたばこ入れがブラッドのものなら、パイプにはいっていた刻みもブラッドのだ」

「ええ、ブラッドのたばこ入れです」アイシャム地方検事は答えた。

エラリーは、テーブルの丸い天板の下に見えていた小さな引き出しを、ためしに開けてみた。すると中には、まさにコレクションと呼ぶにふさわしい数の、さまざまなパイプがごたごたと詰めこんであった。すべて極上の品で、よく使いこまれており、それだけ数があるのに、形はどれも平凡だった――まっすぐか、少したわんだ柄の先に、なんのへんてつもない火皿がついただけの、ごく普通の形ばかりだ。海泡石《メアシャム》、ブライアー、ベークライトと、材質はさまざまである。二本だけ、細くてやたらと長いパイプがあった――古い英国風の、吸管が長い陶器のパイプだ。

「ふうむ」エラリーは言った。「ブラッド氏は神殿の奥深くに引きこもるタイプだったようですね。チェッカーとパイプか――このふたつは切っても切り離せないアイテムだ。暖炉の前に犬が寝そべっていないのが驚きだな。ま、ここは何もないです」

「こいつみたいなのは、ほかにありませんかね?」ヴォーン警視は、海神と三叉《みつまた》の矛《ほこ》のパイプを取り出して訊ねた。

エラリーはかぶりを振った。「もうひとつ見つかるなんて、本気で思っちゃいないでしょう? そんなのを好きこのんでふたつも持とうなんて人間はいませんよ。そのパイプを入れるケースもない。だいたい、そんな化け物みたいなのをくわえたら、顎《あご》がはずれちまいますよ。贈り物でもらったんじゃないですか」

エラリーはいよいよ、肝心かなめの証拠物件に眼を向けた――その品は、長椅子と反対側の壁の、開いたライティングデスクの左側に取りつけてあった。

実に巧妙なからくりだった。チェッカーテーブルは壁にちょうつがいで取りつけてあり、折りたたむと、壁に浅くテーブルの形にうがたれたくぼみに、ぴったりとはめこんで収納できる。くぼみの上にしつらえた、あげおろしできるシャッターを引き下げると、このしかけをまるごと隠せる。しかも、テーブルをはさんで椅子がふたつ、やはり壁に造りつけられていて、こちらも折りたたむと壁のくぼみに収納されるのだ。

「ブラッドというのは、ずいぶんな凝《こ》り性だったに違いない」エラリーは感想を述べた。「壁にこんな装置を作りつけるなんてね。ふむ……これはブラッドがここを出た時のままになっているということか。誰も触っていませんよね？」

「すくなくとも、我々は触っておりません」アイシャム地方検事はつまらなそうに言った。「どうです、何かわかることがありますか、それを見て」

テーブルの表面は美麗な職人技の細工により、白と黒の正方形のピースが六十四個交互に埋めこまれたチェッカー盤となっていた。盤の周囲は美しい真珠母で縁取られている。プレイヤーそれぞれの前には広く幅をとったゆとりの部分がもうけられ、使っていない駒を積んでおけるようになっていた。ライティングテーブルに近い側のゆとり部分には、真っ赤なチェッカーの駒が九つ、散らばっている――黒の陣営に取られた駒だ。盤をはさんだ向こう側のゆとり部分には、赤の陣営の取られた黒の駒が三つ、置いてある。盤上は、勝負の最中で止まったままで、黒の〝キング〟（駒をふたつ重ねて作る）が三つと、普通の黒の駒が三つ、そして赤の駒がふたつ、配置されていたが、赤のひとつは黒陣営の第一列、すなわち、スタートの列のますに置いてあった。

エラリーは盤面とゆとり部分をしげしげと眺めていた。「この駒がはいっていたいれものはどこにあるんだろう？」

アイシャム地方検事がひょいとライティングデスクの方を示した。キャビネットの蓋を前に倒して作った机の上に、安物のボール紙の長方形の箱がある。からっぽだった。

「赤の駒が十一か」エラリーは壁を睨みながら言った。「むろん、本来は十二個あるはずだ。そして、まったく同じ赤い駒がひとつ、トーテムポストの近くで見つかっている」

「そのとおりです」アイシャム地方検事はため息をついた。「家の者みんなに確かめましたが、この屋敷にはほかにチェッカーの道具はひとつもないそうです。ですから、我々の見つけたあの赤の駒は、ここから持ち出されたに違いありません」

「ですよね」エラリーは言った。「おもしろい、実におもしろい」そう言いながら、またチェッカーの駒を見下ろした。

「そう思いますか？」アイシャム地方検事はそっけなく言った。「すぐにそう思わなくなりますよ。あなたが何を考えているのかはわかりますがね。そうじゃないんです。まあ、ブラッドの執事を呼ぶまで待ってください」

地方検事は戸口に行き、待機していた刑事に命じた。「あのストーリングスとかいう男をもういっぺん連れてこい。執事だ」

エラリーは内心を雄弁に語る両眉をひょいとあげただけで、何も言わなかった。ぶらりとライティングデスクに近寄ると、手持ちぶさたな様子で、からっぽのチェッカーの駒の箱を取りあげる。アイシャム地方検事は皮肉っぽい笑みを浮かべて見ていた。

「それも同じ商品です」思いがけなく、アイシャム地方検事がそう声をかけてきた。

エラリーは顔をあげた。「ええ、ぼくはここに来てすぐ、不思議に思っていました。恐ろしく金をかけ、手間ひまかけて、凝りに凝ったチェッカー道具一式を揃えるほどの、救いがたいチェッカーマニアともあろうものが、なんでまた安物の木製の駒なんか使うんだろうと」

「すぐにわかることです。何も驚くことじゃありません、保証しますよ」

廊下にいた刑事がドアを開けると、血色の悪い頬と、感情の見えない眼の、ひょろりと痩せて背の高い男がはいってきた。男は地味な喪服姿だった。どことなしに、慇懃《いんぎん》な空気をまとっている。

「ストーリングス」アイシャム地方検事が前置きなしに言った。「こちらの紳士たちのために、きみが今朝、私に教えてくれた情報をいくつか、もう一度繰り返してくれないか」

「かしこまりました」執事は答えた。ものやわらかな、心地よい声の持ち主だった。

「初めに、ブラッドさんがなぜこの安物の駒を使っていたのか、説明してもらえるかね」

「それは、先ほど申しあげましたとおり、とても単純な理由でございます。ブラッド様は――」ストーリングスはため息をつき、ふいと視線を天井に向けた。「――いつも最高級の品しかお使いになりませんでした。このテーブルも椅子もオーダーメイドで、収納できるように、ぴったりのサイズのくぼみを壁に掘らせたのでございます。テーブルを作った時に、ブラッド様は象牙でできたたいへん高価なチェッカーのセットをお求めになりました。誰が見ても、とても手のこんだ彫刻をほどこした、みごとな細工もので、長年、愛用しておいででした。それがつい最近、テンプル先生がこのセットをたいへん誉められたので、ブラッド様は私《わたくし》めにこうおっしゃいました――」ストーリングスはまた、ため息をついた。「――これとそっくりなセットをひと揃いプレゼントして、先生を驚かせたいと。そういうわけで、つい二週間前にブラッド様はご自分の駒をブルックリンの彫刻職人に送って、二十四個の駒すべて、同じものを作るように依頼されましたが、手本として送ったものがまだ戻ってきていないのです。さしあたっては、こんな安物しか手にはいらず、しかたなしに使っていたというわけでございます」

「それと、ストーリングス」地方検事は言った。「昨日の晩にどんなことがあったのか、話してくれ」

「かしこまりました」ストーリングスは赤い舌の先で、くちびるをなめた。「昨夜、私がブラッド様のお言いつけどおりに、屋敷を出ようとした時――」

「ちょっと待った」エラリーが鋭く制した。「昨夜、きみは屋敷から離れるように指示されたのか?」

「さようでございます。昨日、ブラッド様は街から戻られると、フォックスとバクスターさんと私を、この部屋に呼ばれました」ストーリングスはいまとなっては懐かしい思い出に言葉を詰まらせた。「奥様とヘリーンお嬢様はもう、お出かけになられたあとでした――劇場に行かれたのだと存じます。リンカン様は夕食にお戻りになりませんでした……ブラッド様はとてもお疲れのご様子でした。十ドル札を一枚、取り出して、私にくださると、フォックスとバクスターさんと私に、夕食のあとはひまをやるとおっしゃいました。今夜は誰にも邪魔されずにひとりでいたいというご希望で、フォックスに小さい方の車を自由に使ってよいとおっしゃいました。それで、私どもは出かけたのでございます」

「なるほどね」エラリーはつぶやいた。

「チェッカーの話はどうした、ストーリングス」アイシャム地方検事がうながした。

ストーリングスはひょろりと長い頭を縦に振った。「屋敷を出ます前に――フォックスとバクスターさんはもう、外の車寄せに停めた車に乗りこんでおりました――私どもが出かけてしまう前に何かご用がないかどうか、書斎に確かめに参りました。ブラッド様にうかがいますと、何もない、さっさと行くようにとおっしゃいました。そわそわしているご様子でしたが」

「なかなか気のつく人だね、きみは」エラリーが笑顔で言った。

ストーリングスは嬉しそうだった。「そうするように、つとめてございますので。ともかく、今朝、アイシャム様に申しあげましたように、昨夜、私がここに参りました時、ブラッド様はチェッカーテーブルの前に坐ってひとりで、言うなれば、ご自分と対戦しておいででした」

「ということは、誰かと勝負をしていたわけじゃないのか」ヴォーン警視がぶつぶつと言った。

「それならそうと、なんで言ってくれなかったんです、アイシャムさん」

地方検事がひょいと両手を広げると、エラリーは訊いた。「つまり、どういう意味なんだ、ストーリングス」

「ですから、ブラッド様は黒と赤の駒を全部並べて、おひとりで敵役と味方役を交互にされていたのでございます。ゲームはちょうど始められたばかりでした。ブラッド様は最初にご自分の坐った側の駒をひとつ動かして、しばらく考えてから、反対側の駒をひとつ動かされました。私は二手、動かしたところまでしか見ておりません」

「ふうむ」エラリーはくちびるを突き出した。「どっちの椅子に坐っていた」

「そちらの、ライティングデスクに近い側でございます。ですが、赤の駒を動かす時には、向かい側の椅子に移られました。いつもそのようにして、盤上の駒の位置を確かめながら、じっくり考えられるのでございます」ストーリングスはくちびるをなめた。「ブラッド様はとてもお上手でいらっしゃいました、たいへん研究熱心で。ひまさえあればよく、そんなふうにしてひとりで練習なさっていました」

「そう、つまるところ」アイシャム地方検事はやれやれという風情で言った。「チェッカーにはなんの意味もなかったというわけだ」そしてため息をついた。「では、きみ自身の話を聞かせてくれ、ストーリングス」

「かしこまりました」執事は答えた。「私どもは街に参りました。フォックスはロキシー劇場でバクスターさんと私を降ろして、映画が終わるころに戻ってくると言いました。フォックスがどこに行ったのかは存じません」

「で、迎えにきたのか?」ヴォーン警視が急に食いついてきた。

「いいえ、戻ってまいりませんでした。私どもは三十分ほど待っていたのですが、おそらく事故か何かで来られなくなったのだろうと判断して、列車で戻り、駅からはタクシーで屋敷に帰ったのでございます」

「おまえさんたちもタクシーだって?」警視は愉快そうだった。「昨夜、駅待ちのタクシーは大繁盛だったんだなあ。帰宅したのは何時だ?」

「真夜中ごろだったと存じます、もしかすると少し過ぎていたかもしれません。はっきりとは覚えておりません」

「きみたちが屋敷に着いた時、フォックスは戻ってきていたのかね」

ストーリングスは取り澄ました顔になった。「それは申しあげかねます。まったく存じませんので。フォックスは入江近くの林の中の小屋に住んでおりまして、たとえ明かりがともっていても、木にさえぎられてここからは見えないのでございます」

「ああ、こっちで調べるからいい。アイシャムさん、フォックスからまだあまり話を聞いてないんですかね?」

「聞くひまがなかった」

「ちょっといいですか」エラリーが口をはさんだ。「ストーリングス、昨夜、ブラッドさんはお客が来るようなことを言ってたかい」

「いいえ。ただ、夜はひとりになりたいとおっしゃっただけでございます」

「そんなふうにきみやフォックスやバクスターさんを追い出すことは、しょっちゅうあったのかな」

「いいえ。昨夜が初めてでございました」

「もうひとつだけ」エラリーは丸い読書テーブルに歩み寄ると、たばこの加湿保存容器を指先でぽんぽんと叩いた。「このいれものの中身を知ってるか?」

ストーリングスはあっけにとられた顔になった。「もちろん存じております! ブラッド様の刻みたばこでございますが」

「たいへん結構! この屋敷にある刻みたばこはこれだけかな」

「さようでございます。ブラッド様はたばこの好みになかなかうるさいかたでございまして、わざわざ英国に特注して、ご自分用のおたばこをブレンドさせて、個人で輸入していらっしゃいました。ほかのたばこは絶対にお吸いになりませんでした。実際」ストーリングスは急に気取って言った。「アメリカには金を払う価値のあるたばこはないというのがブラッド様の口癖でございました」

不意に、突拍子もない考えがエラリーの心の中で閃《ひらめ》いた。アンドルー・ヴァンとキャビア。トマス・ブラッドと舶来もののたばこ……。エラリーは首を振った。「ごめん、ストーリングス、もうひとつ訊くことがあった。警視、あの海神の頭がついたパイプをストーリングスに見せてもらえますか」

ヴォーン警視は彫刻のほどこされたパイプをまた取り出した。ストーリングスはひと目見て、うなずいた。「はい。そのパイプでしたら見覚えがございます」

男三人はいっせいにため息をついた。運は、罰する側より罪を犯した側に味方しているようだ。「まあ、そんなことだろうと思った……ブラッドさんのだね？」アイシャム地方検事がぶつくさと言った。

「ええ、それはもう間違いございません」執事は答えた。「ブラッド様は一本のパイプを長くはお使いになりませんでした。パイプというものは人間と同じように、ときどき休ませなければならない、と常日ごろ言っておいでした。引き出しに、たいへん上等なパイプがたくさんはいっております。そのパイプですが、たしかに見覚えがございます。何度も見たことがあります。ただ、思い返してみますと、最近はとんと見ておりませんが」

「わかった、わかった」アイシャム地方検事はいらだったように言った。「もう下がっていい」ストーリングスはしゃちこばったお辞儀をすると、また執事の顔に戻り、すたすたと書斎を出ていった。

「これで、チェッカーの件は片づいた、と」警視は苦虫を嚙みつぶしたような顔で言った。「ついでに、パイプと刻みたばこの問題も。やれやれ、えらい時間の無駄でしたなあ。それでも、フォックスについてはおもしろい手がかりが出てきた」警視は両手をこすりあわせた。「まあ、悪くない成果ですわ。オイスター島の連中も調べなきゃならんし、こりゃあ、忙しい一日になりそうだ」

「何日もかかるんじゃないですかね」エラリーはにやりとした。「ま、捜査ってのはむかしからそんなもんでしょう！」

ノックの音がして、ヴォーン警視は部屋を突っ切り、ドアを開けた。辛気《しんき》くさい顔の男が立っていた。男がヴォーンに何ごとか囁き続けると、警視は話を聞きながら何度もうなずいていた。やっと、警視はドアを閉めてふたりのそばに戻ってきた。

「どうした?」アイシャム地方検事が訊いた。

「たいしたことは何も。空振りが山ほどってとこです。部下の誰ひとり、例の呪われたものを見つけられなかったと報告しにきただけで。まったく影も形もないと。くそっ、そんな馬鹿な話があるか!」

「何をお探しです?」エラリーは聞いた。

「首ですよ、首!」

長い間、誰もひとことも喋らなかった。急に、悲劇の冷え冷えとした風が吹きこんできたような錯覚。窓の外で日のあたる庭園を見ていると、この平和と美しさと贅《ぜい》のきわみすべての持ち主が首なし死体となって、ロングアイランド湾で引き揚げられたどこの誰ともわからぬ浮浪者のように郡の死体置き場に横たわっているとは、とても信じられない。

「何か、ほかには?」やっとアイシャム地方検事が口を開いた。自分で自分に、むかっぱらを立てているようだった。

「部下は駅の連中を徹底的にしめあげて」ヴォーン警視は淡々と続けた。「八キロ四方の住人をひとり残らず尋問したそうです。昨夜、ここに来た客がいないかどうか、探したわけですわ、クイーンさん。リンカンとストーリングスの話から、昨夜、ブラッドは誰かが来るのを待っていたと考えられますからなあ。こっそりと秘密にしたいことがあって、ひとりっきりになりたかったのでもなけりゃあ、誰が自分の女房や、まま娘や、商売仲間や、召使まで、追っぱらいますかね。いままで、そんなことは一度もなかったってんですから。わかりますか?」

「たいへんよくわかりますとも」エラリーは言い返した。「ええ、警視、あなたのその推測は完全に当たっていますよ。昨夜、ブラッドは誰かが来るのを待っていた。それについては疑う余地はありません」

「しかし、その手がかりを与えてくれる人物には、ひとりも出会えていないのでねえ。どの列車の車掌も駅員もひとり残らず、昨夜九時ごろに列車でやってきたよそ者に心当たりはないとぬかすんですわ。近所の人間ですか?」警視は肩をすくめた。「そっちは望み薄でしょうなあ。誰でもこそっとはいりこんで、なんの痕跡も残さずに逃げることはできるでしょう」

「しかし実際」地方検事は言った。「きみのやろうとしていることは砂漠で砂つぶを探すようなものだぞ、ヴォーン。昨夜、ここに犯行目的で来ようという者が、馬鹿正直にいちばんの最寄り駅で降りるはずがないだろう。ひとつかふたつずれた駅で降りて、歩いてきたに違いない」

「車で来たという可能性はないんですか」エラリーは訊いた。

ヴォーン警視は頭を振った。「その点は今朝早くに調べてみたんですがね。ここの私道は砂利が敷いてあって手がかりもへったくれもない。かと言って、街道の方は砕石で舗装してあるし、雨も降らなかったしで――まるでお手上げですわ、クイーンさん。まあ、可能性ならもちろんあるでしょうな」

エラリーは深く考えこんだ。「もうひとつ可能性はありそうですよ、警視。そこの入江です!」

警視は窓の外を睨んだ。「我々がそれに気づかなかったと思いますかね」そして、耳障りな短い笑い声をたてた。「入江からここに来るのは朝飯前ですな！　ニューヨークかコネチカットのどこかの浜でボートを――モーターボートを借りるだけだ……そっちの線も、部下をふたりほど送って調べさせとりますわ」

エラリーはにこりとした。「逃げる者はどこまでも追う《Quod fugit, usque sequor》――というわけですね、警視？」

「はあ？」

アイシャム地方検事が立ち上がった。「さっさと出ましょう。まだまだ仕事はある」

7　フォックスと英国人

一同はさらに深い霧の中に迷いこんでいた。光明はどこにも見当たらない。

家政婦のバクスター夫人が重要な情報を持っているとは期待できなかった。それでも、徹底的に調べあげるためには、家政婦を尋問しないわけにはいかない。男たちは客間に引き返すと、その退屈な仕事に取りかかった。バクスター夫人はびくびく震えながら、前の晩に外出したというストーリングスの話を裏づけただけだった。いえ、だんな様はお客様がいらっしゃるようなことは何もおっしゃいませんでした。いいえ、だんな様は食堂で、おひとりでお夕食をとられましたが、わたくしがお給仕をしました時も、特に取り乱したり、不安そうだったりというご様子はお見受けしませんでした。むしろ、いくらか上の空でいらしたように思いましたけれど。はい、フォックスはわたくしどもをロキシー劇場の前で降ろしてくれました。はい、列車とタクシーを使って、ストーリングスと一緒にこのブラッドウッド荘まで戻ってまいりました、ちょうど真夜中を少し過ぎたころでございます。いいえ、奥様やほかのかたがたはまだお帰りでなかったと思いますが、はっきりとは存じません。屋敷は暗かったかどうかでございますか？　はい、暗《くろ》うございました。おかしなことはなかったか、とおっしゃいますと……いいえ、何もございません。

もう結構だ、バクスターさん……老いた家政婦があたふたと出ていくと、警視は立て板に水と悪態をつきまくった。

エラリーはあくまで傍観者としてぼんやりと見守りつつ、時折、花瓶の爪の先ほどの汚れに気をとられていた。アンドルー・ヴァンという名が、脳のひだの海峡をゆらゆらとしつこくたゆたい続けている。

「それじゃあ」アイシャムは言った。「運転手のフォックスと話しにいきましょうか」

地方検事はヴォーン警視と連れだって屋敷からさっさと出ていった。エラリーはのんびりとそのあとを追いながら、六月の薔薇《ばら》の香を吸いこみつつ、いつになったらこのふたりが自分のしっぽをぐるぐる追いかけまわす堂々めぐりをやめて、湾内に浮かぶオイスター島の、心そそられる土地や森に向かって船出するのかと首をひねっていた……

アイシャム地方検事が先に立って、母屋の左の翼《よく》をぐるりと迂回するように、細い砂利道を進んでいくと、まもなく、よく手入れされた自然林の中にはいった。少し歩いて木立《こだ》ちをくぐり抜けた先は、ぽっかりと空地になっていて、その真ん中に、ぴかぴかにかんながけした丸太造りの、居心地よさそうな小屋が建っていた。郡の騎馬警官がひとり、小屋の前の日だまりでぶらぶらと歩きまわっている。

アイシャム地方検事が頑丈な扉をノックすると、男の低い声が返ってきた。「どうぞ」

一同がはいっていくと、そこには、顔のところどころが血の気の引いたように青白い男が、こぶしを握りしめ、楢《なら》の木のように突っ立っていた。すらりと背が高く、細くしなやかな身体つきは強靱《きょうじん》な若竹を思わせる。はいってきたのが誰なのかを見てとると、男はこぶしをゆるめ、両肩を落とし、うしろに手を伸ばして、手作りの椅子の背につかまった。

「フォックスだな」アイシャム地方検事は有無を言わせぬ口調で言った。「今朝はきみと話す機会がほとんどなかったが」

「はい」フォックスは答えた。この血色の悪さは一時的なものではない、と気づいて、エラリーは少し意外だった。これが男のもともとの顔色なのだ。

「きみが死体を発見した時の状況はもう知っている」地方検事はそう続けながら、小屋の中にもうひとつしかない椅子にどっかりと腰をおろした。

「はい」フォックスはもごもごと答えた。「最悪でし――」

「こっちが知りたいのは」アイシャム地方検事はにべもなく先を続けた。「昨夜、なぜきみがストーリングスとバクスターさんを置き去りにしたのか、きみはどこに行ったのか、いつ家に帰ったのかということだ」

不思議なことに、男は顔色ひとつ変えず、すくみあがりもしなかった。ところどころ青白い顔は、ぴくりとも表情を動かさなかった。「ただ街の中を乗りまわしていただけです」男は答えた。「ブラッドウッド荘には真夜中になる少し前に戻りました」

ヴォーン警視がのっそりと進み出て、フォックスのだらりと垂れた腕をがっちりつかんだ。「なあ、あんちゃん」いかにも愛想よく言った。「こっちはきみを痛めつけようとか、はめようとか思ってるわけじゃないんだ、そこはわかってくれんかな。きみが正直に話してくれさえしたら、この先、つきまとったりしないさ」

「私は正直に話しています」フォックスは答えた。エラリーはその発音やイントネーションにふと、教養の匂いを嗅ぎ取った。ますます興味を持って、エラリーは男を観察した。

「おう、そうかそうか」ヴォーン警視は言った。「そいつは何よりだ。なら、街の中を乗りまわしてたなんて与太はひとまず忘れようじゃないか。正直に頼むぞ。おまえさん、どこに行った?」

「正直に言ってますよ」フォックスは淡々と、抑揚《よくよう》のない声で答えた。「五番街をぐるぐるまわって、セントラルパークの中や、リヴァーサイド・ドライブを長い間、走ってました。外は気持ちがよくて、たっぷり空気を吸ってきました」

警視は急にフォックスの腕を放すと、アイシャム地方検事に向かってにやりと笑った。「たっぷり空気を吸ってきたそうですわ。おいおい、なら、ストーリングスとバクスターさんが映画を観終わったあとに、どうして迎えにいかなかったのかな」

フォックスの広い肩がわずかにすくめられたように見えた。「誰にもそうするように言われてませんでしたから」

アイシャム地方検事はヴォーン警視と眼を見かわした。エラリーはフォックスを見ていた。するとなんと、この男の眼が――とてもありえないことに思えたが――涙でいっぱいなのに気づいて、エラリーはびっくりした。

「そうかね」アイシャム地方検事がやっと言った。「あくまで言い張るなら、そういうことにしておくが、捜査の結果、嘘だとわかっても知らんぞ。ここでいつごろから働いている？」

「今年の初めからです」

「紹介状はあるか？」

「はい」静かにフォックスはきびすを返すと、古ぼけたサイドボードに歩み寄った。引き出しのひとつをごそごそやって、大切に保存しておいたらしい、きれいな封筒を取り出した。

地方検事は乱暴にそれを開くと、中にはいっている手紙をざっと見て、ヴォーン警視に手渡した。警視はより丁寧にじっくりと読んで、不意に、テーブルの上に放り出すと、どういうわけか小屋からすたすたと出ていった。

「問題はないようだな」アイシャム地方検事は言いながら立ち上がった。「ところで、ここの使用人はきみとストーリングスとバクスターさんの三人だけかね」

「はい」フォックスは眼もあげずに答えた。紹介状を拾い上げ、それと封筒を指先で何度となくひっくり返している。

「ええと――フォックス君」エラリーが声をかけた。「昨夜、きみが帰った時、何か、普段とは変わったものを見たり聞いたりしたかい」

「いいえ」

「このまま、家でじっとしていろ」アイシャム地方検事はそう言うと、小屋を出た。外ではヴォーン警視が待っており、エラリーは戸口で足を止めた。小屋の中で、フォックスは微動だにしなかった。

「奴め、昨夜の話は嘘八百に決まってる」ヴォーン警視の大声が、フォックスに聞こえないはずはなかった。「すぐに調べるから見ていろ」

エラリーはたじろいだ。どうもこのふたりのやりかたは強引すぎるように思える。それにフォックスの眼に浮かんでいた涙が忘れられない。

無言のまま、三人は西に抜ける近道をたどった。フォックスの小屋はケチャム入江の岸からそれほど遠くない場所にあり、林の中のぼこぼこして歩きにくい道を苦労して進むと、木立ちの間から陽光にきらめく青がちらちらと見える。小屋からいくらも行かないうちに、一同は柵のない狭い道路にぶつかった。

「ブラッドの私道です」アイシャム地方検事がぼそっと言った。「だから柵がないんですよ。リン夫妻が借りている家は、この道路の向こう側の敷地に建っているはずです」

一行は道路を渡り、またもや大聖堂を思わせる林の中にはいった。五分ほど歩いたところでヴォーンが、生い茂る下ばえの中に西へ抜ける小径《こみち》を発見した。ほどなくして、小径は広がり、立ち木はまばらになって、木々の真ん中に、低い不格好な石造りの家が現れた。男と女が屋根のないポーチに坐っている。三人の客の姿を見つけると、男は慌てて立ち上がった。

「リンさんと奥さんですか？」

「ええ、そうです」男が言った。「パーシー・リンです。これは家内で……。あなたがたはブラッドウッド荘からいらしたんですか」

リンは背が高く浅黒い肌で、短く刈りこまれた黒髪を油でなでつけた鋭い目つきの英国人だった。エリザベス・リンは色白で金髪の、ぽっちゃりと肥《ふと》った女で、微笑が顔に貼りついているようだ。

アイシャム地方検事がうなずくと、リンは言った。「ええと……おあがりになりませんか」

「いえいえ、おかまいなく」ヴォーン警視は愛想よく答えた。「すぐにおいとましますんでね。事件のことはもうお聞きになったでしょう」

英国人は真顔になってうなずいた。しかしながら、夫人の微笑は消えなかった。「いやもう、驚いたのなんの」リンは言った。「最初にその話を聞いたのは、そこの道を散歩していて、おまわりさん《ボビー》と行きあった時です。その時に、悲劇について教えてもらいました」

「もちろん」夫人が甲高い声を出した。「それからはもう、とてもじゃありませんけれど、先に進む気になれませんでしたわ」

「ああ、そうだったな」夫はうなずいた。

アイシャム地方検事とヴォーン警視が眼で会話する間、短い沈黙が落ちた。リン夫妻はじっとしている。長身の男の手にはパイプがあり、ふわりと立ちのぼる煙は、揺らぐこともなく、まっすぐ顔に向かっていく。

不意に、リンがパイプをひょいと動かした。「あのですね」彼は言った。「ものすごくやっかいな状況だというのは理解していますよ。皆さんは警察のかたでしょう?」

「そのとおりです」アイシャム地方検事は答えた。どうやら、リンの方から喋ってもらおうという方針らしく、ヴォーン警視はおとなしくうしろで控えたままだ。エラリーは女の顔に貼りついたままのぞっとする微笑が気になってしかたなかった。やがてエラリーはにこりとした。なぜ、あんなに不自然な笑顔なのか、やっと合点がいったのである。リン夫人は入れ歯なのだ。

「私たちのパスポートを確認なさりたいんでしょうな」リンは大まじめな声で続けた。「隣近所や友人知人を調べておこうってわけですね?」

パスポートはまったく問題がなかった。

「それから、どういったいきさつで私たちが――家内と私が――ここに住むようになったのか、お知りになりたいんでしょうな……」アイシャム地方検事からパスポートを受け取りながら、リンはそう続けた。

「そのことならもう、ブラッドさんのご令嬢から詳しくうかがいました」そう答えて、アイシャム地方検事が、不意にポーチの階段を二段のぼると、リン夫妻はぎくっと身をこわばらせた。

「おふたりは昨夜、どこにいらっしゃいましたか」

リンは大げさに空咳《からぜき》をした。「ああ——はい。そうですよね。実を言うと、昨夜は街に行っておりまして……」

「ニューヨークに？」

「そうです。夕食をとって、芝居を観て——まあ、くだらん芝居でしたが」

「こっちに戻ったのは何時です？」

唐突にリン夫人が甲高い声をはさんできた。「あら、戻りませんでしたのよ。あたくしたち、ホテルに泊まりましたの。時間が遅すぎて——」

「どのホテルです？」警視が訊いた。

「ルーズヴェルトですわ」

アイシャム地方検事は苦笑した。「なるほど、で、何時に泊まったんです」

「ああ、深夜をまわっていました」英国人が答えた。「芝居がはねたあと、軽く一杯やって——」

「いえ、もう結構です」警視は言った。「このあたりにお知り合いは多いんですか」

夫妻は揃ってかぶりを振った。「ほとんどいませんね」リンは言った。「ブラッドさんのご家族と、あのおもしろいヤードリー教授という御仁《ごじん》と、テンプル先生と。それだけですよ、実際」

エラリーは愛想よく微笑みかけた。「おふたりのどちらかでも、オイスター島に行かれたことはあるんですか」

英国人はにこりと微笑み返した。「いやいや、まさか。裸体主義なんぞ、我々には珍しくもなんともない。ドイツでうんざりするほど見ましたよ」

「それに」リン夫人が口をはさんだ。「あの島の人たちときたら――」かすかに身震いした。

「お気の毒なブラッドさんは、あの人たちを追い出すべきだとおっしゃっていましたけれど、あたくしもまったく賛成ですわね」

「ふうむ」アイシャム地方検事は口を開いた。「今度の悲劇について、どんなことでもかまいません、参考になりそうなことをご存じではありませんか」

「いや、見当もつきませんよ。まったく。恐ろしいことです、とにもかくにも。野蛮だ」リンは舌打ちした。「大陸の者から見れば、あなたがたのすばらしいお国に真っ黒い染みがついたようなものですよ」

「ええ、そうですね」アイシャム地方検事はそっけなく答えた。「ありがとうございました……では、失礼します」

8　オイスター島

ケチャム入江は、トマス・ブラッド所有の海岸を半円形にざっくりえぐったような形をしていた。弧を描く海岸の中央からは、大きな栈橋が突き出していて、モーターボートが数艘と、ランチが一隻、もやってある。エラリーがふたりの連れにくっついて、西にのびる道路に戻り、海に向かって歩いていくと、中央の大桟橋から数百メートル離れた小さめの桟橋に出た。そこから三キロも離れていない海の上にオイスター島が横たわっている。その海岸線を眺めると、まるで島が本土からむりやりちぎり取られた時に、ひっぱられて伸びてしまったかのように見える。島の向こう側はまったく見えないが、おそらくは島全体の輪郭《りんかく》から牡蠣《オイスター》という名をつけられたのだろう、とエラリーは推察した。

オイスター島は、ロングアイランド湾のトルコ石色の水面《みなも》にはめこまれた緑色の宝石そのものので、外から見たかぎりでは鬱蒼《うっそう》とした原生林におおわれているように思われた。森も生い茂る灌木《かんぼく》も、ほぼ水際まで来ている。いや……小さな船着き場がひとつあった。エラリーはじっと眼をすがめて、ようやく、その灰色の不格好な輪郭を見てとった。しかし、ほかに人の手で作られたものは何ひとつ見当たらない。

アイシャム地方検事が桟橋の上をどんどん歩いていって、さっきから本土とオイスター島の間をゆっくりと行ったり来たりしている警察のランチに向かって「おおい！」と叫んだ。エラリーが本土と島をへだてる水道を透かして見ると、西の方にもう一隻の警察のランチがこちらに船尾を向けて浮かんでいた。島の裏側に姿を消したのを見るに、そちらは島の海岸にそってパトロールしているらしかった。

地方検事が声をかけた方のランチは、ただちに本土に突進してきて桟橋につけた。

「いざ、参るとしましょうか」ヴォーン警視はランチに乗りこみつつ、いくらか緊張した声で言った。「どうぞ、クイーンさん。これで、片がつくんじゃないですかね」

エラリーとアイシャム地方検事が飛び乗ると、ランチは大きく弧を描いてから、オイスター島の真ん中めがけてまっすぐ突き進んだ。

ランチは入江を突っ切っていく。海上に出るとだんだん、島と本土の様子が一望のもとに見渡せるようになってきた。ここからだと、たったいま自分たちが船出した桟橋からさほど遠くない、もう少し西に寄ったところに、似たような桟橋がもうひとつあるのが見える——リン夫妻専用の桟橋に違いない。もやい杭のひとつに手漕ぎボートが一艘つながれて、太陽にさらされている。入江のもっと東側には、リン夫妻用のと対をなす桟橋が、もう一本あるのが見えた。

「あっちにテンプル先生が住んでるんですか」エラリーは訊いてみた。

「そうです。あれはきっと先生の桟橋でしょう」東側の桟橋につながれている船はなかった。

ランチは水面を切り裂いていく。オイスター島の小さな船着き場が近づいてくると、島の細部がだんだんはっきり見えてきた。一同は坐ったまま、島が大きくなってくるのを無言で見ていた。

出し抜けに、ヴォーン警視が飛び上がり、興奮のみなぎる顔で怒鳴った。「あそこで何か起きてるぞ！」

一同は、ぎょっとして船着き場を見つめた。ひとりの男が、か細い悲鳴をあげてもがく女を腕でかかえて藪から飛び出してきたと思うと、船着き場の西側につないであった船外機付きのモーターボートにどすんと飛び乗り、女を無造作に手漕ぎ用の腰かけ板に落とすと、エンジンをかけ、大急ぎでボートを船着き場から出し、接近してくる警察のランチにまっすぐ向かってきた。女は失神しているようにぐったり横たわっている。焦ったように島を振り返る男の黒い顔が見えた。

脱出から——もしこれが本当に脱出であればの話だが——十秒とたたないうちに、逃亡者たちのあとを追って、森の中から驚くべきものが飛び出してきた。

全裸の男だ。背の高い、肩幅の広い、褐色の肌をした、筋骨隆々《きんこつりゅうりゅう》とした男で、たてがみのような黒髪をなびかせて走ってくる。ターザンだ、とエラリーは思った。彼の出てきた茂みの中から、例の象やその他大勢の不思議な仲間たちが現れるのでは、となかば本気で期待してしまったほどだ。しかし、毛皮の腰巻が見当たらないが？……男が、船着き場で立ち止まり、離れていくボートを睨みつけながら、失望して呪いの言葉を吐いているのが、エラリーたちにも見てとれた。一瞬、男はそこに立ちつくし、筋肉の盛りあがった両腕をだらりと垂らしたまま、自分が全裸であることを完全に失念しているようだった。男の眼にはモーターボートと焦ったように振り向いているボートの上の男しか見えていないのか、ボートの行き先に何があるのかはまったく気づいていないらしかった。

不意に、エラリーがまたたきひとつする間に、全裸の男が消えた。男は船着き場の端から、まるで銛《もり》が水を切り裂くように勢いよく飛びこんだのである。すぐに再び水面に顔を出すと、逃亡者たちめがけて、ぐんぐんと恐ろしい勢いのクロールで泳ぎ始めた。

「どうしようもない馬鹿だな！」アイシャム地方検事が声をあげた。「モーターボートに追いつけると思ってるのか？」

「モーターボートは止まってますよ」エラリーが冷静に指摘した。

アイシャム地方検事はびっくりして、モーターボートをじっと見つめた。それは海岸から百メートル足らずのところに止まったままで、運転していた男が必死になって、うんともすんとも言わないエンジンをどうにかしようとしている。

「急げ！」ヴォーン警視は警察のランチの運転手に向かって怒鳴った。「あの男、人を殺しそうな眼をしてるぞ！」

ランチが唸りをあげ、咽喉《のど》の奥から放たれるような物悲しいサイレンの音が鳴り響き、その木霊《こだま》が島の裏側にまで伝わっていく。その時初めてランチの存在に気づいたように、ボートの男も水中の男も動きを止め、警告音の出どころをきょろきょろ探し始めた。水中の男は立ち泳ぎをしていたが、一瞬、ぎょっと眼をみはったかと思うと、乱暴に頭を振って髪の水気をはね飛ばし、再び、水の中にもぐった。そして、またもや力強いクロールですぐに顔を水の上に出したものの、今度はまるで地獄の悪魔が総出で追いかけてくるというように、島めがけて一目散に引き揚げていく。

船上の娘は起きなおって、きょとんとしていた。男は船尾の甲板にへたりこみ、ランチに向かって手を振っている。

ランチがボートに横づけするのとほぼ同時に、裸の男は海の中から海岸に飛び出した。そのまま振り向くことなく、森の隠れ蓑《みの》の中に飛びこんで、姿を消した。

驚いたことに、警察のランチが動かないモーターボートに鉤《かぎ》をひっかけると、男は空を仰いで、大声で笑いだした——心からの、まぎれもなく安心した、愉快そうな高笑いだ。

年齢のよくわからない、しなやかな筋肉質のすらりとした男は、髪が褐色で、その顔は赤紫に見えるほど日焼けしていた——長年、赤道直下の日射しにさらされてようやくそうなれるような肌の焼け具合である。その眼もまた日光のせいですっかり色素が抜けてしまったかのように、ほとんど色のない水のように薄い灰色だ。口は肉でできた罠のようだった。顎《あご》の筋肉が紫色の頬を帯鉄筋《おびてっきん》のようにがっちりと締めている。船尾の床板で、愉快でたまらないというように笑いころげている男を見ながらエラリーは、あたふた逃げてきたとはいえ、油断ならない相手だぞ、と考えていた。

この驚くべき男がさらってきた女は、ジョーナ・リンカンによく似た顔立ちをしているところを見れば、はねっかえりのヘスターに間違いなかった。器量よしとは言えないが、みごとな身体つきの娘だ。警察のランチに乗りあわせた男たちは、気まずい思いをしつつも、その身体のみごとさを認めないわけにいかなかった。男ものの上着が肩にかけられていたものの——笑っている男が上着を着ていないことをエラリーは見逃さなかった——その下は、薄汚れたキャンバス地の布きれ一枚だけで、ほとんど身体は隠れておらず、察するに、誰かが最初につかんだ手近な布きれで、娘の裸身をむりやり隠そうとしたらしい。

娘は男たちの視線を浴びて、困惑した青い眼で見返したが、不意に赤くなってぶるっと震えると、うつむいた。両手が無意識にもぞもぞと、膝小僧をおおう。

「何をそんなにけらけら笑っとるのかね?」警視が詰問した。「何者なんだ、あんたは。そのお嬢さんをさらってきたのは、どういうつもりだ、え？」

上着を着ていない男は涙をぬぐった。「まあ、そう言われてもしょうがないな」男は息を切らしながら答えた。「いやあ、おもしろかった！」男はその黒く焼けた顔から陽気さの名残を払い落とすと、立ち上がった。「失礼しました。私はテンプルという者です。こちらはヘスター・リンカンさんです。助けてくださってありがとうございます」

「こっちの船に移りなさい」ヴォーン警視が怒鳴った。

アイシャム地方検事とエラリーは無言の娘に手を貸して、ランチに乗り移らせた。

「ちょっと待った」テンプル医師が鋭い声を出した。その顔にはもう愉快さのかけらもなかった。ただどす黒い疑惑の色に染まっていた。「そもそも、あなたがたは誰なんです？」

「警察だ。いいから、さっさとこっちに乗りなさい！」

「警察だって！」男は眼をすがめると、ゆっくりとランチによじのぼってきた。ひとりの刑事がモーターボートをランチのもやい綱につないだ。テンプル医師はヴォーン警視からアイシャム地方検事へ、そしてエラリーへと視線を移していった。娘は椅子に坐りこんだまま、床を見つめている。「どういうことだ。何があったんです？」

アイシャム地方検事が説明した。医師の顔からぞっとするほど血の気が引いた。ヘスター・リンカンは恐怖をたたえた眼で見上げた。

「トムが！」テンプル医師はつぶやいた。「殺されたって……信じられない！　だって、昨日の朝、会ったばかりで――」

「ジョーナは」ヘスターが口を開いた。ひどく震えている。「兄は――兄は、無事なんですか」

誰も答えなかった。テンプル医師は下くちびるを噛んでいた。色の薄い瞳に、真剣に考えこむ色が差してくる。「もうお会いになりましたか――リンさん夫婦に?」妙な声で訊いてきた。

「なぜです?」

テンプル医師は黙りこんだ。やがて笑顔になって肩をすくめた。「いや、別に、なんでもありませんよ。ちょっと訊いてみただけです……トムもかわいそうに」突然、坐りこむと、海の向こうのオイスター島をじっと見つめていた。

「ブラッドの船着き場に引き返せ」ヴォーン警視が命じた。ランチは海水を泡立てて、本土に向かって戻り始めた。

エラリーは大桟橋の上にヤードリー教授の風変わりな姿を見つけて、手を振った。教授もひょろ長い腕を振り返してきた。

「さて、テンプル先生」アイシャム地方検事が重々しく言った。「これからあなたの釈明の時間になるわけですが。この大げさな誘拐劇はいったいどういうわけで、あなたを追ってきた丸裸の狂人はいったい何者です?」

「運が悪かったんです……ともかく、本当のことを打ち明けた方がよさそうですね。ヘスター――すまない」

娘は返事をしなかった。トマス・ブラッドの死の知らせに茫然としているようだ。

「リンカンさんは」日に焼けて真っ黒な男は続けた。「むかしから――ええ、その、少々、衝動的なお嬢さんだったと申しましょうか。まだ若いですし、若い人というのは往々にして、突然、妙なことに夢中になるものですから」

「ちょっと、ヴィクター」ヘスターがうんざりしきった声を出した。

「ジョーナ・リンカンは」テンプル医師は眉を寄せて続けた。「その——どう言えばいいかな——私の見たところでは、妹さんに対して兄としてのつとめを果たさなかったようで」

「あなたの見たところではね」娘は苦々しげに言い返した。

「そうだよ、ヘスター。だって私は——」そこで医師はまたくちびるを噛んだ。「ともかく、一週間が過ぎてもヘスターがあの呪われた島から戻ってこなかったので、いいかげんに誰かがヘスターを正気に戻してやらなければと考えたわけです。ほかの誰にもできそうになかったので、私がその役を買ってでたわけですよ。裸体主義だって！」医師は鼻を鳴らした。「連中のやってることは、自分たちに都合のいいこじつけだ。私は伊達《だて》に医者をやってるわけじゃない。あいつらは、まともな人たちの抑圧された気持ちにつけこんで食い物にしている、詐欺師の集団ですよ」

娘は息をのんだ。「ヴィクター・テンプル！　あなた、自分が何を言ってるかわかってるの？」

「口をはさんですみませんが」警視が穏やかに言った。「こちらのお嬢さんがまっぱだかでそのへんを走りまわったとして、あんたになんの関係があるんですかね？　お嬢さんは成人しておいでのようだが」

テンプル医師はがっきと顎を鳴らした。「知りたきゃ言いますが」医師は怒った声で言った。「私には口出しする権利があると思っているからですよ。この人は思春期で、精神的にまだまだ子供のふわふわお嬢ちゃんだ。色男のりっぱな身体と甘ったるい言葉にのぼせてしまってるんです」

「ポール・ロメインですね？」エラリーは微苦笑を浮かべて口をはさんだ。

医師はうなずいた。「そう、あのずる賢い悪党ですよ！　あの太陽教とかいういかれたカルト団体の生きた広告です。お天道様をだしに、何を馬鹿げたいんちきをやってるんだか……今朝、私はあそこに偵察にいってみました。ロメインとちょっとした取っ組み合いをしました。原始人のようにね！　思い出すと滑稽《こっけい》で、それでさっき、笑ってたんです。あの時は真剣でした。あいつは私よりずっと強いとわかりましたからね。これはまともにやりあったら勝ち目がないと思って、すきを突いてリンカン嬢をひっつかまえて、すたこら逃げてきました」医師は苦笑いした。「ロメインがつまずいて、あのからっぽの頭を岩にぶつけなかったら、いまごろ私はずたぼろですよ。これが大いなる誘拐劇の物語というわけです」

ヘスターは恨みがましい眼で医師を睨んでいた。恐ろしそうに身震いしている。

「しかし、私にはまだ、あなたになんの権利があるのか、わからな――」アイシャム地方検事が言いかけた。

テンプル医師が立ち上がった。その眼に獰猛《どうもう》な光が浮かんだ。「誰だか知らんが、余計なお世話だ。いいですか、私はこのお嬢さんをいずれ妻に迎えるつもりでいる。それが私の持つ権利だ……この人は私を愛しているのに、自分では気づいていないんです。神かけて、私はこの人に思い知らせてみせる！」

医師が娘をはったと睨むのに応じて、娘もきっと睨み返し、一瞬、火花が散った。

「〝これ、まさしく恋ゆえの狂気〟ですね（『ハムレット』第二幕第一場より、福田恆存訳）」エラリーがアイシャム地方検事に囁いた。

「は？」地方検事はきょとんとした。

大桟橋で騎馬警官がランチのもやい綱をつかまえた。ヤードリー教授が声をかけてきた。「よう、クイーン君！　きみがどうしてるか見に戻ってきたよ……おや、テンプル君！　どうかしたのか？」

テンプル医師はうなずいた。「ちょうどいま、ヘスターをかっさらってきたんだよ、そしたら、こちらの紳士諸君に縛り首にされそうなんだ」

ヤードリー教授の微笑が消えていった。「そりゃ気の毒に……」

「ええと――一緒に来てくれませんか、教授」エラリーは言った。「島に着いたら、先生の手を借りるようなことがあると思うんです」

ヴォーン警視もかぶせるように言った。「いい考えだ。ところでテンプル先生、昨日の朝にブラッドと会ったと言いましたよね？」

「ちらっとですよ。向こうがニューヨークの街に出かけようとしている時に。月曜の夜にも会いましたね――おとといの晩に。まったく変わりなく見えましたが。しかしわからないな、全然わからない。容疑者はいるんですか」

「こっちが質問してるんです」ヴォーン警視は言った。「昨夜はどんなふうに過ごしましたか、先生」

テンプルは苦笑した。「私からおっぱじめようってわけじゃないでしょうね？　ひと晩じゅう、家にいましたよ――ま、私はひとり暮らしですがね。毎日、通いのメイドが来て料理と掃除をしてくれます」

「形式的なものですが」アイシャム地方検事が言った。「あなたについてもう少し詳しく教えていただきたいんです」

テンプル医師はめんどくさそうに腕を振った。「どうぞ、なんでも訊いてください」

「ここにはいつから住んでいますか」

「一九二一年からです。陸軍を退役して――軍医でした。開戦当時はイタリアにいたんですが、衝動的にイタリアの医師団にはいりましてね。当時はまだ医学校を出たての若造で。階級は少佐で、一、二度、銃を取ったこともあります――バルカン戦線で捕虜になりました。あまり愉快な体験ではありませんでしたよ」医師は小さく笑みを浮かべた。「それで私の軍歴は終わりです。終戦までオーストリア軍にグラーツで強制収容されていました」

「その後、アメリカに来たわけですか」

「数年は好き勝手にぶらぶら放浪していましたよ――戦時中に結構な遺産にありつきましてね――その後、故郷に帰りました。我々の多くがどんな目にあったかはご存じでしょう。懐かしい友は死んで、家族もいなくなって――ま、よくある話だ。そのあとここに落ち着いて、以来ずっと田舎紳士の皮をかぶっておとなしくしているわけですよ」

「ありがとうございました、先生」アイシャム地方検事は前よりも温かな口調で言った。「先生にはここで降りていただいて、それと――」地方検事はふと何か思いついたようだった。「あなたもこのままブラッドさんの屋敷にお帰りなさい、お嬢さん。島ではこれからひと騒ぎあるかもしれない。島にあるあなたの荷物はあとで家に届けますから」

ヘスター・リンカンは眼をあげようとしなかった。けれども、返事をする声は頑としてゆずらない強情っぷりだった。「わたしは降りません。島に戻ります」

テンプル医師の顔から笑みが消えた。「島に戻るだって！」医師は怒鳴った。「気でも狂ったのか、ヘスター？　これだけのことがあったってのに――」

娘は男の上着を肩から払いのけた。褐色の肩にさっと照りつける太陽の光が燃えるようで、両の瞳も揃って燃えている。「わたしはね、テンプル先生、あなたにも誰にも、ああしろこうしろと指図される気はないの！　わたしは島に戻るの。あなたに止める権利はないの。止めないでちょうだい」

ヴォーン警視はお手上げというようにアイシャム地方検事を見た。地方検事はいらだってぶつくさ言い始めた。

エラリーがのんびりと声をかけた。「まあまあ、皆さん。ここはひとまず、全員で島に引き返そうじゃありませんか。これもまた一興《いっきょう》ということで」

＊

そんなわけで、ランチはもう一度、ケチャム入江を突っ切っていき、今度はなんの問題もなく小さな船着き場に到着した。上陸する時、ヘスターは誰の手助けも頑固にこばみ続けた。ここで一同は、一見、まるで幽霊のような影が現れたことにぎょっとした。

それは、茶色い顎ひげをぼうぼうと生やした、狂気に満ちた眼の小柄な老人だった。老人は純白の衣《ころも》を身体に巻きつけていた。珍しい形のサンダルを履いている。右手にはへたくそな蛇の彫刻をてっぺんにほどこしただけの、飾り気のない珍妙な棒を持っている……藪の中からのっそり現れた老人は、骨と皮ばかりの胸を突き出し、尊大な眼で一同を睨みつけてきた。

老人のうしろには例の全裸で泳いでいた男がそびえるように立っていた――ただしいまは一時的なのだろうが、白のズック地のズボンをはいて、アンダーシャツを着ている。茶色い足は何も履いていないままだ。

双方、一瞬、睨みあったが、不意にエラリーが懐かしそうな声をあげた。「おやおや、まさにホルアクティさん、その人じゃないですか！」ヤードリー教授は顎ひげの奥で口元をほころばせた。

小柄な幽霊はびっくりしたように、ぎょろりと目玉を動かすと、エラリーを見た。しかし、その瞳には、エラリーを思い出したというような光はなかった。「いかにも、それは我が名である」甲高い声で宣言した。「そなたらは神殿の参拝に参ったのか？」

「おまえさんのめでたい神殿の参拝に来たんだよ、このクズ野郎が」ヴォーン警視がずかずか進み出て、ホルアクティの腕をつかんで怒鳴った。「きさまが、このいかさまの馬鹿騒ぎを仕切っとる親玉だな。きさまのねぐらはどこだ？　話がある」

ホルアクティは途方に暮れた顔になり、相棒を振り返った。「ポール、どういうことだ？　ポール！」

「ポールって名前が気に入っとるんだろうな」ヤードリー教授は囁いた。「得がたき弟子の名だ！（キリストの弟子、パウロのこと）」

ポール・ロメインは視線を動かそうとしなかった。じっとテンプル医師を睨みつけている。医師もまた、受けて立つとでもいうようにじっと睨み返している。いつのまにかヘスターが下ばえの藪の中にそっと身を隠してしまったことに、エラリーは気づいた。

ホルアクティが向きなおった。「そなたらは誰じゃ。何が目当てじゃ。我らは平和に暮らしている者ぞ」

アイシャム地方検事は鼻を鳴らし、ヴォーン警視はぶつくさとこぼした。「このじいさまはモーゼにでもなった気でいやがんのか。もしもし、おじいちゃん。おれたちは警察なの、わかる？　人殺しを探しにきたんだよ！」

小柄な老人はまるでヴォーン警視にぶたれたようにすくみあがった。紫色の薄いくちびるを震わせ、あえぎながら言った。「またか！　またか！　またか！」

ポール・ロメインがようやく我《われ》に返ったように動きだした。ホルアクティを荒っぽく押しのけると、前に進み出て警視の真正面に立ちふさがった。「誰だか知らないが、あんたら、話があるならおれに話せ。この老人は少し、ねじがゆるんでるんだ。殺人犯を探してるって？　どうぞ、勝手に探すといい。だけど、その事件とうちになんの関係が？」エラリーはこの男にすっかり感銘を受けていた。肉体は美しい獣のようで、その顔は実にハンサムで、抑圧されたり夢見がちだったりする女性がのぼせて夢中になるのも無理はない、磁石のようにひきつける、男くさい魅力を放っている。

アイシャム地方検事が穏やかに訊いた。「昨夜はきみと、このいかれた老人はどこにいたのかね」

「この島にいたよ。誰が殺されたって？」

「知らないのかね」

「知るか。誰だ」

「トマス・ブラッドだよ」

ロメインは眼をぱちくりさせた。「ブラッドが！　へえ、ま、そうなってもしかたない奴だったしな……で、それがどうした？　おれたちは潔白だ。本土の鬱陶《うっとう》しい連中のことなんか知るか。こっちはそっとしておいてもらえりゃ、それでいいんだ！」

ヴォーン警視がゆっくりとアイシャム地方検事を押しのけた。この警視は弱気という言葉を知らないようで、ロメインの視線を真っ向から受け止めた。「いいか、きみ」ヴォーン警視は男の手首にがっちり指を食いこませた。「口に気をつけろよ。きみがいま話している相手はこの郡の地方検事と、この界隈《かいわい》の警察の親玉だ。いい子にして、聞かれたことにはすなおに答えろ、わかったか？」

ロメインは腕をひねったが、ヴォーンの指は鋼鉄のようで、その太い手首から離れなかった。

「ああ、わかったよ」ロメインはぶつぶつと言った。「そっちがそのつもりならいいさ。まったく、どいつもこいつも、おれたちをほっといてくれないんだからな。で、何が知りたいんだ」

「きみと、きみのうしろにいるいかれたじいさんが最後に島を出たのはいつだ？」

ホルアクティが頭のてっぺんから声を出した。「ポール、下がれ！　こやつらは不信心のやからじゃ！」

「あなたは黙っててください！……この老人は、おれたちが島にはいってから一度も出たことがない。おれは一週間前に、村に買い出しにいった」

「そうか」警視はロメインの腕を解放した。「じゃあ、案内しろ。おまえさんたちの本部だか神殿だか知らんが、とにかくそこを見せてもらおうか」

＊

一同は縦一列に並んでぞろぞろと、ホルアクティの不格好な姿を追って、海岸から森の中にはいり、島の中心にまっすぐ続いている踏み分け道を歩いていった。島は不思議と静まり返っていた。小鳥や虫すらほとんどいないようで、人間の住んでいる様子もまったくない。ロメインは無頓着《むとんちやく》にずんずん歩いていく。すぐうしろに、すわった眼でまっすぐに自分の褐色の背中を穴が開くほど睨んでいるテンプル医師がついてきていることも、忘れているようだ。

ロメインは捜査隊が到着する前に警告を発していたに違いなかった。一同が森を抜けて広い空地に出ると、問題の家が建っていて——板切れを素人くさく、へたくそに寄せ集めてこしらえた、大きな木造の家だった——ホルアクティの信者たちが、衣服を身に着けて待ち受けていた。慌てて警告されたのだろう、あらゆる年代とタイプの男女合わせて二十人ほどの、この新興宗教の信者たちは、ほんの申し訳程度の布きれで、かろうじて身体を隠していた。ロメインが低い声で謎の言葉を唱えると、まるでほら穴に住む原始人たちのように、一同は建物のあちこちにこそこそともぐりこんでしまった。

警視は何も言わなかった。いまは公共の風紀の取り締まりに興味はないのだ。

ホルアクティは何ごともなかったかのように、ゆうゆうと進んでいった。手作りのコブラの頭がついた笏《しゃく》をたかだかとかかげ、くちびるは祈りの言葉らしきものをつぶやくように動かしている。そして、階段をのぼってどうやら〝神殿〟らしい建物の中央にはいっていくと——そこはなんとも驚くべき部屋だった。がらんと広く、数々の天体図や、隼《ハヤブサ》の頭を持つホルス神や、牛の角や、イシス女神の礼拝に用いるシストルムなる楽器や、玉座を支える象徴的な円盤や、ただの板切れで囲まれたへんてこな形の説教壇に似ているけれどもどう使うのやらエラリーにはとんと見当もつかない物でごたごたと飾りつけられている。この部屋は屋根がなく、午後遅い日の光が壁に長い影を投げかけていた。

ホルアクティは、まるでそこが自分の身を守ってくれる唯一の安全地帯であるかのようにまっすぐ祭壇に向かい、客人たちをきれいさっぱり忘れたふうで、骨と皮ばかりのふしくれだった両腕を天に向かって差し上げると、奇怪な言葉をぶつぶつと唱えだした。

エラリーは意見を求めるようにヤードリー教授を見た。ひょろりとした醜男《ぶおとこ》の教授は、少し離れたところでじっと耳を澄ましている。「こいつは驚いた」教授は口の中で言った。「この男はたいへんな時代錯誤だな。いや、まさか二十世紀の人間が古代エジプト語を話すのを聞く日が来るとは……」

エラリーは仰天した。「まさか、この男は自分が何を言ってるのかわかっていると、そうおっしゃるんですか」

ヤードリー教授は悲しげに微笑んで、囁き返した。「この男はたしかに気が狂っているよ。ただ、狂うだけのもっともな理由があった。それに、言っている言葉が本物かどうかという点だが……この男はラー・ホルアクティと名乗っているな。しかし実際は、世界最高のエジプト学者のひとりだ——だった、と言うべきか」

唱える言葉は朗々と響き続けている。エラリーは頭を振った。

「きみには話しておこうと思っていたんだが」教授は囁いた。「ふたりきりになれる機会が全然なかったのでね。私はあの男をひと目見て、誰なのかすぐにわかった——二週間くらい前に、ほんの好奇心でボートを漕いでこの島に探検に来てみたんだが……まあ、不思議な話だよ。あの男だが、本名はストライカーだ。何年も前にエジプトの王家の谷で発掘調査をしていた時にひどい日射病にかかって、ついに回復しなかった。気の毒な男だよ」

「だけど——古代エジプト語を話すなんて！」エラリーはそんな馬鹿なとばかりに声をあげた。「あれは神官がホルス神に捧げる祈禱《きとう》の文句だ——古代エジプトの神官文字で書かれたものだよ。あの男は」ヤードリー教授は真顔で言った。「本当にすばらしい学者だったんだ、それは信じてくれ。もちろん、いまは見てのとおりで記憶もでたらめになってしまっているがな。狂ってしまったせいで知識がごったになってしまっているんだ。そもそも正確なエジプト学の見地から言えば、こんな部屋はまず存在しない。でたらめの寄せ集めだ——シストルムも牛の角もイシス女神ゆかりの神聖なものだし、あの笏のコブラの頭は太陽神たるエジプト王の象徴だし、そこらじゅうにホルス神の像がぶらさがっている。それからあそこの板で囲ってある説壇のようなものは、信者が寄りかかって祈りの言葉を捧げるためのものだと思う……」教授は肩をすくめた。「あの男の妄想と狂った脳が、何もかにもいっしょくたにした結果がこれだよ」

ホルアクティは両腕をおろし、祭壇のすみから奇妙な釣り香炉を取りあげると、煙をまぶたに振りかけて、しずしずと祭壇をおりてきた。口元には微笑さえたたえて、さっきよりはいくらか正気を取り戻したようだ。

エラリーは新たなまなざしで男をじっくりと見ていた。狂っていようがいまいが、この男がただのいかさま師ではなく、その道において権威ある人物であるならば、話はまったく違ってくる。記憶をよくよく嚙みしめるうちに、そういえばストライカーという名前になんとなく聞き覚えがあるような気がかすかにしてきた。何年も前に、大学進学予備校にいたころに……そうだ、新聞記事で読んだ、あの男だ。エジプト学者のストライカー！　何世紀もむかしに死に絶えた言語を話す……

エラリーが振り返ると、ヘスター・リンカンがミニスカートとセーターという姿で、この祭壇の部屋の反対側にある低いドアの戸口で、こちらを向いて立っていた。十人並みの器量とはいえ白い肌のその顔は、鋼《はがね》のような決意に満ちていた。令嬢はテンプル医師を見ようともせず、まっすぐに部屋を突っ切ると、堂々と見せつけるようにポール・ロメインの傍《かたわ》らに立った。そして男の手を取った。驚いたことに、ロメインは真っ赤になり、一歩、身を離した。

テンプル医師はふふんと笑った。

ヴォーン警視は、つまらないことに頓着しなかった。静かにたたずんで審問者たちをおとなしく眺めているストライカーに、ずかずかと歩み寄った。「ふたつみっつ、簡単な質問に答えてもらえるかね?」

狂人はうなずいた。「訊くがよい」

「ウェストヴァージニア州のウィアトンを出たのはいつだ?」

老人の眼がまたたいた。「五カ月前にキフィの儀式をとりおこなったあとじゃ」

「いつだって?」ヴォーン警視が怒鳴った。

ヤードリー教授が空咳《からぜき》をした。「警視、この男が言おうとしていることは、私が説明できると思う。キフィの儀式、とこの男が言っているのは、古代エジプトの神官が日没時におこなった儀式です。いろいろ手がこんでいて、十六種類の材料を——蜂蜜と赤ワインと干し葡萄《ぶどう》と没薬《もつやく》なんかを——合わせた、キフィという練香を青銅の香炉の中でかきまぜて作りながら、聖なる祈禱を唱え続ける。要するにこの男は、まさにこの儀式を五カ月前の日没時におこなったと言っているわけだ——となるともちろん、一月ということです」

ヴォーン警視がうなずき、ストライカーがおごそかに教授に微笑みかけたその瞬間、エラリーがいきなり大声で怒鳴ったので、一同は飛び上がった。

「ク、ク、ク、クロサック！」

エラリーは眼を光らせ、この太陽神の老人とビジネスマネージャーをじっと見つめていた。ストライカーの微笑が消え、口のまわりの筋肉がひきつれてきた。そしてすがるように祭壇の方を向いた。ロメインはぴくりとも動かなかった。その表情を見るに、むしろ驚いてぽかんとしているようだった。

「失礼しました」エラリーはのんびりと言った。「ときどき、ぼくはこういったことをやらかすんです。続けてください、警視」

「いやあ、さすがですな」ヴォーン警視はにやりとした。「ホルアクティ、ヴェリヤ・クロサックはどこにいる？」

ストライカーはくちびるをなめた。「クロサックとな……いいや、いや！　我は知らぬ。きゃつめは神殿を見捨てた。逃げたのだ」

「で、そこのでくのぼうとは、いつから一緒になったのだね」アイシャム地方検事は人差し指をロメインに突きつけた。

「そのクロサックってのはなんのことだ？」ロメインがわめいた。「おれが知ってるのは、このじいさんとは二月に出会ったってことだけだ。おもしろそうだと思って話にのったんだよ」

「どこで会った」

「ピッツバーグだ。最高にうまいチャンスだと思ってさ」ロメインは広い肩をひょいとあげた。

「もちろん、この——」ロメインは声をひそめた。「——太陽神だのなんだのっていんちきは……田舎もんの心をぐっとつかむのにいいネタってだけさ。おれが興味あるのは、連中に汗くさい服を脱がせて、太陽の光を浴びさせることだけだ。ほら、おれを見てくれ！」ロメインが大きく息を吸いこむと、すばらしい胸が風船のようにふくらんだ。「健康そのものだろ。ありがたい太陽の光をこの肌に浴びて、肌の下までしみこませたから……」

「ああ、そうかい」警視は言った。「おなじみの文句だな、よくあるセールストークだ。おれは揺りかごを出てこのかた、服を着っぱなしだがな、おまえさんくらい小指でひねりつぶせるぜ。で、どういういきさつでこのオイスター島に流れ着いた？」

「へえ、やれるってのか、おれをひねりつぶすって？」ロメインの背中が盛りあがった。「サツだろうがなんだろうが知るか！　おまえ——」

「さだめられていたのじゃ」ストライカーが不安そうに叫んだ。

「さだめられていた？」アイシャム地方検事は眉を寄せた。「誰に？」

ストライカーはあとずさった。「さだめられていたのじゃ」

「じじいの話をまともに聞くな！」ロメインは怒鳴った。「そのじいさんがいこじになると、まともな言葉をひとことも喋らねえんだよ。おれと組んだ時も同じことを言ってた。さだめられてたんだとさ——オイスター島に来ることが」

「それはきみがこの——ええと——神の相棒になる前に、ということだね?」エラリーは訊ねた。

「そうだ」

ここで行き詰まりになってしまったようだった。狂人うんぬんはともかくとして、この日射病にやられてしまったエジプト学者からはこれ以上、筋のとおった話を聞き出すことはできなそうだ。ロメインは六カ月前の事件については知らなかった——すくなくとも、知らないと主張した。

質問の結果、この島には二十三人の裸体主義者が共同生活しており、そのほとんどはニューヨーク市に住んでいたのだが、美辞麗句《びじれいく》を並べ立てた新聞広告や、ロメイン個人による勧誘に共感し、この怪しげな桃源郷《とうげんきょう》にひきつけられてきた人たちだった。島までの道のりだが、まずはローカル線で駅まで来て、そこからタクシーで、テンプル医師の地所の端にある公共の船着き場に行き、島の持ち主であるケチャムが、ほんの気持ちばかりの心づけを受け取って、古ぼけた平底船で客人を島に運んだのだという。

そのケチャム老人はどうやら、オイスター島の東の端に妻と住んでいるらしかった。

ヴォーン警視は、太陽神と裸のすばらしさを信仰する二十三人の怯えてすくみあがった裸体主義者たちを狩り集めだした。そのほとんどは裸になる禁断の喜びに耽溺《たんでき》していたことが法の取り調べで白日にさらされて、すっかり恥ずかしくなってしまったようだった。数人は、上から下まできっちり着こみ、手荷物を下げて現れた。しかし警視は渋い顔でかぶりを振った。自分が許可するまでは、誰もこの島を出ることはできない、と言い渡した。警視はそれぞれの名前とニューヨークの自宅の住所を記録していったが、手帳にスミスやジョーンズやブラウンといった、いかにも偽名ですと言わんばかりのありふれた名前がずらずらと並ぶのを見て、皮肉な微笑を浮かべた。

「昨日、この島を出た人はいらっしゃいますか」アイシャム地方検事が訊いた。

皆、勢いよく首を横に振った。どうやら誰ひとり、本土には数日間、足を踏み入れていないようだ。

捜査隊は引き揚げることになった。ヘスター・リンカンはまだロメインの隣に立っている。テンプル医師は辛抱強く、ひとことも言わずに待っていたが、とうとう声をかけた。「ヘスター、行こう」

娘はかぶりを振った。

「どうしてそう強情っぱりなんだ」テンプル医師は言った。「きみのことは私がよくわかっている、ヘスター。いいかげん、頭を冷やせ――こんな詐欺師やいかさま師やくだらん馬鹿どもと、いつまでも一緒にいるんじゃない」

ロメインが前に飛び出した。「なんだと」大声で怒鳴った。「おれのことをなんと言った?」

「聞こえなかったのか、このいかさまの下衆《げす》が!」善良な医師の魂の奥底にたまった毒気と抑えつけられた怒気が煮えたぎり、あぶくとなってあふれ出したかと思うと、医師の右腕が勢いよく突き出され、こぶしがロメインの顎に鈍い音をたててぶち当たった。

つかのま、ヘスターは凍りついたように立ちすくみ、やがてくちびるが震えだした。くるりとうしろを向くと、激しくしゃくりあげながら、森の中に駆けこんでいった。

ヴォーン警視が、はっと身構えた。ロメインは一瞬、ぽかんとしていたが、両肩をそらしてげらげら笑いだした。「いまのが精いっぱいなのか、へなちょこ野郎……」耳は火のように真っ赤になっていた。「警告してやる、テンプル。ここには近づくな。でしゃばりめ、次にこの島できさまをつかまえたら、身体じゅうの骨という骨をへし折るぞ！　とっとと出ていけ」

エラリーはため息をついた。

9　百ドルの手付金

霧は濃くなるばかりだった。〝重要な〟訪問は終わってしまった。

一同は暗い気持ちで島をあとにした。博識《はくしき》のようで実は支離滅裂《しりめつれつ》な狂人。行方知れずの消えた男……謎はますます深まっていく。しかしブラッドウッド荘の近くにホルアクティと名乗る男がいることには、なんらかの意味があると誰もが感じていた。偶然のはずがない。とはいえ、片田舎の学校長殺しと、何百キロも離れた場所で起きた大富豪殺しの間に、どんなつながりがあるのか？

警察のランチは水を盛大にはね飛ばして船着き場を出ると、緑の壁で仕切られた砂浜の続くオイスター島の海岸線にそって、東に進んでいった。島の東端に突き出した岬に、似たような船着き場があるのが見えた。「あれがケチャムの家の船着き場だな」ヴォーン警視は言った。

「そこに着けろ」

島はこのあたりまで来ると、西側よりもさらにわびしく、人気《ひとけ》がまったく感じられなかった。一同が立っている木の桟橋からは、まったく視界をさえぎられることなく、湾を一望できて、北にはニューヨークの海岸線が見える。風が吹きつけ、空気が塩気をやたらと含んでいる場所だった。

テンプル医師はそこそこ落ち着いてきたものの、ヤードリー教授とランチに残ることになった。アイシャム地方検事とヴォーン警視とエラリーは、いまにも壊れそうな桟橋をがたがたと音をたてて渡り、曲がりくねった小《こ》径《みち》を通って森を通り抜けた。涼しく、この道が――まるで大昔に原住民がここを通った当時と変わらないかのようだ――この小径がなければ、人が足を踏み入れたことのない原生林にいるような気さえしてくる。それでも、百五十メートルも行かないうちに、粗末とはいえ、とりあえず文明の証拠に出くわした。幾年月の風雨にさらされた、斧でぶったぎっただけの丸太を組んで建てた小屋だ。入り口の階段に腰かけ、コーンパイプをのんびりとふかしているのは、日に焼けて荒れた肌の大柄な老人だった。訪問客たちを見つけたとたんに立ち上がり、はっとするほど澄んだ眼の上で白いふさふさの眉をぎゅっと寄せた。

「あんたら、ここで何をしとる?」まのびした声で、老人は不愛想に言ってきた。「この島全部、私有地だっちゅうこと、知らんのか」

「警察だ」ヴォーン警視はぴしりと言った。「ケチャムさんだね？」

老人はうなずいた。「警察だって、ほおお。あのすっぱだか連中を追っかけてきたんだろ。わしとばあさんに用があってきたわけじゃあんめえよ。わしゃ、ただこのちっこい土地を持っとるっちゅうだけだ。うちの間借り人たちが捕まるっちゅうことなら、そりゃあ、連中の運が悪かっただけで、わしにはなんの責任も――」

「誰もあなたが悪いとはひとことも言っていない」アイシャム地方検事がそっけなくさえぎった。「知らないのかね、本土で事件が起きたのを――ブラッドウッド荘で」

「なんだって！」ケチャムの顎《あご》ががくりと落ちて、コーンパイプが二本の茶色い歯の間でシーソーのように揺れ動く。「聞いたか、ばあさんや」小屋の中に向かって頭を振り向けると、老人の伸ばした腕とドアの柱の間に、皺くちゃの老婆の顔が見えた。「ブラッドウッド荘で事件が起きたんだと……そりゃそりゃ、たいへんなこった。で、それがわしらとなんの関係があるんだね？」

「ない――と思いたいな」アイシャム地方検事は険悪な声で言った。「トマス・ブラッドが殺されたんだ」

「まさか、ブラッドさんだって！」小屋の奥から老婆の金切声が響いた。そしてケチャム夫人が頭を突き出した。「あれまあ、おっかないねえ！　だから、あたしがいつも言ってたろ――」

「引っこんでろ、ばあさん」ケチャム老人の眼は霜のように冷たかった。老婆の頭が消えた。

「ふうん、だんながた、わしは別にそう聞いても驚かんよ」

「ほう!」ヴォーン警視が言った。「なぜだ?」

「そら、まあいろいろあったからさ」

「なんだと? いろいろってのはどういうことだ」

ケチャム老人はウィンクしてみせた。「まあな、ブラッドさんとあすこのいかれた連中は――」土のこびりついた親指で、肩越しにうしろを示した。「――あいつらが夏の間、オイスター島に間借りすることになってから、ずっと悶着起《もんちやく》こしとったのさ。わしはこの島の持ち主だ。四代目だ。インディアンがいた時代から住んどる」

「うんうん、知ってるよ」ヴォーン警視はいらだった声を出した。「で、ブラッドさんはホルアクティとお仲間が、すぐ近くに住んでることがお気に召さなかったってわけだな。じゃあ、おまえさんは――?」

「失礼、警視」エラリーは眼をきらめかせた。「ケチャムさん、彼らが島に住むという契約をあなたと結んだのは誰です?」

ケチャムのコーンパイプから黄色い煙が吐き出された。「あの頭のおかしいじいさんじゃなかったよ。なんだかへんてこな名前の男だ。外国人みたいな。くろ、さっく、とかいう」ケチャムは難しそうに発音した。

三人の男は眼を見かわした。クロサック――やっと手がかりに当たった! アロヨの殺人事件に登場した脚の不自由な謎の男……

「その男は片脚が不自由だったのかな？」エラリーは意気ごんで訊ねた。

「いやあ」ケチャム老人はのんびりと言った。「一度も会っとらんからねえ、なんとも言えんのさ。ちょっと待ってな、あんたらが興味ありそうなもんがある」老人はうしろを向くと、小屋の中の暗がりに消えた。

「これは、クイーンさん」地方検事が考え考え言った。「あなたの狙いが大当たりらしい。クロサックか……。それでヴァンがアルメニア人で、ブラッドはルーマニア人――じゃないかもしれないが、ともかく中欧の出身であることは間違いない――そしてクロサックは、第一の事件で最後に姿を見せたっきりで、ずっと行方をくらましている……こいつはぷんぷん臭うぞ」

「そのようですなあ」警視は囁き返した。「さっそく手配しましょう……ああ、じいさんが戻ってきた」

ケチャム老人が再び現れたのを見ると、真っ赤な顔に汗を浮かべ、汚い指の跡だらけの手紙を勝ち誇ったように振りまわしていた。

「この手紙さ」老人は言った。「こいつがクロ・サックから来たんだ。読んでみな」

ヴァーン警視が手紙をひったくると、エラリーとアイシャム地方検事は警視の肩越しに覗きこんだ。ありふれた便箋《びんせん》にタイプで打たれたその手紙は、前の年の十月三十日の日付がはいっていた。文面によれば、これはニューヨークの新聞に出された、夏の間にオイスター島を貸し出すという広告に対する申しこみということだった。手紙の主《ぬし》は、翌年の三月一日に、実際に借りるつもりだが、それまでの手付金として百ドルの郵便為替を同封する、と書いていた。手紙の署名は――タイプで打たれていたが――ヴェリヤ・クロサックとあった。

「為替は同封されていたのかね、ケチャムさん？」ヴォーン警視は素早く訊いた。

「そりゃ、はいってたさ」

「結構だ」アイシャム地方検事は両手をこすりあわせた。「それをたどって、クロサックがそいつを送った郵便局の為替の伝票を探し出せばいい。署名されとるはずだから、大きな手がかりになる」

「どうですかね」エラリーがのろのろと言った。「もしも、我らが尊敬すべき雲をつかむ紳士ことヴェリヤ・クロサック氏が、これまでの行動の示しているとおりの抜け目ない人物であるならば、為替申しこみの伝票は、友人のホルアクティに書かせているかもしれませんよ。覚えているでしょう、ヴァン事件の捜査ではクロサックの筆跡はついにひとつも見つからなかったんですから」

「このクロサックという男は三月一日に、ここに来たのかね？」

「いいや。そんな名前の奴は来んかったわ、けど、あすこの亡霊みてえな気味悪い老いぼれ――ホル――ホルアクティだっけか？――そいつと、ロメインって若いのがくっついてきてさ、貸し賃の残りを全額現金でぽんと払ってくれたよ」

以心伝心で、ヴォーン警視とアイシャム地方検事はクロサックの線を追及するのを切りあげることにした。明らかに老人はこの方面について、これ以上の情報を持っていない。警視は手紙をポケットにすべりこませると、ブラッドとホルアクティの悶着とやらについて訊き始めた。

その結果、この怪しげな宗教団体が実際は、裸体主義者の共同生活の場であるとわかってすぐに、ブラッド本人がじきじきに島を訪れ、本土の住人一同の総意として、抗議しにきたことがあったと判明した。ホルアクティはなだめてもすかしても脅しても、馬耳東風と聞き流していたらしい。ロメインは敵意まるだしで歯をむいていた。ついにブラッドは最後の手段として、賃貸料を自分たちが補償すると、何度も申し出た。もとの金額に比べてとんでもない金額を提示しさえもした。

「賃貸契約書に署名したのは誰だね?」アイシャム地方検事が訊ねた。

「そりゃ、あの老いぼれスカンクさ」ケチャム老人は答えた。

ホルアクティとロメインはブラッドの申し出を蹴った。するとブラッドは、ふたりが公共の迷惑であるという理由で法的措置をとると脅した。ロメインは、自分たちは誰にも迷惑をかけていない、この島は公共のハイウェイから離れている、賃貸契約している期間、ここは事実上、自分たちの私有地だ、とやり返した。するとブラッドはケチャムに、自分たちと同じ理由で訴訟を起こして連中を追い出せと言ってきた。

「けど、あいつらは別に、わしにもばあさんにも悪さをしたわけじゃないしなあ」老人は言った。「ブラッドさんは、言うとおりにすりゃあ、わしに千ドルくれると言った。けど、わしはお断りだと答えたさ。このじじいはな、裁判なんてごめんだ」

最後の、いちばん激しい口論があったのは、ほんの三日前だとケチャム老人は続けた——日曜のことだ。ブラッドは、まるでトロイに攻めこむスパルタ王メネラオスのように勇ましく湾を突っ切ってくると、森の中でホルアクティと会い、激しい口論となり、ついには茶色い顎ひげの小柄な老人が半狂乱になった。「発作でも起こしたのかと思ったよ」ケチャム老人はけろっとした顔でのんびりと言った。「そこにあのロメインって若いのが——力も強いし、乱暴もんだな、ありゃあ——割りこんできて、ブラッドさんに島を出ていけと言ったんだ。わしは森の中から覗いとったよ、わしには関係のないこった。けど、ブラッドさんが動かんどったら、ロメインがブラッドさんの首根っこをつかんで〝出ていけ、クソ野郎、でなきゃ、まっぴるまにてめえのお袋が見てもわからねえくらいぶちのめすぞ!〟ってわめいてな。そしたらブラッドさんは、全財産はたいてでも、連中に思い知らせてやるって怒鳴り返して、帰ってったよ」

アイシャム地方検事はまた両手をこすりあわせた。「あなたは実に有能な人だな、ケチャムさん。このあたりにあなたのような人がもっと住んでいてくれるとありがたいんだが。それじゃ——本土から来てホルアクティとロメインと悶着を起こした人間はほかにいるかね」

「そりゃあ、いたさ」ケチャム老人はご満悦のていで、ずるそうににやりとした。「あのジョーナ・リンカンって——ブラッドウッド荘に住んでる奴だ。先週、ロメインと殴り合いの喧嘩をしとったな、この島で」老人はなめし革のようなくちびるをなめた。「いやあ、見ものだった!　本物の試合みたいだったな。リンカンは、島に着いたばかりの妹のヘスターを取り返しにきたのさ」

「ほう、それで?」

ケチャム老人の舌は、いっそうなめらかになった。眼が輝いている。「いい身体をしとるぞ、あの娘っ子は。男ふたりの目の前で、服を全部、破いちまいそうな勢いで脱いじまってな！兄貴が干渉してきたっちゅうんで、そりゃもう怒るの怒らないの。ほんの子供のころから兄貴の干渉に縛られて人生を支配されていた、いまはもう自分の好きなことをやるってな……いやまったく、あれは見ものだった。わしは木の間から覗いていて……」

「あんたったら、この助平じじい！」小屋の内側から女の叫び声がした。「恥を知りなさい！」

「ふん」ケチャムはまじめな顔になった。「ともかくリンカンは、妹が帰らないと言い張って、ロメインの目の前で、ぺろっとすっぽんぽんになったのを見て――いやあ、怒ったのなんの！――いきなりロメインに飛びかかって、一発、ぼかんとやったのよ、そんで、ちょっとばかり取っ組み合いになってな。リンカンは結構ぼこぼこにされとったが、りっぱに立ち向かっとった――男らしく一歩も引かなかった。そうしたらロメインがリンカンの首根っこをつかんで持ち上げて、海にたたっこんだのさ。ありゃあ、力持ちだわ、ロメインってのは」

　このお喋りな老人からはもう、これ以上のことは聞き出せそうになかった。一同はランチに引き返した。ヤードリー教授は静かにたばこを吸っており、テンプル医師はたけり狂った紫色の顔で甲板を行ったり来たりしている。

「何かわかったのかな？」ヤードリー教授が穏やかに声をかけてきた。

「ちょっぴりですね」

　皆が考えこんでいる間に、ランチは水を飛ばして大きく弧を描いてから、本土に向かっていった。

10　テンプル医師の冒険

午後の日は傾いていた。アイシャム地方検事は去っていった。ヴォーン警視は命令を出したり、次から次に（しかも、かなりどうでもいい）報告を受け取っていた。オイスター島は静まり返っていた。ブラッド夫人は寝室に閉じこもっていた。夫人はすっかり病人で、娘のヘリーンが看病しているとのことだった。ジョーナ・リンカンは邸内でうろうろと落ち着きなく歩きまわっていた。騎馬警官や刑事はブラッドウッド荘の敷地のあちらこちらであくびをしていた。新聞記者がひっきりなしに出入りし、夕方の空気はカメラのフラッシュをたいたマグネシウムの煙で、もやっていた。

エラリーは疲れてしまい、ヤードリー教授のあとについて、高い石塀の門を抜け、砂利道をヤードリー教授の家に向かって歩いていった。ふたりとも黙りこんで、それぞれの物思いに沈んでいた。

黄昏が訪れ、やがて、星ひとつない漆黒の夜となった。オイスター島は、闇が濃くなるごとに海に沈んでいくように見えた。

暗黙の了解で、エラリーも招待主も自分たちの取り組んでいる奇妙な問題を話題にしようとはしなかった。ふたりは懐かしい、楽しいことがらを語りあった――大学に在籍していたころの日々、気難しかった大学総長、ひよっこエラリーの初の実地犯罪捜査、ふたりが別れてからのヤードリー教授の落ち着いた隠居暮らしなどを。十一時になると、サッカー地の薄いパジャマに身を包み、笑顔で挨拶して寝室に引き揚げた。教授は書斎で一時間ほど、静かにたばこをふかしながら手紙を数枚書いて、ベッドに向かった。

*

真夜中近く、テンプル医師の石造りの家のポーチで何やら動くものがあった。当の医師その人が、黒いズボンに黒いセーターを着て黒のモカシンを履き、パイプの火を消して、音もなくポーチからおりると、ブラッドウッド荘の東側と自分の家の敷地を仕切る暗い木立《こだ》ちの中に姿を消した。

片田舎の夜はコオロギの耳障りな歌が聞こえるだけで、どこも寝静まっている。

黒い森と茂みを背景に、医師の姿は見えなかった——肌の色さえも闇に溶けこんでいるかのようだった。東側の道路からあと一メートルほどのところに来て、医師は木の陰で立ちすくんだ。道路を誰かが足音をたててこちらに向かって歩いてくる。ぼんやりした輪郭《りんかく》から、テンプル医師はそれが制服警官で、パトロールをしているのだと見てとった。警官は通り過ぎていき、そのままケチャムの入江に向かっていく。

警官の足音が聞こえなくなったとたんに、テンプル医師は小走りで道路を渡り、ブラッドウッド荘の敷地内の立ち木に身を隠すと、また西に向かって音もなく移動し始めた。ときどき、出くわすパトロールの黒い人影に見つからないようにブラッドウッド荘の敷地を横切るのに三十分かかった。あずまやを、トーテムポストを、テニスコートを仕切る高いワイヤーフェンスのそばを抜け、母屋を、ブラッドウッド荘の船着き場に続く太い道を、フォックスの小屋を通り過ぎ、ブラッドウッド荘とリン夫妻の住む敷地を仕切る西の道路に出た。

ここで、針金のような身体を緊張させ、テンプル医師はさらに用心深くなると、亡霊のように、リン家の敷地内の木立ちにすべりこみ、家の大きな黒い影が目の前に立ちはだかるあたりまでそっと進んでいった。正面から近づいていったのだが、北側の林が家のすぐそばまで迫っているので、そちらにまわりこみ、そろそろと接近していく。

いちばん近くにある窓に明かりがともっている。医師がしゃがみこんでいる古いいちじくの木の陰から二メートルと離れていない。ブラインドは完全におろされていた。

部屋からは床をするような足音が聞こえてくる——ということは、寝室だ。一度、リン夫人のでっぷりした影がブラインドの前を横切った。テンプル医師はよつんばいになって、一寸刻みに目の前の地面を手探りしながら進み、ついに窓の真下にたどりついた。

まさにその時、ドアが閉じる音がして、リン夫人のいつもより甲高い、鋭い声が聞こえた。

「パーシー！　あれは埋めたの？」

テンプル医師は歯を食いしばった。両の頬を汗が流れ落ちていく。それでも、医師は音をたてなかった。

「ああ、ああ。頼むから、ベス、そんな大声を出すな！」パーシー・リンの声は緊張していた。

「このあたりはいま警官《ボビー》がうじゃうじゃしてるんだぞ!」

窓のすぐそばで足音がした。テンプル医師は壁の下の方にぴったりはりついて、息を殺していた。ブラインドが上げられ、リンが外を覗いた。やがて、またブラインドのおろされる音がした。

「どこに?」エリザベス・リンが囁いた。

テンプル医師は、身体が震えだしてしまうほど全身の筋肉をこわばらせ、必死に耳を澄ました。しかし、どれほどがんばっても、リンの囁いた返事を聞き取ることはできなかった……

ややあって――「絶対に見つからないさ」リンは前よりも普通の口調で言った。「このままおとなしくしていれば、おれたちは安全だよ」

「でもテンプル先生が――あたし、怖いわ、パーシー!」

リンは口汚く愚痴《ぐち》をこぼした。「ああ、覚えてるさ。終戦後のブダペシュトだ。ブンデライン事件の……くそ、あいつのあの眼! 同じ男だ、間違いない」

「でも、あの人、何も言わなかったわね」リン夫人が囁いた。「きっと、忘れてるのよ」

「いや、それはない! 先週、ブラッドの家では……あいつ、ずっとおればかり見ていた。気をつけろ、ベス。おれたちは泥沼にはまってるんだ――」

明かりがふっと消えた。ベッドのスプリングがきしんだ。話し声は聞き取れない囁きに変わった。

テンプル医師は長い間、その場にうずくまっていた。しかし、それ以上、何も聞こえなかった。リン夫妻は寝てしまったようだった。

立ち上がり、しばらく耳を澄ましてから、医師はそろそろと林の中に戻っていった。影が木から木へとすべるように動いていく……ケチャムの入江の半円を縁取る林の中を抜けていくと、ブラッドウッド荘の船着き場に波がちゃぷちゃぷと寄せる音がしていた。

またもや、医師は木の陰で立ちすくんだ。船着き場の方から、かすかに話し声が聞こえてくる。医師はできるかぎり用心して海岸ににじり寄った。いきなり、黒い水がすぐ足元でばちゃんと音をたてた。目を凝《こ》らすと、岸から三メートルほど離れた暗い桟橋のほど近くに、手漕ぎボートが揺れていた。ふたつのぼんやりした人影が、ボートの中央に坐っているのが見える。男と女だ。女は両腕を男に巻きつけ、情熱的にかきくどいていた。

「どうしてそんなに冷たいの？　島に連れていって。そこならもっと安全だわ——林の中で……」

男の声は低く、警戒している響きがあった。「馬鹿なことを。危険だと言ってるだろう。よりによって今夜なんて！　誰かがあなたを探しにきたら一巻の終わりだ。言っただろう、ほとぼりが冷めるまでは会わない方がいいって！」

女は両腕を男の首からもぎ放し、絶望したソプラノで叫んだ。「やっぱり！　もう愛してないんでしょう。ああ、もう——」

男は女の口をてのひらでふさぎ、小声で乱暴に言った。「大声を出すな！　おまわりがうろうろしてるんだ！」

女は男の腕の中でぐんにゃりとなった。やがて女は両手で男の身体を押しのけ、ゆっくりとまっすぐに坐りなおした。「だめ。あなたをあの女に渡すもんですか。見てらっしゃい」

男は黙りこんだ。やがてオールを手にすると、ボートを岸につけた。女は立ち上がり、男は乱暴に女を押し出した。そして大急ぎで岸を離れ、漕ぎ出した――オイスター島に向かって。月が顔を出し、そしてテンプル医師は、漕ぎ去っていく男がポール・ロメインであるのを見た。

岸に立って、真っ白い顔で震えている女はブラッド夫人だった。

テンプル医師は顔をしかめ、林の中に姿を消した。

11 行くぞ！

翌朝、エラリーがブラッドウッド荘の砂利道をのぼっていくと、アイシャム地方検事の車が玄関先に停まっているのが見えた。あたりに立っている刑事たちの顔にはいかめしい期待の色がある。何か重要なことが起きているのかといぶかしみつつ、コロニアル風のポーチの階段を急ぎ足でのぼり、屋敷の中にはいった。

青白い顔のストーリングスの脇をすり抜けて客間に向かう。そこでは、狼のように歯をむき出して笑っているアイシャム地方検事と、恐ろしく剣呑《けんのん》な表情のヴォーン警視が、例の、庭師兼運転手と対峙していた。フォックスは黙りこんで、両手をしっかり握りしめたまま、アイシャム地方検事の前に立っている。その眼だけが内心の動揺を隠しきれずにいた。ブラッド夫人とヘリーンとジョーナ・リンカンは運命の三女神のように傍《かたわ》らでひとかたまりになっている。

「いらっしゃい、クイーン君」アイシャム地方検事は愛想よく言った。「いいところに来た。フォックス、おまえは現行犯逮捕されたも同然だぞ。吐いてしまったらどうだ?」

エラリーはそっと部屋にはいっていった。フォックスは動こうとしなかった。くちびるさえ、きっと引き締められている。「なんのことかわかりません」そう言いながらも、わかっていて、攻撃に備えて身構えているのはまるわかりだった。

ヴォーン警視が歯をむいた。「ごまかしても無駄だ。おまえはパッツィ・マローンに会いにいったな、火曜の夜に――ブラッドが殺された夜だ!」

「つまり」アイシャム地方検事が意味ありげに言い添えた。「ストーリングスとバクスターさんをロキシー劇場に置き去りにした晩だ。八時だったな、フォックス」

フォックスは石のように突っ立っていた。くちびるが真っ白になった。

「え、どうだ?」警視は怒鳴りつけた。「言い訳できるものならしてみろ、この馬鹿めが。どうして善良な運転手がニューヨークのギャングの親分のアジトに行く?」

フォックスは一度またたいた。が、返事はしなかった。

「話したくないってのか、ああ?」警視はドアに近づいた。「マイク、スタンプ台を持ってこい!」

私服刑事がすぐにスタンプ台と紙を持って現れた。フォックスは咽喉《のど》を締めつけられるような叫び声をあげると、ドアに向かって駆けだそうとした。私服刑事がスタンプ台と紙を放り出し、フォックスの両腕をつかまえると、警視は両脚をがっちりつかんで、必死にじたばた暴れる男を床に倒して押さえつけた。力ではかなわないと観念し、もがくのをやめたフォックスは、ヴォーン警視に引きずりあげられるままに、おとなしく立った。

ヘリーン・ブラッドは怯えた眼ですべてを見守っていた。ブラッド夫人は特に心を動かされた様子を見せなかった。リンカンは立ち上がると、くるりと背を向けた。

「指紋を取れ」警視が苦々しい口調で言った。私服刑事はフォックスの右手をつかみ、五本の指をスタンプ台に押しつけ、手際よく紙に当てていった。まったく同じ手順で左手もそうした。フォックスは苦痛をこらえているような顔をしている。

「すぐに調べろ」指紋係が素早く出ていった。「さて、フォックスよ――ま、本名じゃないってことはよくわかってるがな――そろそろ分別を取り戻して、おれの質問に答えてくれたらどうだ。なんでマローン親分を訪ねていった?」

返事はなかった。

「おまえの正体は? どこから来た?」

返事はなかった。警視はまたドアのそばに行くと、廊下に立っているふたりの刑事を手招きした。「小屋に連れ戻して、閉じこめておけ。あとでゆっくり料理してやる」

ふたりの刑事にはさまれてよろよろと出ていくフォックスの眼は燃えていた。ブラッド夫人とヘリーンとは眼を合わそうとしなかった。

「やれやれ！」警視は額をぬぐった。「すみません、奥さん、おたくの客間で騒ぎを起こして申し訳ない。しかし、あの男はまったくへたな役者ですなあ」

ブラッド夫人は頭を振った。「わかりませんわ。あの人はずっと前から好青年だとばかり思っていましたのよ。とても礼儀正しくて。仕事もよくやってくれて。まさか、疑っておいでですか、今度のことをあの人が――」

「もしそうなら、哀れな奴です」

「そんなはずないわ」ヘリーンが語気荒く言った。その眼には同情があふれていた。「フォックスが人殺しやギャングのはずありません。わたしにはわかっています。たしかに、あの人は人づきあいがへたで不愛想ですけど、でも一度だって、みっともなく酔っぱらったり、はめをはずしたり、他人様《ひとさま》にうしろ指さされるようなことはしていませんもの。それに、教養のある人です。良い本や詩集を読んでいるところを何度も見ていますわ」

「ああいった手合いは時に抜け目ないものですよ、お嬢さん」アイシャム地方検事が言った。「いま我々にわかっているのは、あの男がここで働き始めてからずっと芝居をしていた可能性があるということです。我々は前の雇い主の書いた紹介状を調べましたが、本物でした――しかし、そこでは二、三カ月しか働いていないんです」

「紹介状を手に入れるのが目的で、ほんのおしるしに働いたのかもしれないってことです」ヴォーン警視が言った。「ああいう連中はなんだってやります」そしてエラリーを振り返った。

「これはあなたのお父さんのおかげですよ、クイーンさん。なんたって、スパイやタレこみ屋を操ることにかけちゃ、ニューヨークいちの達人ですからなあ」

「まあ、うちのおやじがいつまでもおとなしく引っこんでるとは思ってませんでしたけど」エラリーはぼそぼそと言った。「その情報はお役にたちましたか」

「お父さんの飼っている密偵《イヌ》が、フォックスがマローン親分のアジトにはいっていくところを目撃しただけですがね。でも、それで十分ですわ」

エラリーは肩をすくめた。ヘリーンが口を開いた。「あなたがたのいけないところって、いつでも、誰のことも悪くとろうとしてばかりいるところですわね」

リンカンは腰をおろすと、たばこに火をつけた。「なあ、ヘリーン、もう余計な口出しをしない方がいいんじゃないか」

「そうね、ジョーナ、あなたこそ余計な口出しをしないで、自分のことだけ考えてればいいのよ！」

「ちょっと、あなたたち」ブラッド夫人が弱々しくたしなめた。

エラリーはため息をついた。「何か新しいことはわかりましたか、アイシャムさん。ぼくは情報に飢えてるんです」

警視がにやりとした。「なら、腹の足しにこいつをかじったらいい」そして、ポケットからタイプした数枚の紙の束を取り出して、エラリーに手渡した。「もし、この中に何か見つけられたら、あなたは天才でしょうな。しかし……」そこで口調が鋭くなり、警視がさっと振り返ると、リンカンが立ち上がって部屋を出ていこうとしていた。「まだ行かんでくださいよ、リンカンさん。実はちょっと――失礼ですが――あなたに訊きたいことがあるんですわ」

実にうまいタイミングだった。エラリーは警視の抜け目ない、よく考えられた戦術に感心した。リンカンは赤くなって、ぴたりと足を止めた。女ふたりは椅子の中で身をこわばらせた。ゆるみかけた空気が、一瞬にして、ぴいんと張りつめた。

「な、なんですか、いったい」リンカンはやっとのことで言い返した。

「なぜ」ヴォーン警視は愛想よく言った。「あなたは昨日、火曜の夜にブラッドさんの奥さんとお嬢さんと一緒に帰宅したと、私に嘘をついたんですかね？」

「な――なにを、どういう意味だ？」

アイシャム地方検事が言った。「奥さん、どうもあなたがたはみんなして、ご主人が殺されたこの事件の捜査に協力するよりも、むしろ、邪魔をしようと一生懸命のように思えますよ。警視の部下が、火曜の夜に駅からブラッドウッド荘まで、あなたがたふたりを乗せていったタクシーの――」

「ふたり？」エラリーがゆっくりと言った。

「――運転手から、リンカンさんとお嬢さんのふたりしか乗らなかったと、聞いたそうですよ、奥さん！」

ヘリーンはさっと立ち上がった。ブラッド夫人は口もきけずにちぢこまっている。「お母さん、答えないで。こんな侮辱ってないわ！　あなたは、わたしたちのひとりがこの殺人に関わってるって、そうおっしゃるの、アイシャムさん？」

リンカンがぼそぼそと言いだした。「なあ、ヘリーン、思うんだが、やっぱり——」

「ジョーナ！」ヘリーンはわなわなと身体を震わせ、リンカンに正面から向きなおった。「また口を開いたら、わたし——わたし、もう一生、あなたと口をきかないから！」

リンカンはくちびるを噛み、すっと眼をそらして、部屋を出ていった。ブラッド夫人が弱々しく小さな悲鳴をもらし、ヘリーンはすべての攻撃から守ろうとするように、母の前に立ちはだかった。

「やれやれ」アイシャム地方検事は両手をあげた。「ごらんのありさまです、クイーンさん。正規の捜査官が毎度毎度、ぶち当たる問題ですよ。まあ、いいでしょう、お嬢さん。ただし、ご承知願いましょう、いまこの瞬間をもって、あなたがた全員を——全員と言ったら全員、ひとり残らずです——トマス・ブラッド殺害の容疑者とみなします！」

12 教授は語る

特別捜査官エラリー・クイーン君は少しばかり困惑しつつも、骨をくわえた犬のようにいそいそと、進行中の捜査の報告書をかかえて道を渡り、招待主の家に大急ぎで戻った。正午の日射しは焼けるように熱く、紳士らしい服装をきちんと着こんでいる身には暑すぎ、エラリーははあはあと息を切らして涼しい屋内に逃げこんだ。さて、ヤードリー教授はというと、アラビアンナイトの世界からすっぽり抜き取ってきたような一室にいた。大理石のタイルをモザイク状にはめこみ、トルコ風のアラベスク文様を描いたパティオのようなこしらえで、ペルシャの邸宅の奥に秘められた婦人部屋《ゼナーナ》の内庭を思わせる。いちばんありがたいのは、モザイクの床すれすれまで水をたたえたプールがあることだ。教授はぴっちりした膝たけの半ズボンをはいて、長い脚を水の中でぶらんぶらんさせながら、のんびりとパイプをふかしていた。

「ひゅう！」エラリーは声をもらした。「あなたの小さなハーレムは実にすばらしいですね、教授」

「あいかわらず」教授はぴしりと言った。「きみの言葉の選び方はいいかげんだな。ハーレムは婦人部屋だ。男子部屋はシラームリクというのを知らんのか？……まあいい、服を脱いで、きみもこっちに来たまえ、クイーン君。その、かかえてる物はなんだね」

「ガルシアからの手紙（エルバート・ハバート著『ガルシアへの手紙』のもじり）ですよ。いや、そこにいてください。一緒に検討しましょう。すぐに戻ります」

ほどなく、ぴっちりした半ズボン一枚で現れたエラリーは、上半身が汗でてらてら光っていた。そして、ばちゃんと腹から水に飛びこんで大波を起こし、教授をずぶ濡れにしてパイプの火を消すと、そのままばちゃばちゃと派手にしぶきをあげて泳ぎだした。

「そういえばこれもきみの才能のひとつだった」ヤードリー教授がぶつくさとこぼした。「きみはいつまでたっても、どうしようもなく泳ぎがへたくそだな。さっさと出てきたまえ、私がおぼれてしまう」

エラリーはにやりとして、這いあがると、大理石の床にのびのびと寝そべって、ヴォーン警視の報告書の束に手を伸ばした。

「さて、なんと書いてありますかね」いちばん上の紙にざっと目を通していく。「ふうむ。たいしたことは書いてないか。だけど、あの警視、なかなかどうして感心ですよ、やることはきちんとやっている、全然、怠けてない。ハンコック郡の当局に問いあわせています」

「ほう」教授はパイプに火をつけなおそうとやっきになっていた。「そうしたか。で、そっちの事件はどうなってる?」

エラリーはため息をついた。「第一に、アンドルー・ヴァンの死体の解剖の結果ですね。興味をひく点はこれっぽっちもありません。教授もぼくと同じくらい検死報告書を読んだことがあるなら、おわかりになるでしょうが……もともとの報告書の単なる抜粋、要約ですね。ぼくが知らないことも、いま現在、新聞に一度も載ったことのない事実もない……はっ! なんだ、これ? 〝かんがみるに〟――よく味わってくださいよ、いかにもあのクラミット地方検事殿らしい言いまわしじゃないですか―― 〝かんがみるに、アロヨ村の校長、アンドルー・ヴァンと、最近殺害されしロングアイランドの富豪、トマス・ブラッドの間になんらかの関係がある可能性が、存在するや否《いな》やとのアイシャム地方検事からの照会については、遺憾《いかん》ながら、さような関係は存在しないと返答せざるを得ない。ただしこれは当方が、故人ヴァンの古い書簡等を精査したかぎりにおいて断定し得た結論である〟。おつなものでしょう、ねえ?」

「まさに名文の手本だね」教授はにやにやしていた。

「ま、価値はそれだけなんですけどね。では、ひとまずアロヨ《アロール》はおいといて、ケチャムの入江に戻るとしましょう」エラリーは眉を寄せて四枚目の紙をじっと見た。「ラムゼン先生によるトマス・ブラッドの検死報告書だ。こちらもぼくたちの知らないことは何ひとつない。首から下の胴体に暴行の痕はなし、内臓には毒物の痕跡なし、うんぬんかんぬんと。あとは、細かいことばかりだ」

「たしかきみはラムゼン博士に、ブラッドが絞殺《こうさつ》されてはいないかと訊いていたな。それについて何か書いてあるかね」

「ありますよ。肺には窒息の痕跡なし、と。ゆえに《エルゴ》、ブラッドは絞殺されてはいません」

「しかし、そもそもきみはなぜそんな質問をしたのかね?」

エラリーは、水がぽたぽた垂れている腕をひと振りした。「何も驚天動地の質問ってわけじゃないですよ。だけど、首から下に全然、暴行の痕がないなら、死因を特定するのは重要な手がかりになるじゃないですか。あの場合、攻撃の矛先《ほこさき》が向けられたのは首から上のはずで、そうなると、絞殺も考えられるってだけです。しかし、ラムゼン先生の検死報告書によれば、死因は鈍器で頭蓋骨に一撃を食らわせたか、さもなければ頭に弾丸をぶちこまれたかでしかありえない、とあります。状況から考えて、ぼくは前者だと思いますが」

教授は派手に水ばしらを蹴りあげた。「私もそう思う。ほかには?」

「犯人の足取りを追う捜査ですね。しかし、ほとんど不毛というか、まあ、無駄骨です」エラリーはやれやれと頭を振った。「犯行のあった時間帯に入江近郊の駅で列車に乗り降りした人間全員のリストを作るのは不可能ですからね。ハイウェイの騎馬警官も、道路ぞいの住人も、ご近所さんたちも、情報を持っちゃいない。ケチャムの入江ぞい、もしくはその近辺にいた人間を見つけようというこころみも空振りだったみたいです……火曜の昼から夜にかけて湾内でヨットやボートに乗っていた人間は誰も、謎の動きだとか、不審な行動とかを見ていない。犯人が海の方から来て、この入江から上陸するのに使ったような怪しい船も一切目撃されてない」

「きみの言うとおり、まったくの無駄骨だな」教授はため息をついた。「犯人は列車で来たかもしれんし、車かもしれんし、ボートかもしれん。そして、結局、真相がわかることはないんだろうな。うんと馬鹿げた考えをいえば、水上飛行機でやってきたかもしれん」

「いやいや、いい考えじゃないですか」エラリーはにっこりした。「とてもありえそうにない思いつきを、馬鹿げた考えと呼ぶあやまちは犯さないでください、教授。ぼくは、奇妙奇天烈《きてれつ》なことが現実に起きるのをさんざん見てきましたよ……とりあえず、こっちを見てしまいましょう」エラリーは次の紙に素早く目を通した。「これも、何もないや。ブラッドの両腕両脚をトーテムポールに縛りつけるのに使われたロープは……」

「これも、無駄骨なのかね」ヤードリー教授は苦々しげに言った。「きみに〝トーテムポスト〟と言わせようとするのも」

「トーテムポストに縛りつけるのに使われたロープは」エラリーはすなおに言いなおした。「どこの雑貨屋でもよろず屋でも買える、ありふれた安物の物干し綱です。ブラッドウッド荘から三十キロ圏内のどこの店も、まともな手がかりを持っちゃいない。それでもアイシャム地方検事によると、ヴォーン警視の部下たちが捜査の範囲をさらに広げてがんばるみたいですよ」

「実に徹底しとるな、連中は」教授が言った。

「認めたくはないんですが」エラリーは苦笑した。「こういった根気のいる地味な作業をもくもくと丁寧にやり遂げることで、多くの犯罪が解決に導かれていますから……さて、ヴォーン警視のお気に入りの思いつき、ロープの結び目についてですが。結果は――ゼロです。ヴォーン警視のところの専門家によると、目的は果たせるものの、実にへたくそな、ど素人の結びかただそうです。つまり、教授やぼくが結ぶような結び目ってことですね」

「私は違うな」ヤードリー教授は言った。「これでもむかしは船乗りだったんだぞ。もやい結び、一重結び、なんでもござれだ」

「むかし取ったきねづかというやつですか――いま現在、同じくらいH_2Oの近くにいますしね……ああ、ポール・ロメインだ。なかなかおもしろい人物だな。健全な実利性を備えた、独断的な頑固野郎です」

「きみの言葉選びのでたらめ癖ときたら、まったくもって遺憾だな」教授は言った。

「ヴォーン警視の報告によれば、経歴不明とのことですね。ピッツバーグで二月にあの古代エジプト学どっぷりの教祖様に出会ったと本人が言ってましたけど、それ以上のことは全然わかっていません。それよりも前の経歴は白紙です」

「リン夫妻は?」

エラリーはちょいと紙を置いた。「そう、リン夫妻ですね」そうつぶやいた。「教授はあの夫婦のことで何かご存じですか」

教授は顎《あご》ひげをなでた。「怪しいと思ったかね、きみ？　まあ、きみの眼はごまかせないだろうと思ったがな。あのふたりにはたしかに、少しうさんくさいところがあるようだ。しかし、いまのところは実にりっぱに振る舞っているぞ。うしろ指さされるようなことはしとらんはずだ、私の知るかぎりではな」

エラリーは紙を取りあげた。「ふむ、スコットランドヤードでは、それほど多くの言葉をさいてはいませんが、まったく逆に考えているようですよ。この報告書によると、アイシャムが電報を打ったところ、ヤードからの返信には、そのようなパーシーとエリザベスというリン夫婦のデータはどこにもないとあったそうです。パスポートも調べましたが、予想どおりこちらはきちんとしていました。もしかすると、我々はあの夫婦に少々、意地悪だったかもしれません……スコットランドヤードは、引き続き、あの夫婦の身元や経歴を――前科の記録も含めて――夫妻が英国民であると主張しているのであれば、英国内におけるふたりの行動に関して情報を収集する、と言ってきていますね」

「やれやれ、めんどくさいことだな！」

エラリーは顔をしかめた。「いまごろ気がついたんですか。ぼくはこれまで、我が短くも輝かしい人生において、そりゃもうめんどくさい複雑な事件を扱ってきましたが、ここまでこんがらがった事件は初めてですよ……そうだ、もちろん教授は、我らが友人である運転手のフォックスとブラッド夫人に関する最新情報はご存じないですね」教授は両眉をぴんとはねあげた。

エラリーは一時間ほど前にブラッドウッド荘の客間で起きた出来事について話して聞かせた。

「クリアな話でしょう?」

「ガンジス川の水なみにクリアだな」ヤードリー教授はぶつくさと言った。「思うんだが、ひょっとして」

「なんです」

教授は肩をすくめた。「いや、いきなり結論に飛びつかんようにするさ。きみの持っている百科事典には、ほかに何が書いてある?」

「ヴォーン警視の仕事は素早いですね。パーク劇場のドアマンは、ブラッド夫人そっくりの女が火曜の夜に第一幕の真ん中で劇場を出ていったと証言しています――九時ごろかな」

「ひとりで?」

「そうです……もうひとつあります。ヴォーン警視の部下が、オイスター島を借りる前払い金としてケチャムに渡した百ドルの小切手の、伝票の現物を見つけてきました。イリノイ州のピオリアの郵便局で、ヴェリヤ・クロサック名義で振り出されています」

「嘘だろう!」教授の眼がまんまるくなった。「ということは、筆跡が手にはいったんだな!」

エラリーはため息をついた。「いきなり結論に飛びつきましたか。そうしないように気をつけるとおっしゃったばかりのような気がしますけどね。署名は活字体で書かれていましたよ。住所はピオリアとあるだけで――おおかた、ストライカーのありがたい福音をさずけ歩く伝道師が、旅の途中で地元民相手にちょいと布教活動をしようと立ち寄ったんでしょう……もうひとつ、これは今回の事件に直接関係のある情報ですね。会計士にブラッド&メガラ商会の帳簿を調べさせているところです。もちろん、お決まりの捜査の一環ですが。いまのところ、まったく不正はないようですよ。会社は有名だし、繁盛しているし、経営は実に健全だし……ところで、いまごろはどこぞの海でのんびりと船に揺られている、我らが旅する友人のスティーヴン・メガラですが、商売には直接タッチしていませんね――この五年間は。ブラッドが目を光らせていたとはいえ、若きジョーナ・リンカン君がほぼ一手に会社を引き受けて、切り盛りしていたと。あの若いのが何をうじうじしているのかぼくにはわかりませんが」

「未来の母との確執《かくしつ》じゃないかね」教授はあっさり言った。

エラリーはヤードリー教授が言うところの男子部屋《シラームリク》の、大理石の床に書類をぽんと投げ出したが、すぐにまた前にかがんで拾いなおした。書類の最後に添えられていた紙が落ちたのだ。

「なんだこれ」むさぼるように読んでいく。「こりゃすごい、おもしろいぞ！」

ヤードリー教授は口元にパイプを持っていく手を浮かせたまま止めた。「どうした？」

エラリーははしゃいでいた。「クロサックに関する具体的な情報ですよ！　日付からして、あとで追加した報告書ですね。どうやらクラミット地方検事は最初の回答では出し惜しみしておいたくせに、やっぱりやっかいごとは全部かわいそうなアイシャム地方検事におっかぶせて、自分の手はきれいさっぱり洗ってしまうことにしたらしい……六カ月間にわたる調査。資料は豊富に集まった……ヴェリヤ・クロサックはモンテネグロ人ですよ！」

「モンテネグロ人だと？　それは、出身という意味かね。いまはもう、モンテネグロという国は存在せんからな」ヤードリー教授は興味津々で訊いた。「あの王国は現在、ユーゴスラヴィアの行政の一区画になっている——一九二二年に、ユーゴスラヴィアの前身である〝セルビア人・クロアチア人・スロベニア人王国〟の一部として統合された時にな（モンテネグロは二〇〇六年に共和国として独立したため、現在は存在する）」

「ふむ。クラミットの調査によると、クロサックは一九一八年に平和宣言がなされたあとの、モンテネグロからの第一次移民団のひとりということですね。我が国へ入国した時のパスポートには、クロサックがモンテネグロ出身であること以外、たいした情報はなかったと。ツタンカーメンの石棺のごとく、謎の男登場！というわけですよ」

「クラミットは、クロサックのアメリカでの経歴について、何か発見しているのかね」

「ざっとですが、十分ですよ。町から町に渡り歩いて、自分を受け入れてくれた国を少しずつ知り、言葉を覚えていったと。数年間、小さい行商の会社にいましたが、なかなかまともな会社だったようです。しゃれた刺繡小物やら織物の小さいマットやらを売り歩いていたらしい」

「ま、月並みだな」教授は感想を言った。

エラリーは次の一節を要約した。「四年前にテネシー州のチャタヌーガで、我らがホルアクティことストライカーと出会い、協力してやっていくことになったと。当時のストライカーは〝太陽の薬〟を売っていました——ただの肝油に、そんな名前をつけて売ってただけですけどね。クロサックはビジネス面ではマネージャーとなり、世間的には〝弟子〟を名乗って、かわいそうな年寄りの狂人が太陽崇拝と健康をからめた新興宗教を作りあげるのを手伝い、ほうぼうを旅する道中、布教しながら商売していたようです」

「アロヨの殺人事件のあとのクロサックに関する情報は?」

エラリーはしゅんとした。「ありません。ふっつり消えてしまっています。なんとも巧妙な奴ですよ」

「では、ヴァンの召使のクリングはどうだ?」

「影も形もありませんね。まるで大地がぱっくり開いてふたりとものみこんでしまったみたいだ。このクリングの関わりが気になってしょうがないんです。いったいどこにいるんだろう? もしクロサックがクリングの魂をあの世に送り出していたのなら、肉体はどうなってしまったのか――クロサックはどこに死体を埋めたんでしょう? 言っておきますがね、教授、クリングの運命を突き止めるまで、この事件は絶対に解けませんよ……。クラミットはクリングとクロサックの間のつながりを見つけようと、実に見上げた努力をしているな。おそらくふたりが共犯だとでも考えたんだ。しかし、何も見つかっていません」

「だからと言って、つながりがないという証明にはならんぞ」教授は指摘した。

「もちろんそうです。それに当然、クロサックに関しては、ストライカーとずっと連絡をとりあっていたかどうか、確かめるすべはありませんしね」

「ストライカーか……エジプト王《ファラオ》の呪いのいい見本だな」ヤードリー教授はつぶやいた。「気の毒に!」

エラリーは苦笑した。「しっかりしてください、教授。これは殺人ですよ。それはともかく、この最後の報告書によると、ウェストヴァージニアの捜査チームがホルアクティの身元を突き止めたそうです。クラミット曰く、あの男はアルヴァ・ストライカーという、著名なエジプト学者で、教授がおっしゃったとおり、何年も前に王家の谷でひどい日射病にかかったせいで気が狂ってしまったそうです。調べたかぎりでは親類は見つかっていません。いままでのところ、人畜無害の狂人と考えられてきたようです。まあ、聞いてください――クラミットの覚え書きです。〝ハンコック郡地方検事の見解になるが、本名をアルヴァ・ストライカー、みずからをホルアクティ、またはラー・ホルアクティと名乗る人物は、アンドルー・ヴァン殺害事件においては潔白であるが、その特異なる風貌と、軽微なる狂気と、歪《ゆが》んだ信仰を利用せんと近づいてくる人間たちによって、なんともはや悪辣至極《あくらつしごく》な詐欺行為のいけにえとされ続けてきたのである。さらに当局としては、このような手合いのうちで、ヴァンを殺害する動機がいまだ不明の者こそが、被害者の死をもたらしたと考えている。かくてすべての事実がヴェリヤ・クロサックこそ当該の人物であると指し示すものなり〟。実に名文じゃないですか、どうです?」

「クロサックについちゃ、単なる状況証拠じゃないかね?」教授が疑問を口にした。

エラリーは頭を振った。「状況証拠だろうがなんだろうが、ヴァン殺しの容疑者としてクロサックを選んだクラミットは、なかなか的を射ています」

「なぜ、そう考える」

「いろいろな事実からです。しかし、クロサックがアンドルー・ヴァンを殺した、というのは、我々が組み立てようとしている事件のかなめ石じゃありません。もっともっと根本的な問題は──」エラリーは身を乗り出した。「──クロサックとは何者かということですよ」

＊

「どういう意味だね」ヤードリー教授は問いただした。

「ぼくが言いたいのは、ヴェリヤ・クロサックはこの事件においてただひとりの人間にしか、素顔や姿かたちを見られていないということですよ」エラリーは真剣に言った。「クロサックの人相風体を知るのはストライカーだけです。しかし、ストライカーには信頼できる証言を期待できないときている。ですから、ぼくはいま一度、言わせていただきます。クロサックとは何者ですか？　いま現在のクロサックは何者です？　我々のひとりかもしれませんよ！」

「ナンセンスだ」教授は落ち着かない顔になった。「モンテネグロ人で、言葉にクロアチアなまりがあって、左脚が不自由だなんて、そんな男がどうやって我々の中にまぎれこむ……」

「ナンセンスじゃありませんよ、教授。この国じゃ、国籍なんて簡単に溶けてしまう。それにクロサックが、ウィアトンのガソリンスタンドのオーナーのクローカーと喋った時には、なまりのない普通の英語を話しているんです。クロサックが我々の中にまぎれこんでいるかもしれないという事実については──教授はまだ、ブラッドの事件の要素をすっかり分析していないようですね」

「ほう、そうかね？」ヤードリー教授はぴしりと言った。「かもしれん。しかしな、きみ、言わせてもらうが――先走りすぎだぞ」

「むかしはよくやらかしました」エラリーは立ち上がると、またもやプールに飛びこんだ。やがて、ぽたぽたとしずくを垂らしながら頭を水の上に出したエラリーは、茶目っ気たっぷりに、教授に向かってにやりとした。「もちろんぼくがわざわざ言う必要はないでしょうが、あの太陽教とやらの集団をブラッドウッド荘の近所に送りこむ手配をしたのはクロサックですよ！しかもヴァンが殺される前に。意味深じゃないですか。奴がそのへんにひそんでいても、おかしくない……よしっ！」出し抜けにそう叫ぶと、エラリーはプールからあがってきて、両手を頭のうしろで組んで寝転んだ。「それじゃ、一緒に考えましょう。まず、クロサックからいきますよ。この男は中央ヨーロッパのモンテネグロ人です。そして、ルーマニア生まれを装う中央ヨーロッパ人と、アルメニア生まれを装う中央ヨーロッパ人を殺したことになっています。中央ヨーロッパ人が三人です。ということは、もしかすると全員が同じ国の出身という可能性があるじゃないですか。状況から考えてぼくは、ヴァンもブラッドも、アルメニアやルーマニアの出ではないと確信していますから」

教授は唸りながら、マッチを二本、一度にすってパイプに近づけた。エラリーは熱い大理石の上で寝そべったまま紙巻きたばこに火をつけ、眼を閉じた。「では、動機の面から考えてみましょうか。中央ヨーロッパ。バルカン諸国。迷信と暴力の本場だ。それが日常になっている。とまあ、このへんで何か思い当たることはありませんか？」

「私はバルカンについてはまるっきりの門外漢だからな」教授は澄まして言った。「バルカンという単語を聞いて私の心に浮かぶのは、あの地域が何世紀にもわたって不気味で怪奇な民話が生まれる場所だったという事実だけだ。おそらくは、荒れ果てた山岳地帯で迷信深い者が多かったという土地柄のせいだろうが」

「はは！　そりゃ、思いつきだ」エラリーはくすくす笑った。「吸血鬼伝説ですね！　『ドラキュラ』を覚えてますか、ブラム・ストーカーが書いたあれは善良な市民に悪夢をもたらした不朽の名作だ。中央ヨーロッパを舞台にした吸血鬼の物語。作中で首を切り落としますしね！」

「ナンセンスだ」ヤードリー教授は落ち着かない眼で言い返した。

「そのとおり」エラリーは即座に答えた。「ヴァンやブラッドの心臓に杭が打ちこまれてないんだから、ナンセンスです。自尊心のある吸血鬼マニアであれば、あの愉快なちっちゃい儀式を省略することは絶対にない。杭が見つかっていれば、ぼくらが相手にしているのは迷信深い狂人で、今度の事件は、そいつが吸血鬼だと信じこんだ人間を次々に退治して歩いてるんだと断じてしまった気がしますよ、ぼくは」

「まさか本気で言っとるのかね」ヤードリー教授が言い返した。

エラリーはしばらくたばこをふかしていた。「自分でも本気かどうかわかりません。でも、教授、我らが神聖なる文明国においては、吸血鬼伝説なんて子供だましのお化け話だと馬鹿にしていますが、もしクロサック氏が吸血鬼の存在をまともに信じていて、人の首を切り落としてまわってるのなら、我々は彼が信じている現実に目をつぶるわけにはいかないんです。実用主義の哲学の所説と同じことですよ。それがあの男にとって現実に存在するものならば……」

「あのエジプト十字架がうんたらかんたらというきみの説はどうなったのかね」教授が大まじめに言った。ぴんと背を伸ばし、まるでこれから長い議論をする心づもりでいるかのように、楽な姿勢に坐りなおしている。

エラリーは身を起こして坐ると、褐色の膝をかかえた。「教授こそ、何か隠し玉があるんでしょう。昨日、そんなことをほのめかしてましたよね。俗な表現で言うならば、ぼくは何かへまをやらかしましたか？」

教授はわざとらしくパイプを叩いて灰を落とすと、傍《かたわ》らのプールサイドにそれを置き、黒々とした顎ひげをしごくと、大学教授らしい顔つきになった。「きみはだな」おごそかに言った。「大間違いのこんこんちきをやらかしている」

エラリーは顔をしかめた。「それはT十字架《タウ》がエジプト十字架ではないって意味ですか？」

「まさにそう言ってるんだよ」

エラリーはゆるゆると身体を前後に揺すった。「その道の権威のお言葉だからな……ふうむ。ねえ、教授、ぼくとちょっとした賭けをしてみませんか」

「私は、賭け事はしない。そんな稼ぎはないんでな……それにしてもT字形十字架《クルックス・コミッサ》がエジプト十字架と呼ばれているなんて、いったいどこでそんな考えを拾ってきたのかね」

「大英百科事典ですよ。一年ほど前に、ぼくは十字架についてあれこれ調べものをする必要があったんです。小説を書いてましてね。覚えているかぎりでは、タウ十字架はエジプトではありふれたもので、しばしばエジプト十字架とも呼ばれているとか、そんなようなことが書いてありました。ともかくぼくの記憶では、その項目では間違いなく、十字架に関してタウとエジプトという言葉が結びつけられてたんです。なんなら、ご自分の眼で確かめられますか？」

教授はくすくす笑った。「きみの言葉を信じるとも。その項目を誰が書いたのか知らんが――相当に博識《はくしき》な人物が書いたのだろうな。しかし、いかに大英百科事典といえど、人間の作ったものであるからには、ほかのあらゆる人工物と同じく、完全無欠で無謬《むびゅう》というわけにはいかないし、必ずしも究極の権威というわけでもない。私自身はエジプト美術の権威でもなんでもないよ。それは理解のうえで聞いてほしいのだが、これは私の研究の一部でもあるから断言できる。私は〝エジプト十字架〟などという単語にお目にかかったことは一度もない。だからそれが間違った呼び名であるのはたしかだ。まあ、Tの文字に似た形のものがエジプトにはあるが……」

エラリーはめんくらった顔になった。「じゃ、なんでタウ十字架はエジプト十字架ではないと――」

「そうではないからだよ」ヤードリー教授は微笑んだ。「古代エジプト人に用いられた聖なる道具に、ギリシャ文字のTの形に似たものがある。ヒエログリフの文献にもしばしば出てくる。とはいえ、それはタウ十字架とは呼べない。タウ十字架は古いキリスト教におけるシンボルだからだ。偶然に似たシンボルはどこにでも、いくらでもある。タウ十字架には、聖アントニウス十字架という呼び名もつけられているが、それは単に、絵画や彫刻で聖アントニウスが象徴として持たされている杖の形が似ているからだ。だから厳密に言えばタウ十字架は、私やきみのものではないのと同じくらい、聖アントニウスのものではないってことさ」

「それじゃ、あのTはエジプト十字架なんてものじゃ全然なかったわけだ」エラリーはぶつぶつと言った。「畜生、どうしようもないへまをやらかしたもんだ」

「きみがそう呼びたければ」教授は言った。「私には止める権利はないよ。そのT字形の十字架が大昔からごく一般的に使われていたのは本当だ――原始的な時代から全世界で、多彩な用途で使われてきた。そのT字形のシンボルのアレンジならいくらでも例を挙げることができるよ――たとえばスペイン人が渡来する以前は、西半球の原住民たちも使っていた。まあ、いまはそんなことはどうでもいい。肝心なポイントはだな」教授は眼をすがめた。「きみがどうしてもエジプト十字架と呼びたいなら、そう呼べるものがひとつだけある。アンクだ」

「アンク?」エラリーは考えこむ顔になった。「ひょっとすると、ぼくの頭にあったのはそれかもしれないな。それはたしか、T字形の十字架のてっぺんに円い輪がくっついているやつじゃありませんか?」

ヤードリー教授はかぶりを振った。「円い輪ではないよ、小さなしずく、または、洋梨に似た形のものだ。アンクはだいたいにおいて、鍵に似た形をしている。アンサタ十字と呼ばれていて、エジプトの碑文《ひぶん》には頻繁《ひんぱん》に登場している。神性、または王位を表すもので、特徴的なのは、これを持つ者が生命の創造者であるという、象徴になっていることだ」

「生命の創造者?」何かがエラリーの両眼にふつふつとわいてきた。「わかった!」エラリーは叫んだ。「それだ! やっぱりエジプト十字架なんですよ! ぼくらは正しい道を進んでるってことです！」

「説明したまえ、きみ」

「わかりませんか？　ヘロドトスの歴史書のようにはっきりしてるじゃないですか！」エラリーは威勢よく続けた。「そのアンクっていうのは――生命の象徴ですよね。ということはＴの横棒は――両腕だ。縦棒は――胴体です。てっぺんの洋梨形のなんとかは――頭部でしょう。そして、頭が切り落とされている！　こいつは意味がありますよ、絶対――クロサックは生命のシンボルを、死のシンボルに作りかえたんです！」

教授はしばらくエラリーをじっと見つめていたが、不意にぷっとふきだすと、いつまでもおもしろそうに肩を揺らして笑っていた。「いやいや、天才だな、きみ、悪魔のような天才だ、しかし、真実からは百万パラサング（ペルシャの距離の単位）も遠いね」

はしゃいでいたエラリーは、しゅんとなった。「今度は何が間違ってるんです？」

「クロサック氏がいけにえの首を切断した動機についての、きみの実にみごとな解釈は、もしもアンク、またはアンサタ十字架が、人体のシンボルであるなら、通るかもしれない。しかし、そうじゃないんだよ、クイーン君。起源はもっとおもしろみのないものなんだ」教授はため息をついた。「ストライカーが履いていたサンダルを覚えているだろう？　あれは古代エジプト人が一般的に履いていたサンダルの複製だ……まあ、あとになってから、私がああ言ったこう言ったと揚《あ》げ足を取られるのは勘弁してもらいたいが――私は古代エジプト学者でも人類学者でもないのだからな――それでもたいがいの専門家が、このアンクというものは、ストライカーの履いていたようなサンダルのひもを表していると考えてるんだ――てっぺんの輪は、足首に巻きつける部分だよ。輪の下にまっすぐ伸びる垂直の部分は、足の甲の上を通って、親指とほかの指の間から、サンダルの底につながるひもを表している。短い水平の部分は、足の甲の両脇をぐるりとまわってサンダルの底につながるひもだ」

エラリーはすっかりしょげてしまった。「でも、もしサンダルが起源なら、どうしてそれが生命の創造の象徴になるのか、全然わからないんですが。比喩的な意味だとしても」

教授は肩をすくめた。「単語や観念の起源というものは時に、現代人の頭で考えても、まったく理解不能だったりするものさ。科学的見地からはたしかに、さっぱりわからない。しかし、アンクのしるしが〝生きる〟という意味を持つ語幹から派生していったさまざまなヒエログリフにしばしば用いられているのを見るに、どういう経緯かは知らんが、いつしか生きることや生命のシンボルになっていったと考えられるのだよ。まあ、そんなわけで、もともと起源となったものの材料はぐにゃぐにゃとやわらかいものだったのが――サンダルというものはたいていパピルス草を加工して作るからね――古代エジプト人は固いものでシンボルを作るようになった。木や陶器などでこしらえた護符という形で用いたわけだ。ともかく、このシンボルそのものは、人体を表現したものではないんだよ」

エラリーは濡れた鼻眼鏡《パンスネ》を拭きながら、日の光にきらめいている水を見つめて考えこんでいた。「わかりましたよ」がっくりした声で言った。「アンク説は捨てましょう……教えてください、教授。古代エジプト人は、はりつけをする習慣がありましたか」

教授は苦笑した。「きみは降参《こうさん》するつもりはないんだな？……いや、なかったはずだよ、私の知るかぎりでは」

　エラリーは鼻眼鏡を鼻にしっかりのせた。「じゃあ、エジプト学が関係してるって説は、すっぱり捨てちまうしかないですね！　すくなくとも、ぼくはそうします。早合点をやらかしました――どうも、よくない兆候だ。ぼくもやきがまわったな」

「生兵法は怪我のもと、とポープも言っているからね、きみ」教授が言った。

「しかしまた」エラリーはやり返した。「ものを知りすぎているのは《faciuntne intelligendo, ut nihil intelligant》、何も知らないのと同じだ、という言葉もありますよね。もちろん、ぼくは誰かさんのことを言ってるわけじゃありませんよ――」

「もちろん、わかっているとも」ヤードリー教授はまじめくさって言った。「テレンティウス（前一八五？―前一五九　ローマの喜劇作家）もそういうつもりで言ったわけじゃなかろう……ともあれ、きみは事実をエジプト学に当てはめて解釈しようとがんばったせいで、かえっておかしな方向に行ってしまったように思うがね。いまでも覚えているが、きみは教室でも、物事をロマンチックに考える癖があったな。そう、プラトンやヘロドトスの伝えているアトランティス伝説の起源について議論した時も――」

「学識豊かな紳士のご高説をさえぎったりして、まことに恐縮でございますが」エラリーはいらだったように言った。「ぼくはどうにかして泥沼から抜け出そうとじたばたしている最中なんだから、お門違いの思い出話で邪魔しないでくれませんかね。いいですか……もしクロサックがいけにえの首をはねたうえ、犯行現場にT字形のしるしをばらまいたのが、十字架のシンボルを残すつもりでやったのだとすれば、おそらく、それはアンクではなくタウ十字架だったに違いないんです。しかし、古代エジプトにおいてタウ十字架というものが別になんの意味もなかったらしいということであれば、クロサックは古代エジプトの宗教マニアの狂人を相棒にしていたとはいえ、エジプト十字架のつもりであれを残したわけじゃないと考えるのが妥当だ。……根拠ですか？　あります。トマス・ブラッドはトーテムポールに——もとい、トーテムポストに、吊るされていました。古代エジプトの宗教とはまったくかけ離れた宗教のシンボルです。ほかにも根拠はありますよ——もしクロサックがアンクを意味させるつもりだったなら、おそらく、頭を切り取ってしまうより、むしろ残しておいたでしょうからね……そんなわけで、我々はエジプトが関係している説に疑問を投げかけたわけですが、アメリカのトーテム信仰が関係している証拠は、たまたまブラッドがトーテムポストにはりつけにされたという事実しかないし——おそらく、あれが選ばれたのは宗教的な意味からではなくT字形をしていたというだけの理由でしょうから——十字架が関係しているという説にこだわるわけにもいきませんね……キリスト教のタウ十字架に——殉教者の処刑で斬首という方法は、ぼくの知るかぎりではないはずだ……ゆえに《エルゴ》、宗教的意味があるという説はきれいさっぱり捨てることにします——」

「きみの信条は」教授はくすくす笑った。「ラブレーの信奉する主義に似ているようだな——それすなわち、偉大なる〝おそらく主義〟だよ」

「——そして最初から鼻先に転がっていたものに舞い戻ってくるというわけですね」エラリー

は情けなさそうに微笑んでしめくくった。

「どういう意味だね」ヤードリー教授が訊いた。

「Tはおそらく Tを意味するだけで、ほかになんの意味もない。アルファベットのTの文字ってだけですよ。T、Tってことは……」急にエラリーがぷつっと黙りこんだので、教授はどうしたのかと不思議そうに眺めていた。エラリーは青い水と陽光ほど無垢《むく》なものはないというように、プールをじっと見つめている。

「どうしたのかね」ヤードリー教授が問いただした。

「そんなことがありえるのか?」エラリーが口の中でつぶやいた。「いや……話がうますぎる。それに、根拠はない。前にも一度、考えはしたが――」その声は消えてしまった。ヤードリー教授の質問さえ耳にはいらなかったようだ。教授はやれやれとため息をつくと、またパイプを取りあげた。ふたりとも、長いこと無言でいた。

そうして、半裸の男ふたりが平穏なパティオで坐りこんでじっとしているところに、黒人の老いた女が、黒光りする顔にげんなりしたような表情を浮かべて、ぱたぱたとやってきた。

「ヤードリー様」まのびした声で訴えてくる。「ドアをたたっこわして、うちにはいってこようとしてる奴がおるですよ」

「ええ?」教授は仰天して、白昼夢からいっぺんに醒めた。「誰だ?」

「あのケーシって人ですよ。なんだか、えらいかっかしてるみたいです」

「わかった、ナニー。お通ししなさい」

ほどなくして、ヴォーン警視が小さな紙きれを振りまわしながら飛びこんできた。「クイーンさん！」警視は怒鳴った。「大ニュースだ！」

エラリーはぼんやりした眼をあげた。「は？　やあ、ごきげんよう、警視。ニュースってなんですか」

「これを読んでください」警視は紙きれを大理石の床に放り出すと、まるでトルコの妻妾部屋《セラーリオ》に押し入った悪漢のごとく息を切らして、プールサイドにへたりこんだ。

エラリーと教授は顔を見合わせると、同時に紙を覗きこんだ。それはジャマイカ島からの無線電報だった。

　本日、島に入港。ブラッドの訃報知る。ただちにニューヨークに戻る。

最後に発信人の名が記されていた。スティーヴン・メガラ。

第三部　紳士のはりつけ

ブリュッセル検事局の主任司法官として在任中に、犯罪者の頭脳の動きは、法を守る市民にはとうてい理解しがたい理由にしばしば左右されるものだと思い知った。

フェリックス・ブルワージュ

13　海神の秘密

スティーヴン・メガラのヨット〈ヘリーン号〉はジャマイカ島の北から、点々と海面に散るバハマ諸島の間を通り抜けて、記録的な快走を続けたのだが、ニュープロヴィデンス島（バハマの首都ナッソーがある）の近くで深刻なエンジントラブルを起こし、船をあずかるスウィフト船長は、修理のためにナッソー港にはいらなければならなかった。船がまた海に出られるようになるまでには数日を要した。

そんなわけで、ヴォーン警視がメガラからの無線電報を受け取ってから八日目の七月一日になってようやく、〈ヘリーン号〉はロングアイランド沖に姿を現した。港湾局を通じてニューヨーク港への入港手続きはすでにすませてあったので、〈ヘリーン号〉はほんのわずかに足止めされただけで、警察の小艇や、新聞記者たちがチャーターした小型船の一団を引きつれて、ロングアイランド湾にはいっていった。砥石《といし》でみがきぬかれたぴかぴかの〈ヘリーン号〉の甲板に、新聞記者がのぼってこないように防ぐのは至難のわざだった。

八日間……不思議と何も起こらず、のどかな八日間だった。例外は葬儀があったことだけだ。それさえも、たいそう静かにとりおこなわれた。派手なもよおしも、お騒がせなやっかいごともなく、ブラッドはロングアイランドの墓地に埋葬された。新聞記者の観察によれば、ブラッド夫人はたいそう気丈に、この苦行に耐えていた。故人と血のつながりのない娘の方がむしろ、未亡人よりもこの埋葬式に取り乱しているようだった。

ヴェリヤ・クロサックの捜索はついに、全国規模の人間狩りとなっていた。人相書が全国の警察本部と保安官事務所とすべての港湾警察に送られた。四十八の州とカナダとメキシコの警察に追われることとなったのだ。しかし、網を広げたにもかかわらず、モンテネグロ産の魚が捕まることはなかった。男はまるで地球から宇宙に飛び立ってしまったかのように、きれいさっぱり姿を消してしまっていた。クリングもまた足跡ひとつ残さず消え失せていた。

運転手のフォックスはまだ、自分の小屋に軟禁され、監視下に置かれていた。もちろん正式に逮捕されたわけではないが、シンシン刑務所の鉄格子のうしろに押しこめられたのと変わらない、りっぱな囚人だった。フォックスの身辺調査は粛々《しゅくしゅく》と進められていた。それなのに、メガラが到着する時がきても、東部にある犯罪者記録保管庫のどこにも、適合する指紋は見つからなかった。しかし、警視は不撓不屈《ふとうふくつ》の精神で、今度は西部に指紋のコピーをばらまいた。当のフォックスは鋼鉄の沈黙を守り通した。非公式な軟禁にも文句ひとつ言わなかったものの、その眼には何をするかわからない切羽詰まった光がぎらついていたので、警視は厳然と、監視を倍に増やした。ただひとことも喋らない監視をつけるだけで、この男を完全に無視し続けたのは、警視の慧眼《けいがん》と言えよう。フォックスは尋問されることも、痛めつけられることもなかった。ただ完全な孤独に放置されていた。しかし、ここまで神経を張りつめさせられているにもかかわらず、フォックスは落ちなかった。毎日毎日、小屋の中でひとり静かにじっとしたまま、バクスター夫人が厨房から届ける食事にもほとんど手をつけず、ほとんど身動きせず、ほとんど息さえしていないかのようだった。

＊

七月一日の金曜日、〈ヘリーン号〉がロングアイランド湾にはいってきて、ケチャム入江の西の水道を通り抜け、オイスター島と本土の間の深みにいかりをおろすころには、すべての準備がととのっていた。ブラッドウッド荘専用の桟橋は黒山の人だかりができていた――刑事に、警察官に、騎馬警官だ。皆、ヨットがゆっくりとはいってくるのを見守っていた。それは純白に光り輝く、舷側《げんそく》の低い、軽快そうな船だった。朝の澄みきった空気のおかげで、真鍮の金具がきらきらときらめき、デッキで動きまわる人の姿がはっきり見える。狭い船腹に小型のボートがいくつか揺れている。

ヴォーン警視とアイシャム地方検事とエラリー・クイーンとヤードリー教授は船着き場に立って、無言で出迎えた。一隻のランチが舷側越しにおろされ、入江の海面をばしゃんと叩いた。鉄の階段をおりてくる数人の人影がランチに乗りこむのが見える。すぐさま警察艇が先導して動き出すと、ランチは従順にそのあとをついていった。二隻は船着き場をめざしてくる。待ち受ける人の山はざわめいた……

スティーヴン・メガラは長身で、真っ黒く日に焼けた、逞《たくま》しい身体つきの男で、黒い口ひげをたくわえ、鼻はどうやら格闘でひしゃげて治りきらなかったような形をしていた。活力に満ち溢れているのに、どこか不気味な雰囲気がする。ランチから船着き場に飛び降りた身のこなしは素早く、しっかりしていて、しなやかだった。すべての動作に迷いがない。エラリーは興味津々でじっと観察し、この男はまさに活動家だな、と思った。トマス・ブラッドは食べすぎでぶくぶく肥《ふと》って、歳の割に老けこんでいたようだが、まったく違うタイプというわけだ。

「スティーヴン・メガラです」唐突に、かすかにイートン校なまりがある英語で男が話しかけてきた。「これはまた、ずいぶんなお出迎えですね。ヘリーン！」群衆の中に、彼女だけを見いだした――主役たちは遠慮がちに、人ごみの奥の方に立っていたのだ――ヘリーン、その母、ジョーナ、テンプル医師……メガラはヘリーンの両手を取ると、ほかの者はきっぱり黙殺して、激しいほどの優しさをこめてその眼を覗きこんだ。ヘリーンは顔を赤らめ、両手をそろそろと引っこめた。メガラは口ひげをきゅっとあげて短く微笑むと、ブラッド夫人の冷淡な耳に何ごとか囁き、テンプル医師にそっけなく会釈しただけで、また向きなおった。「それで、トムが殺されたそうですね。どなたでも、申し出てくだされば、なんでも協力しますよ」

地方検事は唸り声を出した。「ほう？」そして、答えた。「私は郡の地方検事でアイシャムと申します。こちらはナッソー郡警察のヴォーン警視。特別捜査官のエラリー・クイーンさん。それから、おたくの新しいご隣人のヤードリー教授です」

メガラはいかにもおざなりに握手をした。それから振り返ると、黒く焼けた指をちょいと曲げて、ランチに一緒に乗ってきた青い制服姿の、いかめしい顔をした髪に白いものがまざっている男を指さした。「うちのヨットをまかせている、スウィフト船長です」メガラは紹介した。

スウィフトはなんでも噛みつぶしてしまいそうな顎《あご》と、望遠鏡のレンズのような眼の持ち主だった——さまよえるユダヤ人のごとく風雨にさらされてぼろぼろの顔の中で、その瞳は水晶のように澄んで輝いている。

「よろしく」スウィフト船長は誰にともなくそう言うと、左手で軽く帽子に触れた。三本の指が欠けているのをエラリーは見逃さなかった。暗黙の了解のうちに、一同が揃って動きだし、船着き場から屋敷に続く小径《こみち》に向かおうとした時、この船長が七つの海を股にかけて航海する船乗りらしく、身体を大きく揺すって歩くのに気がついた。

「もっと早く知ることができなくて残念でした」メガラはアイシャム地方検事と並んで、どんどん歩いていきながら、すぐにそう話しだした。ブラッド母娘、リンカン、テンプル医師は無表情にそのあとからついていく。「何カ月も、あちこちの海をほっつき歩いていたものですから。知らせの受け取りようがなくて。トムのことを知った時には、ショックでしたよ」そう言うが、はたから見るかぎりは全然、ショックを受けているように見えなかった。まるで新しい絨毯の買いつけについて話しているように、淡々と共同経営者の死について語っていた。

「あなたをずっとお待ちしてましたよ、メガラさん」ヴォーン警視は言った。「ブラッドさんを殺す動機を持っていた人物に心当たりはありますかね？」

「ふうむ」メガラはちょっと頭を振り向けて、ちらりとブラッド夫人とヘリーンを見た。「いまはお答えしない方がいいと思いますのでね。まず、正確にはどんなことが起きたのか教えていただけませんか」

アイシャム地方検事が答えようと口を開けかけた時、エラリーが穏やかに訊ねた。「アンドルー・ヴァンという男をご存じですか？」

ほんの一瞬、メガラのリズミカルな歩調が乱れたものの、その表情はまったく内心をうかがわせることなく、彼はどんどん歩いていった。「アンドルー・ヴァン、ですか？　あいつが今度のことになんの関係があるんです？」

「じゃあ、知ってるんですか！」アイシャム地方検事が叫んだ。

「あなたの共同経営者が亡くなったのとそっくりな状況で殺されたんですよ、メガラさん」エラリーは言った。

「ヴァンも殺されたって！」ヨットマンの落ち着き払った態度が砕けたようだった。大胆不敵だった眼に不安の影が見え隠れし始めた。

「頭を切り落とされて、胴体だけがTの字の形をとるように、はりつけにされていたんです」エラリーは淡々と続けた。

今度はメガラの足がぴたりと止まり、うしろに続く行列も止まった。その顔は日焼けの下で青紫になった。「Tの字！」口の中でつぶやいている。「まさかそんな——ともかく、家にはいりましょう、皆さん」

そう言って身震いしたメガラは、がくりと肩を落とした。マホガニー色の艶《つや》やかな顔が青ざめている。急に歳をとったように見えた。

「Tの字の意味がわかるんですか？」エラリーは勢いこんで訊いた。

「ひとつ、思い当たることがあります……」メガラはきりっと歯を鳴らすと、そのまま歩き続けた。

それからは誰も喋ることなく、屋敷まで、残りの道のりを無言で歩いていった。

玄関のドアを開けたストーリングスは、とたんに、その無表情な顔に歓迎の微笑を浮かべた。

「メガラ様！　お帰りなさいませ――」

メガラは執事を一顧《いっこ》だにせず、脇をさっさと通り抜けた。まっすぐ客間にはいっていくそのあとを、一同はぞろぞろとついていく。メガラは大股に室内を行ったり来たりし始めた。心の中で何ごとかを何度も何度も考えて、思い返しているようだ。ブラッド夫人がそっとそばに行き、ぽっちゃりした手をメガラの腕にかけた。

「スティーヴン……この恐ろしい出来事をはっきりさせることができるなら――」

「スティーヴン、あなた知ってるんでしょう！」ヘリーンが叫んだ。

「何か知ってるんなら、メガラさん、頼むから全部ぶちまけて、このわけのわからん宙ぶらりんな状態を終わらせてください！」リンカンが割れた声で怒鳴った。「もう全員にとって毎日が悪夢なんだ」

メガラはため息をつくと、両手をポケットにつっこんだ。「まあ、落ち着け。船長、坐ってくれ。こんなあさましいことに巻きこんですまない」スウィフト船長は眼をぱちぱちさせただけで、腰をおろそうとしなかった。何やら落ち着かない顔で、戸口のそばにじりじりと下がっていく。「皆さん」唐突に、メガラが口を開いた。「私は誰が私の――誰がブラッドを殺したのか、知っているつもりです」

「へえ、そうですか」ヴォーン警視はまったく感動した様子もなくそう言った。

「誰です?」アイシャム地方検事は叫んだ。

メガラは広い肩をぐっとそらして胸を張った。「ヴェリヤ・クロサックという男です。クロサック……あの男に違いありません。Tの文字とおっしゃいましたね? もしその意味が、私の考えている意味と同じなら、それを残すことのできた人間はこの世にただひとりです。ある意味、それは生存しているという合図でもあり……ともかく、何が起きたのかを話してください。ブラッドだけでなく、ヴァンの殺された状況も」

ヴォーン警視がアイシャム地方検事を見ると、地方検事はうなずいた。というわけで、警視はふたつの事件のあらましを簡潔にざっと説明した。ピートじいさんとマイケル・オーキンズが、アロヨ村道とニューカンバーランドとピュータウンを結ぶ本街道が交差する丁字路で、学校長の死体を見つけたところから始まり、やがて、ガソリンスタンドを経営するクローカーの証言に話が移り、その丁字路まで車で送ってほしいと、片脚が不自由な男にクローカーが雇われたことを説明すると、メガラはゆっくりとうなずいた。「その男です、その男です」まるで、最後の疑いが消えたというような口ぶりだった。話がすっかりすむと、メガラは微笑を浮かべたが、眼は笑っていなかった。

「それですっかりわかりました」メガラはもう落ち着き払った態度を取り戻していた。その態度には、決然とした意志と勇気が見えた。「では、あずまやで発見したことを教えてください。

実はどうも腑《ふ》に落ちない点が……」

「しかし、メガラさん」アイシャム地方検事が抗議した。「私にはどうも――」

「すぐ、そこに連れていってください」メガラはぴしりと有無を言わさぬ口調で言うと、ドアに向かってさっさと歩きだした。アイシャム地方検事は困惑した顔だったが、エラリーがその眼をとらえて、大丈夫というようにうなずいてみせた。一同はヨットマンのあとを、ぞろぞろとついていった。

トーテムポストとあずまやに続く小径を歩いていると、ヤードリー教授が話しかけてきた。

「なあ、クイーン君、どうやらこれで大詰めということになりそうだな」

エラリーは肩をすくめた。「なんでですか。ぼくがクロサックについて言ったことはまだ有効ですよ。彼はいったいどこにいるんです？　メガラが面通しして現在のクロサックを確認しないかぎり――」

「それはきみだけが言ってることだろう」教授は指摘した。「どうしてきみにはクロサックが近辺にひそんでいるとわかるのかね」

「わかりませんよ！　でも、可能性はあるでしょう」

あずまやはキャンバス地でおおい隠され、騎馬警官がひとり、見張りについていた。ヴォーンがその布をはねあげると、メガラは眉ひとつ動かさず、中にはいっていった。あずまやの中は、犯行のあった朝に捜査官たちが見た時そのままで、何ひとつ変わっていないようだった――警視の先見の明のちょっとした気配りが実を結んだというわけだ。

メガラはただひとつの物以外、目もくれなかった——Tの文字も、血痕も、格闘の跡も、残虐な仕業の痕跡も、黙殺した。ただ、火皿に海神ネプチューンの頭と三叉《みつまた》の矛《ほこ》を彫刻したパイプを……

「やっぱり」メガラは静かに言うと、かがんでパイプを拾い上げた。「ヴォーン警視、あなたがネプチューンの頭のパイプについて触れた時、おかしいと気づいたんですよ」

「おかしい?」ヴォーン警視は不安そうになった。エラリーの眼が、もの問いたげにきらりと光った。「何がおかしいんです、メガラさん」

「何もかもです」メガラは苦々しげなあきらめの表情でパイプを見ていた。「あなたがたはこれをトムのパイプだと思っていますね? 違うんです!」

「まさか」警視が叫んだ。「そのパイプはクロサックのものだってんじゃないでしょうな!」

「なら、よかったんですがね」メガラはそっけなく言った。「違います。これは私のものです」

＊

しばらく、一同はこの新事実を、そこからなんらかの栄養を吸収しようとするかのように、心の中で何度もひっくり返して、じっくり噛みしめていた。ヴォーン警視はわけがわからないという顔をしていた。「でも、結局」警視は言った。「そうだとしても——」

「ちょっと待て、ヴォーン」地方検事が素早く言った。「どうもここには眼に見える以上の何かがあるようだ。メガラさん、我々はそのパイプがてっきりブラッドさんのものだと思いこんでいました。ストーリングスの言葉にそういう印象を受けたからですが、いま考えてみれば、そんな勘違いをしてもおかしくはありません。なんといっても、それにはブラッドさんの指紋がついていて、事件の夜には、愛用のたばこを詰められて、吸った形跡が残っているんです。なのに、あなたはそれをご自分のものだと言われる。私にはどうにも腑《ふ》に落ちな――」

メガラは眼をすがめた。そしてつっけんどんに言った。「間違っていると言ったら間違っているんです、アイシャムさん。これは私のパイプだ。もしストーリングスがこれをトムのものだと言ったのなら、故意に嘘をついたか、去年、私がここにいたころに屋敷の中でこれを見たことがあったので勘違いしていたか、どちらかでしょう。一年ほど前に出航した時、私はこれをうっかり置き忘れてしまったんです」

「あなたが腑に落ちないと言ったのは」エラリーがアイシャム地方検事にそっと声をかけた。「どうして他人のパイプを吸ったのか、という点ですよね」

「そう、そうなんですよ」

「馬鹿な！」メガラは吐き捨てるように言った。「トムが私のパイプを吸うわけがない、他人のパイプなんて。自分のを山ほど持っているんですから。書斎の引き出しを開けてみれば一目瞭然だ。そもそも、他人のパイプを自分の口に入れる男がいますか。特にトムは異常なくらい潔癖《けつぺき》だったのに」無意識にだろう、メガラはネプチューンの頭を愛情こめて手の中で転がしていた。「ネプチューンがずっと懐かしかった……これは十五年も私と一緒にいるんです。トムは――私がこれをどんなに大事にしていたか知っていました」しばらく黙った。「トムがこのパイプを使うはずがないのは、ストーリングスの使っている入れ歯を自分の口に入れないのと同じくらい、たしかなことです」

誰も笑わなかった。エラリーが素早く言った。「おもしろい事態になりましたね、皆さん。最初の光明が射したと言っていい。このパイプがメガラさんのものだと確認できたことの意味がわかりませんか?」

「そりゃ決まってるでしょうが」ヴォーン警視は鼻を鳴らした。「そいつの意味なんか、ひとつっきゃない――クロサックがメガラさんに濡れぎぬを着せようとしたって意味でしょう」

「いやいやいや、なに言ってるんですか、警視」エラリーは愛想よく言った。「全然、そんな意味はありませんよ。ブラッドさんを殺したのはメガラさんだと警察に信じさせることができると、クロサックが本気で考えるわけがないでしょう。メガラさんが、いつものようにちょいと足をのばして、何千キロも彼方の海でのんびりお散歩しているのは、みんな知ってたことじゃないですか。それに――Tの文字のことだの、ヴァンの事件との関連性だの……署名を残していったようなものだ。無理ですよ」エラリーが振り返ると、ヨットマンは眉間に皺を寄せて、まだパイプをためつすがめつしていた。「どこにいたんですか――あなたのヨットも、あなたも、乗組員たちも――六月二十一日に」

メガラは船長を振り返った。「やっぱり予想どおりだったな、船長」そして、口ひげがきゅっと小さくあがった。「私たちはどこにいた?」

上気した顔のスウィフト船長は、青い制服のぱんぱんにふくらんだポケットのひとつから、一枚の紙を取り出した。「わしの航海日誌の抜き書きでさ」船長は言った。「こいつでわかるはずでさ」

一同は抜き書きをじっくりと検分した。それによれば、六月二十一日には、〈ヘリーン号〉はガトゥン閘門《こうもん》を抜け、西インド諸島に向かっていた。その抜き書きにはパナマ運河にはいって運河当局に通行料を支払ったことを証明する、いかにも役所が発行したような受領証が添付されている。

「乗組員は全員、乗船しとりました」スウィフト船長はしゃがれた声で言った。「わしの航海日誌は、いつでもお見せしましょう。あんときは太平洋を東に向かっていました。西にはオーストラリアまで行っとりました」

ヴォーン警視はうなずいた。「誰も船の皆さんのことは疑っちゃいませんよ。ただ、一応、航海日誌は見せてもらいましょう」

メガラは両脚を広げて立ち、身体を前にうしろに揺すっている。この男が船のブリッジに脚を広げて踏ん張り、大海原でゆっさゆっさと上下に揺られながら、うまくバランスをとっている姿が容易に想像できた。「誰も疑っていない、か。それはそうだろう! まあ、疑われていたとしても、私は別に痛くもかゆくもないが……今度の航海で、いちばん命の危険を感じたのは、スバ(フィジーの首都)の港の沖で股間が猛烈に痛みだした時でしたよ」

アイシャム地方検事は気まずそうにおろおろし、警視はさっとエラリーに向きなおった。

「ええと、クイーンさん、何か頭の中でひねりまわしてるんでしょう? 思いついたことがありますね。見ればわかりますよ」

「それがですね、警視、これだけはっきりした重大な証拠がある以上」エラリーは航海日誌の抜き書きと運河通行料の受領証を指さした。「クロサックが、メガラさんが自分の共同経営者を殺した犯人だと警察に思わせようとしたなんて、信じるのは無理ですよ」そして、たばこをひと口吸ってから続けた。「そのパイプですが……」メガラの手の中の風変わりなブライアーに向かって、灰をはじき飛ばしながら言った。「クロサックは、メガラさんが殺人事件のあった時は非の打ちどころのないアリバイがあることを知っていたに違いない。ということは、そちらの方向であれこれ推理するのは、すっぱりやめてかまいません。しかし、これがメガラさんのパイプであるという事実と、ブラッドさんはこのパイプを絶対に使うはずがないという事実から、ここにひとつ、筋のとおった仮説を立てることができます」

「賢いな、きみは」ヤードリー教授が誉めた。「それが本当ならな。どうやってだね」

「ブラッドさんは、共同経営者の持ち物であるこのネプチューンの頭のパイプを絶対に吸うはずがなかった。にもかかわらず、吸われている——一見したところ、被害者本人の手によって使用されたように見えます。さて、もしブラッドさんがそのパイプを使うはずがないのに、明らかに彼が使った跡が残っているのであれば、それはいったいどういうことでしょうか？」

「実に賢いな、きみは」教授はつぶやいた。「パイプはブラッドさんが吸ったように見せかけられたということだ。死体の指紋をパイプの柄につけるのなんて、子供にでもできる」

「まさにそのとおりですよ！」エラリーは叫んだ。「そして、パイプが吸われたように細工するのは簡単ですからね。殺人者本人がたばこを詰めて、火をつけ、一服ふかしたんでしょう。ベルティヨン式人間識別法（身体的特徴をもとに個人を識別する方法）が、個々人が身体に飼っているバクテリアの違いを取り入れていないのが残念だ。そう思いませんか！……さて、このパイプをブラッドさんが吸ったように見せかけようと思った人間は誰でしょう。もちろん犯人しかいません。理由は？　ブラッドさんがふらりと――室内用上着を着たまま――あずまやに行って、パイプをふかしているところを襲われて、そこで殺されたという印象を強調するためです」

「なるほど、もっともらしいですな」アイシャム地方検事はうなずいた。「でも、どうしてクロサックはメガラさんのパイプを使ったんです。なぜ、ブラッドさん本人のパイプを持っていかなかったんだろう」

　エラリーは肩をすくめた。「難しく考えなくたって、答えはごく単純ですよ。クロサックはそのパイプを手に入れました――どこででしょうか。書斎の丸い読書テーブルの引き出しからです。あってますか、メガラさん？」

「たぶん」メガラは答えた。「トムは自分のパイプは全部そこに保管していました。私が出航したあとに、このパイプを見つけたトムは、私が帰るまで、その引き出しに一緒にしまっておいたに違いありません」

「ありがとうございます。さて、引き出しを開けたクロサックは、パイプがずらりと並んでいるのを見つけます。当然、これは全部ブラッドさんの持ち物だと考えるでしょう。クロサックは、ブラッドさんがあずまやでくつろいでいたと見せかける小道具として、パイプをひとつ残してておきたかった。そこで、いちばん見かけが独特なパイプを選ぶことにします。もっとも見かけが独特ならば、すぐに持ち主が特定されるはずだ、というすてきな理論にもとづいた行動ですよ。ゆえに《エルゴ》──ネプチューンを選んだ、というわけです。しかし、我々にとって幸運だったのは、ネプチューンがブラッドさんのものではなく、メガラさんのものだったことでした」

「さて」エラリーは鋭い声で続けた。「ここで、おもしろい推論に行き当たります。我らがクロサック氏はさんざん手間ひまかけて、ブラッドさんが襲われて殺されたのが、あずまやの中であると見せかける細工をしました。そうですね？　なぜなら、もしパイプそのものや、たばこを吸った形跡が残っていなければ、我々はなぜブラッドさんがあずまやにいたのだろう、しかもだぶだぶのくつろいだ部屋着のままでこんな場所に来るなんて、と疑問に思うでしょう。当然、我々は、ブラッドさんはここまで引きずってこられたのかもしれない、と考えるはずです。しかし、ある男がある場所でたばこを吸っていたとわかっていたなら、すくなくとも、その人物はある程度、自由意思でその場所に来たと思って当然ですよね……。ところが我々はいま、ブラッドさんはそこでたばこを吸っていなかったと知り、犯人が我々にそう思わせようとしたことも知りました。ここから導き出される唯一のまともな推論は、あずまやは殺害現場ではなかった、そして犯人は、どうしてもここが殺害現場であると警察に信じさせたかった、ということです」

　メガラは、じっと考えこみ、皮肉っぽい光をたたえた眼で、エラリーを見つめている。ほかの者たちは沈黙を守っていた。

エラリーはたばこを戸口から外にはじき飛ばした。「ということは、次のステップは明らかです。ここが犯行現場でないということは、別の場所が犯行現場だ。我々はその場所を特定し、調査する必要がある。特定は難しくないと思いますよ。もちろん、書斎でしょう。生きている姿が最後に目撃されたのは書斎で、その時、ブラッドさんはひとりでチェッカーをしていました。おそらく誰かを待っていたはずだ。なぜなら、念には念を入れて、家の中の者をひとり残らず追い出し、誰にも見られたり、邪魔されたりしないようにしていたからです」

「ちょっといいですか」メガラは険しい口調で言った。「実におもしろいお話で、興味深く聞かせていただきましたよ、クイーンさん。ただ、全部、見当違いですね」

エラリーの顔から笑みが消えた。「ええ？　どういうことです。いまの分析のどこに間違いが？」

「このパイプが私のものではないとクロサックが知らなかった、という仮定が間違っています」

エラリーは鼻眼鏡《パンスネ》をはずすと、ハンカチでレンズを拭き始めた――動揺したり、満足したり、興奮したりすると、必ず出る癖だ。「それが本当だとすると、実に驚くべきお言葉ですね、メガラさん。クロサックはどうやって、そのパイプがあなたのものだと知ることができたんです？」

「パイプがケースにはいっていたからですよ。引き出しの中にケースはありましたか」

「いいえ」エラリーの眼がきらめいた。「まさか、ケースにあなたのイニシャルがはいっていたなんて言わないでくださいよ！」

「イニシャルどころか」メガラはぴしりと言った。「金文字でフルネームがモロッコ革の蓋に押してありましたよ。私が最後に見た時、パイプはケースにはいっていました。当然、ケースも独特の形をしていますから、ほかのパイプをかわりに入れて使うことはできません。これとそっくり同じ形のパイプでもないかぎりは」

「すてきだ！」エラリーは顔じゅうでにこにこした。「いままで言ってきたことはすべて撤回《てっかい》します。あなたはぼくらに新しい命をくれましたよ、メガラさん。おかげでこの問題はこれまでとまったく違った様相を呈《てい》することになりました。さらに調べるべきことを、ぼくらに示してくれた……クロサックはそれがあなたのパイプだと知っていたんですね。にもかかわらず、あえてそれを選んで、あずまやに残した。ケースがなくなっているということは、クロサックが持ち去ったに違いない。では、なぜ持ち去ったのでしょうか。なぜならケースを残しておいて発見されてしまうと、スティーヴン・メガラの名入りのケースが、ブラッドさんのものと考えられていたパイプと形がそっくりなので、すぐに、そのパイプはブラッドさんのものではないとばれてしまうからです。クロサックはケースを持ち去ることで一時的にパイプはブラッドさんのものだと我々に信じさせたのですよ。どうです、この推理はお気に召しましたか」

「なぜ、一時的になんです」ヴォーン警視が訊いた。

「なぜなら」エラリーは勝ち誇ったように答えた。「こうしてメガラさんが、戻ってきて、パイプの持ち主を特定して、ケースが紛失しているのを教えてくれたからですよ！　クロサックは、メガラさんが遅かれ早かれそうするに違いないことは、百も承知だったはずだ。つまり、ここから導き出される結論は――メガラさんが戻ってくるまでの間、クロサックは我々に、このパイプがブラッドさんのものだと信じさせることで、犯行現場はあずまやであると誤認させておきたかったということです。もちろん、本当の持ち主はいずれ必ずばれるわけですが、そうなったあかつきには、我々に本物の犯行現場を探させようとも考えていたのですよ。いま、ぼくがなぜ、探させようという言い方をしたかわかりますか？　クロサックがもしも、探されるのを避けたいと思っていたのなら、あずまやを犯行現場と誤認させるのに全然、別の方法をとりさえすれば、簡単に避けることができたからです。つまり、ブラッドさん自身のパイプを選べばよかったんですよ！」

「要するに、きみは」教授はゆっくりと言った。「犯人は故意に、我々を本当の犯行現場に戻らせようとしていると言いたいわけか。私には理由がさっぱりわからんな」

「私も、それはちょっとどうかと思いますが」アイシャム地方検事は頭を振った。

「どうしようもなく明らかなことじゃないですか」エラリーはにやりとした。「わかりませんか――クロサックはぼくらにいま犯行現場を見てもらいたいんですよ――一週間前ではなく、いま」

「しかし、なぜです？」メガラはいらだったように訊いた。「全然、意味がない」

　エラリーは肩をすくめた。「いまこの場ですぐには説明できませんが、それでもかなり重大な意味があるに違いないと確信していますよ、メガラさん。クロサックはいま、我々に何かを見つけさせたいんだ――あなたがこのブラッドウッド荘にいる時に――あなたが太平洋のどこかにいる時には見つけさせたくなかった、何かを」

「馬鹿馬鹿しい」ヴォーン警視は顔をしかめた。

「なんだか知りませんが」アイシャム地方検事は言った。「信じられませんね」

「どうでしょう」エラリーは言った。「クロサック氏の思惑にのってみたら。我々に見つけさせたいというなら、見つけてやろうじゃありませんか。それじゃ、書斎に行きましょう」

14　白鍵《はっけん》

ブラッドの無残にばらされた死体が発見された朝以来、書斎は封印されたままだった。その部屋に、アイシャム地方検事、ヴォーン警視、メガラ、ヤードリー教授、エラリーは、ぞろぞろとはいっていった。スウィフト船長は船着き場にのっしのっしと身体を揺すりながら戻っていき、ブラッド母娘とリンカンは自分たちの部屋に引き揚げた。テンプル医師はとっくのむかしに姿を消していた。

部屋が捜査されている間、メガラは片すみで立っていた——今回は単なる形式どおりの捜査ではなく、塵《ちり》ひとつ見逃すまいとばかりに、すみからすみまでほじくっての調査である。アイシャム地方検事はライティングデスクの上を、くしゃくしゃの紙の死体が散乱する大虐殺の現場に変えてしまった。ヴォーン警視は家具をひとつひとつ丹念に調べることを引き受けた。ヤードリー教授はみずから志願し、グランドピアノがある、壁を大きくうがって造った丸っこい小部屋に行くと、楽譜の棚を愉しそうに荒らしていた。

ほとんどすぐに発見があった――これがヴェリヤ・クロサックの意図したものかどうかはいまのところわからないのだが、すくなくとも、発見がひとつあったのはたしかだった。実に重大な発見で――見つけたのは、警視のそばをうろうろしていたエラリーである。まったく偶然に、あるいは、とことんやってやろうと意気ごんだのか、エラリーは長椅子の端をつかんで、本がぎっしり詰めこまれている壁から離し、壁際のむき出しの床にのっていたうしろ脚が中国風の絨毯の上にのってしまうくらい前にひっぱり出した。そのとたん、エラリーは大きく叫び声をあげて、がばっと這いつくばらんばかりにかがみこみ、絨毯のさっきまで長椅子で隠れていた部分に現れた、あるものを調べだした。アイシャム地方検事もヴォーン警視もヤードリー教授も、急いでエラリーのそばに行った。メガラは首を伸ばしただけで、その場を動かなかった。

「何があったんです?」

「なんてこった」警視は小さく声をもらした。「こんなところに。染みが!」

「血の染みだと思いますね」エラリーが、そっと言った。「経験という名の教師が、ここにおいでの我が敬愛する師のような、教えべたでないかぎりは」

それは乾いた黒ずんだ染みで、絨毯の金色の上に封蠟《ふうろう》を垂らしてしまったように、べったりと、ひどく目立っていた。その近くに――十センチと離れていないところに――まるで長い間、椅子かテーブルの脚が決まった位置にのりっぱなしだったように、絨毯の生地が小さな四角にへこんでいる。長椅子の脚は底が円形なので、これの跡ではありえない。

エラリーは膝をついて、見回した。その視線はしばらくさまよっていたが、やがて、反対側の壁際に立つライティングデスクに止まった。

「ということは、ほかのがあるはず――」言いながら、長椅子を部屋の中央に向かって押していった。そしてすぐにうなずいた。ひとつ目のへこみから一メートルほど離れたところに、絨毯のけばが、ぺちゃんこに潰《つぶ》れた対になるへこみがある。

「でも、この染みは」アイシャム地方検事は眉をしかめた。「どうして長椅子の下なんかについたんだろう。最初に事情聴取した時、ストーリングスはこの部屋で動かされたものはひとつもないと言ったのに」

「それは別に説明するまでもないでしょう」エラリーは立ち上がりながら、あっさり言った。「実際、何も動かされていないんですから――絨毯以外は。ストーリングスにそこまで気づけと言うのはかわいそうですよ」

エラリーは眼を輝かせて書斎を見回していた。ライティングデスクに目をつけたのは正しかった。室内にあってこれが唯一、長椅子の下で見つかったふたつのへこみと、まったく同じ形と大きさの跡をつけられる脚を持っていた。エラリーは部屋を突っ切り、ライティングデスクの、底が正方形の脚を一本、持ち上げてみた。真下の絨毯には、さっき部屋の反対側の壁際で見つけたふたつのへこみとそっくりな跡がついていた。ただし、それほど深く、くっきりした跡ではなかったが。

「ちょっとした、おもしろい実験をしてみませんか」エラリーは立ち上がった。「この絨毯をぐるっとまわしてみましょう」

「ぐるっとまわす?」アイシャム地方検事は首をかしげた。「なんのために?」

「絨毯を先週の火曜の夜の状態に戻したいんですよ、クロサックが動かす前の位置に」

ヴォーン警視の顔にぱあっと光が射した。「なるほど」警視は叫んだ。「やっとわかったぞ。奴め、我々に血痕を見つけられたくなかったものの、こいつをきれいに始末することができなかったんだな!」

「いや、警視、それではまだ半分しかわかっていると言えない」ヤードリー教授はにべもなく言った。「クイーン君の考えていることが私の想像どおりならね」

「やはりおわかりですか、さすが教授だ」エラリーは落ち着き払って言った。「とりあえず、このテーブルを絨毯の上からどかしましょう。あとは簡単だ」スティーヴン・メガラはまだ部屋のすみに立って、皆の話を黙って聞いているだけで、一切手伝うつもりはないらしく、まったく動こうとしなかった。ヴォーン警視は難なく丸テーブルを持ち上げると、玄関ホールに運んでいった。ほどなく、男たちは絨毯の四すみをさまざまな家具の下からひっぱり出すと、受け持ちのすみを持ち上げて、ぐるりと回転させ、さっきまで長椅子の下に隠されていた部分を、ブラッドが殺された夜にそれがあった位置に――部屋の反対の壁際にくるように戻した。ふたつのくぼみには、ライティングデスクの二本の前脚が寸分たがわず、ぴたっとはまった。そして、あの乾いた血の染みは……

アイシャム地方検事が眼をまるくした。「チェッカー用の椅子のうしろだ！」

「ふうむ。犯行時の情景が、いよいよはっきりしてきたじゃありませんか」エラリーはゆっくりと言った。血痕は、ライティングデスクの隣のチェッカーテーブルに近い、折りたたんで壁に収納できる椅子の五十センチほどうしろにあった。

「背後から殴られたんだな」ヤードリー教授はつぶやいた。「くだらんチェッカーなんぞ、いじくって遊んどる時に。あんなものに夢中になっていたら、いずれろくなことにならんとわかっていただろうに」

「メガラさん、あなたはどうお考えです？」エラリーはいきなり、無言のヨットマンを振り返った。

メガラは肩をすくめた。「考えるのはあなたがたの仕事でしょう」

「思うんですが」エラリーはどっしりとした低い安楽椅子に腰をおろして、たばこに火をつけながら言った。「いま、ぱぱっと分析して時間を節約したい。かまいませんか、警視？」

「私にはまだわからんのですが」ヴォーン警視はこぼした。「なんでまた、奴は絨毯をまわしたりしたんだろう。誰をだますつもりだったんですかね。あなたが指摘したとおり、奴がメガラさんのパイプを使って、わざとこの部屋に導く手がかりを残していなければ、私らはこの血痕を見つけられなかったはずなんだから」

「お静かに願います、警視。ちょっと落ち着いて考えさせてください。……いま、明らかになったのは――この点に関して異論はないでしょうが――クロサックはこの部屋が犯行現場であることを永久に隠しておくつもりがまったくなかったということです。この事実をずっと隠し続けておく気がなかったばかりでなく、さらに、腹がたつほど頭のいいやりかたで我々をこの部屋に、しかも奴が望んだタイミングで戻ってこさせた。注意深く捜索されれば血痕が見つかることを承知のうえでです。もし、この事実を永久に隠しておきたければ、最初から、この書斎につながる手がかりになるようなパイプを残していかないでしょうし、血痕をそのままにしてはおかなかったはずだ。ほら、あれを見てください」エラリーはライティングデスクの開けたままの蓋の上を指さした。「すぐ手近に、血痕のほとんど真上に、インクの瓶がふたつもある。クロサックが絨毯をもとの位置のままにしておき、わざと片方の瓶をひっくり返したらどうです？　警察は瓶とインクを発見して、見たままのうわべの真実を、実際にあったこととして考えるでしょう――インクの瓶が、ブラッドか誰かほかの人物によってひっくり返されたのだと――インクの染みの下に血痕があるなんて、想像もしないに違いありません。……この完全無欠でシンプルな方法をとるかわりに、絨毯を回転させるという大仕事を選ぶことでクロサックは、我々に初動捜査で血痕を見落とさせ、のちに、メガラさんがパイプを自分のものだと確認したあとで、我々が二度目の捜査をして血痕を見つけるように仕向けた。肝心な点は、このややこしい細工をすることでクロサックが得られたものは――時間だけ、ということです」

「たいへん結構だ」教授はいらだった口調で言った。「しかし、なぜ我々に見つけさせたかったのか、その理由を教えてもらえるなら、はらわたを抜かれて四つ裂きにされるのも辞さないがね」

「ねえ、教授」エラリーは言った。「そう先まわりしないでください。いま、授業をしているのはぼくなんですから。教授は古代史の大家ですが、ぼくの得意は論理学です。自分の専門の領域では、相手が誰だろうと一歩も引くつもりはありませんよ。ははっ！　では、先を続けましょう」

エラリーは真顔になった。「クロサックが望んだのは、犯行現場を永久に隠しておくことではなく、発見を遅らせることだった。なぜでしょうか。可能性は三つあります。しっかりついてきてくださいよ——特にメガラさん。いまこそ、あなたに助けていただけると、期待していますからね」

メガラはうなずいて、壁際のもとの位置に戻された長椅子にどっかと腰をおろした。

「可能性その一ですが、この部屋にはクロサックにとって危険な何かがあるのに、なんらかの理由で、殺人当夜は持ち去ることができなかったので、あとで取りにくるつもりだった……可能性その二は、クロサックは何かをこの部屋に持ちこむ、もしくは、もともとこの部屋にあった物を戻したいと思っていたのに、殺人当夜はそのどちらも不可能だった——」

「ちょっと待ってください」地方検事はさっきから眉をぎゅっと寄せていた。「どちらの可能性も妥当に思えますね。あずまやを事件現場と誤認させれば、書斎から人の目をそらせるから、犯人はおそらく好きな時に書斎に出入りできただろう」

「それは矛盾しています。アイシャムさん、間違いですよ」エラリーはゆっくりと言った。

「だってクロサックは予想していたはずなんです、たとえ最初の捜査で血痕が見逃されて——計画どおりに——あずまやが犯行現場であると捜査陣に信じさせることができたとしても……繰り返しますが、クロサックは予想していたはずなんですよ、屋敷には見張りがつけられることも、警察によるこのお決まりの警戒措置のせいで、あとで現場に何かを持ちこんだり持ち出したりするなんて、無理な相談だということも。しかし、このふたつの可能性には、もっと重大な異議があるんです、皆さん。

仮にクロサックが、書斎に戻りたくて、そのためにあずまやを犯行現場に見せかけたとしましょう。なら、永久にそう見せかけたままにしておく方が、都合がいいはずだ。そうすれば、書斎に近づくチャンスが来るのをいつまでも待つことができます。しかし、クロサックはそうしなかった——それどころか、わざわざこの部屋に我々の注意を引き戻す手がかりを残しています。いまのぼくの仮説が正しければ、クロサックが絶対にやるはずのない行為です。ゆえに第一と第二の可能性はどちらも正解にあたらない、と、ぼくは言っているわけですよ」

「ちんぷんかんぷんですわ」ヴォーン警視はげんなりしたように言った。「私には何がなんだかさっぱり」

「黙って、行儀よくしていたまえ」アイシャム地方検事がぴしりと言った。「これは警察流の荒っぽいやりかたじゃないんだ、ヴォーン。たしかに、犯罪を解決する方法としては奇抜なやりかただと私も認めるが、確実に思える。続けてください、クイーンさん。我々一同、謹聴しております」

「警視、いまのは公然と譴責《けんせき》を食らったようなものですよ」エラリーは厳しく言った。「では、第三の可能性です。この書斎の中には、いま現在、何かが新しく存在し、その何かは殺人当夜にも存在したもので、その何かは――〝何か〟の大安売りですが――犯人にとって危険なものではなく、その何かは犯人がのちに持ち去るつもりはなく、その何かは警察に発見してほしいものでありながら、その何かはメガラさんが戻るまでは警察に発見されたくないものである」

「ひゅう」ヴォーン警視はお手上げのポーズをした。「私はここから逃げたいんですがね」

「警視のことはほっといてかまいませんよ、クイーンさん」アイシャム地方検事は言った。

メガラは眼をすがめて、じっとエラリーを凝視している。「続けてください、クイーンさん」

「ところで、我々はたいへん親切な人間でありますから」エラリーは続けた。「クロサックが、そう、メガラさん、あなたがいらっしゃる時にかぎって我々に見つけさせようと計画した何かを、ぜひとも見つけてあげなければならないと思うのですよ……ご存じのとおり」エラリーは考え考え付け加えた。「ぼくの経験によれば必ず――そして警視、これはあなたも賛成してくださると思いますが――犯人というものは、事件に余計な手を加えれば加えるほど、ミスを犯すものです。ちょっと、我らがストーリングスを呼んでみましょうか」

戸口の刑事が「ストーリングス！」と怒鳴ると、執事は威厳を崩さぬ程度に大急ぎで現れた。

「ストーリングス」エラリーはずばりと言った。「きみはこの部屋をよく知っているね？」

ストーリングスは空咳《からぜき》をした。「僭越《せんえつ》ながら、ブラッド様ご本人と同じくらい存じております」

「それは実にありがたいな。ちょっとこの部屋の中を見てくれないか」ストーリングスは言われたとおりに見回した。「すべて異常はないかい。何か新しいものはあるか？　ここにあるはずのないものがあったりしないか？」

ストーリングスはちらりと微笑を浮かべると、威厳ある足取りで書斎の中を歩きまわり始めた。すみずみを調べ、引き出しを開け、ライティングデスクの中を覗き……十分もかけていたが、部屋を一周して調べ終わると、執事は言った。「このお部屋は私が最後に見た時とまったく同じでございます——つまり、ブラッド様がお亡くなりになる前と同じ、という意味ですが……ただ、テーブルがなくなっていることだけが違っております」それ以上は訊いても無駄だと誰もが思った。

しかし、エラリーはねばった。「いじくられたり、持ち出されたりした物は、ほかに何もないのか」

執事は力をこめてうなずいた。「ございません。唯一、違っているのは、あの染みだけでございます」絨毯を指さして言った。「あれは、火曜の晩に私が外出した時にはございませんでした。それからチェッカーテーブルが……」

「チェッカーテーブルがなんだって？」エラリーは鋭く訊いた。

ストーリングスは品よく肩をすくめた。「駒でございます。もちろん位置が違っております。ブラッド様は当然、私が出ていったあとも、チェッカーを続けておいでだったでしょうから」

「ああ」エラリーはほっと息をもらした。「すばらしいよ、ストーリングス。きみにはシャーロック・ホームズの素質が備わっているね、カメラなみの眼の持ち主だ……もう、結構だよ、ありがとう」

ストーリングスは、スティーヴン・メガラが壁をぼんやり見ながら、西インド産の両切り葉巻をすぱすぱやっているのに、ちらりと非難がましい眼を投げつけて、出ていった。

「では」エラリーはきびきびと言った。「散開！」

「しかし、いったい何を探せばいいんですかね？」ヴォーン警視がぶつくさ言った。

「やだなあ、なに言ってるんですか、警視。ぼくが知ってたら探す必要ありませんよ！」

次に続く光景は、スティーヴン・メガラ以外の人間の眼には、ひたすら滑稽《こっけい》に映っただろう。メガラはどうやら、笑うという能力を持ちあわせていないようだった。大の男が四人、部屋の中をよつんばいで這いまわり、壁の上から下までしっくいや板を叩いたりなでたりし、長椅子のクッションの中身をひとつ残らず調べたり、椅子や長椅子やライティングデスクやチェッカーテーブルの脚や腕を手当たりしだいにねじってみたり……まさに『不思議の国のアリス』さながらのシュールな図であった。十五分間、実のない捜索をして、よれよれになり、暑さでぐったりしたエラリーは、仏頂面《ぶっちょうづら》で立ち上がり、メガラの隣に腰をおろしたかと思うと、そのまま考えこんだ。その表情を見るかぎり、いま見ているのは白昼夢というより、悪夢に近いようだった。教授はまったくへこたれることなく、作業をぐんぐん続けていた。不格好な長身を折り曲げて絨毯の上を這いまわることを、たいへんに愉しんでいた。やがて、教授は折り曲げていた背を伸ばすと、古めかしいシャンデリアを見上げた。

「あれは隠し場所としてはなかなか意表をついているじゃないか」そうつぶやくと、ただちに椅子の上に立って、シャンデリアのクリスタル飾りをちりんちりん鳴らし始めた。しかし配線に不備があったのか、電線がむき出しになった箇所があったのか、突然、教授は叫び声をあげ、ものすごい音とともに床に落ちた。ヴォーン警視はぶつくさ言いながら、一枚一枚、紙を光に透かしていた。どうやら警視は、隠しインクで何かが書かれている、という仮説のもとに、調べているようだった。アイシャム地方検事はカーテンをかたっぱしからばさばさと振っていた。すでにブラインドは全部おろし、ランプの笠の中身も調べ終わっていた。何もかもが滑稽で、現実離れしていて、まるっきり無駄な仕事だった。

全員が、何度となくちらちらと、壁に作りつけの書棚をぎっしり埋める書物に、もしやという視線を向けるのだが、誰ひとりとして、調べようと動きだす者はいなかった。あの無数の本をひとつひとつ調べる膨大《ぼうだい》な作業を想像しただけで、皆、手をつける勇気がくじけてしまうらしかった。

唐突に、エラリーがぐっと背をそらし、のろのろと言いだした。「ぼくらときたら、どうしようもない馬鹿ぞろいもいいところだ！　自分のしっぽを追いかけまわす子犬と同じだ……クロサックはぼくらに、ここへ戻って何かを探させたかった。ということは、ぼくらに見つけてほしいと思っていたわけだ。それなら、フーディーニなみの魔術の才能とブラッドハウンドの嗅覚の両方を使わなければ見つからないような場所を選ぶはずがない。むしろ、うわっつらの捜査では見つからないくらいにはわかりづらくて、徹底した捜査をしても見つからないほどわかりにくくはない、という場所を選んだはずだ。ですからね、教授、次にまたシャンデリアを探そうなんて気を起こしたら、たぶんクロサックは、家具の脚やランプの中に隠し場所があるのを知っているほど、この部屋のことは知らなかっただろうってことを思い出してくださいよ……そう、実に頭のいい隠し場所とはいえ、簡単に手の届く場所のはずなんです」

「お説ごもっともですがね」ヴォーン警視はつっかかるように言った。「だから、どこなんです?」警視は疲れきって、ぽたぽたと汗を垂らしていた。「メガラさん、この部屋に何か隠せる場所があるのをご存じですか」

メガラがかぶりを振ると、ヤードリー教授はブラシのような顎《あご》ひげを、エジプトのファラオがつけていた付けひげのように、ぐっと突き出した。

エラリーは言った。「思い出しましたよ、これとそっくりな捜査を、うちのおやじとクローニン地方検事補とぼくの三人でちょっと前にやったのを。悪徳弁護士のモンティ・フィールドが――覚えてませんか?――ローマ劇場で〈ピストル騒動〉の上演中に毒を盛られた事件*で。あの時、ぼくらが探し物を見つけた場所は――」

教授の眼がきらめいた。かと思うと、書斎のすみの、グランドピアノがつっこまれている、丸っこい小部屋に大急ぎで向かった。アイシャム地方検事がほんの数分前にその小部屋の中は調べていた。しかしヤードリー教授は、グランドピアノの胴や、ピアノ用の椅子や、楽譜棚には目もくれなかった。いきなり椅子に坐ると、エラリーが大学時代に講義を受けていた時におなじみだったあのもったいぶった仕種で、鍵盤のいちばん低音のキーから高音のキーに向かって、ゆっくりとひとつひとつ、押し下げていった。

「実に鋭い分析だったよ、クイーン君」ぽっつんぽっつんと一音ずつ鳴らしていきながら、教授は言った。「おかげで閃《ひらめ》いた……仮に、私がクロサックだとしよう。さて、私はある物を隠したい――小さな、仮に、平たい品物だとしようか。時間はかぎられていて、私はこの場所のことをよく知らない。さて、どうする？　どこに――」一瞬、教授は黙った。叩いたキーの音の調子がおかしかったのだ。何度か叩いて、単に、音程が狂っているだけらしいとわかると、教授はまた、高音に向かってキーを押していく作業を再開した。「クロサックは、自分がよしとする時まで発見されない場所を――偶然にでも絶対に発見されることのない場所を見つけたかった。そこで、あたりを見回すと――ピアノがあった。さて、よく聞きたまえ。ブラッドは亡くなった。ここはブラッドの私室だ。故人の書斎でピアノを弾く者はよもやおるまい――とりあえず、当分の間は。と、クロサックは考える。そこで……」

「これぞ最高級の頭脳の勝利だ、さすがです、教授！」エラリーは叫んだ。「ぼくじゃ、そこまで思いつけなかった！」

エラリーの敬意に満ちた前触れの言葉の終わるのが、コンサートの始まる合図だったかのように、いきなり教授はそれを発見した。等間隔に、ぽっつんぽっつんと鳴っていた音階が急に鳴らなくなった。押しても下がらないキーに当たったのだ。

＊　クイーン氏がここで触れているのは、のちに『ローマ帽子の謎』（フレデリック・A・ストークス社、一九二九）という形で発表された事件のことである。――編者

「見つけたぞ《ユリーカ》」ヤードリー教授は信じられないという表情を醜い顔に浮かべて、そう言った。まるで、手品を教えられて、初めてやってみたら成功したことにびっくりした人のようだ。

一同はあっという間に教授のまわりに殺到し、メガラまでも興味津々で寄ってきた。教授がどんなにがんばっても、そのキーは一センチ以上、下がらなかった。すると急に、それは完全にひっかかって、今度はあがってこなくなってしまった。

エラリーが鋭く言った。「ちょっと待って」そして、ポケットから、父親にからかわれるのもかまわず、いつも持ち歩いている小さな道具箱を取り出した。その中から、長めの針を選び取ると、動こうとしないキーと、その左右のキーとの間の隙間《すきま》を探り始めた。いくらもたたないうちに、二本の白鍵《はっけん》の間から、小さく折りたたんだ紙のかたまりの端が現れた。

皆、ほっと息をもらして、背を伸ばした。エラリーはうんと気をつけて、紙のかたまりをそっとかき出した。一同は無言でエラリーを取り囲んだまま、書斎の中心に戻っていった。紙のかたまりは、平べったく、ぎゅっと押しつぶされている。エラリーは慎重にそれをほぐすと、テーブルの上に広げた。

メガラの表情は、何を考えているのかまったく読み取れず、謎めいていた。ほかに誰ひとりとして、エラリー自身も含めて、この紙の上に力強くなぐり書きされた驚くべきメッセージを予見できた者はいなかった。

私が殺されたあかつきには——私には命を狙われる理由がある——ただちにウェストヴァージニア州のアロヨ村で去年のクリスマスに起きた、学校長のアンドルー・ヴァンが首を切られてはりつけにされた殺人事件を、捜査していただきたい。

さらに、スティーヴン・メガラに、どこにいようともブラッドウッド荘に大至急で戻るよう知らせてほしい。

そしてメガラに、アンドルー・ヴァンの死を信じるなと伝えていただきたい。アンドルー・ヴァンの居どころは、スティーヴン・メガラだけが知っている。

もし罪なき者の命を尊んでくれるなら、このことは絶対に秘密にしてくださるよう、お願いする。メガラの指示があるまで、絶対になんの動きもしないでほしい。ヴァンもメガラと同様に、できるかぎりの保護が必要となる。

たいへん重要なので、いま一度、繰り返し警告させていただく。何よりもまず、メガラの指示を仰いでほしい。相手は、目的のためならどんなことでもやりかねない偏執狂だ。

この短い手紙の署名は——ライティングデスクで見つけた筆跡サンプルと比較することですぐに、間違いなく本物であると確認されたそれは——〝トマス・ブラッド〟とあった。

15 ラザロ

スティーヴン・メガラの顔は、爆発寸前の表情のすばらしい見本だった。この精力的で冷静沈着な男の変貌ぶりはすさまじかった。未知のものが押し寄せる圧力に、ついにその顔からは意志の仮面がはぎとられてしまった。氷のような不安に、眼は落ち着かない光でぎらぎらしている。メガラは素早く部屋を見回し――まるでヴェリヤ・クロサックの幻影が自分に向かって飛びかかってくるかのように窓の外に視線を飛ばし、刑事がぼんやりともたれかかっている戸口を振り返った。そしてずんぐりした自動拳銃《オートマチック》を尻ポケットから抜くと、素早い指の動きで、銃の動作を確認した。やがて、ぶるっと身を震わせると、大股で戸口に近づき、見張りの刑事の鼻先でドアをばたんと閉めた。そして窓辺に寄ると、険しい眼で外を見た。しばらくそこに立ちつくしていたが、不意に、短く笑い声をもらし、銃を上着のポケットにすべりこませた。

アイシャム地方検事が唸るように言った。「メガラさん」

さっと振り向いたヨットマンの顔はこわばっていた。「トムは弱虫だった」メガラはぶっきらぼうに言った。「私はやられんぞ――あんなふうには」

「ヴァンはどこにいるんです。生きてるというのはどういうことです。その手紙はどういう意味ですか。なぜ――」

「ちょっと待ってください」エラリーがのっそりと言った。「そう次から次へと立て続けに急《せ》かさないで、アイシャムさん。次のご馳走が配られる前に、よく嚙んできちんと飲みこんでおかなければならないものが、まだ目の前にたっぷりあるんですよ……ブラッドさんがこの手紙を、見つかりやすい場所に残しておいたのは明らかですね――たとえばライティングデスクとか、そこの丸テーブルの引き出しとかに――自分が殺されたらすぐ、その手紙を発見してもらえる場所に。しかし、ブラッドさんはクロサックが徹底した性格であることを見抜いていなかった。ぼくはねえ、こうしてひとつひとつ捜査の段階が進むごとに、クロサックの徹底した仕事ぶりにますます感心してしまいますよ。

ブラッドさんを殺したあと、クロサックはこの部屋の中を調べるのを忘れませんでした。おそらく、こんな書置きや警告が残されていると予感したのでしょう。ともかく、クロサックは手紙を見つけたものの、それが自分にとって別に危険でもなんでもないと知り――」

「なんでそうなるんです」ヴォーン警視が訊いた。「どんな殺人犯も、絶対にやらないことだと思いますがね――殺した相手の手紙を発見されるように残しておくなんて！」

「たいした推理力は必要としませんよ、警視」エラリーはあっさりと答えた。「この驚くべき頭脳の持ち主が、一見、馬鹿げた行為をした理由を理解するのには。もし、クロサックがこの手紙を、自分の身を危険にさらすものだとみなせば、当然、破棄《はき》してしまったでしょう。そこまでやらないにしても、最低でも持ち去ったはずだ。しかし、クロサックは破棄しなかったばかりか、実際には――あなたが指摘したとおり、そうするだけのもっともな理由があるにもかかわらず——被害者の最後の希望を聞き入れて、犯行現場にそれを残しておいたのです」

「なぜです」アイシャム地方検事が訊ねた。

「なぜでしょうか」エラリーの細い小鼻がひくひくと動いた。「なぜなら、クロサックはその手紙が警察に発見されれば、自分の身の安全がおかされるどころか、むしろ、自分にとって都合がいいと考えたからですよ！　さて、ここで我々は、この問題のかなめの部分に触れることになります。あの手紙にはなんと書いてありましたか？」いきなりメガラの両肩にぐいっと力がはいるのが見え、その精力的な顔には悪鬼も裸足で逃げ出すすさまじい決意がみなぎった。

「その手紙には、アンドルー・ヴァンはまだ生きているということに加えて、スティーヴン・メガラだけがヴァンの居どころを知っている、と書かれているんです！」

ヤードリー教授は眼を丸くした。「悪魔のような狡猾《こうかつ》さだ。そうか、奴はヴァンの居どころを知らないんだな！」

「まさにそのとおりですよ。いま、明らかになりましたが、クロサックはアロヨで間違った男を殺してしまったのです。クロサックは自分がアンドルー・ヴァンを殺したと思いこんでいました。殺人リストにある次の名はトマス・ブラッドで、クロサックはブラッドさんを探し出して殺しましたが、その時、現場でこの手紙を見つけたのです。手紙には、ヴァンがまだ生きていると書かれていました。六カ月前にヴァンの命を狙う動機があったとすれば、いまだにその動機を——そして、そうしたいという情熱も持ちあわせているに違いありません。クロサックにしてみれば、もしヴァンが生きているのであれば——いまはひとまず、間違って殺してしまったかわいそうな犠牲者のことをあれこれ考えるのはおいといて」エラリーはいかめしく言い添えた。「もう一度、ヴァンを探し出して、今度こそ息の根を止めなければなりません。しかし、ヴァンはどこにいる？　姿を消してしまった――ヴァンはクロサックが自分を追ってきて、どういうわけか間違った男を殺したことを知って慌てて逃げた――というのは、まあ、自明の理です」

エラリーは人差し指を大げさに振ってみせた。「さて、我らが聡明なるクロサックの直面した問題を考えてみましょう。手紙にはヴァンの居どころは書かれていません。ヴァンの居どころを知っているのは、ただひとり、メガラさんだけだと……」

「ちょっと待ってください」アイシャム地方検事が止めた。「あなたが何を言わんとしているのかわかりましたよ。しかし、なぜクロサックはその手紙を始末して、メガラさんが戻るのを待たなかったんです？　そうすればメガラさんはきっとヴァンの居どころを我々に教えてくれただろうし、おそらくあなたもそうおっしゃるでしょうが、クロサックはなんらかの方法で我々からヴァンの居どころを探り出すに決まっています」

「すばらしいご質問、に聞こえますがね。実のところ、必要のない質問です」エラリーはかすかに震える指先でたばこに火をつけた。「もしなんの手紙も残っていない状態でメガラさんが帰ってきたら、メガラさんにはヴァンの死を疑う理由が全然ないんですよ！　どうです、疑いますか、メガラさん？」

「疑います。しかし、クロサックにそんなことがわかるはずがない」謹厳《きんげん》なメガラの性格が、鉄の意志が、声音までもそのとおりに変えていた。

エラリーはたじたじとなった。「それはどういう……ええと、クロサックにはわかるはずがないんですね？　それなら、ぼくの考えは裏づけられます。ここに手紙をそのまま残しておいて、警察がそいつを見つけたら――というのは、仮に、警察が死体を発見してすぐに、この書斎が犯行現場であると知った場合の話ですが――警察はすぐにヴァンの捜索を開始するでしょう。しかしクロサックもヴァンを見つけたいのに、警察が同時に捜索を始めたら、クロサック自身の調査を邪魔されてしまう――当然です！　しかし、手紙の発見を遅らせることで、クロサックはふたつの目的を達成することができる。第一には、ブラッドさんの殺害とメガラさんの帰還との間に、警察に邪魔されずにヴァンを探すこと。手紙を見つけていなければ、警察はヴァンがまだ生きていることなど知りようがありませんからね。第二には、もしクロサックがその期間にヴァンを見つけることができなくても、失うものは何もないわけです。なぜなら、メガラさんがこちらに到着すれば、パイプに気づいて、そこから新たな調査が始まり――現にそのとおりになりましたね――最終的に書斎が本当の殺人現場であることが発見されて、書斎はすみからすみまで調べられ、書置きが見つかり、メガラさんがヴァンはまだ亡くなっていないと知り、ヴァンの居どころを警察に打ち明けることになる……そしてクロサックは、ただ我我のあとを追っかければ、ヴァンの隠れ家を正確に突き止めることができるという寸法です！」

メガラは憎悪に満ちたつぶやきをもらした。「もう手遅れかもしれん！」

エラリーはさっと振り返った。「その間にクロサックはヴァンを見つけてしまったとお考えですか？」

メガラは両手を広げて肩をすくめた――この実に精力的でアメリカ風な見かけの男には似つかわしくない、大陸風の仕種だった。「可能性はあります。あの悪魔が相手なら、どんなことだってありえる」

「もしもし、よろしいですかね」警視がぴしゃりと言った。「やっと本物のまともな情報が手にはいろうって時に、わけのわからん与太話で貴重な時間を無駄にしちまってる。ちょっと黙ってください、クイーンさん。のんきに茶飲み話をやってる場合じゃないんだ、あんた、もう十分に喋ったでしょうが……メガラさん、ぶちまけてください。ヴァンと、あなたの相棒のブラッドさんと、あなた自身は、どういう関係なんです」

ヨットマンはためらった。「私たちは――私たちは、もともとは、そのう――」本能的にだろう、その手がふくらんだポケットにさっとつっこまれた。

「なんなんです？」地方検事が怒鳴った。

「兄弟です」

＊

「兄弟！」

エラリーの両眼は長身の男のくちびるをじっと見つめていた。アイシャム地方検事が興奮して叫んだ。「あなたの言うとおりだった、クイーンさん！　みんな本名じゃなかったんだ。ブラッドもメガラもヴァンも。ということは――」

　メガラがいきなり、腰をおろした。「ええ。どれも違います。これをお話しすれば――」メガラの眼が曇った。書斎という枠を越えて、さらに遠くの何かを見ているかのようだった。

「なんです？」警視がゆっくりとうながした。

「お話しすれば、いまこの瞬間までおそらく、皆さんにとって大きな謎だったあることを納得していただけると思います。あなたがたからＴのしるしのことを――首のない胴と両手両足を固定してＴの字を作ったり、ドアやあずまやの床にＴの血文字を書いたり、丁字路やＴ字形のトーテムポールを選んだり――あの狂気に満ちたＴのばらまきのことを聞いてすぐに――」

「まさか」エラリーがしゃがれた声で言った。「あなたがたの本名がＴで始まるんじゃないでしょうね！」

　メガラは頭がずっしりと重たくてかなわないというようにうなずいた。「そうです」低い声で言った。「私たちの本名はツヴァルです。つづりはＴｖａｒ……そのＴですよ」

　一同はしばらく、しんとしていた。やがて教授が口を開いた。「いつもどおり、きみが正しかったな、クイーン君。文字どおりの意味で、ほかには何もなかった。ただのＴ――十字架も、エジプト学も、ややこしい宗教的な意味もない……いや、奇妙奇天烈《きてれつ》な話だ。まったく、信じられんよ」

　エラリーの顔には失望の色がかすかに浮かんでいた。またたきひとつせずに、メガラの顔を食い入るように見つめている。

「信じられん」ヴォーン警視がまったく驚きあきれたというように大声を出した。

「こんな話は聞いたことがない」

「人間を切り刻んでイニシャルの文字の形にするだって！」アイシャム地方検事はつぶやいた。

「この話を公表したとたんに、私たちは東部じゅうの笑いものになるぞ、ヴォーン」

メガラはがばっと立ち上がった。全身が怒りでわなわな震えている。「あなたがたは中央ヨーロッパを知らないから、そんなことを言ってられるんだ！」嘲るように怒鳴った。「馬鹿なのか、あなたがたは！　奴はあんなに、ああやってTの字をいくつも──憎い我々の名を──我々の顔に叩きつけているのがわからないのか！　あの男は狂ってる、そう言ってるだろう！　こんなにはっきりしているのに……」怒りがメガラの中から抜けてしまい、またすとんと椅子に坐りこんだ。「信じられない」メガラはぽつりと言った。「ああ、しかし、皆さんが考えているような理由じゃありません。ただ、こんなに何年も執念深く、私たちを追い続けていたことが信じられないのです。まるで映画だ。しかも、死体をそんなふうに切り刻むなんて──」メガラの声がまたこわばった。「アンドレヤは知っていたんだ！」

「ツヴァルさん」エラリーが静かに声をかけた。「何年も、三人ばらばらの偽名を使ってきたからには、間違いなく深刻な理由があったわけですよね。しかも中央ヨーロッパ……ということは、ぼくが想像するに、復讐じゃありませんか、メガラさん？」

メガラはうなずいた。その声は弱々しくなっていた。「そう、そのとおりです。しかし、どうやって奴は我々を見つけたんだ。どうしてもわからない。アンドレヤとトミスラフと私が

——ああ、もう何年も前の話だ！——素性を隠すと決めた時に、誰にも——絶対に、この世の誰にも——我々の旧姓を教えないと決めたのです。これは秘密で、誓っていままでずっと秘密にしてきました。トムの妻さえ——マーガレットさえも——娘のヘリーンさえ、我々の本当の名がツヴァルであることを知りません」

「つまり」エラリーは問いただした。「知っているのは唯一、クロサックだけということですね？」

「そうです。だから、どうやって我々の居場所を突き止めたのか、想像もつかないのです。自分たちが選んだ名前は……」

「はいはい」ヴォーン警視が無遠慮に割りこんだ。「先に進みましょうや。私は情報が欲しいんだ。まず第一に——このクロサックってのは何者なんです。あんたがたにどんな恨みを持ってるんですか。第二に——」

「そう慌てるものじゃない、ヴォーン」アイシャム地方検事がいらだたしげにたしなめた。「私はこのTの問題を先に、きっちりとのみこんでおきたい。私にもさっぱりわけがわからないんだ。なぜ、あなたがたの本名のイニシャルを選んだのでしょう？」

「それは」メガラはうつろな声で答えた。「ツヴァル家の者は死の運命にあると宣告しているつもりなんですよ。馬鹿げているでしょう？」吠えるような笑い声は皆の耳をかきむしった。

「あなたはクロサックを見たら本人だとわかりますか」エラリーは考え考え言った。

ヨットマンはくちびるをぎゅっと引き締めた。「そこがいちばん困ったところなんです！

私たちの誰も、クロサックをもう二十年は見ていませんし、当時のクロサックはまだまだ子供だったから、いまどんな顔をしているかなんて、見分けるどころか気づくことも無理でしょう。クロサックがいまは誰でもおかしくない。我々の相手は——透明人間のようなやからですよ!」

「左脚が不自由なはずですよね」

「子供のころ、少し引きずっていましたが」

「いまだにそうとはかぎらないな」ヤードリー教授がぼそりと言った。「目くらましかもしれん。実はもう足はよくなっているのに、追っ手の眼をごまかすために、わざと治っていないふりをしているとかな。クロサックが悪魔のように抜け目のない男だということを考えれば、ありえることだ」

ヴォーン警視がいきなりどすどすと進み出て、大きく歯をむき出した。「あんたがた、あんたがたはいちんちじゅう、ここでべちゃくちゃ、だべってりゃいいですがね、私はとっとと仕事にかかりたいんだ! いいですか、メガラさん——ツヴァルさんか、どっちだか知らんが——なんでクロサックはおとなしくしてられないんです。なんで、あんたがたを殺したがってるんです。教えてくれませんかね」

「それはちょっと後まわしにしましょう」エラリーは鋭く言った。「もうひとつ、いま何よりも重要な問題がある——ツヴァルさん、あなたのご兄弟が残された手紙には、あなたがヴァンの居場所をご存じだとあります。どうしてわかるんですか。あなたはいままでずっと、連絡もとらずに航海していて、この一年間の世事についてはうといはずだ。アロヨの事件は半年前に起きたことです――去年のクリスマスに」

「準備してあったのです、何もかも」メガラはぼそぼそと答えた。「もう何年も前からずっと……さっきも言っただでしょう、そんな手紙がなくとも、私はアンドレヤがまだ生きているのがわかったって。なぜなら――あなたがアロヨの事件について説明してくれた話の中に、ある情報があったからですよ」一同は眼を丸くしてメガラを見つめた。「つまり」憂鬱《ゆううつ》そうに、メガラは続けた。「丁字路で見つかった死体を発見したふたりの名前を教えてくれた時に……」

エラリーは眼をすがめた。「くれた時に？」

メガラは神出鬼没《しんしゅつきぼつ》のクロサックが聞いていないことを確かめるかのように、部屋の中を見回した。「知ったのです。ピート老人が――あなたがたの言う山男ですが――生きていれば、私の兄弟のアンドレヤ・ツヴァルもまた生きているはずだからです」

「私にはどうも、まだわからな――」地方検事があやふやに言い始めた。

「ああっ、そうか、こいつはうまい！」エラリーはヤードリー教授を振り返った。「わかりませんか？　アンドルー・ヴァンはピートじいさんですよ！」

＊

ほかの者が驚きさめやらぬ間に、メガラはうなずいて先を続けた。「そのとおりです。アンドレヤは今度のようなことが起きるかもしれないと、用心して、何年も前から山男という架空の身代わりを作りあげて、ひとり二役を演じていたのです。いまごろはウェストヴァージニアの山で暮らしていることでしょう——クロサックがまだアンドレヤを見つけていなければ——どうかクロサックが間違った人間を殺したことに気づかないようにと祈りながら、命の危険に怯えて隠れ住んでいるはずです。さっきも言いましたが、クロサックは私たちの誰とも二十年間、会っていない。すくなくとも、私はそう信じています」

「それで、クロサックは最初の殺しで人違いをしたんですね」エラリーは言った。「そんなに長い間、目当ての相手と会っていなかったのなら、間違えるのも無理はない」

「つまりクリングが間違って殺されたということですか」アイシャム地方検事が考え考え言った。

「ほかに誰がいますか？」エラリーは微笑んだ。「仕事したいんでしょう、警視。どうやら仕事ができたようですよ」そしてはりきって手をこすりあわせた。「なぜなら、ひとつのことがたしかだからです。我々はクロサックを出し抜かなければならない。ぼくはクロサックがもうアンドレヤを見つけてしまったとは信じていません。ピートじいさんの変装は完璧だった。ぼくはウィアトンの法廷で見ていましたが、あのじいさんの身なりや仕種にそぐわないところがあるなんて、一瞬も疑いませんでしたよ。メガラさん、ぼくらは一刻も早くあなたの兄弟に会いにいかなければなりません。ただしあくまでも隠密裏《おんみつり》にことを運んで、クロサックに——いまはどんな人物になりすましているのか知りませんが——山男の変装のことがばれないように」

「まかせてもらいましょう」ヴォーン警視は凄《すご》みのある笑いを浮かべた。

メガラは立ち上がった。その眼はいまや、細い切れこみの奥で光るエナメルのようだった。

「なんでも皆さんのおっしゃるとおりにします――アンドレヤのためなら。私の方は」そして、不吉な手つきで銃のおさまったポケットを軽く叩いた。「あのクロサックの悪魔が災厄を求めてくるなら、望みどおり、災厄をくれてやる。弾倉いっぱいのな」

16　特使

ブラッド夫人（と娘）がどれほど言葉を尽くしても、スティーヴン・メガラをその夜、陸地《テラ・フィルマ》にとどまるよう説き伏せることはできなかった。その日は、普段どおりの尊大ないつものメガラらしくどっしりかまえて、ブラッド母娘やリンカンとともに過ごしていたが、日が暮れるにつれて落ち着きがなくなり、夜になると、沖合にいかりをおろしているヨットに引き揚げていった。ヨットの停泊灯の光がオイスター島の闇を鋭く突き射している。ブラッド夫人は夫の〝相棒〟が帰ってきてくれて、ほっと安心していたので、船着き場までの暗い小径《こみち》をメガラに追いすがりながら、屋敷に泊まってほしいと懇願《こんがん》し続けていた。

「いいや」メガラは言った。「今夜は〈ヘリーン号〉で寝るよ、マーガレット。もうずいぶん長いことあれで生活してきたから、我が家も同然なんだ……頼りにしてくれてありがとう、光栄だよ。しかし、屋敷にはリンカンもいるし、それに――」メガラの声がひしゃげた。「――私が屋敷にいることが、かえってきみたちの安全をおびやかしてしまう。おやすみ、マーガレット、そう心配しないことだ」

入江まで付き添ってきたふたりの刑事は興味深げにじっと目を凝《こ》らしていた。ブラッド夫人は涙に濡れた顔を空に向けると、いま来た道を引き返し始めた。あの悲劇がほとんど夫人の精神状態に影響を与えていないのは驚きだった。鬱々《うつうつ》とした木彫りの鷲《わし》がとまる物言わぬトーテムポストの横を、夫人はまったく関心がないようにさっさと通り過ぎた。

共謀者たちの間では、ツヴァル兄弟たちの件は誰にも話さずに極秘にする、ということですぐに意見がまとまっていた。

スティーヴン・メガラはスウィフト船長や給仕長のもの問いたげな視線を受けつつ、その夜は護衛に守られて眠った。刑事たちが甲板を巡回していた。メガラは船室のドアにしっかり鍵をかけて閉じこもった。ドアのすぐ外に立っていた見張りの耳には、それから二時間というもの、液体が注がれる音や、グラスと瓶の触れあう音が聞こえてきた。やがて、室内の明かりがふっと消えた。いかにも自信満々だったメガラも、実は酒で景気づけせずにはいられないようだった。それでも、ひと晩じゅう、外の刑事には何も聞こえなかったので、メガラはどうやらぐっすりと眠ったらしかった。

＊

翌朝、土曜になると、ブラッドウッド荘はやたらと慌ただしく、活気づいていた。早朝から二台の警察のセダンが猛スピードで大きく弧を描く車路《くるまみち》につっこんできて、コロニアル風の屋敷の前で、あえぐような音をたてながら停車した。ヴォーン警視が、征服者カエサルのようにのしのしと車から降り、部下の制服警官に囲まれて、船着き場に続く小径をくだっていった。船着き場で、警察のランチのエンジンが一気に唸り声をあげた。警視が苦虫を嚙みつぶしたような顔を真っ赤にして飛び乗ると、ランチはヨットめがけて飛び出していった。

一連の行動はすべて公然とおこなわれ、何ひとつ隠そうという動きは見えなかった。オイスター島では、緑の生い茂る岸辺に小さな人影がいくつか現れ、首を伸ばしてランチの動向をしきりに気にしている。テンプル医師はパイプをくわえて、自分の船着き場に立って眺めている。リン夫妻は、入江でボート漕ぎを愉しむふりをしながら、興味津々で見物していた。

警視が〈ヘリーン号〉の舷梯《げんてい》をのぼって、船内に姿を消した。

五分後、再び現れた警視は、スーツ姿のスティーヴン・メガラを連れていた。メガラはげっそりとやつれ、ぷんぷんとアルコールの臭いをさせている。船長にひとことも声をかけず、ヴォーン警視に続いて、驚くほどしっかりした足取りではしごをおりていった。ふたりが飛び移ると、ランチはすぐさま本土に引き返してきた。

ブラッドウッド荘の桟橋で一同は、小声で短く話しあった。護衛の一団がじっと待機している。やがて制服警官たちがまわりを取り囲み、ふたりの男は警官隊にがっちり守られて、屋敷に続く小径を歩いていった。まるでパレードのようだった。

屋敷の前に来ると、一同を目ざとく見つけた私服刑事が、先頭の警察車の後部座席から飛び出してきて、敬礼し、直立不動で待っていた。ヴォーン警視とメガラは慌ただしく先頭の車に乗りこんだ。二台目には警官たちがぎゅうぎゅうに押しこまれた。やがて二台の車はクラクションを盛大に鳴らして前を開けさせると、弧を描いて車路を勢いよく突っ走り、ブラッドウッド荘のそばを通るハイウェイに飛びこんでいった。

門のそばでは、バイクにまたがって待機していた四人の郡警察官がさっと動きだした。ふたりが一台目の先に立ち、あとのふたりは一台目の左右に付き従い、二台目の警察車がしんがりをつとめた……。まさに特例中の特例だ。そして、この二台の車が行ってしまうと、騎馬警官も、警官も、刑事も、ひとり残らず、ブラッドウッド荘の敷地内や、近所のどこからも姿を消してしまった。

車列はハイウェイをすさまじい勢いで突き進み、すべての車を脇にどけさせ、排気ガスの唸り声をあげて、ニューヨーク市に行くぞという決意表明を垂れ流していた……

一方、ブラッドウッド荘では、警視とメガラが行ってしまうと、すべてが落ち着きを取り戻し、平和になった。リン夫妻はボートを漕いで家に帰っていった。テンプル医師はたばこをふかしながら、のんびりと森の中に歩いていった。オイスター島の岸辺に見えていた人影は、いつしか消えていた。ケチャム老人は、ぼろぼろの古いはしけ船《ぶね》を漕ぎだし、本土に向かっていた。ジョーナ・リンカンはブラッド家の車を一台、そっとガレージから出すと、車路をくだっていった。

ヤードリー教授の家は道路からずっと奥まったところに建っているので、外から見たかぎりでは人っ子ひとりいないように見えた。

さて、ヴォーン警視が分別をすっかりなくしたわけでないことは、ブラッドウッド荘とヤードリー教授の家の間にあるハイウェイの両端を調べれば、すぐにわかることだった……なぜなら、道路の両端には——それぞれ交差点があり、ブラッドウッド荘から陸路で離れようとする歩行者も自動車も必ずそのどちらかを通らなければならないのだが——刑事たちがたくさん乗っているエンジンの強力な車が、人目につかないように駐車していたのである。

湾内の方は、オイスター島の裏になって本土から見えないあたりに大きなランチが浮かび、モーターをぷすんぷすんいわせながら、男たちが甲板で釣りをしていた……が、ケチャムの入江の両端から角のように突き出たふたつの岬を鋭く見張っているのだった。ブラッドウッド荘を海路で離れる船は絶対にこのどちらかの前を通るので、見落とすことはありえなかった。

17 山の老人

土曜の朝にヤードリー教授の家に、人が活動する気配がなかったことには、りっぱな理由があった。教授は、警官たち同様、命令を受けていたのだ。それは使用人の老いた黒人女のナニーも同じだった。ヴォーン警視とスティーヴン・メガラがにぎにぎしく出発する間に、教授がおおっぴらに姿を現すことは慎まなければならなかったのである。教授が客人——ニューヨーク市からやってきた特別捜査官のエラリー・クイーン氏——をもてなしていることは、このあたり一帯に知られていた。もし教授がひとりでうろうろしていたら、警戒している誰かさんの心に疑いを呼び起こすことになりかねない。そして残念ながら、教授は客人と一緒に姿を現すことができなかった。客人は出ていってしまっていたのである。正確に言えば、客人はメガラが警察の車に乗りこんだ時には、ロングアイランドから何百キロも離れたところにいた。

実に狡猾《こうかつ》な作戦だった。金曜の夜、ブラッドウッド荘の敷地を闇のとばりがおおいつくす中、エラリーはヤードリー教授の家から、愛車のデューセンバーグに乗りこみ、こっそり抜け出した。ハイウェイに出るまでは、幽霊のようにそっと車をすべらせた。やがてミネオラ村に向かってスピードを上げた。村でアイシャム地方検事を拾うと、ニューヨークに向かって猛スピードですっ飛んでいった。

土曜の朝の四時になると、年代物のデューセンバーグはペンシルヴェニア州都にいた。ハリスバーグの街は眠っていた。男ふたりはくたびれきり、ものも言わずにセナトホテルにチェックインすると、それぞれの部屋に向かった。エラリーは九時にモーニングコールを頼んでいた。ふたりとも、こん棒でめった打ちにされたかのように、ベッドにぶっ倒れた。

土曜の朝の九時半には、ふたりはハリスバーグの街から何キロも離れて、ピッツバーグをめざしている最中だった。昼食に車を停めることもなかった。レーシングカーは砂埃にまみれ、エラリーもアイシャム地方検事も単調なドライブにすっかりげんなりしていた……デューセンバーグは長年、使い古された老体であるにもかかわらず、雄々しく期待に応えた。二度、エラリーが時速一一〇キロまで、古ぼけたエンジンをふかしていると、バイクの警官に追いかけられた。アイシャム地方検事が身分証明書を見せることで、ふたりは旅を続けた……午後三時に、車はピッツバーグに転がりこんだ。

アイシャム地方検事はうめいた。「もう、いいかげんにしよう。大丈夫、間に合いますよ。あなたはどうか知らんが、私は飢え死にしそうだ。何か腹に入れないと」

地方検事が胃袋を満たす間、貴重な時間が無駄になった。エラリーはちょっと異様なくらいに興奮していた。食べ物をつつきまわし、顔には疲労の皺が刻まれていたが、眼は生気にあふれ、秘めた思いにらんらんと光を放っていた。

五時少し前に、デューセンバーグはアロヨ村の運命をつかさどる重鎮たちの集《つど》う、骨組み式の建物の前に停まった。

車から降りると、ふたりの関節はぎしぎし鳴った。アイシャム地方検事は、でっぷり肥えたドイツ系の老人が眼を丸くして見ているのもかまわず、両腕をうんと突き上げて、伸びをした——エラリーはそれがアロヨの名士、よろず屋の店主ことバーンハイムであると覚えていた。見れば、いつも村役場の前の歩道を掃いているらしい、あの青いデニムを着た田舎くさい男も、ぽかんとしている。アイシャム地方検事はあくびをした。「やれやれ、さっさと片づけてしまいましょうか。その例の巡査というのはどこにいるんです、クイーンさん」

エラリーは先に立って建物の奥に進み、巡査の詰め所に案内した。ドアをノックすると、錆びついたような低いがらがら声が聞こえてきた。「おはいり!」

ふたりははいっていった。そこにはいつもどおり汗をかいているルーデン巡査その人が、まるで六カ月前にエラリーがアロヨをあとにしてからずっと変わらず、同じ姿勢でいたかのように、でんと鎮座《ちんざ》ましましていた。ぽかんと口を開けた巡査の肥《ふと》った真っ赤な顔から出っ歯が突き出た。

「こりゃまた、たまげた」ルーデン巡査は大声をあげて、大きな足をどしんと床におろした。「クイーンさんじゃないか！　ほれ、どうぞ、どうぞ、はいって。まだうちの校長の首をちょん切った奴を追っかけてるんかね」

「追跡中ですよ、ルーデンさん」エラリーは微笑んだ。「我が友である、法の守り手を紹介させてください。ニューヨーク州ナッソー郡のアイシャム地方検事です。アイシャムさん、こちらはルーデン巡査です」

アイシャム地方検事は咽喉《のど》の奥で挨拶らしき声を出したものの、手を差し出すことはしなかった。巡査はにやりとした。「うちみたいな田舎だってなあ、去年の事件で、そりゃあたいしたお偉いさんが、何人も来てるんだよ、あんた、そんなにお高くとまらんでもいいでしょうが」アイシャム地方検事は目を白黒させた。「よろしくたのんますよ……で、なんの用かね、クイーンさん」

エラリーは急いで言った。「坐ってもかまいませんか？　もう何万年も運転してきたんです」

「おう、どうぞどうぞ」

ふたりは腰をおろした。エラリーが口を開いた。「ルーデンさん、例のちょっと変わった山男、ピートじいさんを最近、見ましたか」

「ピートじいさん？　言われてみりゃ、変だな」ルーデン巡査はちらりとアイシャム地方検事を見た。「もう何週間も、あのいかれじいさんを見かけてないなあ。そんなにしょっちゅう町におりてこないんですわ、ピートじいさんは、うん。だけど今度は——おや、もう二カ月も見とらんのか！　ほんだら、あのじいさん、前に山からおりてきた時に、うんとこさ食い物を買いこんでったんだな。バーンハイムに聞いてみたらどうですかね」

「その老人の小屋がどこにあるか、わかるのかね？」アイシャム地方検事が訊ねた。

「まあ、わかると思うけどな……なんだね、ピートじいさんをなんで追っかけてんのかね。まさか、いまさらあのじじいを逮捕しにきたんじゃないでしょうが。ありゃ、虫一匹殺せないおとなしい奴ですよ、ただ頭がおかしいってだけで」アイシャム地方検事が眉をひそめるのを見て、巡査は慌てて言い添えた。「ああ、いや、おれにゃ関係ない話だ、うん……そりゃそうと、おれはピートじいさんの小屋に行ったことがないんですわ——そもそも、このあたりで行ったことのあるもんがおるかどうか。山はほら穴だらけで——何千年も前からある古いほら穴ばっかりで——土地のもんはみんな、ひどく怖がっとるからなあ。ピートじいさんの小屋は、山をずっとのぼってった、えらく寂しい場所にあるんですわ。あんたがただけじゃ、きっと見つけられんでしょう」

「案内していただけませんか？」エラリーが頼んだ。

「いいとも！　おれなら見つけられるよ、たぶん」ルーデン巡査はのっそり立ち上がると、年寄りの肥ったマスチフ犬のようにぶるっと身を震わせた。「このことは内密にしたいんでしょうなあ?」さりげなく、そう言った。

「もちろん!」アイシャム地方検事は言った。「奥さんに話すのもだめだ」

巡査は唸り声を出した。「ああ、そりゃ心配ない。奥さんはいないんでね、ありがたいことに……じゃ、行きましょうか」

巡査は、エラリーたちが車を停めたアロヨ村道に面した正面玄関ではなく、人目につかない脇道に続く裏口に案内した。ルーデン巡査とアイシャム地方検事がそこで待っていると、エラリーは素早く役場の建物をぐるっとまわり、デューセンバーグに飛び乗った。二分後、車は脇道にはいると、三人の男を乗せて、息ができないほど土ぼこりの雲を巻きあげて走りだし、ルーデン巡査はステップに必死にしがみつくことになった。

ルーデン巡査が車を遠まわりさせて導いたのは舗装していないでこぼこ道で、近くの山々のど真ん中にまっすぐつっこんでいくように見えた。「こいつは裏道なんですわ」巡査は説明した。「そいじゃ、車はここに停めて、あとは歩いてのぼっていきましょう」

「歩く?」アイシャム地方検事は急なのぼり坂を見上げ、自信なさそうな声を出した。

「なんなら」ルーデン巡査は陽気な声でのんびり言った。「おぶってってあげますがね、アイシャムさん」

一同は車を藪の陰に隠した。地方検事はあたりを見回すと、デューセンバーグの脇から車内を覗きこんで、床から何かを取りあげた。それは、かさばる包みだった。ルーデン巡査に好奇心まるだしでそれを見たが、エラリーも地方検事も、親切に説明してくれるつもりはないらしかった。

　巡査は大きな頭を下に向けて藪の中をのそのそと――まるで、見つからなくても別にどうってことはないという様子で何やら探していたが――ようやく、かすかな踏み分け道を指さした。エラリーとアイシャム地方検事は無言でそのあとを苦労してついていった。それは、ほぼ原生林と言っていい、生い茂った森の斜面をえんえんとのぼり続ける旅だった。木々があまりに密集していて、空も見えなかった。蒸し暑く、三人とも二百メートルものぼらないうちに汗びっしょりになっていた。アイシャム地方検事はぶつくさとぼやき始めた。

　十五分ほど、腰がどうにかなってしまいそうな急坂をのぼっていくと、森はいっそう深くなり、踏み分け道はかすかになってきた。巡査が急に立ち止まった。

「マット・ホリスが前に教えてくれたんですわ」小声で言いながら指さした。「ほら！　あれです」

　ルーデン巡査が先頭に立って慎重に進み、三人はそろそろと近づいていった。そして、人のいい巡査が言ったとおり、それはそこにあった……。山の中腹のざっくりと地面が削《けず》れて岩肌が露出している大きな斜面の下に、ぼろぼろの掘っ立て小屋がうずくまっていた。森は小屋の両脇十メートルほどと、小屋の正面あたりが切り開かれている。小屋の裏は、むき出しになった花崗岩《かこうがん》にがっちり守られている。そして――思わずエラリーは瞠目《どうもく》したのだが――この十メートル四方の土地は横も正面もうんと高いところまで、ごちゃごちゃにからまって錆びる恐ろしげな有刺鉄線に守られていた。

「あれを見てください！」アイシャム地方検事が囁いた。「門さえありませんよ！」

有刺鉄線の柵のどこにも隙間《すきま》はなかった。その奥にうずくまる掘っ立て小屋は、冷酷非情に見えた――まるで要塞のようだ。煙突から立ちのぼり、ゆるゆると流れてくる煙までもが、結界の煙幕を張って、何者も寄せつけようとしないかに見える。

「なんだあ、こりゃ」ルーデン巡査はもそもそと言った。「なんだってこんなに厳重に警戒して、閉じこもってるんだね？　だから言ったでしょうが、頭がおかしいって」

「暗がりでこんな場所に迷いこみたくないですね」エラリーはつぶやいた。「ところでルーデンさん、アイシャム地方検事とぼくは、あなたにたいへん変則的なお願いをしたいのですが」

ルーデン巡査はおそらく、前回会った時の、エラリーの気前のよさを思い出したのだろう、たちまち話に飛びついてきた。「ああ、そんなら」巡査はがらがら声で答えた。「おれは余計なことには首をつっこまないことにしてるんですわ。このあたりじゃあ、そうしないとうまくやってけないんでねえ。このへんの山ん中はもう、あっちこっちで密造酒作りをやってますが、へたに関わらないことにしとるんです。触らぬ神になんとやらってね――で、頼みっちゅうのは？」

「今日の出来事はみんな忘れてもらいたい」アイシャム地方検事が厳しい声で言った。「私たちはここに来なかった、意味はわかるな？　きみはアロヨ村やハンコック郡の当局に報告をしない。きみはピート老人のことを何も知らない。そういうことだ」

ルーデン巡査の大きな手が、エラリーが財布から取り出した何かをがっしりと包みこんだ。

「アイシャムさん」巡査は大まじめに言った。「おれは何も聞いてないし、何も見てないし、何も言わんです……帰り道はわかるんでしょう?」

「ああ」

「そんじゃ、まあ、がんばってください――どうもありがとうございました、クイーンさん」

そして無関心のかがみと言うべき態度で、ルーデン巡査はくるりときびすを返し、森の中をさっさと遠ざかっていった。巡査は一度も振り返らなかった。

アイシャム地方検事とエラリーはちらりと顔を見合わせると、揃って両肩をぐっとそらし、有刺鉄線の柵の前に踏み出した。

＊

柵の真ん前の地面に足をつけたとたんに――実際、アイシャム地方検事が、運んできた包みを、柵のいちばん上の有刺鉄線越しに投げこもうと持ち上げかけたところで――あばら家の中から割れた声が荒々しく響いた。「止まれ!　下がれ!」

ふたりはぎくっと動きを止めた。包みが地べたに落ちた。掘っ立て小屋の、やはり有刺鉄線を張りめぐらせてあるたったひとつの窓の奥から、ショットガンの銃口が現れ、ぴたりとこちらに狙いをつけていたのだ。その忌むべき凶器は微動だにしなかった。明らかにやる気まんまんで、いつぶっぱなされてもおかしくはなかった。

エラリーはごくりと唾を飲み、地方検事は地面に根が生えたように動けなくなった。「あれがピートじいさんですよ」エラリーは囁いた。「あいかわらず、声色を変える名人だ」エラリーは顔をあげ、大声を張りあげた。「待った！　引き金から指を離してくれ。ぼくらは味方だ」沈黙の中、ふたりはショットガンの持ち主にじっくりと観察されていた。ふたりは身動きひとつせず、息を殺して立っていた。

やがて、ぜいぜいと荒っぽい声がまたふたりの耳を襲った。「わしゃあ、信じんぞ！　帰れ。五つ数えるうちに帰らんと、こいつをぶっぱなすぞ」

アイシャム地方検事が怒鳴った。「我々は警察だ、馬鹿なまねはよせ！　あなたに手紙を持ってきた――メガラさんからだ。さっさとそれを引っこめたまえ！　誰にも見られたくないんだ、あなたの安全のために」

銃口は動かなかった。しかし、老いた山男のもじゃもじゃ頭が有刺鉄線のカーテンの向こうにぼんやり現れたかと思うと、ぎらつく眼がふたりを疑い深そうにじろじろと見ていた。ふたりは男がためらっているのを感じた。

頭が消え、ショットガンも消えた。そしてすぐに、釘を打ちつけた重たいドアが、きしりながら内側に開き、ピート老人その人が現れた――白黒の顎《あご》ひげを生やし、髪はぼうぼうで、ぼろに身を包んでいる。ショットガンは低く下げられていたものの、その銃口はあいかわらずふたりに向けられていた。

「柵をのぼってこい。ほかに入り口はない」声は変わらないが、新たな響きが加わっていた。

ふたりはたじたじとなって柵を見つめた。やがて、エラリーがはあっとため息をつくと、おそるおそる片足をあげ、いちばん下の有刺鉄線にのせた。そして慎重に見回して、安全につかまれる場所を探した。

「早くしろ」ピート老人はいらだった声を出した。「おかしなまねはするな、ふたりとも」

アイシャム地方検事は、何か棒が落ちていないかと地面を探した。ようやく一本、見つけると、いちばん下とその上の有刺鉄線の間にはさんでつっかい棒にし、エラリーはその間を這うようにくぐり抜けたものの、スーツの肩を引き裂いてしまった。地方検事もぶざまながら、どうにかついてきた。ふたりとも無言のままだった。ショットガンはふたりの身体に狙いをつけたまま、ぴくりとも動かなかった。

ふたりが大急ぎで駆け寄ると、老人は掘っ立て小屋の中に引っこんだ。全員が中にはいると、アイシャム地方検事が重たいドアをばたんと閉めて、かんぬきをおろした。荒削りでえらく粗末な家だったが、丁寧にととのえられている。石を敷きつめた床はよく掃き清められ、そここに敷物が置かれていた。片すみには食料品でいっぱいの戸棚があり、暖炉の隣には薪が几帳《きちょう》面《めん》に積みあげてある。唯一のドアの真正面にあたる奥の壁際に、洗面器のようなものが備えつけられているのは、この山男の洗面所だろう。その上には薬品をしまう薬戸棚が吊るされている。洗面器のすぐ上には小さな手押しポンプがあった。どうやら、家の真下に井戸があるらしい。

「手紙を」ピート老人がしゃがれた声で言った。

アイシャム地方検事は短い手紙を差し出した。山男は武器をおろそうとしなかった。ちらっと読むたびに一瞬、目を離すだけで、あいかわらずふたりをじっと見張っている。しかし読んでいくうちに、老人の様子が変わっていった。ひげはあいかわらずぼうぼうで、着ているぼろもそのままで、ほかのあらゆる特徴がピート老人のままなのに——ここにいるのはまぎれもなく別人だった。ゆっくりショットガンをテーブルに立てかけると、腰をおろし、手紙をもてあそびだした。

「では、トミスラフは死んだのですね」その声に、ふたりはむしろショックを受けた。それは老人の割れたしゃがれ声ではなかった。洗練された低い声は、教養ある壮年の男の声だった。

「そう、殺されました」アイシャム地方検事が答えた。「トミスラフさんは書置きを遺されています——お読みになりますか」

「ぜひ」男はアイシャム地方検事からブラッドの書置きを受け取ると、なんの感情も見せずに素早く目を走らせた。そしてうなずいた。「そうですか……では、あらためまして。私がアンドルー・ヴァンです——もとはアンドレヤ・ツヴァルと申しました。こうしてまだ生きています、でもトムは、まったくあの頑固な馬鹿は——」

きらめく眼が曇ったかと思うと、唐突に、がばっと立ち上がり、鉄の洗面器の前に行ってしまった。エラリーとアイシャム地方検事は顔を見合わせた。この男、かなりの変人だ！ ヴァンはもじゃもじゃの顎ひげをむしりとり、白いぼさぼさのかつらをはがした。そして、顔に塗りたくったべとべとの染料を洗い落とし、ぬぐいさっていた……戻ってきた時には、さっき窓からふたりを脅していた老人とは似ても似つかない、まったく違う人物になっていた。すらりと背の伸びた長身で、黒髪は短く刈られ、苦労で引き締まったその顔は修道僧のように鋭い。その強靭《きょうじん》な肉体にぶらさがるぼろ布を見てエラリーは、ラブレーの〝音程は合わず、調子っぱずれで、狂っている〟という一節を連想した。

「椅子をおすすめできなくて申し訳ありません。あなたがアイシャム地方検事ですね、それからあなたが……たしか、前にお見かけしましたね、クイーンさん、検死審問でウィアトンの法廷の最前列に坐っていらした」

「そうです」エラリーは答えた。

まったく、この男には驚かされる。そして、間違いなく変人だ。この家に椅子がひとつしかないことを詫びながら、ふたりの客を立たせておいて、自分はその椅子に坐ったままとは。

「ここが我が隠れ家です。なかなかいい家でしょう?」自嘲気味な響きだった。「クロサックですね」

「そのようです」アイシャム地方検事は低い声で答えた。地方検事もエラリーも、男がスティーヴン・メガラそっくりなことに驚いていた。ひと目で血のつながりがあるとわかる。「スティーヴンの手紙では、クロサックが――」ヴァンは身震いした。「――Tの文字を使ったと」

「そうです。遺体の首を切り落として。まったくひどいことだ。ともかく、あなたがアンドルー・ツヴァルさんですね!」

学校長は弱々しく微笑んだ。「故郷ではアンドレヤでした。兄弟たちはステファンとトミスラフです。私たちが希望を持ってこの国に来た時には――」肩をすくめたところで、不意に全身をこわばらせ、不格好な椅子の座面をがっちりつかんだ。「たしかなんですか」荒々しく言った。「あとをつけられていないのは」

アイシャム地方検事は安心させようという顔になった。「たしかです。我々はあらゆる用心を重ねてきました、ツヴァルさん。あなたのご兄弟のスティーヴンさんがおとりになって、ナッソー郡警察のヴォーン警視の護衛で、できるだけ人目につくように、ロングアイランドのいちばん目立つハイウェイをニューヨーク市に向かわれました」校長はゆっくりとうなずいた。「もし何者かが――クロサックがどんな人間に化けていようが――あとをつけていっても、すぐに追跡できるように大勢の警官を配置してあります。クイーンさんと私は昨夜のうちにこっそり出てきたんです」

アンドレヤ・ツヴァルは薄い上くちびるを噛んでいた。「とうとう来た、とうとう来たんだ……こんな――これがどんなに恐ろしいことか、とても言葉で言い表せるものじゃない。もう何年も、過去の亡霊であってくれた恐怖が、いきなり現実の存在として目の前に現れるなんて……あなたがたは、私の話を聞きたいんでしょうね」

「この状況ですからね」エラリーは淡々と言った。「ぼくらにはその資格があると思いませんか」

「あるでしょう」校長は重々しく答えた。「ステファンと私はできるかぎりの助力が必要だ……ステファンは何を言っていましたか」

「あなたとブラッドさんがご自分の兄弟だということだけです」アイシャム地方検事は言った。

「いま、我々が知りたいことは――」

アンドルー・ヴァンが立ち上がった。その眼が険しくなった。「いまは話せない！ スティーヴンに会うまではひとことも喋るつもりはないぞ」

その態度や物腰の変化があまりに急だったので、ふたりはあっけにとられて男を見つめた。

「しかし、なぜです？」アイシャム地方検事は叫んだ。「我々はあなたに会うために何百キロも旅して――」

男がショットガンをひっつかんだので、アイシャム地方検事はぎくっと一歩下がった。「あなたがたが、正体を偽っているとは言わない。その手紙はたしかにスティーヴンの筆跡だ。もう片方はトムの筆跡です。しかし、こんなものはいくらでも細工のしようがある。これまで用心を重ねてきたのに、最後の最後で巧妙な罠にひっかけられてたまるか。いまスティーヴンはどこにいるんです」

「ブラッドウッド荘ですよ」エラリーはやれやれという口調で言った。「子供みたいなまねはおやめなさい。銃をおろして。あなたがご兄弟に会うまでは何も喋らないということですが――メガラさんがきっとあなたはそう言うだろうと予想されたので、ぼくらはちゃんと準備してきました。あなたが疑われるのは無理もない。よほどむちゃくちゃな注文でないかぎり、こちらはあなたのどんな要求にも応じる用意はあります。ねえ、アイシャムさん？」

「ええ」地方検事は唸るように言った。そして、山のぼりの道中ずっと運んできた包みを取りあげた。「これが、我々の準備です。いかがですか」

男は迷い顔で包みを見た。誘惑と逡巡《しゅんじゅん》の板ばさみになっているのだ。とうとう、彼は言った。「開けてもらいましょう」

アイシャム地方検事は小包の茶色い包装紙を破いた。中身はナッソー郡騎馬警官の制服一式で、靴も拳銃《リボルバー》も揃っていた。

「これなら絶対に疑われる心配はありません」エラリーは言った。「ブラッドウッド荘の敷地にはいってしまえば、あなたは一介の警官だ。いま、あそこは警官がうじゃうじゃしている。制服を着た人間は単なる制服でしかないですよ、ツヴァルさん」

校長は石の床を行ったり来たりし始めた。「この小屋を出る……」ぼそぼそとつぶやいた。「もう何カ月もここで安全に暮らしてきたのに。私は――」

「銃は装塡《そうてん》してあります」アイシャム地方検事がそっけなく言った。「ベルトのケースには予備の弾がたっぷりはいっている。実弾入りの銃と、頑丈な大の男ふたりに守られて、それでもまだ足りないと?」

校長は顔を赤らめた。「たぶん、おふたりには私がどうしようもない臆病者に見えるんだろう……よろしい、わかりました」

そう言うと、ぼろをかなぐり捨て始めた。ぼろの下には清潔できちんとした下着をつけていることに、ふたりは気づいた――これもまた、なんとも場違いな感じがする。やがて、不器用な手つきで警官の制服を身につけ始めた。

「ぴったりだ」エラリーが言った。「メガラさんが言ってたとおりのサイズでしたね」

校長は無言だった……すっかり着替えて、身体の脇のずっしりした革ホルスターに拳銃をおさめたその姿は、見違えるほどりっぱだった――長身で、逞《たくま》しく、なかなかの美男子だ。その手が拳銃に伸びて、そっとなでた。校長はそこから勇気をもらったようだった。

「用意できました」腹のすわった落ち着いた声で校長は言った。

「よし!」アイシャム地方検事はドアに向かった。エラリーは有刺鉄線におおわれた窓から外を覗いた。「追っ手はいませんね、クイーンさん?」

「そのようです」アイシャム地方検事がかんぬきをはずし、一同は素早く外に出た……外の空地には誰もいなかった。太陽は沈み始め、すでに森は黄昏の薄墨に染まり始めている。エラリーは柵の下の方の隙間《すきま》をくぐり抜け、アイシャム地方検事もそのあとに続き、そしてふたりはその場に立ったまま、自分たちの保護する制服姿の人物が――エラリーが思わずうらやんだほど身軽に――ひょいと柵を乗り越えて、ついてくるのを見守っていた。

ドアは――アンドルー・ヴァンが最後に出たあと――閉まっていた。煙がまだ、煙突からくるりくるりと立ちのぼっている。誰かが森の端をさまよってこの小屋を見つけたとしても、中に人がいるのなら忍びこむことはできないと思うに違いなかった。

三人の男は脱兎のごとく森の中に駆けこみ、生い茂る木陰に全身をすっぽりおおわれた。細心の注意を払ってかすかな踏み分け道をおりていくと、忠実な老いた従僕のようにデューセンバーグが待つ、あの茂みに出た。山にも道にも人っ子ひとりいなかった。

18　フォックスは語る

エラリーとアイシャム地方検事が金曜の夜にこっそりと出発して、一日行方をくらましていた土曜日は、ブラッドウッド荘も平穏無事というわけにいかなかった。ヴォーン警視とスティーヴン・メガラの謎めいた小旅行はあたり一帯の人々が興味津々で見ていたらしく、誰もが噂していた。オイスター島さえも、その余波を感じとったらしかった。ヘスター・リンカンなどは、ホルアクティの〝神殿〟から、曲がりくねった森の中の道を通ってわざわざ島の東端まで出向き、ケチャム老人に何が起きたのかを聞きにいったほどだ。

それでもヴォーン警視とメガラが帰ってくるまでは、ブラッドウッド荘は日の光の中でのんびりと平和を保っていた。ヤードリー教授は言いつけを守って、風変わりな自分の城に引きこもっていた。

正午あたりになると——ちょうど、エラリーとアイシャム地方検事がアロヨ村をめざして、ペンシルヴェニア南部のピッツバーグとハリスバーグの間を猛スピードでぶっ飛ばしていたころだ——華麗なる車のパレードはブラッドウッド荘にご帰還あそばした。前方と両脇をオートバイの警官に、しんがりを警察車両に守られて、車路《くるまみち》をはいってきた車は大きなうめき声をたてて止まった。セダンのドアが開いて、ヴォーン警視が飛び降りた。あとからスティーヴン・

メガラもゆっくり降りてきたが、表情は険悪で、無言のまま、両眼がいやにすばしこく、きょろきょろしていた。メガラはあっという間に護衛に囲まれ、屋敷を迂回して入江の船着き場に向かった。メガラのランチがそこで待っていた。警察の船に先導されて〈ヘリーン号〉に戻ったメガラは、船ばしごをのぼって中に消えた。

コロニアル風の屋敷のポーチでは刑事がひとり、のんびり揺り椅子に坐っていたが、さっと立ち上がって、分厚い封筒を警視に手渡した。ヴォーン警視は、今朝は特に無力感にさいなまれていたので、まるで命綱を見つけたように封筒をひっつかんだ。その顔から無力感が消し飛んだ。読み進むうちに、警視の顔がどんどん深刻になっていった。

「三十分ほど前に特別な使いが届けてきました」刑事は説明した。

ヘリーン・ブラッドが戸口に現れると、警視は素早く封筒をポケットに隠した。

「何が起きているんです？」ヘリーンは詰め寄ってきた。「スティーヴンはどこですの？　少しはこのわけのわからない状態について説明してくださる義務が、あなたにはおありだと思いますわ、警視さん！」

「メガラさんはご自分のヨットです」ヴォーン警視は答えた。「いいや、お嬢さん、説明の義務はありませんよ。それじゃ、失礼しま――」

「逃げないで」ヘリーンは怒っていた。その眼がぎらっと光った。「あなたがたのやりかたはとてもひどいと思いますわ。今朝はスティーヴンをどこに連れていったんです？」

「すみませんね」ヴォーン警視は言った。「お答えできません。ともかく、お嬢さん、すみませんが——」

「でもスティーヴンはまるで病人じゃありませんか。まさか、警察で拷問にかけたんじゃないでしょうね！」

ヴォーン警視は苦笑した。「いやいや——そりゃ、新聞の大げさな嘘ですよ。警察じゃそんなことはしません——病人って、まあ、たしかにひどい顔ですがね。気分でも悪かったんじゃないですか。股ぐらが痛いとかなんとか言ってましたし」

ヘリーンは地団太を踏んだ。「人でなしだわ、あなたたちみんな！　いますぐテンプル先生に、ヨットに行って診察してくださるように頼みますからね！」

「どうぞどうぞ」警視は大まじめに言った。「こちらは全然かまいませんよ」ヘリーンが足音荒くポーチを出て、トーテムポストのそばを通る小径《こみち》に去っていくと、警視はやれやれと安堵の息をついた。そして、すぐに顎《あご》を引き締め、別人のように厳しい顔になった。「来い、ジョニー。仕事だ」

部下の刑事を連れて、警視はポーチをおりると、森を抜ける西への小径をたどった。庭師兼運転手のフォックスが幽閉されている小屋が、木々の間からひょっこり現れた。ドアの前で、私服刑事が行ったり来たりしている。

「おとなしくしているか？」ヴォーン警視は訊ねた。

「外を覗きもしませんよ」

ヴォーン警視はノックもせずにいきなりドアを押し開け、ずかずかと小屋の中にはいっていった。部下もあとについてはいった。フォックスの細い顔は灰色で、無精ひげがぽつぽつと黒く生え、眼の下には真っ黒にくまが浮いていた。その顔がさっと、食いつくように勢いよく警視を振り返った。フォックスは独房の囚人のように落ち着きなく、ずっと行ったり来たりしていたのだった。訪問客が誰なのかを見てとると、フォックスはくちびるをきっと結び、また行ったり来たりし始めた。

「おまえさんに最後のチャンスをやろう」警視が唐突に言った。「話す気はないか?」

フォックスの足音が、まったくなんの邪魔もはいらなかったかのように、一定のリズムを刻み続けた。

「パッツィ・マローンに会いにいった理由をまだ話さないか、なあ?」

答えはない。

「わかった」ヴォーン警視はやれやれというようにどすんと坐った。「望みどおり、引導を渡してやろう――ペンドルトン」

男の足取りが一瞬、乱れたものの、すぐ元どおりになった。その顔は無表情だった。

「たいしたタマだ」ヴォーン警視は皮肉った。「なかなか図太い。それに根性もある。だがなあ、おまえさんのためにはちっともならんぞ、ペンドルトン。なんたって、こっちはおまえさんのことは全部、知ってるんだ」

フォックスはもごもごと言った。「なんの話かわかりません」

「おまえさん、食らいこんだことがあるだろう」

「どういう意味です」

「ムショ暮らしをしたことがあるくせに、食らいこむって言葉がわからんのかね。まあいいさ」警視はにこやかに言った。「だがなあ、言っとくが、ペンドルトン、おまえさんはそりゃあもう馬鹿なまねをしとるんだぞ。カーテンがわりに鉄格子を使ってたことなんか、私は別になんとも思っちゃいない……」その顔から、一瞬で微笑が消えた。「私は本気だ、ペンドルトン。否定したって、いいことなんかひとつもない。おまえさんはどっぷり泥沼につかってるんだ――わかるか？ なんたって前科持ちなんだから、この状況じゃ、洗いざらいぶちまけるのがいちばんの得策だぞ」

男の眼に苦悶がにじむ。「何もお話しすることはありません」

「そうかい？ まあいい、それじゃちょっと話そうじゃないか。たとえば、私がニューヨークで、ちょっとお天道様の下を歩けないようなチンピラとぶつかったとしよう。ちょうど、宝石店の金庫破りがあったばかりというタイミングだ……このチンピラが何も喋らないと思うか、え？ もう一度、考えてみろ」

長身の男はぴたりと足を止めると、握りしめたこぶしをテーブルについて、うなだれた。黒いテーブルに関節が真っ白く浮いている。「お願いです、警視」男は声を絞り出した。「もう勘弁してください！ わかりましたよ、おれはペンドルトンです。だけど、今度の事件で、おれは何もしちゃいない！ おれは真人間になりたくて――」

「ふうむ」警視は言った。「その方がいい。これで、ようやく話ができるな。おまえさんはフイル・ペンドルトン。窃盗の罪で五年の刑を受けて、イリノイ州、ヴァンダリアの州刑務所で服役した。去年、そこで脱獄騒ぎが起きた時、その暴動から刑務所長の命を守った。それでイリノイ州知事から減刑の許可がおりたわけだな。犯罪歴は――カリフォルニアで暴行脅迫罪、ミシガンで家宅侵入罪。どちらもおつとめは果たしている……。さて、もし正直に全部話すなら、こっちはむかしのことでいじめるつもりはない。いま何か隠し事をしてるんなら、全部きれいに吐いてしまえ、そうしたら、私の力でできるかぎり、いいようにしてやろう。トマス・ブラッドを殺したのか？」

ブラッドウッド荘でフォックスとして知られている男は、崩れるように椅子にへたりこんだ。

「いいえ」かすれた声で答えた。「神に誓ってやってません、警視」

「前の仕事にはどうやってついた――ここに来る時に紹介状を書いてくれた男の」

男は顔もあげずに答えた。「おれはやりなおしたかったんです。あの人は――何も訊かずに雇ってくれました。あの人の商売がうまくいかなくなって、それでおれは解雇されたんです。それだけです」

「ここの庭師と運転手を兼任したことに、何か特別な下心があったのか、え？」

「いいえ、ただ、外でやれる仕事だし、給料もよかったから……」

「よしよし、わかった。さて、私にいいようにしてもらいたいんなら、マローンに会いにいったいきさつをすっかり話すことだ。足を洗ったんなら、なんでマローンなんてギャング野郎に会いにいった？」

フォックスは長いこと黙りこんでいた。やがて立ち上がったその顔はこわばっていた。「おれだって、自分の人生を自由に生きる権利がある……」

「そのとおりだ、ペンドルトン」警視は愛想よく言った。「あるともさ！　だから、そうできるように助けてやろうと言っとるんだろうが」

フォックスは警視と眼を合わさず、戸口の刑事の方を見ながら、早口に言った。「どうやってか知りませんが、むかしの――ムショ時代のダチがここにおれがいるのを突き止めたんです。そのことをおれが知ったのは火曜の朝でした。向こうはおれに会うと言ってきかなかった。いやだと答えました――もう足を洗ったと。そうしたら、〝雇い主にむかしのことをばらされたくないだろう〟と脅されて。それで、会いにいったんです」

ヴォーン警視はうなずいた。親身になってじっと聞いている。「ああ、わかるぞ。続けて」

「奴は落ちあう場所を伝えてきました――名前は言わないで、ただニューヨークの、ある住所だけを。火曜の夜、ストーリングスさんとバクスターさんをロキシー劇場で降ろしてから、そこに行って、隣のブロックに車を停めました。誰か知らない奴が中に入れてくれて、そこで――ある男と会いました。男は――ある提案を持ちかけてきました。いやだと言いました――むかしの生活からはきれいさっぱり足を洗った。もう犯罪はたくさんだと言ってやったんです。そしたら、明日まで考える時間をやる、断ればおれの正体をブラッドさんにばらす、と言われました。おれは出ていきました――あとのことはご承知のとおりです」

「そのあと、殺人があったというニュースを聞いて、そいつはおまえさんに近づくのをやめたんだな」ヴォーン警視はつぶやいた。「で、その男ってのはパッツィ・マローンだろう、え？」

「それは――その、言えません」

ヴォーン警視はじろりと睨《ね》めつけた。「密告はしない主義ってわけか、ふむ。提案ってのはなんだった」

フォックスはかぶりを振った。「これ以上は言えません、警視。おれを助けたいとかなんとか言ってくれましたが、喋ったらおれはまずいことになる」

警視は立ち上がった。「そうか。まあ、ここだけの話だが、おまえさんの立場なら喋るわけにいかんのはわかってるよ。とりあえず、いまの話におかしなところはなさそうだ……。ところで――フォックス……」その名で呼ばれて、男は、はっと頭をあげ、驚きと感謝のまざりあったまなざしでヴォーン警視の眼を覗きこんだ。「――おまえさん、去年のクリスマスはどこにいた？」

「ニューヨークです、警視。まだ職を探していて。ブラッドさんの広告に応募して、一月二日から雇ってもらいました」

「調べよう」警視はため息をついた。「なあ、フォックス、おまえさんのためにも、いまの話が全部本当であることを願ってるよ。私はこの事件で手がふさがってて、ほかのことに興味を持つ余裕はない。いいか、この近辺から遠くに行っちゃいかん。見張りはつけない、逮捕もしない。だが、監視下には置く。わかるな？　ずらかろうなんて気は起こさないことだ」

「それはもう、絶対にそんなことは！」フォックスは叫んだ。新たな希望がその顔を照らし始めていた。

「何もなかったように振る舞え、いいな。無実なら、私は今度のことをブラッドの奥さんに話すつもりはないし、過去をばらす気もないよ」

この寛大な処分に、フォックスは口もきけずに茫然と立っていた。警視とふたりの刑事が森の中の小径をどんどん歩いていくのを、フォックスは小屋の戸口に立って見送っていた。その胸が大きくふくらみ、暖かな大気を深々と吸いこんだ。

＊

ヴォーン警視は、屋敷の玄関ポーチでヘリーン・ブラッドと鉢合わせした。

「また、かわいそうなフォックスを拷問してきたのね」娘はふんと鼻を鳴らした。

「フォックスならなんともないですよ」警視はそっけなく言った。その顔には疲労と、さいなまれている無力感が浮かんでいた。「テンプル先生に会えたんですか」

「先生はお留守でしたわ。モーターボートでどこかに行かれたんですって。お帰りになったらスティーヴンを診《み》てくださいと、お手紙を置いてまいりました」

「留守……か」

ヴォーン警視はオイスター島がある方を向いて、疲れた顔でうなずいた。

19 T

ブラッドウッド荘にひと晩泊まったヴォーン警視は、日曜の朝九時十五分に、執事のストーリングスに呼ばれて電話に出た。実は、警視はその電話がかかってくるのを待っていたらしい。電話が来たとの知らせを受けたとたん、とぼけた顔になり、わざとらしく「いったい誰だろう」と言ったからである。ストーリングスがその芝居にだまされたかどうかはともかくとして、警視のごく短い受け答えを聞いただけでは、電話の内容はさっぱりわからなかった。「ふうむ……ああ……いや。ええ」警視は受話器を置き、眼をらんらんと輝かせて、屋敷を飛び出していった。

九時四十五分に、郡警察官三名を乗せた郡の公用車に同乗して、アイシャム地方検事がブラッドウッド荘に堂々と正面から乗りつけた。一行がコロニアル風の屋敷の前で車を降りたとたんに、ヴォーン警視が飛び出していき、地方検事の両手をしっかり握ると、声をひそめて熱心に話しだした。

皆の眼がそちらにひきつけられているすきに、エラリーは素早くデューセンバーグをヤードリー教授宅の敷地に入れた。

地方検事の連れてきた三人の警官のうちひとりだけが、同僚たちのような軍人めいた軽やかな身のこなしを持ちあわせていないことに、誰も気づいていないらしかった。彼は大勢の警官たちの群れにのみこまれ、やがて一同は思い思いの方向に散っていった。

ヤードリー教授はスラックスとセーター姿で、愛用のパイプをくゆらせつつ、嬉しそうな叫び声をあげて、エラリーを男子部屋《シラームリク》に歓迎した。

「我が主賓《しゅひん》のご帰還だ！」教授は叫んだ。「きみはもう戻ってこないかと思ったぞ」

「教授の引用癖がまだ治っていなければ」エラリーはにこにこして、コートを脱ぎ、大理石のモザイクの床に身体を投げ出した。「この真理をよく考えてみることですよ。〝客人というものはどんなに歓待されていても逃げ出してしまう……気に入らなければ〟」

「こんな引用のされかたをして、プラウトゥス（前二五四？―前一八四？ 古代ローマの喜劇作家）が草葉の陰で泣いとるぞ。だいたいきみは三日しか留守にしとらんだろう」教授の眼は輝いていた。「で？」

「で」エラリーは答えた。「連れてきましたよ」

「どうやって！」ヤードリー教授は考えこんだ。「そうか、警官の扮装《ふんそう》をさせたな？ やれやれ、まるで芝居だ」

「今朝、ミネオラで策を練りなおしたんですよ。アイシャムさんが警官ふたりと公用車一台を手配して、ヴォーン警視に電話で連絡しておいて、それからブラッドウッド荘に向かって出発したんです」エラリーはため息をついた。眼の下には大きなくまが浮いている。「まったく、えらい旅行でしたよ！ ヴァンは、はまぐりなみに喋らないし。疲れました！ だけど、休んでるひまはないときた。さてと、これから大いなる除幕式というわけですが、教授もごらんになりますかね？」

教授は慌ただしく立ち上がった。「もちろんだ！　もう幽閉されるのはまっぴらだ。朝めしは食ったのか」

「ミネオラで腹ごしらえしてきました。行きましょう」

ふたりは家を出ると、のんびりした足取りで道路を渡り、ブラッドウッド荘に向かった。玄関ポーチに着くと、まだヴォーン警視がアイシャム地方検事と話しこんでいた。

「地方検事に報告していたんですわ」ヴォーン警視は、まるでエラリーが留守になどしていなかったかのように、しれっと話しかけた。「フォックスについてわかったことを」

「フォックスについて？」

警視は、男の過去に関して知りえたことを繰り返して説明した。

エラリーは肩をすくめた。「気の毒な男だ……メガラさんはどこです？」

「ヨットですよ」ヴォーン警視は声をひそめた。「自分からさっさと船着き場に降りていっちまいました……昨日は、股ぐらがひどく痛むとかで。ブラッドのお嬢さんがテンプルを呼ぼうとしたんですが、あの医者は一日じゅう出かけていたようです。たぶん今朝、〈ヘリーン号〉に行ったと思いますよ」

「昨日のすてきな芝居で何か出てきましたかね？」

「なんにも。おとり《デコイ》に引き寄せられるカモはいなかったってわけですわ。それじゃ、ほかの連中が起きだしてくる前に仕事にかかりましょうや。まだみんな寝てます――いまなら誰もいません」

一同は屋敷を迂回して、入江に向かう小径《こみち》をたどった。桟橋には三人の警官が立っており、警察のランチが出発を待っている。

第三の警官に特別な注意を向ける者はいなかった。アイシャム地方検事、ヴォーン警視、ヤードリー教授、エラリーはランチの中にごそごそと乗りこみ、三人の警官もあとに続いた。ランチは波しぶきをはねあげ、一キロほど沖に停泊しているヨットに向かって水面を走りだした。まったく同じ手順で〈ヘリーン号〉への乗船もおこなわれた。四人の男たちがはしごをよじのぼると、三人の警官があとに続いた。〈ヘリーン号〉の乗組員は染みひとつない真っ白な制服に身を包み、まるで誰かを逮捕しにきたような足取りでのしのし歩いてくるヴォーン警視ばかりを見つめている。

スウィフト船長が、一同が通りかかったところで船室のドアを開けた。「いつまで――」ヴォーン警視は耳が聞こえないかのようにさっさと歩いていき、ほかの者も無言でどんどん進んでいった。船長は眼をむいて一同の背中を睨みつけ、歯噛みしていたが、やがて、立て板に水とばかりに罵《ののし》り言葉を吐き散らすと、船室に引っこみ、ドアを叩きつけて閉めた。

警視はいちばん大きな船室の羽目板作りのドアをノックした。ドアがさっと引き開けられ、テンプル医師の真っ黒に焼けた精悍《せいかん》な顔が現れた。

「おや、こんにちは！」医師は言った。「皆さん、お揃いで。いまちょうど、メガラさんを診察していたんです」

「はいってかまいませんか?」アイシャム地方検事が訊ねた。

「どうぞ!」船室の中からメガラの張りつめた声が聞こえてきた。一行は無言でぞろぞろとはいった。スティーヴン・メガラは簡素なベッドの上で、シーツ一枚かけただけの裸の姿で横たわっていた。ヨットマンの顔は真っ青で、ひきつれていた。眉の端に汗の玉が止まっている。股間をおさえ、身体をふたつ折りにしている。警官たちに目もくれず、ただ、苦痛に満ちた眼でテンプル医師だけを見つめている。

「何が悪いんです、先生?」エラリーは真顔で訊いた。

「鼠蹊部《そけいぶ》のヘルニアです」テンプル医師は答えた。「良性ですよ。いますぐどうこうという心配はありません。いま、鎮痛剤を出しました。もう少しすれば効いてくるでしょう」

「今度の航海で、やられた」メガラはぜいぜいと荒い息をしていた。「ありがとう、先生、もう結構です。お引き取り願えますか。このかたがたと大事な話があるので」

テンプル医師は眉をあげた。やがて、肩をすくめると、診察用の鞄を取りあげた。「わかりました……よく気をつけて経過を見ていてください、メガラさん。いますぐ必要じゃありませんが、手術した方がいいですよ」

そして、軍隊式にしゃちこばって一同に頭を下げると、さっさと船室を出ていった。警視があとをつけていった。テンプル医師が自分のモーターボートに乗りこみ、本土に向かって出発するまで、警視は船室に戻ってこなかった。

ヴォーン警視は船室のドアをしっかり閉めた。甲板に残ったふたりの警官は、ドアを背にして見張りに立った。

*

第三の警官が一歩前に進み出て、くちびるをなめた。ベッドの男はシーツをぐっとつかんだ。ふたりは無言で見つめあった。手を差し出そうともしなかった。

「ステファン」校長が言った。

「アンドレヤ」エラリーは不意に笑いだしそうになった。場の空気も何もかもが悲劇的だというのに、状況はどこかしら滑稽《こっけい》だった。目の前には、外国名のなかなかの美丈夫ふたり――ヨット、苦痛のベッド、野暮ったい制服……。エラリーの生涯でもこんな光景は見たことがない。

「クロサックだ。クロサックだ、アンドレヤ」病人は言った。「奴がおれたちを見つけたんだ、おまえがいつも言っていたとおりになった」

アンドレヤ・ツヴァルが荒々しく言った。「トムの奴、おれの忠告を聞いていれば……去年の十二月に手紙で警告してやったのに。あいつはおまえに連絡しなかったのか」

ステファンはゆっくりとかぶりを振った。「いや。連絡がとれなかったんだ。おれは太平洋を航海していたから……元気だったか、アンドレヤ」

「ああ、元気だ。最後に会ったのはいつだった？」

「何年前だ……五年か、六年か」

ふたりは黙りこんだ。警視は食い入るようにふたりを見つめ、アイシャム地方検事は固唾《かたず》をのんで見守っていた。ヤードリー教授がエラリーをちらりと見ると、エラリーは急いで話しだした。「失礼、おふたりとも。その、まず話を。ヴァンさんは……」そして校長を指し示した。

「できるだけ急いでブラッドウッド荘を離れなければならないんです。このあたりに長くいればいるほど、身の危険が増します。いまは何者に化けているか知りませんが、クロサックという男は非常に頭がまわる。我々のちょっとした計略もいつ見破られるかわからない。ウェストヴァージニアにヴァンさんが帰る時に、万が一にもあとをつけられるわけにいかないんです」

「そうだ」ヴァンは重々しく言った。「そうなんだ。ステファン、おまえから話してくれ」

ヨットマンはベッドの上でしゃんと背を伸ばした――痛みが引いたのだろうか、それとも興奮で痛みを忘れてしまったのだろうか――そして、船室の低い天井をじっと見上げた。「どこから始めればいいんだろうな。すべての始まりは恐ろしくむかしのことです。トミスラフとアンドレヤと私は、ツヴァル家の最後の生き残りなのですよ。モンテネグロ王国の山岳地帯の誇り高い、裕福な氏族でした」

「家ごと滅びて消えましたがね」校長は氷のような声で言った。

病人はどうでもいいというように手を振った。「我々が熱いバルカン民族の血を引いていることをご理解いただかないと話は始まりません。とても熱い――焼け焦げる鉄板のような」メガラは短く笑い声をたてた。「ツヴァル家には先祖代々の宿敵がいました――クロサック一族、別の氏族です。もう代々にわたって――」

「血の復讐《ヴェンデッタ》か！」教授が叫んだ。「なるほどなるほど。正確にはイタリアのヴェンデッタとは違うがな。むしろ、我が国のケンタッキーの山奥で見られる、家同士の殺し合いと同じやつだろう。私としたことが、どうしていままで思いつかなかったんだろうな」

「そのとおりです」メガラはそっけなく言った。「我々はいまだに、なぜこんな氏族同士の争いがあるのか知りません――発端となった事件はあまりに血にまみれていて、我々の世代になると、当時のことはまともに伝わっておらず、謎なのです。しかし、我々は子供のころからずっと、こう教えこまれてきました――」

「クロサック一族を殺せと」校長はしゃがれ声を出した。

「我々の一族は、殺す一族でした」メガラは顔をしかめながら続けた。「我々の祖父と父は、とにかく残虐で冷酷だったので、二十年前、とうとうクロサック一族の男子はひとりになってしまいました――それが皆さんの追っている男、ヴェリヤです……当時はまだ子供でした。ヴェリヤとその母親が、クロサック一族の最後の生き残りです」

「遠いむかしのことのようだ」ヴァンがつぶやいた。「まったく野蛮だった！　おまえとトミスラフとおれの三人で、おやじを殺された報復に、クロサックの父親と伯父ふたりを待ち伏せて殺したよな……」

「信じられませんね」エラリーがこっそり教授に耳打ちした。「文明社会の話だとはとても思えない」

「その子供はどうなったんです、生き残りのクロサック少年は」アイシャム地方検事が訊ねた。

「母親は息子を連れてモンテネグロから逃げました。親子はイタリアに逃げて、隠れ住んでいましたが、母親の方はまもなく死んだそうです」

「それでその息子が、あんたがたの一族に対する復讐を受け継いだってわけか」ヴォーン警視は考え考え言った。「たぶん、おっかさんが死ぬ前にあることないことたっぷり吹きこんだんだろう。そのせがれの行方は追ったんですか」

「ええ。自分たちの身を守るために、そうしなければなりませんでした。成長しておとなになったあかつきには、我々をきっと殺そうとするに違いないとわかっていたからです。探偵を雇って、ヨーロッパじゅう、追いまわしましたが、十七になる前に奴が雲隠れしてしまい、それから二度と消息を聞くことはありませんでした――今度のことがあるまでは」

「クロサックを直接、見たことはないんですか」

「ありません。あれがまだ十一か十二の時に、故郷の山を出ていってからは」

「ちょっと待ってください」エラリーは眉を寄せながら言った。「なぜ、クロサックがあなたがたを殺したがってると、そんなに確信をお持ちなんです？ 当時はまだ子供ですよ……」

「なぜ？」アンドルー・ヴァンは苦い笑いを浮かべた。「探偵のひとりが、まだ奴を監視できていたころにうまく取り入ってかなり信用されていたんですが、その時に奴が、たとえ地の果てまで追ってでも、私たちの血をぶちまけて皆殺しにしてやると誓うのを聞いているんです」

「まさかあなたがたは」アイシャム地方検事は念を押すように訊いた。「そんな、たかが子供の威勢のいいたわごとを本気にして、故郷を逃げ出して、名前まで変えたと言うんですか」

男たちはかっと顔を赤くした。「あなたがたはモンテネグロのかたき討ちがどんなものか知らないんだ」ヨットマンはつぶやいて、皆の眼を避けた。「あるクロサック一族の者は、南アラビアの奥地までツヴァル家の者を追いつめた——もう何世代も前の話ですが……」

「つまり、もしあなたがたがクロサックとじかに顔を合わせたとしても、それが本人かどうかわからないってことですね？」エラリーが唐突に訊いた。

「どうしてわかりますか？……もう我々しか残っていないのに。父も母も——亡くなりました。それで私たちはモンテネグロを出てアメリカに移住すると決めたんです。引き留めるものは何もなかった——アンドルーも私も未婚で、トムだけは結婚していましたが、妻とはすでに死別して子供もなかったんです。

我が家は裕福な一族でした。土地屋敷も非常に価値があるものでした。私たちはそのすべてを売り払い、偽名を使ってひとりずつばらばらにこの国にはいり、ニューヨークで落ちあいました。自分たちの名を決める時に——」エラリーは一瞬はっとして、すぐに微笑した。「——別々の国から、名をとることにしました。そして地図と相談して、ひとりひとり違う国籍を選んだんです——私はギリシャ人に、トムはルーマニア人に、アンドルーはアルメニア人に。当時の我々は見た目も言葉も南ヨーロッパ人まるだしで、アメリカ生まれを名乗るのは無理がありすぎましたから」

「おれはおまえたちにクロサックのことを警告したな」校長がぼそりとつぶやいた。

「トムと私は——三人とも高い教育を受けていたので——いまの事業を始めました。ところがこのアンドルーはむかしから、向上心が強くて、しかも一匹狼のたちなので、独学で英語を学び、しまいには学校教師になりました。我々は皆、もちろんいまはアメリカに帰化しています。そして年月がたつにつれて私たちは、もうずっとクロサックの消息を聞くこともなかったので、存在さえ忘れかけていました。あの男は――すくなくともトムと私にとっては――昔話か、すでに架空の人物のようになっていた。もうとっくに死んだか、我々を追うのをあきらめたのではないかと思っていました」ヨットマンは歯を食いしばった。「わかっていれば――ともかく、トムは結婚しました。我々の商売は順風満帆でした。アンドルーはアロヨ村に引っこんでしまいましたが」

「おまえたちがおれの忠告を聞いていれば」ヴァンはぴしゃりと言った。「こんなことにはならなかったし、トムだって今日まで生きていたはずだ。何度も言っただろう、クロサックはきっと現れて、復讐を遂げると！」

「落ち着け、アンドレヤ」メガラは厳しい声で言った。しかし、兄弟を見るそのまなざしには憐れみのようなものがあった。「わかっている。だけど、めったにおれたちに会いにこなかったじゃないか。おまえのせいでもあるんだぞ、わかっているだろう。おまえがもう少し兄弟思いだったら……」

「クロサックが、おれとおまえとトムを一度にまとめて始末できるように、おれもここにいろって？」アロヨから来た男は叫んだ。「なんのために、おれがあの穴ぐらにこもったと思ってる。おれだって命は惜しいんだ、スティーヴン！　おれは賢かった、おまえたちは――」

「それほど賢いとは思えんな、アンドレヤ」ヨットマンは答えた。「そもそも、クロサックはいちばんにおまえを見つけたんだぞ。そして――」

「そうです」警視が言った。「そのとおりだ。私はこのアロヨの殺人事件に関する小さな問題を片づけたいんですがね、ヴァンさん、あなたさえよければ」

校長はぞっとする記憶に身をこわばらせた。「アロヨか」校長はしゃがれた声を絞り出した。「思い出すのも恐ろしい。私が何年も前にピートじいさんという別人になりすますことにしたのは、心配と不安でどうにもたまらなくなったからです。ひとり二役を演じていれば、クロサックに――」校長は唸るように言った。「――見つかった時に、役だつだろうと。そして、見つかってしまいました――」校長は一度、口をつぐんだが、早口に続けた。「何年も、私はあの小屋に住んでいました。あの空き家は、山中の洞窟を探検しにいった時に偶然発見したものです。私は有刺鉄線の柵を張りめぐらしました。変装道具はピッツバーグに行って買い揃えました。学校長としてのいつもの仕事から自由になると、まわりの目を盗んではこっそり山にはいって、ピートじいさんの扮装をして村に現れては、アロヨの人たちがピートじいさんは実在すると信じるように仕向けました。トムとスティーヴンは――この芝居をいつも馬鹿にして笑っていました。子供だましだと。どうだ、子供だましだったか、スティーヴン？　いまもそう思うか？　自分も用心していればよかったと、トムが墓の下で後悔してると思わないか？」

「ああ、ああ」メガラは急いで答えた。「続きを、アンドレヤ」

変わり者の校長は、借り物の制服の背中に両手をまわして組み、狂ったような眼をして、船室をぐるぐる歩きまわった……一同はその驚くべき物語に耳を傾けた。

もうすぐクリスマスというある日――校長はその特徴的な、やけに切羽詰まった口調で話しだした――もう二カ月も山男の老人の扮装でアロヨ村に姿を現していなかったことに気づいた。これほど長い間、姿を見せずにいると、村人の誰かが――おそらくはルーデン巡査あたりが――山に住むあのじいさんは大丈夫だろうかと様子を見にきて、小屋の中を調べるかもしれない……そんなことになれば、これまで入念にひとり二役を演じてきた苦労が水の泡になってしまう。クリスマスから新年にかけて、村の小さな小学校は一週間以上休みになる。ということは、すくなくとも五、六日はなんの気兼ねもなく、世捨て人のピートじいさんになりすますことができる。それまでも、このぼろを着た隠者を演じていたのは、休暇や週末で、小学校の校長は旅行に行っていると、村人に思われていた時だ。

「クリングには、校長が留守にすることをどう説明していたんです?」エラリーは訊いた。

「それとも、あなたの召使は協力者だったわけですか」

「冗談じゃない!」ヴァンは叫んだ。「あれにそんな知恵はありません。私はただ、ホィーリングとかピッツバーグとかにちょっと旅行してくる、と言うだけです」

クリスマスイブになると校長はクリングに、ピッツバーグに行ってクリスマス《ユールタイド》を愉しんでくると告げた。そしてその日の夕方、山小屋に向かった――山男の変装道具はもちろん、すべて小屋に置いてある。ここで、またピートじいさんに化けた。翌朝は(クリスマスの朝だ)うんと早起きして、徒歩で村に向かって山をおりていった。食料品を買い出しにいかなければならなかったのだが、たとえクリスマス当日で、よろず屋は閉まっていても、店主のバーンハイムから直接、売ってもらえるのを知っていた。そして本街道とアロヨ村道が交わる丁字路にて、クリスマスの朝六時に、たったひとりで、あの身の毛もよだつはりつけの死体とぶつかった。さまざまな形でちりばめられたTの文字の意味は、一瞬で頭に飛びこんできた。慌てて、アロヨ村道をさらに百メートルほど行ったところにある自宅に急いだ。のちにほかの者も見ることになる血なまぐさい惨状は、ヴァンにとってだけのぞっとする意味があった。クロサックが偶然、前の晩にやってきて、哀れなクリングを（アンドレヤ・ツヴァルだと思いこんで）殺し、頭を切り落として、胴体を道標にはりつけにしたに違いないと、校長は一瞬にして理解した。

大急ぎで、どうにかしなければ。どうすればいい？　運命の思いがけない恵みのおかげで、現在クロサックはアンドレヤ・ツヴァルに対する復讐をなしえたと信じているはずだ。では、そのまま信じさせておけばいいではないか？　このままピートじいさんになりすまして、クロサックだけでなく、ヴァンの住んでいたウェストヴァージニアの小さな世界の人々ごと、だましてしまえば……。幸い、殺された時にクリングが着ていた服は、数日前にヴァンが着古していらなくなって与えたものだ。これが村の小学校の校長、アンドルー・ヴァンの服なのは、村人ならきっと覚えている。だから、もしポケットにアンドルー・ヴァンであることを証明する書類のたぐいを入れておけば、間違いなく死体はヴァン本人であると認められるに違いない。

というわけで、校長はさっそく古い服のポケットをあさって手紙や鍵などをかき集め、この交差点に引き返し、クリングの無残な死体から、クリング自身を特定するような証拠品をすべて回収し――ぞっとする作業でした、と、警官姿の男は、まるでその時のことを思い出したように身震いした――ヴァンの所持品を死体にしこむと、大急ぎで道路から離れ、森の中に逃げこんだ。ここで、こっそり小さな焚火をおこして、クリングの持ち物を燃やしてしまうと、誰かが通りかかるのを待った。

「なんでです?」すかさずヴォーン警視が訊ねた。「なんでさっさと山小屋に引き返して、閉じこもってなかったんです」

「なぜなら」ヴァンはあっさり答えた。「すぐに村へ行って、クロサックが現れたことを兄弟たちに知らせなければいけなかったからです。しかし、そのまま村に行って、あの交差点の死体について何も言わなければ、怪しまれてしまいます。村まではどうしたってあの交差点を通らないわけにいかないのですから。とはいえ、村にはいって、私が死体を見つけたと――しかもひとりで見つけたと言えば、犯人扱いされても不思議じゃない。でも、ここで何も知らない村人が通りかかるのを待てば、死体を〝発見〟する相棒ができるうえ、怪しまれずに村にはいって、食料品を仕入れることも、兄弟たちに危険を知らせることもできます」

小一時間ほど待つと、農夫のマイケル・オーキンズがやってきた。ピートじいさんことヴァンはうまい具合にタイミングを見計らって、丁字路に向かって道路をよたよたと歩いていった。オーキンズに挨拶をすると、農夫は車に乗れと言ってくれて、やがてふたりで死体を見つけて……あとは、「クイーンさんが検死審問で、実際に聞いてご存じのとおりです」と、ヴァンはおごそかに物語をしめくくった。

「それで、ご兄弟に連絡はとれたんですか」アイシャム地方検事が訊ねた。

「ええ。実は、丁字路でクリングの死体を発見したあと自宅に行った時に、短い手紙を急いで書いておいたんです、トミスラ——つまり、皆さんがトマス・ブラッドとして知っている者に。村にはいって、てんやわんやのうちに、郵便局のドアの差し出し口にこっそり手紙を入れることができました。手紙には、起きたことを簡潔に説明すると同時に、クロサックはこのまま復讐を続ける気に違いない、と書きました。さらに、私はピートじいさんになりすますつもりであることと、スティーヴンともども、このことは絶対に秘密にしてほしいと書き添えました。こうしておけば、すくなくとも私はクロサックから狙われる心配がなくなります。私はもう死んでいるのですから」

「おまえは運がよかった」メガラは苦々しげに言った。「トムはおまえの手紙を受け取ったものの、おれに連絡することができなくて、警察宛のあの手紙に——おれへの最後の警告を残してくれたんだな。おれがブラッドウッド荘に戻るより先に、自分にもしものことがあった場合を見越して」

兄弟たちは青い顔で全身をこわばらせていた。どちらも、いま現在、神経をきりきりと引き絞られているのは一目瞭然だった。あのメガラさえも、呪縛にとらえられていた。不意に外の甲板から男の笑い声がげらげらと聞こえてきて、一同はぎょっとしたのだが、それがただ、〈ヘリーン号〉の乗組員のひとりが警官にちょっかいを出しているだけと気づいて、皆、ほっと身体の力を抜いた。

「なるほど」アイシャム地方検事がようやく声を出したものの、すっかりお手上げという口調だった。「よくわかりましたが、結局、どうなるわけです？　クロサックを捕まえるという話については、あいかわらず目鼻もつかないことに変わりないですが」

「悲観論が」エラリーは言った。「完全に公式見解というわけですか。おふたりにお訊きしますが、そのツヴァル家とクロサック家の宿根《しゆくこん》について、ほかに誰か知っているわけですか？　その線から調べてみれば、少しは容疑者の範囲を絞れると思うんです」

「我々だけです」校長は陰気に答えた。「もちろん私は誰にも言っていません」

「両家の宿根に関して、書き留めた記録というのは残っていませんか」

「ありません」

「そうですか」エラリーは考えこんだ。「ということは、他人に話す可能性があるのはクロサックだけということになる。クロサックが誰かに話した可能性はあるにはあるが、そうは思えない。どうしてそんなことをする？　いまのクロサックはりっぱなおとなだ——しかも復讐の念に狂った鬼と化している。この復讐は自分ひとりの手で成し遂げなければならない、と信じているはずだ。となると、代理の殺し屋にまかせたり、共犯者を使ったりということはなさそうだな。どうですか、メガラさん」

「モンテネグロでは復讐の代理などありえません」ヨットマンは重々しく答えた。

「もちろん、宿根の心理を知る者にとって、そんなことは自明の理だがな」ヤードリー教授が言った。「そもそも、いにしえのバルカンにおける氏族間の宿根というものは、我が国の山奥における家同士の殺し合いより、はるかに血なまぐさくむごたらしいもので、血の染みをぬぐいとることができるのは一族の手だけと考えられている」

エラリーはなるほどとうなずいた。「クロサックはアメリカに来て、他人にそのことを話すでしょうか？　それはなさそうだ。他人に弱みを握られることになるし、足がつくきっかけになりかねない。これまでに見せてきた狡猾《こうかつ》さから判断するに、クロサックはただの偏執狂じゃない、恐ろしく頭のまわる悪党だ。だいたい、共犯者を雇ったりしたら──そんなことはしないそうですが──そいつにどんな見返りを要求されることか」

「いい目のつけどころですね」アイシャム地方検事が同意した。

「ヴァンさんのお宅にあったブリキの箱から現金をすっかり盗っていったという事実は──」

「あれには百四十ドルはいっていました」ヴァンがぼそりと言った。

「──クロサックは金に困っていて、見つけた物をとりあえず持っていったことを示していま す。しかし、ご兄弟のトミスラフさんの屋敷からは何も盗られていない。共犯者がいれば、盗みができる機会をみすみす逃すはずはないから、やはり共犯者はいなかったということになる。この連続殺人は強盗目的ではなく、復讐です……。共犯者がいないことを示す、その他の指標はあるでしょうか？　あります。クリング殺しにおいて、丁字路でただひとりの人間が目撃されていますが、それはヴェリヤ・クロサックでした」

「あんたは何を証明しようとしてるんですかね？」ヴォーン警視が不機嫌な声を出した。

「ただ、クロサックがすべてをひとりで実行していて、自分の計画を誰にも話していないのは間違いなさそうだ、ということですよ――動機が個人的で、手口が残虐で、ひとりきりで行動しているという手がかりをほとんど隠そうともしていない。どちらの犯行現場にもTの文字をちりばめることで、クロサックは自分の犯罪だと署名しているも同然だ。狂っていようがいまいが、クロサックもそんなことは百も承知でしょうし、共犯者がいたとして――特に最初の殺人のあとで――これほど非道な殺人鬼にいつまでも黙って協力しているとは信じられません」

「そうやっていままでぐだぐだと考えてきましたがね、結局、なんにも話は進んじゃいないでしょう」警視がぴしゃりと言った。「なんでそんな、いるかどうかもわからん共犯者のことを、ねちねち考えてるんです。さっきから主犯には一センチも近づいてないでしょうが、クイーンさん！」

エラリーは肩をすくめた。明らかに、彼の頭の中では、共犯者かクロサックの秘密を共有する人間が存在するという可能性を排除することが、もっとも妥当で最重要な案件らしかった。

アイシャム地方検事は兄弟ふたりの間を落ち着きなく行ったり来たりしている。「なんにしろ」やっと口を開いた。「我々は一歩も引くわけにはいかない。そもそも、ひとりの人間がまったく足取りを残さず完璧に姿を消し去ることができるというのがまったく理解できない。我々はもっとこの男の外見について知る必要がある。おふたりが現在のクロサックの見た目をご存じないということはさておいて、もっと何か教えていただけることはありませんか――子供時代から歳をとっても変わらないような特徴とか」

兄弟は顔を見合わせた。「片脚が悪かったですよ」ヴァンは肩をすくめた。

「それはもうお話ししましたが」メガラは言った。「子供のころ、クロサックは軽く股関節に炎症を起こして——変形するほどではなかったものの、左脚に後遺症が残ったんです」

「それは死ぬまで完治しないものですか？」エラリーは追及した。

ツヴァル兄弟はぽかんとした。

「その後遺症ですが、二十年たってるなら、いまはもう治ってる可能性がありますよね。その場合、ウィアトンのガソリンスタンド店主のクローカーによる証言は、クロサックの狡猾さをさらに裏づけるものとなる。子供のころに脚を引きずっていたことをおふたりに知られていることを逆手にとって、すでにヤードリー教授が指摘したとおり、脚を引きずる芝居をしていたのかもしれない……もちろん、これまでに脚が治っていると仮定しての話ですが」

「一方で」警視はぴしゃっと言った。「本当に脚が悪いのかもしれませんよ。あんたはなんで、我々が入手した証拠ひとつひとつにケチをつけるんですかね、クイーンさん」

「はいはい、わかりましたよ」エラリーは淡々と答えた。「クロサックは脚が悪い。これでご満足ですか、警視？」にやりとした。「しかし、賭けてもいいですがね、本当に脚が悪かろうが悪くなかろうが、今後、ごく稀《まれ》に世間に現れる時には、やはり脚を引きずっているはずです」

「もうずいぶん、時間を無駄にしてしまった」ヴォーン警視は唸り声を出した。「ひとつだけ確実なことを言いましょう。今後、おふたりは十分に保護を受けることになります。ヴァンさん、あなたはすぐアロヨに戻って、隠れていた方がいい。部下を半ダースほど護衛につけて、ウェストヴァージニアまであなたを送ったら、そのままそこに待機させます」

「いやいや」エラリーはうめいた。「警視、ご自分が何をおっしゃってるのか、わかってますか。それじゃクロサックの思うつぼですよ！　我々の計略がうまくいって、クロサックはアンドレヤ・ツヴァルの生存を知っていても、居場所はまだ知らないという前提で考えてください。もしクロサックがこちらの動きを見張っていたら、我々がアンドレヤ・ツヴァルという存在に注意を向ければ、気づかれますよ。どうせ、クロサックは見張っているに決まってますが」

「じゃあ、どうすればいいってんです」ヴォーン警視はつっかかった。

「ヴァンさんは、できるかぎり目立たないように山まで送り届けなくちゃだめですよ、警視――護衛はひとりだけにして。半ダースなんて目立ってしょうがない、どうせ目立つなら、もう軍隊を出す方がましだ。ヴァンさんは小屋に帰ったあと、ひとりきりでいてもらわなければなりません。ピートじいさんでいるかぎり、安全です。我々がへたに騒ぎ立てないほど、ヴァンさんの身の危険はなくなります」

「それでは、メガラさん――ええと――メガラさんの方はどうすれば？」アイシャム地方検事が訊いた。どうやら、二つ名を持つ兄弟たちをどちらの名でどう呼べばいいのか、混乱しているようだった。「こちらも放っておきますか？」

「とんでもない！」エラリーは叫んだ。「クロサックは当然、メガラさんは護衛されるはずだと思っていますから、つけなければかえって不自然だ。できるだけおおっぴらに、目立つようにつけてください」

兄弟たちは自分たちの運命が部外者の間でやいのやいのと取りざたされていることに何も口

をはさまず、おとなしくしていた。ふたりはこっそり互いに見合うと、メガラは険しい顔つきがいっそう険しくなり、校長はぱちぱちとまたたいて、落ち着きなく歩きまわりだした。

「おふたりとも、別れる前に、まだ何か話しあっておきたいことがありますか」アイシャム地方検事が訊ねた。「あるなら急いでください」

「ずっと考えていたんですが」ヴァンがぼそぼそと言いだした。「私は――私は、ウェストヴァージニアに戻るのは賢明ではないように思うんです。クロサックがきっと――」声が震えた……「私はこの呪われた国からできるだけ遠くに逃げようと思います。クロサックからできるだけ遠く――」

「だめです」エラリーがきっぱり言った。「もしクロサックがピートじいさんの正体はあなただという疑いをわずかでも持っていたら、あなたがその役を投げ捨てて逃げ出せば、クロサックに追跡の手がかりをもろに与えることになる。我々がクロサックを網にかけてしまうか、せめてクロサックがピートじいさんの正体を見破ったという証拠をつかむまで、あなたはピートじいさんのままでいなければなりません」

「思ったのですが――」ヴァンはくちびるをなめた。「私はあまり裕福ではないんです、クイーンさん。私のことを臆病者の腰抜けと思われるでしょうね。でも、ずっとあの悪魔の影に怯えながら生きてきたので……」その眼は異様な光を放って燃えていた。「トミスラフの遺産で私がもらえる金がある。それに放棄します。私はただ、逃げたいんだ……」言っていることがまるっきり支離滅裂《しりめつれつ》なので、一同は不安になった。

「だめだ、アンドレヤ」メガラが重々しく言った。「おまえが逃げたいなら――まあ、自分がどうすればいいかは、自分がいちばんよく知ってるだろう。しかし、金は……おまえの分は先に、おれが立て替えて渡してやる。どこへ行くにしろ、金は必要だ」

「いくらくらいです?」ヴォーン警視がすかさず訊いた。

「たいした額じゃありません」メガラの険しい眼がいっそう険しくなる。「五千ドルです。トムならもっとたくさん、やれただろうに……アンドレヤは末の弟で、祖国の古い伝統では遺産相続のルールが厳格なものですから。私は――」

「トムさんがご長男ですか?」エラリーが訊いた。

メガラの顔が赤くなった。「いや、私です。だから、少ない分はおれがいくらかでも埋め合わせするよ、アンドレ――」

「はあ、まあ、そういうことはそっちの好きにしてください」ヴォーン警視が言った。「そんなことより、ひとつ、言っておかなきゃなりませんがね、ヴァンさん。あなたは逃げちゃいかん。すくなくともその点についちゃ、クイーンさんはまったく正しい」

校長の顔は青ざめた。「奴にばれていないと、どうしてわか――」

「どうしてばれるんです」ヴォーン警視はいらだって言った。「まあ、少しでもあんたの気が軽くなるんなら、メガラさんに金を融通してもらって、それを持って山に帰ればいい。そうしておけば、万一、いきなり逃げるはめになっても、文無しで飛び出さずにすむ。それがいま我々の打てる最善の手ですよ」

「山小屋に隠してある私自身の貯金に足せば」ヴァンはつぶやいた。「かなりの額になる。どこへ逃げるにしろ十分以上の金だ……わかりました。アロヨに帰ります。それとスティーヴン――ありがとう」

「たぶん」ヨットマンはぎこちなく言った。「もっと金が必要になると思うんだ。五千でなく、二万渡そうか……」

「いや、いい」校長はぐっと肩をそびやかした。「おれはもらう権利のある分だけをもらう。おれはずっと自分の手で道を切り開いてきた、なあ、スティーヴン、そうだっただろう?」

メガラは顔をしかめてベッドから這い出すと、机に歩み寄った。そして椅子に坐り、何やら書き始めた。アンドレヤ・ツヴァルはうろうろと行ったり来たりしている。今後の方針が決定したとなると、いますぐにでも出発したいらしい。ヨットマンが小切手をひらひらと振りながら、立ち上がった。

「明日の朝まで待ってくれ、アンドレヤ」メガラは言った。「明日、おれが現金化しておくから、ウェストヴァージニアに帰る途中、銀行に寄って受け取っていけばいい」

ヴァンはきょろきょろと見回した。「もう行かないと。私はどこに泊まればいいんですか、警視?」

「部下たちにひと晩、お世話させます」

兄弟ふたりは向きあった。「気をつけろよ、アンドレヤ」

「おまえも」眼と眼がしっかりと見つめあい、ふたりをへだてている見えない壁が震えて、いまにも崩れそうに思われた。けれども、そうはならなかった。ふい、とメガラは顔をそむけ、校長は肩を落とすと、ドアに向かって歩きだした。

＊

一同が本土に戻ると、アンドレヤ・ツヴァルは警官たちにまわりをびっしり囲まれて、どこかに去っていった。エラリーがのんびりと言った。「何か気になることでもありまし――いや、間違いなく気になったんですよね。訊くだけ野暮というものだ。ねえ、アイシャムさん、スティーヴン・メガラが、モンテネグロからツヴァル兄弟が逃げた時のことを説明していた時、どうして腑《ふ》に落ちない顔をしてたんですか」

「だって」地方検事は言った。「非常識もいいところでしょう。その家同士の宿恨だとか、そんなのがあるにしてもですよ。大の男三人が先祖代々の家屋敷をあきらめて、祖国を逃げ出して、名前まで変えるなんて、とうてい信じられない。たかがはなたれ小僧がちょっと興奮して、連中を殺してやると言っただけで、そこまでするなんて」

「たしかに正論ですね」エラリーは松の香気のように爽やかな、暖かい空気を胸いっぱいに吸いこんだ。「正論すぎて、ヴォーン警視があのふたりを偽証罪で逮捕しなかったのが不思議なくらいだ」ヴォーン警視は鼻を鳴らした。「だからぼくは、クロサックに関する話が真実であることに間違いはないだろうが、十一歳くらいの子供が口からでまかせで復讐してやると言ったのを真に受けて、恐ろしさのあまり逃げ出したという話には、きっと裏があるに違いない、と確信したわけです」

「どういう意味だね、クイーン君」ヤードリー教授が訊いた。「私にはわからん――」

「いや、明々白々じゃありませんか！　アイシャムさんが言ったとおり、大の男が三人も故郷を脱出し、偽名を使って外国に逃亡するなんて、どんな理由がありますか？　どうです？」

「警察から逃げたのか！」ヴォーン警視がつぶやいた。

「まさにそれですよ。あの兄弟が国を出たのは、子供だったクロサックの復讐なんかより、もっと差し迫った危険から逃れるために、高飛びしなければならなかったからですよ。警視、ぼくなら海外にそっちの調査を依頼しますね」

「ユーゴスラヴィアに電報だ」警視は言った。「いい考えですな。さっそく、今夜そうします」

「どうです」エラリーはのんびりとヤードリー教授に言った。「毎度のことながら、人生というものは、皮肉ないたずらをしかけるものじゃありませんか。せっかく現実の危機からうまく逃げおおせたのに、二十年後になって、あるかないかもわからなかった別の危機が現実のものとなって、追いすがってくるとは」

20　ふたつの三角関係

エラリーとヤードリー教授とアイシャム地方検事とヴォーン警視が小径《こみち》にそって、屋敷の東翼の角をまわりかけた時、うしろから誰かの呼ぶ声がした。反射的に、一同は振り返った。声の主《ぬし》はテンプル医師だった。

「大いなる協議は終わりましたか」テンプルは訊いてきた。診察鞄はもう置いてきたようで、いまはたばこをふかしながら小径をぶらぶら歩いている。

まさにその時、ジョーナ・リンカンの長身の姿が、小径の角の向こうから視界に飛びこんできた。エラリーと出会いがしらにぶつかって、リンカンは慌ててうしろに下がりながら、詫びの言葉を口にした。

「テンプル先生!」リンカンはほかの面々を一切無視して叫んだ。「メガラさんはどうでした?」

「そう、興奮しなさんな、リンカンさん」警視が淡々と言った。「メガラさんなら大丈夫。ただのヘルニアです。あなたこそ、何をそんなに泡食ってんです」

ジョーナは額をぬぐいながら、肩で大きく息をしていた。「もう、何がなんだかさっぱりわからない。ねえ、我々にはなんの権利もないんですか。警察の人たちが何人もヨットに向かったと聞いたので、てっきり……」

「メガラさんが殺されたとでも思ったわけですか」アイシャム地方検事が訊いた。「大丈夫、ヴォーン警視が言ったとおりです」

「ああ!」リンカンの真っ赤な険しい顔からいくらか血の色が引いていき、少し落ち着いたようだった。テンプル医師はのんびりとたばこをふかしながら、落ち着き払ってリンカンを見ている。「ともかく、ここはまるで刑務所ですよ」リンカンは愚痴《ぐち》りだした。「妹はブラッドウッド荘にはいろうとして、えらい目にあうし。せっかくオイスター島から戻ったのに、あそこにいた――」

「妹さんが帰られたんですか?」警視は素早く訊いた。

テンプル医師は口からパイプを抜き取った。その眼からは、落ち着いた表情が吹き飛んでいた。「いつ?」彼は詰め寄った。

「ついさっき。なのに、あそこの刑事が――」

「ひとりで?」

「そうですよ。あの連中――」気の毒にも、リンカンの憤慨《ふんがい》の言葉はついに発せられることのない運命に終わった。開いた口があんぐりと開きっぱなしになっている。ほかの男たちはぎくっと身体をこわばらせた。

屋敷の中のどこかからけたたましい、狂ったような笑い声が響いてきたのだ。

「ヘスターだ!」テンプル医師はひと声叫んで、いきなり飛び出すと、道をふさいでいたリンカンの身体を脇に突き飛ばし、屋敷の角を曲がって姿を消した。

「なんなんだ」アイシャム地方検事がかすれた声で言った。「いったい何ごとだ?」

リンカンは脚をばたつかせてどうにか姿勢を立てなおすと、医者を追いかけていき、そのあとから一同はエラリーを筆頭にわらわらとついていった。

絶叫の根源は屋敷の二階だった。玄関ホールに駆けこんだ一団は、執事のストーリングスが血の気の引いた顔で階段の下に立ちすくんでいるそばを通り抜けた。家政婦のバクスター夫人がこわばった顔で、屋敷の奥に続くドアの向こうから覗いている。

二階はほとんどが寝室だった。エラリーたちが階段のてっぺんにたどりついた時に、ちょうどテンプル医師のひょろりと細い姿が、とある部屋の戸口を通り抜けて、中に飛びこんでいくのが見えた……絶叫は続いていた。女の甲高いヒステリックな笑い声の響き、また響き。

一同が部屋にはいると、テンプル医師がヘスター・リンカンの身体を両腕にかかえ、乱れた髪をなでてやりながら、優しくなだめているところだった。娘の顔は真っ赤で、眼は獰猛《どうもう》に荒ぶり、理性のかけらもなく、口はいびつに開いている。声帯のコントロールがきかないように、咽喉《のど》からは絶叫が切れ切れにもれ続けている。

「ヒステリーだ！」医者は肩越しに怒鳴ってよこした。「ベッドに寝かせるから、手を貸してくれ」

ヴォーン警視とリンカンが前に飛び出した。とたんに娘の狂笑のボリュームが倍にはねあがり、じたばたと暴れだした。ちょうどこの時、エラリーは廊下から早足に歩いてくる足音を聞いて、振り返ると、ネグリジェにガウンをまとったブラッド夫人とヘリーンが戸口に現れた。

「どうしたんですの?」ブラッド夫人があえぐように言った。「何がありましたの?」

ヘリーンが急いで母の前に立った。テンプル医師は脚をばたつかせている娘をようやくベッドに押しこむと、ぴしゃりと横っ面をひっぱたいた。絶叫の声が震え、ぴたりと止まった。ヘスターはベッドで半身を起こし、ブラッド夫人の青ざめた、ぽっちゃりした顔をじっと見た。

たちまちその眼に理性が戻ったかと思うと、残忍な憎悪の光を放ちだした。

「出てって、あんた――あんたなんか――いますぐ消えろ！」ヘスターはわめいた。「大っ嫌い、大っ嫌いだわ、あんたなんか、あんたの触ったものも全部。出てけって言ってるでしょう、出てけ！」

ブラッド夫人の顔が真っ赤になった。ぽってりしたくちびるがわなないた。口を開けたが、両肩が震えただけだった。不意に、小さく叫び声をもらすと、きびすを返し、姿を消した。

「黙りなさい、ヘスター！」ヘリーンが鋭く言った。「自分が何を言ってるかわからないの。いい子だからおとなしくして。みっともなくってよ」

ヘスターの眼球がぐるんとまわって白眼になった。頭が垂れたと思うと、布袋が潰《つぶ》れるように、ベッドの上にくずおれた。

「出ていってください！」テンプル医師が威厳たっぷりに命じた。「全員です」

医師が、意識をなくした娘の身体を仰向けに寝かせなおす間に、ほかの者はぞろぞろと部屋を出ていった。リンカンは真っ赤な顔でぴりぴりしていたものの、どことなく満足げな様子で、部屋を出てそっとドアを閉めた。

「どうしてヒステリーを起こしたんだろう」アイシャム地方検事は眉を寄せた。

「激しく感情を動かされた経験に対する反動なんでしょうが」エラリーがのんびり言った。

「心理状態は正常なんですかね？」

「ニューイングランドの清教徒《ピューリタン》的な良心が暴発したってところだろうな」ヤードリー教授はほ

そりと言った。

「なんで島を出てきたんだろう?」ヴォーン警視は首をかしげた。

リンカンは小さくにやりとした。「もうすっかりすんだことですから、お話ししても差し支えないでしょう。警視、別に謎でもなんでもないんですよ。ヘスターはオイスター島のロメインという下衆《げす》野郎にのぼせあがってたんです。それがいま、突然、慌てて逃げてきて。きっとあのろくでなしが妹に――手を出そうとしたんでしょう」その顔が険悪になった。「きっちり話をつけてやるぞ、汚らわしいクズ野郎! しかし、ある意味では感謝してもいますがね。妹の眼の曇りをとっぱらって、正気に戻してくれた」

警視は淡々と言った。「まあ、こんなことは私が言うことでもないでしょうがね、しかし、妹さんはあの男が愛の詩を捧げてくれる清らかな王子様だとでも思ってたんですかね?」

ドアが開き、テンプル医師が現れた。「落ち着きましたが、そっとしておいてあげてください」不機嫌そうな声で言った。「あなたはどうぞ、ブラッドさん」ヘリーンはうなずいて部屋にはいり、素早くうしろ手にドアを閉めた。「もう大丈夫です。鎮静剤を飲ませておきます――鞄を取ってこないと……」医師は急いで階段をおりていった。

リンカンは医師の背中を食い入るような眼で追っていた。「妹は帰ってきた時、もうロメインともあそこの馬鹿馬鹿しい裸体主義の集まりともすっぱり縁を切ったと言っていました。ここを出て、どこかに行きたいと――ニューヨークに行きたいと。ひとりになりたいと。あれのためにはいいことです」

「ふうむ」アイシャム地方検事は言った。「ロメインはいまどこに?」

「島でしょう、きっと。あいつはここに顔を出したことはありませんよ、あの薄汚い――」リンカンはくちびるを嚙み、肩をすくめた。「ヘスターはこの屋敷を離れてもかまいませんか、アイシャムさん?」

「そうですねえ……どう思う、ヴォーン?」

警視は顎《あご》をさすった。「まあ、居場所さえはっきりさせといてもらえれば、別にかまわないんじゃないですかね」

「お兄さんが責任を持ってくれますか、リンカンさん?」アイシャム地方検事が訊ねた。

リンカンは力強くうなずいた。「絶対に、誓って――」

「ところで」エラリーがもごもごと言った。「リンカンさん、どうして妹さんはブラッドさんの奥さんに反感を持ってるんですか」

リンカンの笑顔が薄れていった。両眼の奥で何かが凍りついた。「私にはまったく見当がつきません」にべもなく言った。「妹の言ったことなんて気にしないでください。あれは自分でも何を言ってるかわからないんですから」

「そりゃ変だな」エラリーは言った。「ぼくには何を言っているのか完璧にわかってるように見えましたが。思うんですが、警視、ブラッドの奥さんと話をしてみるのも、ひとつの手じゃないでしょうか」

「いや、それは――」リンカンは慌てて言いかけて、ぴたりと口をつぐんだ。一同は階段の下を振り返った。

ヴォーンの部下がひとり、そこに立っていた。

「例のロメインという男と老人が」刑事は言った。「桟橋に来ています。警視と話したいと」

警視はごしごしと両手をこすりあわせた。「ほほう、望むところだ。わかった、ビル、いま行く。奥さんとの話は後まわしですわ、クイーンさん。そっちは待てますからなあ」

「一緒に行ってもかまいませんか」リンカンが素早く訊ねた。大きな右のこぶしをがっちり握りしめている。

「ふむ」警視はそのこぶしを見て、にやりと笑った。「かまいませんよ。どうぞ、ご一緒に」

＊

一同は大股に小径をおりていった。テニスコートの近くで、黒い診察鞄を持った急ぎ足のテンプル医師とすれ違った。医師はちらりと笑みを浮かべたが、心ここにあらずといったていだった。どうやら、ブラッドウッド荘の森の中をまっすぐ東に近道して、自分の家に行ってきたらしく、オイスター島からのふたりの訪問客を見ていないようだった。

リンカンはむすっとした顔で一緒に歩いてくる。

ポール・ロメインの褐色の大きな身体が船着き場に、ぬっとそびえたっていた。狂ったエジプト学者の、小柄で痩せっぽちのストライカーは、桟橋にもやった小さなモーターボートの中で震えながら坐っていた。どちらの男も服を着ている。太陽神の化身ことラー・ホルアクティは、どうやら今回の訪問においては神であることよりも人間であることを前面に出した方が有利であるとぼんやり感じたのか、あの蛇の杖や白い衣《ころも》は慎むことにしたらしい。警察のランチが近くを行ったり来たりして、数人の刑事がロメインのまわりに立っている。

ロメインは木の桟橋にがっしりと根を張るように両脚を踏ん張って立っていた。オイスター島のおもちゃのような妙に鮮やかな緑の森や、すぐうしろでゆっくりと揺れている〈ヘリーン号〉の純白な船体が、偶然にも、理想的な背景となっていた。ロメインがたとえどんな人間でも、間違いなく野外で絵になる男だった。しかし、どこかそわそわと落ち着かない顔で、むりやり浮かべている愛想笑いが、いまの気持ちをそのまま代弁している。

ロメインはすぐに声をかけてきた。「すみません、警視、お手間をとらせて。しかし、どうしても相談したいことがありまして」ロメインの口調は愛想よかった。その眼はヴォーン警視だけをまっすぐ見つめ、ジョーナ・リンカンを無視していた。リンカンは落ち着いた息をして、珍しいものを見るような目つきでロメインをじろじろ見ている。

「どうぞ」警視はむっつりして言った。「どういうお話で？」

ロメインは背後でちぢこまっているストライカーをちらりと振り返った。「そちらさんは、教祖とおれの商売を台無しにしてるんです。うちのお客さんたちをあの島に閉じこめて」

「うん？　そりゃあむしろ、おまえさんにとっちゃ都合がいいことじゃないか？」

「それはそうなんですが」ロメインはむかっ腹をこらえているようだった。「だけど、こんなやりかたじゃまずいんですよ。みんな子供のように怯えてる。もう、帰りたいのに警察が帰らせてくれないって。おれが心配してるのはあの連中じゃない。次の客です。このままじゃ、新しい客は来てくれない」

「だから?」

「ここを出ていく許可が欲しいんです」

その時、まったく突然に、ストライカー老人がモーターボートの中ですっくと立ち上がった。「これは迫害である!」きいきいと甲高く叫んだ。「預言者はおのが郷《さと》のほかにては尊ばれるべきである(新約聖書マタイ伝13章57節)! 我《われ》、ホルアクティは福音を説く権利を要求す――」

「静かにしろ」ロメインが荒っぽくさえぎった。狂った男は口をぽかんと開けて腰をおろした。

「ちんぷんかんぷんだ」そうつぶやくヤードリー教授の顔色はすぐれなかった。「まるっきりでたらめもいいところだ。あの男、正真正銘の狂人だな。マタイ伝を引用すると思えば、エジプト神学もキリスト教もごっちゃにしてわめき散らして……」

「ふむ、許可はできないよ」ヴォーン警視は淡々と言った。

ロメインの端整《たんせい》な顔が一瞬で凶悪に変化した。こぶしを固めて一歩前に出てきた。取り囲む刑事たちがすわとばかりに、その輪を縮める。しかし、ここはやはり機嫌をとっておこうという気持ちが癇癪《かんしゃく》を抑えたらしく、ロメインは身体の力を抜いた。

「なんでですか」ぐっと憤怒をのみこんで、ロメインは訊いてきた。「おれたちは別にそっちから目をつけられるようなことはしてないでしょう、警視。いままでずっと、いい子にしてたじゃないですか」

「聞こえただろう。おまえさんからも、あのやぎひげのじいさんからも、目を離すつもりはない——絶対にな。ああ、たしかにいい子にしてたさ。だがなあ、私から見れば、ふたりとも白とは言えない、灰色だ、ロメイン。トマス・ブラッドが殺された夜、どこにいた」

「だから、言ったでしょう！　島にいたって」

「へえ、そうかい？」警視は愛想よく言った。

また怒りを爆発させると思いきや、エラリーが驚いたことに、ロメインは急に何やら思案し始めた。警視の小鼻がひくついた。まったくの偶然だが、痛いところを突いたらしい。アイシャム地方検事が口を開きかけると、ヴォーン警視が小突いたので、地方検事は口をまた閉じた。

「で？」ヴォーン警視は高飛車に怒鳴った。「こっちはひまじゃないんだ。言いたいことがあるんなら、とっとと言え！」

「もしも」ロメインがゆっくりと言った。「あの夜、おれがどこにいたのかを完全に証明できたら——つまり、信用できる証人に証言してもらえたらって意味ですが、そうしたら、おれは無罪放免になりますか」

「ああ」アイシャム地方検事が言った。「もちろんなるとも、ロメイン」

背後で不穏な気配がしたことに、エラリーだけが気づいた。ジョーナ・リンカンが自制心を吹っ飛ばしてしまっていた。咽喉から唸り声をあげ、一同の先頭に出ようとまわりを押しのけて進もうとしている。エラリーはリンカンの二の腕をつかんで、ぐっと力をこめた。エラリーの手の下で腕の筋肉は固く盛りあがり、リンカンはぴたりと動きを止めた。

「わかりましたよ」ロメインがいきなり言った。鼻白んでいる。「こんなことをぶちまけるつもりはなかった──その、誤解する人がいるかもしれないので。だけど、こっちだって、出ていかせてもらわないと……。実はあの夜、おれは──」

「ロメイン」リンカンの声がはっきりと通って聞こえた。「それ以上、ひとことでも言ったら、殺すぞ」

ヴォーン警視がさっと振り向いた。「こらこら！」警視は怒鳴った。「何を物騒なことを。あんたは引っこんでてください、リンカンさん！」

「聞こえたな、ロメイン」リンカンは言った。

ロメインは大きな頭をやれやれと振ると、短く笑った──獣が吠えるような笑い声に、エラリーのうなじの毛が逆立った。「馬鹿が」そう言い捨てた。「この前、海に放りこんでやったのを忘れたか。もう一度、やってやるぞ。田舎もんが、おまえなんか目じゃないんだよ、こっちは。こういうことなんです、警視。あの夜の、十時半から十一時半まで──」

リンカンが無言で、両腕をめちゃめちゃに振りまわしながら前に飛び出していった。エラリーはすかさず片腕をリンカンの首にまわし、うしろに引き戻した。刑事がひとり、もみ合いに飛びこんでくると、リンカンの襟《えり》をつかんでしめあげた。ほんの一瞬の騒動ののち、リンカンは降参《こうさん》した。荒い息をしながら、燃え盛る眼を殺気にぎらつかせてロメインを睨みつけている。

ロメインは早口に言った。「ブラッドの奥さんと一緒でした、オイスター島で」

リンカンはエラリーの腕を振りほどいた。「もういいですよ、クイーンさん」冷たい声で言った。「もういい、私は大丈夫です。あの野郎、ぶちまけやがった。あとは好きなだけ喋ればいいさ」

「どういう意味だ——オイスター島でブラッドの奥さんと一緒だったって」警視は詰問し、眼をすがめた。「ふたりきりでか？」

「ああ、もう、あんたもいいおとななんだからわかるでしょう」ロメインはそっけなく言った。「そういう意味ですよ。ふたりで一時間くらい、海岸の木の下で過ごしましたね」

「あの夜、奥さんはどうやって島に渡ったんだ」

「待ち合わせをしてたんです。おれはブラッドウッド荘の船着き場で、おれのボートに乗って待ってました。ほとんどすぐに奥さんも来ましたよ。十時半になる少し前に」

ヴォーン警視は悲しいほどぼろぼろになった葉巻をポケットから取り出すと、口につっこんだ。「おまえさん、島に戻っとれ」警視は言った。「いま、裏をとってくる。そこの、ねじのはずれたじいさんも連れていけ……ああ、そうだ、リンカンさん」くるりとロメインに背を向けると、警視は何やら思い出したように言った。「もしそこの薄汚い腐れハイエナ野郎に二、三発お見舞いしたいんなら、どうぞご自由に。私は——ええと——私は屋敷に戻っとりますよ」

ロメインは桟橋の上に立ったまま、眼をぱちくりさせていた。取り囲んでいた刑事たちはロメインから離れた。リンカンは上着を脱ぎ、袖をまくって、進み出た。

「一発は」リンカンは宣言した。「妹におかしなまねをした礼だ。もう一発は、愚かな女の頭を狂わせたことの礼だ……食らえっ、ロメイン！」

狂った老人はボートの船べりをつかんで、甲高く叫んだ。「ポール、帰るのだ！」

ロメインは敵意むき出しの面々を素早く見回した。「おしめがとれてから来な、坊や」大きな肩をひょいとすくめ、帰ろうとうしろを向きかけた。

リンカンのこぶしが男の顎に飛んだ。何週間もかけて心の中で育てたリンカンの憎悪に満ちた憤怒をのせて、拳骨は男の顎をきれいにとらえた、強烈な一撃が決まった。なみの男なら完全にのされてしまったに違いない。が、ロメインは人間ではなく、牡牛そのものであった。リンカンの会心の一撃は、ロメインをわずかによろめかせただけだった。ロメインはまた眼をぱちくりさせたが、猫のような唸り声をあげたその顔には、もはや色男の面影はなかった。こん棒のような右腕を短く振りぬき、力強く叩きこんだアッパーカットが、リンカンの身体を木の桟橋から三センチほど浮きあがらせた。気絶したリンカンの身体が、桟橋にどさりと落ちた。

ヴォーン警視から温和な表情が一瞬で消えた。警視は怒鳴った。「下がってろ！」部下に命じると、矢のごとく前に飛び出した。ロメインはその巨体に似合わぬすばしっこさで桟橋から、ストライカー老人がうずくまるモーターボートに飛び乗り、あやうく沈没させそうになりながらも、巨人のような腕のひと押しで桟橋を離れた。モーターがばたばたと派手な音をたてたかと思うと、ボートはオイスター島に向かって突っ走っていった。

「ランチで追う」警視は落ち着いて言った。「おまえたちは、その気の毒な兄さんを連れて帰ってくれ――すぐに戻ってくる。生意気な小僧には、おとながしつけをしてやらんとな」

ランチが船着き場から波を蹴立ててモーターボートを追っていってしまうと、エラリーは倒れている剣闘士《グラディエーター》のそばにひざまずき、血の気のない頬を優しく叩いた。ヤードリー教授は急いで桟橋に腹ばいになると、入江に身を乗り出し、海水を手ですくった。

刑事たちは、エイハブ船長（メルヴィル『白鯨』の登場人物）のようにランチの船首で仁王立ちになって上着を脱いでいる警視に向かって、しきりに声援を送っている。

エラリーはリンカンの顔に海水を振りかけた。「これぞ正義の勝利のりっぱな見本ですね」淡々と教授に見解を述べた。「ほら、起きて、リンカンさん、戦いは終わりましたよ！」

＊

コロニアル風の玄関ポーチに一同が腰かけて待つこと十五分、ヴォーン警視が屋敷の角をまわって姿を見せた。ジョーナ・リンカンは揺り椅子に坐って、顎を両手でしっかりおさえながら、まだそれが顔についていることが信じられないというおももちでいた。エラリーとアイシャム地方検事とヤードリー教授は、素知らぬ顔でリンカンに背を向け、のんびりとたばこを吸っていた。

警視の顔は、鼻のまわりに血をぬぐった痕があり、片眼の下が切れて、天使のようだとは言いがたかったものの、騎士らしく一騎打ちをしてきた満足感に輝いて見えた。

「ただいま」警視は陽気に言うと、円柱の間の階段をはずむような足取りでポーチに向かってのぼってきた。「リンカンさん、あなたの代理人が奴を倒してきましたよ。そりゃあ派手な死闘でしたがね、とりあえずあの女たらしを、あとひと月は鏡を見たくなくしてやりましたわ」

リンカンはうめいた。「私は――私には、力がなくて。私は臆病じゃない。でも、あの男は――あいつはゴリアテ（旧約聖書に登場する巨人）だ」

「じゃあ、私はゴリアテをぶっ倒したダヴィデってわけですな」ヴォーン警視はこぶしの裂傷をなめた。「あの狂ったじいさんが卒倒するんじゃないかと思いましたよ。なにしろ一番弟子を文字どおりノックアウトしてやりましたからなあ！　どんなもんです、教授？　ともかく、その顔は洗ってきた方がいいですよ、リンカンさん」そこで、警視はすっと微笑を消した。「それじゃ仕事に戻りましょうや。ブラッドの奥さんはどこに？」

突然、リンカンが立ち上がり、屋敷の中に駆けこんだ。

「まだ二階にいるんじゃないか」アイシャム地方検事が言った。

「ふん」警視はリンカンのあとを大股についていった。「リンカンより先に奥さんに会わないと。あの男が紳士として振る舞ってるのはわかるんだが、こっちは遊びじゃないんだ。いいかげん、誰かから真実を聞き出さんと」

*

ヘリーンはまだヘスター・リンカンの部屋にいるようだった。ストーリングスの話では、テンプル医師も二階にいるらしい。診察鞄を持って二階にあがってから、医師はまだ姿を見せていなかった。

一同が二階にのぼった時、ちょうどリンカンが自分の寝室に駆けこむのが見えた。ストーリングスの案内で、屋敷の奥のとあるドアの前までぞろぞろと歩いていき、警視がノックした。

　ブラッド夫人のわななく声が聞こえてきた。「どなた？」

「ヴォーン警視です。よろしいですか？」

「どなたですって？　まあ、ちょっとお待ちになって！」女の声は慌てふためいていた。一同が待っていると、ドアがわずかに開いた。ブラッド夫人の麗しい顔が現れた。その眼は濡れて、不安そうだった。「なんですの、警視様？　わたくし――わたくし、気分がすぐれませんの」

　ヴォーン警視はドアをそっと押した。「わかってます。しかし、これは重大なことなんです」

　夫人があとずさると、一同はどやどやとはいっていった。室内は実に女性らしかった。芳香が漂い、どこを見てもフリルがひらひらしていて、鏡だらけで、鏡台の上はおびただしい化粧品で埋めつくされている。夫人はあとずさり続け、ガウンをいっそうきつく身体に巻きつけた。

「奥さん」アイシャム地方検事が言った。「ご主人が殺された夜の十時半から十一時半の間、どこにいましたか」

　夫人はガウンの両端をぐいぐいとひっぱるのをやめ、あとずさる足をぴたりと止めた。呼吸まで止めてしまったかのようだった。「どういう意味ですの？」やっと、抑揚《よくよう》のない声で問い返してきた。「劇場におりましたわ、娘と、そして――」

「ポール・ロメインが」ヴォーン警視は優しく言った。「あなたとオイスター島で一緒だったと言っています」

　夫人はよろめいた。「ポールが……」大きな褐色の瞳が信じられないというように揺らめく。

「あの人が――そう言ったんですの?」

「そうです、奥さん」アイシャム地方検事はいかめしく答えた。「あなたにとって、これがどんなに辛いことかわかっているつもりです。それだけのことで、ほかに何もなかったのなら、こちらには口出しする権利はありません。本当のことを話していただければ、二度とこの件について蒸し返すことはしません」

「嘘です!」夫人は叫んだものの、突然、チンツ張りの椅子に坐りこんでしまった。

「いいえ、奥さん。本当のはずですよ。あの夜、あなたはお嬢さんとパーク劇場に行ったのに、リンカンさんとお嬢さんだけがタクシーで屋敷に帰ってきた。この事実と、辻褄《つじつま》が合います。それにパーク劇場のドアマンがあの夜に、あなたそっくりの女性が第一幕の途中、九時ごろに劇場を出ていくのを目撃しているんです……ロメインは桟橋の近くであなたと待ち合わせをしたと言っていました」

夫人は両耳をふさいだ。「もう、やめて」夫人はうめいた。「わたくしはどうかしていたんです。どうしてあんなことになったのか、自分でもわかりません。わたくしは馬鹿でした……」一同は顔を見合わせた。「ヘスターはわたくしを憎んでいます。ヘスターもあの人に夢中だったものですから。あの娘は――あの娘はロメインを紳士だと思っていました……」夫人の顔に、突然、新たに彫られたかのように、驚くほどくっきりと、皺が刻まれていた。「でも、あの男は最低のけだものですわ!」

「あの男には当分、そんなことはできないはずですよ、奥さん」ヴォーン警視は重々しく言った。「誰もあなたを裁いちゃいませんし、裁くつもりもありません。奥さんの人生は奥さんのものだ、あんなごろつきと関わるあやまちを犯したにしろ、もう、お釣りがくるほど十分に苦しんだでしょう。我々が興味あるのはこれだけです。奥さんがどうやって家に帰ったのか、そしてあの夜、正確に何があったのか。どうです、教えてもらえませんか」

夫人は膝の上でからみあわせた指をこねくりまわしていた。嗚咽《おえつ》で咽喉を詰まらせていた。

「わたくしは――お芝居の途中で劇場を抜け出しました。娘には、気分がすぐれないから早く帰るけれど、あなたはこのまま最後まで観て、ジョーナが迎えにくるのを待ちなさいと言い残して……ペンシルヴェニア駅に行って、こちらに戻る最初の列車に乗りました――幸い、すぐに来る列車がありましたの。それで――ひとつ先の駅まで乗り越して、ブラッドウッド荘の近くまでタクシーで戻りました。あとは歩いていって、まわりに人がいないのを確かめて、それで――それで……」

「当然ですが」アイシャム地方検事が言った。「ご主人には戻ったことを知られたくなかったでしょうね。わかります」

「ええ」夫人は蚊の鳴くような声で答えた。その顔はくすんだ不健康な赤に染まっていた。

「あの人と――桟橋で落ちあいました」

「何時のことです?」

「十時半になる少し前ですわ」

「何も見たり聞いたりしていないのはたしかですか。誰にも会わなかったと?」

「ええ」顔をあげた夫人の眼は苦痛に満ちていた。「もし、わたくしが何かを、誰かを見ていたなら——とっくに何もかもお話ししていると思いません？　そしてわたくしは——戻ってから、屋敷の中にこっそりはいって、まっすぐ自分の寝室に引き取りました」

アイシャム地方検事が次の質問をしようとした時、そっとドアが開いて、ヘリーン・ブラッドが現れた。そしてそこに立ちつくし、母の歪《ゆが》んだ顔と男たちの顔を交互に見比べていた。

「どうしたの、お母様？」眼がすわっている。

ブラッド夫人は両手に顔を埋めて、さめざめと泣きだした。

「ああ、ばれてしまったのね」ヘリーンは小さく声をもらすと、ゆっくりドアを閉めた。「お母様は気が弱いもの、隠しきれなかったんでしょう」そして、軽蔑のまなざしでヴォーン警視とアイシャム地方検事をさっとなでるように見ると、泣きじゃくる夫人に歩み寄った。「もう泣かないで、お母様。知られてしまったのならしかたないわ。新しい恋をつかみそこなう女なんて珍しくないの。ほら、もう……」

「さっさと片づけましょう」ヴォーン警視が言った。「私らにしても、いやな仕事なんです。お嬢さんとリンカンさんはどうして、あの夜にお母さんがどこにいたのかを知っていたんですか」

ヘリーンは母の隣に腰をおろすと、しゃくりあげるたびに大きく揺れる、肉づきのいい背中を優しくさすっていた。「ほら、お母様……あの夜、母がわたしを置いて帰った時に——とにかく、わかったんです。でも、母はわたしが知っていることを知りませんでした。わたしも弱かったんですわ」ヘリーンは床を見つめた。「わたしはジョーナが来てくれるのを待つことにしました。わたしたち、ふたりとも気づいていたんです――前から、あの、いろいろと。ジョーナが来たので、事情を話してふたりで帰宅しました。この部屋を覗いてみると、母はもうベッドで眠っていました……でも、翌朝になって――遺体が見つかって、それで……」

「お母さんがあなたに告白された?」

「そうです」

「ふたつ、質問をしてよろしいでしょうか」エラリーが真顔で言った。娘の母親そっくりの大きな眼がエラリーに向けられた。「お嬢さん、あなたがそのことについて初めて疑いを持ったのはいつですか」

「ああ!」痛みをこらえるように、ヘリーンは頭を振った。「もう何週間も前です」

「義理のお父さんもご存じだったと思いますか」

ブラッド夫人が、さっと頭をあげた。顔が涙と頬紅でぐちゃぐちゃになっている。「いいえ!」夫人は叫んだ。「いいえ!」

ヘリーンは囁いた。「知りませんでした、絶対に」

アイシャム地方検事が言った。「もう十分です」淡々と言うと、ドアに向かって歩きだした。「行きましょう」そして、さっさと廊下に出ていった。

ヴォーン警視とヤードリー教授とエラリーは、おとなしく従った。

21　痴話喧嘩

「空振りばかりですねえ」次の日の夜、エラリーはヤードリー教授の家の芝生で教授と並んで坐り、ロングアイランドの上にかかる綺羅星《きらぼし》の夜空を見上げながら、しみじみと言った。

「ふうむ」教授がため息をつくと、パイプから赤々と燃えるたばこの葉が火花のように落ちた。「実を言うと、私は花火が始まるのを待ちくたびれたよ、クイーン君」

「辛抱してくださいよ。どっちにしろ、今宵《こよい》はめでたい独立記念日なんですから、花火ならお望みどおりいくらでも……ほらっ！　一発あがった！」

黒い夜空にまばゆい光の条《すじ》が矢のように勢いよく伸びていき、やがて、ぱっと、ビロードのような色鮮やかに輝くしずくが散り広がるのを、ふたりは無言で見つめていた。この一発が合図だったらしく、すぐに海岸線がいっせいに爆発したかのような閃光を放ち、それからしばらく、師弟はそこに坐ったまま、ロングアイランドの北海岸の祝典を見物していた。入江をへだてて遠く離れたニューヨークの海岸の真上の空にも、こちらに呼応するように花火が上がり、小さく輝いている。

教授が唸り声を出した。「私は花火のように華々しいきみの名探偵としての能力についてさんざん話に聞かされてきたんだが、現実には――たいへん失礼な言い方で申し訳ないが――がっかりだよ、きみ。いつ始めるのかね、クイーン君？　要するにだ――シャーロックはいつになったら立ち上がって、この卑劣きわまりない殺人鬼の手首に鋼鉄の輪をはめにいくつもりなんだね」

エラリーは北斗七星を背景に飛び散り渦巻く光の乱舞を、憂鬱《ゆううつ》そうに見つめている。「ぼくはなんだか、いつまでたっても始められないような――いや、もう、この事件に解決なんかない気がしてきましたよ……」

「そんなことはなかろう」ヤードリー教授は口からパイプを抜き取った。「しかし、騎馬警官隊を引き揚げさせたのは早計だったんじゃないかね。今朝、テンプルから聞いたよ。郡の警察長官が引き揚げ命令を出したそうじゃないか。私にはどうにも腑《ふ》に落ちんが」

エラリーは肩をすくめた。「どうしてです？　クロサックが狙ってるのは明らかにたったふたりじゃないですか――スティーヴン・メガラとアンドルー・ヴァンでも、ツヴァル兄弟でも、どっちでも好きな呼び方でかまいませんが。メガラは海の上に隔離されて、ヴォーン警視の部下たちにがっちり守られているし、ヴァンは変装のおかげで十分、安全を確保されているんですから。

このふたつ目の事件には吟味を要する点が山ほどありますよ、教授。ある意味、非常に雄弁にヒントを語ってくれている。しかし、このヒントだけではどうにもならない」

「そんなものがあったかね」

「本気で言ってるんですか」エラリーはしゅうしゅういっている打ち上げ花火を見つめるのを

やめた。「全体を読み解かなかったと――あの実に興味深い――チェッカーの話を」

「チェッカーだと？」ヤードリー教授の短い口ひげが、パイプ皿からもれる光に薄ぼんやりと照らされる。「白状するが、私にはブラッドの〝最後の晩餐〟に特に意味があるように思えなかった」

「なら、ぼくの失われた自尊心も少しは回復できるってものです」エラリーはぼそぼそと言った。「チェッカーの話の筋そのものは、実にはっきりしていますよ。ヴォーンやアイシャムさんの考えている想像より、ずっと確実で反論の余地もない……」エラリーは立ち上がって、両手をポケットにつっこんだ。「ちょっと失礼します。その辺を歩きまわって、頭の中の靄《もや》を払ってきたいんです」

「ああ、行ってきたまえ」教授はゆったりとくつろいで坐りなおし、パイプを吸いながら、エラリーのうしろ姿をじっと見つめていた。

＊

星や花火の下を、エラリーはふらりふらりとさまよい歩いた。ときどき、まばゆい光がぱっと閃《ひらめ》くほかは、分厚く塗りこめたような闇が広がっている。まさに田舎の暗闇だ。ヤードリー教授の家とブラッドウッド荘の敷地をへだてる道路を渡ると、昏《くら》い庭園の中を手探り足探りで、夜気にまじる匂いを嗅ぎ、海上で祝うボートのかすかな水音に耳をそばだて、ぴりぴりした猟犬のごとく、頭の芯まで緊張しながら進んでいく。

ブラッドウッド荘は玄関ポーチに――車路《くるまみち》を頼りなく歩いていったエラリーは、ふたりの刑事がそこでたばこを吸っているのを見てとった――外灯がともっているほかは、ひどく寂しく、寒々としている。森はエラリーの右手におぼろに浮かびあがり、左手のさらに遠くにもぼんやりと見える。屋敷のそばを通り抜けようとした時、刑事のひとりがさっと立ち上がって叫んだ。

「誰だ!」

エラリーは片手をあげ、強力な懐中電灯の眼もくらむような光をさえぎった。

「ああ」刑事は言った。「失礼しました、クイーンさんでしたか」ぱちんという音と共に、光が消えた。

「万全の警戒態勢だな」エラリーはつぶやきつつ、屋敷のまわりにそって歩き続けた。いまさらながら、なぜ足がこちらに向いたのか、自分でも不思議だった。いつのまにか、あの薄気味悪いトーテムポストとあずまやに続く小径《こみち》の入り口が近づいていた。その小径と行く先から発せられる恐怖が襲ってきたので――もしかすると、惨劇の現場に対して神経過敏になっているせいで、無意識にぞっとしただけかもしれないが――慌てて足を速め、通り過ぎた。行く手の本道は闇の中に沈んでいる。

突然、エラリーは立ち止まった。それほど遠くない右手の、テニスコートがあるあたりで話し声がする。

ところで、エラリー・クイーンは紳士であり、常に紳士たるべき振る舞いを心がけているのだが、何に対しても優しく温厚なのに犯罪には百戦錬磨の鬼神たる父、善良なる警視から教わっていたことがひとつあった。「どんな時でも人の会話に耳を澄ませ」という教訓である。老人は常日ごろ、口を酸っぱくして言っていた。「本当に価値のある証拠というのはな、盗み聞きされていないと思いこんで、べらべら喋っとる人間たちの会話だ。そんなチャンスが来たら、絶対に逃がすな、そいつらの会話に耳を澄ませ。ずらっと証人を並べて百の質問をするより、よっぽどまともな証拠が手にはいる」

さて、エラリーは父の教えを守るすなおな孝行息子なので、その場にとどまり、耳を澄ますことにした。

声の主《ぬし》は男がひとり、女がひとりだ。どちらも聞き覚えのある声だったが、話している言葉の内容までは聞き取れない。エラリーはすでに身体を低くかがめていたので、さらにちぢこまることに抵抗はなかった。古代の戦士のように静かでなめらかな身のこなしで、音をたてる砂利の上から道の両側に生えている芝生の上におりると、声が聞こえてくる方に向かって用心深く、じりじりと進んでいく。

不意に、声の主たちの正体が脳を貫いた。ジョーナ・リンカンとヘリーン・ブラッドじゃないか。

どうやらふたりはテニスコートの脇にあるガーデンテーブルをはさんで坐っているようだった。エラリーはこのあたりの地形をうろ覚えながら頭に思い描いてみた。そして、ふたりから一メートル半ほどのところまでにじり寄ると、一本の木のうしろに隠れ、じっとしていた。

「いくら違うと言っても無駄よ、ジョーナ・リンカンさん」ヘリーンが氷のように冷ややかな口調で言うのが聞こえた。

「でも、ヘリーン」ジョーナが言う。「もう十ぺんも言ってるだろう、ロメインが――」

「いいかげんにして！　あの人はそんなけだものじゃないわ。なのにあなたったら――変に気をまわして――自分が卑怯だから、そんなふうに……」

「ヘリーン！」ジョーナは死ぬほど傷ついたようだった。「どうしてそんなひどいことを言う？　ぼくがガラハッド卿（円卓の騎士のひとり。高潔な性格で知られる）を気取って、あいつを二、三発ぶん殴ってやろうとしたら、返り討ちでのされちまったのは認める、だけど――」

「だからそれが、本当はただの早とちりで、先に手を出したあなたが悪いんじゃないのと言っているのよ、ジョーナ」沈黙が落ちた。ヘリーンが必死に涙をこらえているのがわかる。「もちろん、あなたが善意でそうしたのはわかっていてよ。でもあなたはいつも――余計なお節介ばかりするんですもの」

まるで実際に見ているかのように、エラリーはその場の光景を頭に描くことができた。青年は全身が硬直しているに違いない。「ふうん、そうか」ジョーナは苦々しげに言った。「よかった、それが知りたかったんだ。余計なお節介だって？　つまりぼくはよそ者だと。口出しする権利はないと。ああ、そう、よくわかった、ヘリーン。ぼくはもう二度と口出しをしない。ここを出ていく――」

「ジョーナ！」令嬢の声は急に慌てていた。「どういう意味？　わたし、そんなつもりじゃ――」

「そういう意味だよ」ジョーナはむくれた声で言った。「もう何年もぼくはお人よしの役をやって、年がら年じゅう航海している男と、一日じゅう家にこもってチェッカー遊びをしている男のために、身を粉にして働いてきた。それももう終わりだ！　いくら給料がよくたって、やってられるか。ヘスターを連れて出ていく、きみの大事なメガラにもそう言ってやったよ！　今日の昼間にヨットの上で。自分の商売は自分でやればいい。いい気分転換になるさ。もう、あの男のために、こきつかわれるのはうんざりだ」

争うふたりがどちらも口をつぐみ、緊張した短い間があいた。エラリーは隠れている木のうしろでため息をついた。次に何が起きるか、想像がつく。

不意に、ヘリーンのやわらかな吐息が聞こえて、ジョーナが身構える気配を感じた。「でも、だって、ジョー」令嬢は囁いた。「そんな――まるでお父様になんの恩義も感じてないみたいじゃなくって。あんなに――あんなにかわいがってもらったでしょう」リンカンの返事はなかった。「それにスティーヴンだって……あなた、今日は言わなかったけれど、前からわたし、何度も言っているじゃない、わたしたちの間には何もないって。どうしてあなたはそう――あの人に意地悪なの？」

「別に意地悪をしているわけじゃない」ジョーナは威厳を見せた。

「意地悪よ！　ねえ、ジョーナ……」また沈黙が落ちたが、今度はこの若い令嬢が椅子を青年のそばに寄せた姿が、はたまたオデッセウスを誘惑するカリュプソーのように、いけにえに向かってかがみこむ姿が頭に浮かんだ。「あなたに一度も話したことのない秘密を教えてあげる！」

「は？」ジョーナは頓狂な声を出した。すぐに、大急ぎで言った。「いや、いい、ヘリーン。ぼくは全然興味ない――メガラのことなら」

「馬鹿なこと言わないで、ジョー。どうしてスティーヴンが今度の航海でまるまる一年もうちに寄りつかなかったと思ってるの」

「ぼくが知るわけないだろ。どうせハワイで、いい身体をしたフラガールにひっかかってたんじゃないのか」

「ジョーナったら！　ひどいこと言うのね。スティーヴンはそんな人じゃないわ、あなただって知ってるくせに……教えてあげる。それはね、あの人がわたしに結婚を申しこんだからなの。それが理由よ」令嬢は勝ち誇ったように言葉を切った。

「へえ、そうか。ほう」ジョーナは不機嫌な声を出した。「そりゃまた、未来の花嫁の扱いかたにしちゃずいぶんだな。一年もほったらかしか！　まあ、お幸せに、ふたりとも」

「でも、わたし――断ったのよ！」

エラリーはまたため息をつくと、忍び足で道に戻っていった。この夜は、エラリーにとっては、あいかわらず希望のない暗夜であった。だが、リンカン氏とブラッド嬢にとっては……。沈黙が続いていた。何が起きているのか、エラリーはだいたい想像がつく気がした。

22　外国との通信

「すべての兆候は」二日後の水曜日、エラリーはヤードリー教授にそう言った。「正義の守り手がしっぽを巻いて家に逃げ帰ろうとしているとぼくに告げているのですよ」

「それはまた、どういうことだね？」

「失敗した警察官に共通のサインというものがあるんです。なんたってぼくは、ご存じのとおり、生まれてこのかたずっと警察官と一緒に暮らしてますからね……ヴォーン警視はいま、新聞記事にあるもっともひかえめな言葉で表現するならば、完全に迷宮にはいっています。何ひとつ、確実なものをつかむことができていない。それで、やたら熱心な法の守り手と化して、誰かれかまわず追いまわし、部下の頭上で鞭を振りまわし、無駄骨の捜査を狂ったようにやらせ、友人には嚙みつき、同僚は無視する、とまあ、ご機嫌ななめのわがままな暴君のように振る舞っているというわけです」

　教授はくすくす笑った。「私なら、今度の事件はすっかり忘れてしまうことにするがね。『イーリアス』（トロイ攻囲戦をうたった古代ギリシャ叙事詩）とか、英雄の活躍する壮大な物語でも読んでのんびりするよ。きみもヴォーンと同じ小舟を漕いでいるじゃないか。ただ、きみの方がまだ、沈みっぷりがぶざまじゃないってだけだな」

エラリーは唸り声を出すと、吸い殻を草の中にはじき飛ばした。
実に悔しい。しかし、それ以上に心配だ。事件の論理的な解決がまるっきり頭に浮かばないこともそうだが、その倍も気になってしかたがないのが、事件を動かしていた原動力の火が消えかけているように思えることだ。クロサックはどこにいる？　クロサックの奴、いつまでも何をぐずぐず待っているんだ？

ブラッド夫人は寝室に引きこもって、みずからの罪を悔いて泣き暮らしていた。ジョーナ・リンカンは、辞めてやると脅したはずなのだが、ブラッド&メガラ商会に戻ってきて、アメリカの絨毯好きの人々に絨毯を提供し続けていた。ヘリーン・ブラッドは地に足がつかない様子で、喜びに光り輝きながらふわふわと漂っていた。ヘスター・リンカンはテンプル医師と嵐のようなすさまじいひと幕があったあと、荷物をまとめてニューヨークに行ってしまった。以来、テンプル医師はパイプをくわえ、浅黒《ブラック》い顔を、見たこともないほど陰気《ブラック》にして、ブラッドウッド荘のまわりをふらふら歩きまわっていた。オイスター島からはなんの音沙汰もなく、静かなものだった。ときどき、ケチャム老人が姿を見せたものの、老人は自分の用事にしか興味がなく、平底船に食料品や郵便物を積んで本土との間を行ったり来たりするだけだった。フォックスはおとなしく芝を刈ったり、ブラッド家の車を運転したりする日々を送っていた。

アンドルー・ヴァンはウェストヴァージニアの山の中に隠れていた。スティーヴン・メガラはヨットの中に引きこもっていた。乗組員たちはスウィフト船長を除いて、たっぷりの給金と共に解雇され、ヴォーン警視の許可を得て旅立っていった。メガラを護衛しているボディガード役のふたりの刑事は、〈ヘリーン号〉の甲板でのらくらと——飲んだり、たばこを吸ったり、トランプ遊びをしたり——過ごしていたのだが、メガラがボディガードはいらないと主張し続けて追い払った。自分の身は自分で守れると、メガラは不機嫌にきっぱり宣言した。とはいえ、海上警察は湾内をパトロールし続けていた。

ロンドンのスコットランドヤードから届いた電報も、この単調さにさざなみをたてることさえできなかった。曰く——

英国におけるパーシー&エリザベス・リンに関するさらなる調査は成果なし。大陸の警察に依頼されることをすすめる。

そんなわけで、ヴォーン警視はいみじくもエラリーが口にしたとおり、ご機嫌ななめのわがままな暴君のごとく振る舞い、アイシャム地方検事は検事局の自室にこもるという単純至極《しごく》な手段で、うまいことこの事件から逃れ出ており、エラリーはヤードリー教授宅のプールで涼んだり、恩師のすばらしい蔵書を堪能しつつ、天地《あめつち》のあまたの神々にこのすばらしい——身体と心の——休暇を感謝した。そうしながらも、道路をはさんだ向かいの大きな屋敷に、気づかう眼を向け続けていた。

＊

木曜の朝、エラリーがぶらぶらとブラッドウッド荘に歩いていくと、玄関ポーチでヴォーン警視が、日焼けした首とくたくたになった襟《えり》の間にハンカチをはさみ、ぱたぱたと手であおぎながら、暑さを、警察を、ブラッドウッド荘を、この事件を、果てはおのれまでをも、立て板に水とばかりにひと息で罵《ののし》った。

「何もなしですか、警視」

「なんにも！」

ヘリーン・ブラッドが屋敷から出てきた。純白のオーガンジーのドレスに身を包み、春の雲のように涼やかな姿だった。令嬢はおはようございます、と小声で挨拶すると、ポーチの階段をおりて、西に向かう小径《こみち》にはいっていった。

「ちょうどいまブン屋連中に、もう何度も繰り返しただしがらの情報をくれてやったところですわ」ヴォーン警視は唸った。「前進もなし。進展もなし。このままいつまでも待ちぼうけじゃあ、事件が迷宮の中で死んじまう。ねえ、クイーンさん。クロサックはいったいどこにいるんです？」

「なかなか意地の悪い質問ですね」エラリーはたばこをくわえて眉を寄せた。「正直言って、ぼくはどう考えていいのかわからずにいます。クロサックはあきらめたのか？　いや、そうは思えない。狂人というものは絶対にあきらめない。それなら、何をぐずぐずしているのか。警察がこの事件は解決できないとあきらめて引き揚げるのを待っているのか」

「そいつはご挨拶ですなあ」ヴォーン警視はぶつくさ言ってから、付け加えた。「私はここに踏ん張りますよ、神に誓って、審判の日まででも」

ふたりは黙りこんだ。車路《くるまみち》にまるく囲まれた庭では、芝刈り機のばたばたという音と共に、コーデュロイに身を包んだフォックスの背の高い姿が動いている。

不意に警視が、ぴんと背を伸ばし、半分眼を閉じてぼんやりたばこを吸っていたエラリーはぎょっとした。芝刈り機の音が止まっている。フォックスはまるで斥候《せっこう》のように身動きせずに突っ立って、西に向かって顔を突き出していた。不意に、芝刈り機を放り出し、花壇を飛び越え、走りだした。西に向かって駆けていく。

エラリーたちは飛び上がり、警視が怒鳴った。「フォックス！　どうした！」

男は大地を蹴る脚を止めなかった。森の中を指さしながら叫び返してきたが、何を言っているのかこちらからは聞き取れない。

その時、ふたりもそれを聞いた。かすかな悲鳴だ。リン夫妻の家の方から聞こえてくる。

「へリーン・ブラッドの声だ！」ヴォーン警視が叫んだ。「行こう！」

＊

リン夫妻の家の前の広場にふたりが猛スピードで駆けこむと、すでにたどりついていたフォックスが芝生に膝をつき、横たわった男の頭をふとももにのせていた。ヘリーンは服と同じくらい真っ白な顔で、胸をぎゅっとおさえながらふたりのそばに立ちすくんでいる。

「どうしたんです」ヴォーン警視は息を切らしながら言った。「なっ、こりゃ、テンプル先生じゃないか！」

「先生が──わたし、亡くなっているのかと思って」ヘリーンは声を震わせた。

テンプル医師は眼を閉じ、黒い顔を灰色にして、ぐったりと横たわっていた。額にひどいみみずばれがある。

「ずいぶんひどく殴られたみたいです、警視さん」フォックスが深刻な口調で言った。「目を覚ましてくれません」

「家の中に運びこもう」警視がきびきびと言った。「フォックス、医者を呼んでくれ。クイーンさん、運ぶのを手伝ってください」

フォックスはさっと立ち上がると、石段を駆けあがって、リン夫妻の家に飛びこんでいった。エラリーとヴォーン警視は動かない身体を優しく持ち上げ、あとに続いた。

一同はおしゃれな居間にはいっていった──というよりも、かつてはおしゃれだったが、いまは蛮族に荒らされたような居間という方が正しかった。椅子が二脚ひっくり返され、ライティングデスクの引き出しは全部飛び出し、置時計はガラスが割れて転がっている……。ふたりが意識のない男の身体をソファに寝かせている間に、ヘリーンはさっといなくなったかと思うとすぐ、洗面器に水を入れて戻ってきた。

フォックスはやっきになって電話をかけている。「マーシュ先生が出ない、いちばん近い医者なんですが」フォックスは言った。「こうなったら──」

「ちょっと待った」ヴォーン警視が言った。「気がついたみたいだぞ」

ヘリーンがテンプル医師の額を洗い、くちびるを湿してやった。医師はうめき声を出し、まぶたを震わせた。再びうめいたかと思うと、両腕が蠢《うごめ》き、そして医師は弱々しく身を起こして坐ろうとした。

医師はやっと声を出した。「私は――」

「まだ喋っちゃだめ」ヘリーンが優しく言った。「横になって、少し休んでいてください」テンプル医師はどさりとまた仰向けになると、眼を閉じてため息をついた。

「こりゃまた」警視は言った。「ずいぶんなことになったもんだ。この家の夫婦はどこにいるんだ？」

「部屋の様子から察するに」エラリーは淡々と言った。「ずらかったんじゃないですかね」

ヴォーン警視が大股に、隣の部屋に続くドアに向かった。エラリーは立ったまま、ヘリーンがテンプル医師の頰をさすっているのを見守った。警視が家じゅうを歩きまわる音が聞こえてくる。フォックスはとりあえず戸口に行ったものの、どうしていいかわからないようで突っ立っていた。

警視が居間に戻ってきた。電話にまっすぐ歩いていき、ブラッドの屋敷を呼び出した。「ストーリングスか？　ヴォーン警視だ。うちの部下を誰でもいいからすぐ電話に出してくれ……ビル？　よく聞け。リンと女房が高飛びした。奴らの人相、特徴はわかるな？　暴行の容疑で手配しろ。急げ。詳しい話はあとだ」

そう言うと、指で電話機のフックをがちゃつかせた。「ミネオラの検事局のアイシャム地方検事を呼び出してくれ……アイシャムさん？　ヴォーンです。始まりましたよ。リンの夫婦がずらかった」

そして受話器を置き、大股でソファに歩いてきた。テンプル医師は眼を開け、弱々しくにやりとした。「大丈夫ですか、テンプル先生」

「くそ、やられた！　頭をかち割られなかっただけましだ」

ヘリーンが言った。「リンさんたちに朝のご挨拶に来たんです」その声が震えた。「どういうことなんでしょう。ここに来たら、テンプル先生が地面に倒れてらっしゃるんですもの」

「いま何時ですか？」医師ははっとしたように身を起こした。

「十時半です」

医師はばたりとまた倒れこんだ。「二時間半も気絶してたのか。信じられない。ずっと前にここに来て、家に向かって這っていった――というか、這っていこうとしたんですが。そこで気絶したんだ」

ヴォーン警視がまた電話に歩み寄って、部下にこの情報を伝えている間に、エラリーは言った。「這っていった？　ということは、我々があなたを発見した場所で殴られたわけじゃないんですか」

「どこで私を見つけてくれたのか知りませんが」テンプル医師はうめいた。「でも答えは――違います。これにはわけがあるんです、長い話になりますが」医師はヴォーン警視が電話を切るのを待った。「ある理由から、私はリン夫妻が実は名乗っているとおりの人物ではないんじゃないかと疑っていました。ひと目見た時から怪しいと思ってたんです。二週間前の水曜の夜、私は闇にまぎれてこの近くに忍び寄って、ふたりの会話を盗み聞きました。その内容から、私は自分の疑いが間違っていなかったと確信しました。リンはちょうど何かを埋めて戻ってきたところで……」

「何かを埋めただと！」ヴォーン警視は怒鳴った。エラリーの眉がはねあがった。エラリーは警視を見たが、ふたりの眼の奥には同じ考えが透けて見えた。「なんてこった、テンプル先生、どうしてその時に報告してくれなかったんです。リンが何を埋めたか、わかってるんでしょう？」

「わかってる？」テンプル医師は大きく眼を見開いて、また額に広がる傷が痛んだのか、うめき声をあげた。「そりゃ、もちろんわかってますよ。でも、じゃあ、あなたも知ってたんですか？」

「知ってたかって！　首に決まってるでしょうが、ブラッドの首に！」

テンプル医師の眼は、まさにびっくり眼《まなこ》の見本だった。「くび」ゆっくりと繰り返した。「そんなことは全然、考えもしなかった……いいえ、違うものが埋まっていると思いました」

エラリーがすかさず訊ねた。「なんです？」

「終戦後二、三年のことでした。私はオーストリアの強制収容所から解放されて、自由になった脚の感覚を満喫したくて、ヨーロッパをふらふらしていました。そしてブダペシュトで……私は、その、とある夫婦と近づきになりました。同じホテルに泊まっていたんです。そのホテルの泊まり客の、ブンデラインというドイツ人の宝石商が部屋で縛りあげられ、ベルリンに持ち帰ろうとした商品の貴重な宝石が盗まれる事件が起きました。ブンデラインはその夫婦が犯人だと証言しましたが、すでに夫婦は行方をくらましていました……ここでリン夫妻をひと目見て、私は同じ夫婦だと確信したんです。当時はトラクストンと名乗っていましたが——パーシー・トラクストンと、その妻と……ううっ、頭が。あのふたりがリンと名を変えて、私の前に現れた時、十五等星でも見える超高性能の望遠鏡なみに、この眼は奴らの正体を見通したってわけです！」

「信じられません」ヘリーンがつぶやいた。「あんなにいいかたが！　ローマではとても親切にしてくださったのに。とても教養が深くいらして、裕福そうで、感じのいいご夫婦……」

「それが本当なら」エラリーは考え考え言った。「つまり、リン夫妻がテンプル先生の言ったとおりの曲者《くせもの》なら、あなたに親切にするりっぱな理由がありましたよ、お嬢さん。ふたりにしてみれば、あなたをひと目見ただけで、アメリカの大富豪の令嬢だと知るのはたやすいことだ。加えて、ヨーロッパでひと仕事やってのけたあとだとすれば……」

「趣味と実益を兼ねたってわけですな」警視がぴしりと言った。「たぶん、先生の疑ったとおりだ。戦利品を埋めて隠したんでしょう。で、今朝は何が起きたんです」

テンプル医師は弱々しく微笑んだ。「今朝？　この二週間は、ひまさえあればこのあたりを嗅ぎまわってました……今朝は、どこに埋められたのかやっと突き止めたと確信して、ここに来ました。ずっと、それを探していたんです。その場所にまっすぐ行って、掘り始めて、ひょいと顔をあげた時、目の前に男が立っているのが見えました。次の瞬間、地球が頭にどかんと落っこちてきたところまでしか覚えていません。リンだかトラクストンだか全然違う名前だか知りませんが、あいつは私の様子をうかがっていて、万事休すと悟って私を殴り倒し、お宝を掘り出して妻と一緒に逃げたんでしょう」

テンプル医師は、歩けると言い張った。フォックスに支えられながら、よろよろと家の外に出て、森の中にはいっていくそのあとを、一同はついていった。十メートルほど森にはいったところで、草地にぽっかりと穴が口を開けていた。だいたい三十センチ四方の四角い穴だ。

「ロンドン警察が、連中の行方を追えなかったのも無理ないな」ヴォーン警視は、ブラッドウッド荘に戻る道々、そう言った。「偽名だったとはね……それはそうと、あなたにはたっぷり話がある、テンプル先生。どうしてさっさと私に教えてくれなかったんです」

「私が馬鹿だからですよ」医師はぼそぼそと答えた。「大発見の名誉を独り占めしたかった。でも急に、間違っていたらと自信がなくなって――無実かもしれない人を告発するのは本意ではありませんし。だけど、畜生、あのふたりを逃がしてしまった！」

「その心配はないでしょう。今夜にでも檻の中にぶちこまれるはずだ」

しかし、蓋を開けてみれば、ヴォーン警視は楽観しすぎていた。夜が来ても、リン夫妻はあいかわらず野放しのままだった。ふたりの行方は杳《よう》として知れず、該当する人相の男女も見つからなかった。

「別れて、変装して、ひとりずつ別行動をとってるんだな」ヴォーン警視は不機嫌に唸った。

そして、パリ、ベルリン、ブダペシュト、ウィーンの各警察に電報を打った。

＊

金曜が来て、過ぎ去ったが、逃亡した英国人夫婦をとらえるべく広範囲に張りめぐらされた網に、情報は一切ひっかからなかった。ふたりのパスポート写真のコピー付きで、アメリカ国内の何千という保安官《シェリフ》事務所や警察署の掲示板に、人相書の手配書が張り出された。カナダやメキシコとの国境は厳重に監視された。しかし、リン夫妻は、大いなるアメリカ合衆国という巨大な巣から二匹のアリをつまみ出す仕事の難しさを、あらためて世に知らしめたのだった。

「こういう非常事態に備えて、逃げ道を確保しといたんだろう」ヴォーン警視はすっかり落ちこんでいた。「しかし、いつかは絶対に捕まえる。永遠に隠れているわけにはいかないはずだからな」

土曜の朝に、海外から電報が三通届いた。ひとつは、パリ警視庁からだった。

照会の夫婦は、パーシー・ストラング夫妻の名で、一九二五年に当方にて、強盗容疑で手配中である。

二通目はブダペシュトからだった。

お訊ねの人物に該当するパーシー・トラクストン夫婦は、一九二〇年にブダペシュト警察にて宝石の窃盗で手配されている。

三通目はウィーンから届き、もっとも情報が豊富だった。

貴手配書と特徴の一致する夫婦は、当方にてパーシー&ベス・アニクスターの名で、フランス人旅行者から五千フランを詐取し、昨年春には貴重な宝石を窃盗している。当夫婦が貴警察にて勾留中であれば、すみやかに引き渡し願う。盗品はいまだに回収されず。

さらに、盗まれた宝石に関する詳細な説明が付け加えられていた。

「我々がこの夫婦をとっつかまえたら、すてきな国際問題でてんやわんやになりそうですわ」ブラッドウッド荘の玄関ポーチに、エラリーとヤードリー教授と並んで坐りながら、警視はぶつくさと愚痴《ぐち》った。「フランスとハンガリーとオーストリアから指名手配されてたとはね」

「きっと世界法廷が特別合同裁判を開いてくれるんじゃないですか」エラリーが言った。

教授は渋面《じゅうめん》を作った。「まったく、きみはときどき、とんでもないことを言って驚かせてくれるな。どうして正確にものを言えないのかね。それを言うなら、常設仲裁裁判所だ。そして、こういう裁判は、〝特別〟ではなく、〝臨時〟と呼ぶ」

「やれやれ！」エラリーは天を仰いだ。

「これを見るかぎり、ブダペシュトが最初にやられたんですな」ヴォーン警視は言った。「一九二〇年とある」

「スコットランドヤードが引き渡しを要求してきても、私は驚かないな」教授が一歩踏みこんで言った。

「いや、それはないでしょう。ヤードの仕事は徹底していますからね。連中が人相書にまったく心当たりがなかったと言っているなら、あの夫婦はロンドンでの犯罪歴がないってことに、教授の一張羅《いっちょうら》を賭けてもいいですよ」

「もしあのふたりが本物のイギリス人なら」エラリーは言った。「なるべく英国には近づかないようにしたでしょうね。しかし、男の方は中欧出身だったという可能性もありますよ。オックスフォードなまりは、上流階級を装うのに、いちばん簡単にまねできるものです」

「ひとつ確実なのは」警視は言った。「連中がここに埋めていたお宝は、ウィーンの仕事の戦利品ってことです。とりあえず、宝石商組合と関係方面に警告を出しておきますわ。まあ、時間の無駄でしょうがね。連中がアメリカの故買屋に詳しいとは思えない。それに、よっぽど金に困りでもしないかぎり、まともな古物商には近寄ることもできないでしょうから」

「それにしても」エラリーは遠くを見るようなまなざしで、ぽつりともらした。「どうしてあなたのユーゴスラヴィアの文通相手は返事をよこさないんでしょうかね?」

*

ヴォーン警視のユーゴスラヴィアの同業者からの連絡が遅れたことにはりっぱな理由があったことが、その日のうちに判明した。警視たちが、電話や電報で分刻みにはいってくるリン夫妻の捜査報告を精査している時のことである。

ひとりの刑事が封筒を振りまわしながら走ってきた。「電報です、警視！」

「ああ」ヴォーン警視は電報をひったくりながら言った。「これでやっとわかる」

しかし、ユーゴスラヴィアの首都ベオグラードの警察大臣から送られてきた電報に書かれていたのは、これだけだった。

ツヴァル兄弟とヴェリヤ・クロサックに関する報告が遅れていることをお詫びする。モンテネグロ王国が消滅したこともあり、二十年もむかしのモンテネグロ王国における記録を探すことが困難な状況だ。両家は間違いなく実在した一族である。両家の間に代々の宿恨《しゅくこん》が存在したか否《いな》かは、当方の捜査官が調査中。結果の有無にかかわらず、二週間以内にもう一度、ご連絡する。

23 作戦会議

日曜日が過ぎ、月曜日が過ぎ……殺人事件の残骸から救い出したまともな事実が、どれだけ少なく、ちっぽけであることか、実に驚くばかりだった。エラリーは、この神出鬼没《しんしゅつきぼつ》の英国人夫妻の悪党が、このまま野放しのままでいることになれば、警視は卒中を起こすに違いないと確信した。今後、どういう方針をとるべきか、退屈でなんの希望もない会議においては、毎度同じ疑問が持ち出され、一同はいっそうどんよりした気持ちになるのだった。クロサックはどこにいる？　なんとも驚くべきかの人物が、この芝居における主役のひとりであるなら、いったいいまは何者であるのか、そして何をぐずぐずしているのか。奴の復讐は未完のままだ。犯罪の性質を考えれば、警察が常にうろついていようが、逮捕される危険にさらされようが、ツヴァル兄弟ふたりを生かしたまま、おとなしくあきらめるとは考えにくい。

「我々のアンドレヤの隠しかたが」月曜の夜、エラリーは悲しげに教授に言った。「完璧すぎましたね。クロサックがいまだに動かずにいることの、ぼくに思いつく唯一の理由と言えば、ヴァンがどこにいるか――そしてどんな姿に変装しているかを、クロサックがまだ知らないから、ということだけですよ。ぼくらがあまりにも完璧に奴の裏をかいたので――」

「我々も裏をかかれたね」ヤードリー教授はしみじみと言った。「私は少々、退屈し始めたよ、クイーン君。これが人間狩りの血沸き肉躍る生活だというなら、私は余生を机の前で歴史の事実に関する証拠の研究で過ごすだけで大満足だ。きみも一緒にどうかね。その方がいまよりずっと波瀾万丈の大冒険だぞ。下エジプトでエジプト学者たちの至宝とも言える、あの有名な玄武岩の板――ロゼッタストーンを発見したのが、フランス陸軍将校のブシャールだと、きみにはもう教えたかな？　二十三年後にシャンポリオンが現れて、プトレマイオス五世の治世に三種の言語でその岩板に刻まれた文書を解読するまで、それは――」

「それは」エラリーは鬱々《うつうつ》とした口調で言った。「クロサックという超弩級《どきゅう》の大問題に比べて、きわめてちっぽけな問題ですね。ウェルズが『透明人間』を書いた時にはきっと、クロサックをモデルにしたんでしょう」

*

その夕方、スティーヴン・メガラがいきなり元気を取り戻した。殺された弟が住んでいたコロニアル風の大邸宅で、客間の中央にでんと仁王立ちになり、メガラはいかめしい顔で聴衆を睨んでいた。ヴォーン警視もいて、ご機嫌ななめでシェラトン風の椅子に坐り、いらいらと爪を噛んでいた。エラリーはヤードリー教授のそばに坐り、メガラの責めるような視線を浴びて、自分の無能さをしみじみと噛みしめていた。ヘリーン・ブラッドとジョーナ・リンカンは同じソファに坐り、居心地悪そうにもじもじしつつ、互いにこっそり指をからませあっている。アイシャム地方検事はヨットマンの有無を言わせぬ命令によって、ミネオラから呼び戻され、戸口で両手の親指をぐるぐるこねまわして、ひっきりなしに空咳《からぜき》をしている。スウィフト船長は雇い主の背後に立って、帽子をくしゃくしゃにしながら、固いカラーに首筋をこすられるのが落ち着かない様子で、貧相な首を右に左にひねり続けている。テンプル医師は特に招かれたわけではなかったものの、同席してほしいと言われて、暗い暖炉の前に立っていた。

「さて、皆さん、お聞きください」メガラは鋭い声で言った。「しかし、特に――ヴォーン警視とアイシャムさんに聞いていただきたい。かれこれ三週間になります、私の――つまり、ブラッドが殺されてから。私が戻ってきてからは十日がたちました。そこで、いま、捜査がどのくらい成果があがったのかを教えていただきたい」

ヴォーン警視はシェラトン風の椅子の上でもぞもぞ坐りなおすと、つっけんどんに言い返した。「そういう言い方はないでしょう。我々が全力を尽くしていることは、あなたもご存じのはずです」

「十分じゃない」メガラはぴしゃりとはねつけた。「半分の力も出していない。警視、あなたがたは追うべき人間を知っている。ある程度とはいえ、人相も特徴も知っている。あなたの指揮下にある部下全員に全力を尽くさせれば、奴を捕まえるのは簡単なはずだ」

「ええと――時間の問題ですよ、メガラさん」アイシャム地方検事はなだめるように言った。白髪に囲まれた頭頂の素肌がじっとり湿って赤くなっている。「そんなに簡単な話じゃないんです、わかるでしょう」

ヴォーン警視は皮肉たっぷりに言った。「わかるでしょう、メガラさん、そもそもここには神様もびっくりなくらい、真実ってものがなさすぎたんですわ。ここの人たちは揃いも揃ってみんなして、我々の時間をたっぷり無駄にしてくれた。ひとり残らず、正直じゃなかった」

「馬鹿な、言いがかりだ！」

ヴォーン警視は立ち上がった。「そしてそれは」狼のように残忍な笑顔で付け加えた。「あなたにも当てはまりますなあ、メガラさん！」

ヨットマンの険しい顔は眉ひとつ表情を動かさなかった。その背後ではスウィフト船長が青い制服の袖でくちびるをぬぐい、指の欠けた手をふくらんだポケットにつっこんだ。「どういう意味ですか」

「なあ、ヴォーン」地方検事がおろおろと口を開いた。

「なあ、ヴォーン、じゃない！　ここはまかせてもらいますよ、アイシャムさん」警視は鬼の形相でどすどすと進み出ると、胸と胸が触れあわんばかりの距離でメガラの前に立ちはだかった。「全部ぶちまけてほしいのか？　こっちはかまわんよ、ミスター！　ブラッドの奥さんはその場しのぎで嘘をつくわ、娘さんとリンカンまで嘘の証言で奥さんをかばうわ、フォックスは警察を走りまわらせて、貴重な時間と労力をたんまりどぶに捨てさせるわ、そこのテンプル先生は――」医師は仰天したが、やがて、ヴォーンの険しい横顔を見ながら、パイプに葉を詰め始めた。「重大な情報を独り占めして、ふたりの泥棒を――いや、もっと悪い奴らかもしれんが――自分の手で捕まえて、輝かしい英雄になろうとするわ。で、結局――泥棒どもはきれいさっぱり逃げちまうし、ご本人は頭をぶちのめされたってわけだ。まあ、当然の報いだな！」

「いまあなたは」メガラは警視の眼を真正面から見据えて、淡々と答えた。「私のことも言っていたが。私があなたの捜査をどんなふうに邪魔したと？」

「ヴォーン警視」エラリーがのろのろと声をかけた。「いまあなたは、その――ちょっと――感情的になりすぎちゃいませんか」

「あんたのご高説もたくさんです！」ヴォーン警視は振り向きもせずに怒鳴った。もはや完全に頭に血がのぼり、眼をむき、首筋をひきつらせている。

「いいかね、メガラさん。先日、あんたは我々にある話をした……」

メガラの大柄な身体はぴくりとも動かなかった。「それが？」

ヴォーン警視は意地の悪い笑みを浮かべた。「それが、だ。よく考えることだな」

「言っている意味がわからない」メガラは冷ややかに答えた。「はっきり言ったらどうです」

「なあ、ヴォーン」アイシャム地方検事がすがるように言った。

「黙っててください、言いたいことは言わせてもらいましょう。なあ、私が何を言ってるか、わかってるはずだ。何年もむかしに、三人の男が大慌てで、ある場所から脱出した。なぜだ？」

一瞬、メガラは眼を伏せた。が、次に口を開いた時、その口ぶりはいかにも不思議そうだった。「理由ならもう話したはずですが」

「ああ。話してくれたとも。私が訊いてるのは、あんたが話してくれたことじゃない。話していなかったことを訊いている」

メガラはうしろに下がり、肩をすくめて微笑んだ。「いや、本気で心配になってきましたね、警視、この捜査であなたは頭がどうかしてしまったんじゃないか。私は本当のことを話した。しかし、一から十まで何もかも報告するわけにもいかないでしょう。もし、私が話しもらしたとすれば――」

「大事じゃないと思ったから、ですかね？」ヴォーン警視はせせら笑った。「よく聞く言い訳だ」そして、きびすを返し、自分の椅子に向かって二歩戻った。が、そこでまたくるりとヨットマンを振り返った。「だが、覚えておくといい——あんたは我々に報告を求めるが——我々の仕事は殺人犯を見つけることだけじゃない。たくさんのからみあった動機や、隠された事実や、嘘八百をひとつ残らず徹底的に洗いあげるのも我々の仕事だ。それだけはよく覚えておくことです」警視は椅子に坐ると、ふーっと大きく息を吐いた。

メガラは広い肩をちょいとすくめた。「少し脱線したようですな、私はこの作戦会議を、喧嘩や議論をするために開いたわけじゃない。もし私が喧嘩をふっかけているような印象を与えてしまったなら、警視、非礼をお詫びします」ヴォーン警視は唸り声を出した。「実は、私はある考えを思いついたんです」

「それはありがたい」アイシャム地方検事は本心からそう言うと、進み出た。「すばらしい、メガラさん。その意気です。建設的な意見はいつでも大歓迎ですよ」

「どの程度、建設的かはわかりませんが」メガラは両脚を広げて、踏ん張った。「我々はいままで、クロサックが襲ってくるのを待っていました。しかしいつまでたっても襲ってこない。しかし、そのつもりでいるのは間違いないことは、この私が保証します」

「で、あんたは何をするつもりなんですかね」警視が皮肉な口調で言った。「招待状でも出しますか?」

「まさにそのとおりです」メガラの眼がヴォーン警視の眼を、うがつように見つめた。「罠をしかけようと思っているんですよ」

ヴォーン警視はしばし黙りこんだ。「罠って、本気ですか? 何か考えが?」

ヨットマンの白い歯がきらめいた。「特に具体的に考えているわけじゃありません、警視。なんといっても、こういうことに関しては、私よりもあなたの方が経験豊富で、よくわかっておられるでしょう……しかし、遅かれ早かれクロサックは必ず来るとわかっているなら、だめでもともとだ、やってみて損はない。奴は私の命を狙ってるんでしょう? なら、狙わせてやればいい。……私は、警察の皆さんがここにずっといるせいで、奴が近づけずにいると思うんです。あなたがたがあとひと月いれば、奴はまたひと月、待つだけだ。しかし、たとえばもし、あなたがたがもうお手上げだと宣言して引き揚げれば……」

「名案です!」地方検事は叫んだ。「メガラさん、いや、表彰もののアイディアですよ。我々が先に思いつかなかったのが残念です。もちろん、クロサックは警察がここにうじゃうじゃしていれば、のこのこ顔を出せるはずもない——」

「しかし、我々がいきなりいっせいに引き揚げても、あの用心深い奴がのこのこ顔を出しますかね」ヴォーン警視は浮かない口調で言った。「その眼はじっと何やら考えている。「頭のまわる悪党だ、絶対にくさいと感づくでしょう……とはいえ、あなたの言うことには一理あります」警視はしぶしぶ認めて付け加えた。「考える余地はある」

エラリーは眼をきらりと光らせ、坐ったまま身を乗り出した。「実にすばらしい勇気ですよ、メガラさん。もちろん、失敗した場合、どんな結果になるかはわかっておいででしょうね?」

メガラはにこりともしなかった。「私は危険をおかさずに世界を股にかけてきたわけじゃない」真顔でそう言った。「奴のずる賢さをあなどってはいません。しかし、この作戦はそれほど無謀なものじゃない。こっちがうまくことを運べば、奴は必ず私を殺しにくる。そして、私は迎え撃つ準備ができているというわけです――この船長と私とで――なあ、船長?」

老船長はがらがら声で言った。「わしはまだ、網通し針一本でやっつけられないような手ごわい奴にお目にかかったこたあない。おまけにそいつはむかしの話だ。いま、わしは真新しいすてきな銃を持ってるし、メガラさん、あんただって持ってる。とろくさいチンピラひとり片づけるのなんか、ふたりいれば朝めし前だ」

「スティーヴン」ヘリーンが声を出した。リンカンの手から自分の手を放し、ヨットマンをまじまじと見つめている。「まさか、あの恐ろしい殺人鬼に狙われているのに、護衛を全然つけないつもりじゃないでしょう! やめて、そんな――」

「私は自分の身は自分で守れるよ、ヘリーン……あなたはどう思いますか、警視?」

ヴォーン警視は立ち上がった。「さてねえ。はい、わかりました、その作戦でいきましょう、と言うには、責任が重大すぎますなあ。認めるとすれば、本土と海上から私の部下を全員引き揚げさせたように見せかけて、その実、あなたの船の中に護衛をひそませておく……」

メガラは渋い顔になった。「それはうまくない、警視。奴は絶対に感づくでしょう」

「ともかく」警視は頑固に言った。「もう少し考える時間をください。監視はまだ、いまのままでいきます。作戦については、明朝まで結論を待っていただきたい」

「いいでしょう」メガラはヨット用の上着のポケットを叩いた。「私の方は準備万端、ととのっている。これから一生、〈ヘリーン号〉の上で臆病ネズミのようにちぢこまって隠れているわけにはいかない。クロサックが早く来てくれればそれだけ、こっちは好都合だ」

「きみはどう思う?」のちにエラリーとふたりでブラッドの屋敷の東翼付近に立ったまま、屋敷からもれるうす暗い明かりの中、早足で小径《こみち》を湾に向かって歩いていくメガラとスウィフト船長を見守りつつ、ヤードリー教授が言った。

「ぼくは」エラリーはしかめ面で言った。「スティーヴン・メガラは馬鹿だと思いますよ」

＊

スティーヴン・メガラには、その勇気を——もしくは馬鹿さかげんを、披露するひまがほとんどなかった。

翌朝の火曜日、エラリーと教授が朝食を囲んでいると、ひとりの刑事が、ナニーばあさんが憤慨《ふんがい》してぎゃあぎゃあ騒ぐのをものともせず、教授宅の食堂にどかどかと駆けこんで、ヴォーン警視からの言葉を伝えた。

たったいま、スウィフト船長が〈ヘリーン号〉の船室で、縛りあげられ、後頭部を強打されて意識不明の状態で発見された。

そして残酷無比にも、スティーヴン・メガラの硬直した首なし死体は、甲板の船楼のてっぺんにそそり立つアンテナマストにくくりつけられていた。

第四部　死者のはりつけ

多くの犯罪捜査が成功するかどうかは、刑事がごくささいな矛盾に気づくかどうかにかかっている。プラハ警察の記録における最大級の難事件のひとつなど、六週間というものまったく光明の射さない闇に包まれていたのに、あるひとりの部長刑事が、死者のズボンの折り返しに四つぶの米が発見されたという一見とるにたらない事実を思い出したことによって、解決に至ったのである。

ヴィットリオ・マレンギ

24　さらなるT

その朝、一行は黙りこんだまま本土を離れ、〈ヘリーン号〉に乗りこんでいった。何ごともない日々がだらだら続いたあとの、このあまりに素早い残忍非道な仕業に、誰もが言葉をなくし、茫然自失の沈黙にとらわれていた。エラリーは着ている麻のスーツと同じくらい蒼白な顔で、警察の大きなランチの手すりにすがり、そわそわしながら、ヨットをじっと見つめていた。吐き気をもよおしたのは、海に慣れない陸《おか》っ子であることとは関係がなかった。胃の神経が針に刺されるように、ずきんずきんと鼓動に合わせて痛みが走る。口の中はからからで、いやな苦い味が広がっている。ひっそりと隣に立つ教授は同じことを何度も何度もつぶやいていた。「信じられん。なんてことだ」同行の刑事たちさえ、やけにおとなしかった。皆、ヨットのくっきりときれいな輪郭《りんかく》を、初めて見るもののようにまじまじと見つめている。

甲板では人々が忙しく動きまわっていた。動きの中心は、高い船楼の中央付近にあるようだった。そこに立つひとかたまりの人々が、動きの渦の中心となり、刻一刻と、警察のランチが何隻も船体に横づけして、警官や刑事が乗りこんでいくたびに、渦はどんどん大きくふくらんでいく。

爽やかな朝の空を背景に、血染めのパジャマに包まれたおぞましいものが、くっきりと浮きあがっていた。二本あるアンテナマストの一本に、固く結わえつけられているそれは、人間とは似ても似つかない物体だった。たった十二時間前に言葉を交わした、あの血の気の多い、威勢のいい男とは、とうてい思えない。それは空の高みから一同をあざ笑っているかのようだった。二本の脚はマストに縛りつけられているせいで、人体のバランスから見てありえないほど不自然に細長く伸びている。そのぞっとする形の肉体は、やたらと馬鹿でかく見える錯覚を起こした。

「ゴルゴタの丘のキリストだ」ヤードリー教授がかすれる声を絞り出した。「なんてことだ、信じられん、とても信じられん」くちびるが灰色になっている。

「ぼくは信仰の篤《あつ》い人間じゃありませんが」エラリーはのろのろと言った。「お願いですから、教授、神を冒瀆《ぼうとく》することは言わないでください。ええ、おっしゃるとおり、とても信じられない。我々は大昔の伝説や歴史について、書物を読んで知っています――狂帝カリグラの残虐さや、ヴァンダル人の略奪や、モロク神に我が子をいけにえに捧げた逸話《いつわ》や、イスラムの秘密暗殺《アサシン》団や、異端審問《いたんしんもん》の拷問を。手足をもぎ、串刺しにし、皮をはぐ……血なまぐさい、最初から最後まで血にまみれた書物を……。だけど読むだけじゃ、熱い湯気のたつ恐怖を真に理解することなんて、できっこないんだ。人体を破壊したい、損壊したいという狂人の恐るべき気まぐれは、常人に理解できるものじゃない……ギャング同士の抗争、世界大戦、ヨーロッパでまだ横行するユダヤ人の虐殺、そんなものがあってさえ、この二十世紀において、我々は人類の残虐性の真の恐ろしさをはっきりと理解できていないんです」

「屁理屈だな」教授はそっけなく言った。「きみにはわからんし、私にもわからん。私は帰還兵の話を聞いたことがあるが……」

「それは全然、違う話でしょう」エラリーはつぶやいた。「個性のある殺人じゃない。集団的な狂気というものは、個人の狂気が暴走し、悦びに浮かれはしゃぐ悪魔の所業ほど、ストレートに吐き気をもよおさせるものじゃありません。いや、もうこの話はやめましょう。吐き気がしてきた」

それからはどちらもひとことも喋ろうとせず、やがてランチが〈ヘリーン号〉に横づけすると、はしごをのぼって甲板にあがっていった。

＊

その朝、〈ヘリーン号〉の甲板で慌ただしく働いている男たちの中で、ヴォーン警視だけが、このおどろおどろしい犯罪の不気味な毒気に、ちっともあてられていないようだった。警視にとって、これは単なる仕事なのだ——いやな仕事、奇怪な血なまぐさい仕事であるのはたしかだが、業務上の仕事のひとつにすぎなかった。警視が眼をむいて、口汚く罵《ののし》っているのは、スティーヴン・メガラが——昨夜、その生きている眼を真正面から睨みつけたばかりの相手が——アンテナマストに真っ赤な壊れた蠟人形のようになって吊るされているからではなく、前々から思っていたとおり、部下たちがどうしようもなく無能であることに、かんかんになっているからだった。

海上警察の警部補をつかまえて、警視は罵り散らしていた。「昨夜、おまえらの警備の目をくぐり抜けた奴はいないと、そう言うんだな？」

「はい、警視。誓って」

「いいかげんなことを言うな。誰かがくぐり抜けたんだ！」

「我々はひと晩じゅう見張っていました、警視。ですが、船は四隻しかありませんし、くぐり抜けようと思えば物理的に可能――」

「物理的に可能？」警視はふんと嘲るように鼻を鳴らした。「何を寝ぼけたことを。実際にくぐり抜けているだろうが！」

警部補の青年は、かっと赤くなった。「お言葉ですが警視、犯人は本土から来た可能性もあると思います。我々はヨットの海側にあたる北の方しか警備できません。ブラッドウッド荘の方から犯人が来たとは考えられませんか？」

「きさまの意見を聞きたい時にはそう言う」警視は声を張りあげた。「ビル！」

黙りこんでいる刑事たちの一団から、ひとりの私服刑事が進み出た。

「言うことはあるか？」

ビルはおどおどした顔で、無精ひげの顎《あご》をさすった。「我々が担当する区域は広いんです、警視。こっちの警備を突破された可能性はゼロだとは言いません。でも、もしそうだったとしても、我々の責任とは言いきれないはずで。警視もよくご存じでしょう、人目を避けてあの森の中をこっそり通り抜けるのは朝めし前だと」

「聞け、おまえら」警視は一歩下がり、右のこぶしを握りしめた。一同はかしこまった。「こっちはおまえらの意見だの言い訳だのを聞きたいわけじゃない、聞こえたか？　事実を把握《はあく》したいんだ。犯人がどうやってヨットにはいりこんだのかを知るのが重要だ。ニューヨークの海岸から湾を渡ってきたのか。ロングアイランドの本土からか。それを知るのが重要だと言ってるんだ。ブラッドウッド荘の敷地内を通り抜けた可能性は低いだろう。ここが警戒区域でパトロール中なのは奴も知ってるはずだからな。ビル、これから――」

一隻のランチが一艘の手漕ぎボートをひっぱりながら、猛スピードで飛んできたかと思うと、ヨットに横づけした。吐き気のせいで、目の前がぼんやりと揺らいでいたエラリーは、そのボートにうっすらと見覚えがある気がしたが、思い出せなかった。ランチの上で警官がひとり、立ち上がって叫んだ。「見つけました！」

一同は手すりに駆け寄った。「そいつはなんだ？」ヴォーン警視が怒鳴った。

「入江にこのボートが漂っていました」警官は叫んだ。「ブラッドウッド荘の隣の家のしるしがついてます」

　ヴォーン警視の眼がぱっと明るくなった。「リンのボートだ！　そうだ、それが答えだ。その中に何かあるか？」

「いえ。オールだけです」

　警視はビルという刑事に、早口に命じた。「二、三人、連れてってリンの家を調べろ。特に桟橋は徹底的に洗え。まわりの地面は足跡を探せ。一寸刻みに調べあげろ。あそこに来るまでの犯人の足取りを突き止めるんだ、なんとしても」

エラリーはため息をついた。周囲では男たちがざわめいている。命令が叫ばれ、刑事たちが舷側《げんそく》からわらわらとヨットを降りていき、ヴォーン警視はどかどかと鼻息荒く歩きまわり、ヤードリー教授は無線技士の小さな部屋のドアに寄りかかって——真上にアンテナマストとスティーヴン・メガラの死体がすべてを見下ろすように浮かんでいた。アイシャム地方検事は青い顔で身体を半分に折り、手すりにもたれかかっていた。小型ボートがテンプル医師を乗せて突っ走ってきた。医師の顔は驚いた表情で固まっている。ブラッドウッド荘の船着き場には男たちの一団の小さな人影が——白いスカートが見えるということは、女性もいるらしい……

ほんのいっとき、静けさがあたりを包んだ。警視がエラリーと教授の立っているところに歩いてきて、ドアに片腕をかけて寄りかかり、葉巻を口につっこむと、こわばった死体を悩ましげに見上げた。

「さて、おふたりさん」警視が言った。「いまの心境は?」

「ぞっとする」教授はつぶやいた。「まさに非の打ちどころのない狂気に満ちた悪夢だ。またTか」

エラリーは、あっと不意を突かれた。もちろん、そうだ! すっかり動転して、はりつけの大道具としてアンテナマストが選ばれた理由を完全に見落としていた。ぴんと直立するアンテナマストから、船室の屋根の反対側に立つもう一本のアンテナマストに空中ケーブルをのばしているのは、てっぺんに取りつけられた水平な横棒。どこからどう見ても、このアンテナマストと横棒は、細い鋼《はがね》でできた大文字のTだ……。この時、エラリーは初めて、屋根の上ではりつけにされた死体のうしろにふたりの男がいることに気づいた。ひとりは検死医のラムゼン医師だとわかったが、もうひとりにはまったく見覚えがない――黒く焼けた痩せっぽちの老人で、いかにも海の男らしい雰囲気をまとっている。

「いま死体をおろすところです」警視が教えてくれた。「そこの屋根にのってるじいさんは船乗りで――結び目についちゃ、なんでも知ってる生き字引《じびき》ですわ。いま縄を切って死体をおろす前に結び目を見といてもらおうと思いましてね……ローリンズ、どうだ?」警視は老人に向かって叫んだ。

結び目の生き字引は頭を振ると、身を起こした。「こんな結び方をするまともな船乗りはいませんや。新米と同じくらいへたくそだ。それともうひとつ。三週間前に、だんなに見せられた物干し綱と同じ奴が結んだ結び目だね、こいつは」

「そうか!」警視は明るい口調で言った。「じゃあ、おろしてくれ、先生」警視は振り向いた。「また物干し綱を使ったんです――ヨットの上でロープを探す手間を惜しんだらしい。むかし風の船と勝手が違いますからな。トーテムポールにブラッドを縛りつけたのと同じ結び目ってことです。同じ結び目、つまり、同一人物だ」

「そこのところは断定できないと思いますが」エラリーは言った。「しかし、ほかの点に関しては、警視の言われるとおりだと思いますよ。それはともかく、何が起きたんです、警視。スウィフト船長が襲われたと聞きましたが」

「そうです。あのかわいそうなじいさん、まだ気絶したまんまだ。ま、そのうち、教えてくれるでしょう……ああ、こっちにどうぞ、先生」ヴォーン警視は、ヨットのそばまで来たものの、乗りこんでいいのかどうかわからない様子で、自分のモーターボートの上で遠慮がちに立っているテンプル医師に声をかけた。「先生にも手伝ってほしいんです」テンプルはうなずいて、はしごをのぼってきた。

「う、わあ」医師はまるで魅入られたように死体を茫然と見つめていたが、やがて無線技士の船室に向かっていった。ヴォーン警視が壁を指さすと、テンプル医師は船室の横にあるはしごに気づいて、それをのぼっていった。

エラリーは舌打ちした。悲劇で気が動転していたとはいえ、甲板に不規則な血の染みの、いびつな条《すじ》がついていることにまったく気づかなかった。血の条は、船尾近くのメガラの船室から、時に大量にぶちまけられ、時にぽたぽたと垂れて、無線技士の船室の屋根にのぼるはしごまで続いている……。屋根の上にのぼったテンプル医師はラムゼン医師に挨拶し、自己紹介をしてから、医師ふたりは老船乗りの手を借りて、ロープを切って死体をおろす、いやな仕事に取りかかった。

「実際に起きた出来事ってのはこうです」ヴォーン警視が早口にまた語りだした。「今朝、部下のひとりがブラッドウッド荘の桟橋から、いまおふたりがごらんになっているとおりの死体を発見しました。すぐに駆けつけてみると、スウィフト船長が船室で老いぼれたニワトリのように縛りあげられて、後頭部に派手な血まみれの傷を作って気絶してました。で、応急手当てをして、いま、じいさんは休んでます。先生、ちょっとスウィフト船長を診《み》てやってくれませんかね！」警視はテンプルに叫んだ。「そっちの仕事が終わったら」テンプルがうなずくと、警視は先を続けた。「一応、ラムゼン先生がヨットに着いた時に、ざっと傷の手当てをしてくれたんですがね。私の見たかぎりじゃ――ほとんど事実はわかっちゃいませんが――単純明快な話ですよ。昨夜は、メガラと船長のほかに、ヨットには誰も乗ってませんでした。クロサックはどうにかしてリンの家に行き、そこの桟橋にもやってあった手漕ぎ舟を盗んで、ヨットに近づきます。昨夜は真っ暗で、ヨットについてる明かりは停泊灯だけでした。クロサックはヨットに乗りこむと、船長の頭を殴って、縛りあげ、それからメガラの船室に忍んでいって、やったわけです。船室の中はひどいもんですよ――ブラッド殺しの時のあずまやそっくりだ」

「今回も当然、血でTの文字が書かれているわけですか」エラリーが訊いた。

「メガラの船室のドアに」ヴォーン警視は青々した剃りたての顎をさすった。「それにしても信じられませんよ、本当に起きたことだとはとてもとても。私も商売柄、殺人事件は山ほど見てきましたが、ここまで冷血きわまりないのは初めてだ。これでも私はカモッラ党（イタリアの秘密結社）まがいのギャングの殺しを捜査したことがあるし、そういう死体はたいがい、切り刻んで拷問した痕があったってのに！　船室に行って、中を見てくるといいですよ。いや、見ない方がいいかもしれん。中世の処刑場かと思いますよ。あの部屋でメガラの頭を切り落としたんですな。このヨット全体を赤く塗り替えられるくらいの血が床に飛び散ってますわ」警視は考えながら付け加えた。「メガラの死体を船室から運び出して、はしごをのぼって、無線技士の船室の屋根の上までひっぱりあげるのは、かなり骨の折れる仕事だっただろうが、ブラッドの死体をトーテムポールに吊るすよりは楽だっただろうな。どっちにしろ、クロサックというのは、相当、力の強い男に違いない」

「思うんだが」ヤードリー教授が言った。「クロサックは被害者の返り血を絶対に浴びているんじゃないですか、警視。血まみれの服を着ていた男を目撃した人間とか、そういう手がかりはないだろうか」

「だめですね」ヴォーン警視が答える前にエラリーが言った。「この事件は、クリング殺しやブラッド殺しと同じで、前もって計画を立てたものです。クロサックは、これをやれば必ず血を盛大にぶちまけることになると承知していたはずで、どの殺しをやった時も、あらかじめ着替えくらい用意しているに決まってる……まったく初歩的なことですよ、教授。警視、ぼくが思うに、小さい包みとか安物の小さい鞄を持った片脚の悪い男を追うべきでしょうね。血まみれになるとわかっている服の下に、替えの服を着こんでいたとは思えませんから」

「それは思いつきませんでしたなあ」ヴォーン警視はすなおに認めた。「さすがに着眼点が違う。一応、おふたりの意見両方の線を追うように指示を出しましょう――クロサックがうろつきそうな場所すべてに部下を配置してあるんです」警視は船べりから身を乗り出すと、ランチに残っていた部下に、大声で指示を伝えた。ランチはすぐにヨットから離れていった。

そうこうしている間に死体はおろされていて、船室の屋根の上ではラムゼン医師が重荷をおろしたアンテナマストの下で膝をついて、死体を調べ始めていた。テンプル医師はもう少し前に屋根からおりてきていて、手すりにもたれているアイシャム地方検事と言葉を交わすと、船尾に向かっていった。しばらくしてから、一行も医師のあとを追って、スウィフト船長の船室に向かった。

船室にはいると、テンプル医師がぐったりした老船長の上にかがみこんでいるところだった。スウィフト船長は寝棚に横たわり、眼を閉じている。髪の乱れた老いた頭は乾いた血にべったりとおおわれている。

「気がつきそうですよ」医師は言った。「私がやられた時よりひどい傷だ。この人が頑丈でよかった、そうでなければ脳震盪《のうしんとう》を起こしていたでしょう」

船長の部屋はまったく乱れたところがなく、どうやら、殺人者は全然抵抗を受けなかったようだ。寝棚から手を伸ばせばすぐに届くところに、ずんぐりした自動拳銃《オートマチック》があるのを、エラリーは見つけた。

「発砲はされてません」ヴォーン警視はエラリーの視線の先に気づいて言った。「スウィフトはそれをつかむひまもなかったらしい」

老人がうつろな、吐こうとしているようなうめき声をあげた。まぶたが震えて開き、ぼんやりとかすみがかったような眼が現れた。一瞬、テンプル医師を凝然と見つめて、ゆっくりと頭をまわし、ほかにも人がいるのを認めた。突然、激しい痛みが走ったのか、船長は頭から足まで蛇のようにのたうち、ぎゅっと眼をつぶった。次にまぶたを開けた時、眼にかかっていたかすみは消えていた。

「ゆっくり休んでいなさい、船長」医師は言った。「頭を動かさないで。ちょっと飾りつけるよ」傷口はすでに手当てされていた。テンプル医師は薬戸棚をかきまわして、包帯をひと巻き見つけると、それで老船長の頭をまるで傷痍《しょうい》軍人のようにぐるぐると巻いた。それがすむまで、一同は黙っておとなしく見守っていた。

「気分は少しよくなったのかね、船長」アイシャム地方検事が飛びつくような勢いで訊ねた。さっきから老人と話したくて、興奮のあまり息を切らしている。

スウィフト船長はうめくように答えた。「ああ、たぶん。何があったんだ?」

ヴォーン警視が言った。「メガラさんが殺されたよ」

海の男は眼をぱちくりさせ、からからのくちびるをなめた。「殺《や》られたのか」

「そうだ。だから、おまえさんの話が聞きたいんだ、船長」

「いまは明日か?」

誰も笑わなかった。皆、船長の言う意味はわかっていた。「そうだよ、船長」

スウィフト船長は船室の天井を睨んだ。「メガラさんとわしは昨夜、あの屋敷を出てから、〈ヘリーン号〉にひっ返してきた。わしの覚えてるかぎりじゃあ、船にはなんも変わりがなかった。しばらくふたりで話をして——メガラさんは、全部片づいたら、アフリカにでも航海しようかと言ってた。そのあと別れて——メガラさんは自分の部屋に、わしはわしの部屋に戻ることにした。わしはその前に、いつもどおりに甲板をひとまわりした。この船には見張りがおらんから、用心のために」

「船に誰かが乗りこんでいた形跡はなかったんですか？」エラリーは訊ねた。

「なかった」船長はうめくように答えた。「と思うが、わからん。もしかすると、あいている船室とか、甲板の下とかに隠れていたかもしれん」

「それから、自分の部屋に戻ったのだね、船長？」アイシャム地方検事がはげますように言った。「何時だった？」

「七点鐘だった」

「十一時半ですね」エラリーがつぶやいた。

「そうだ。わしは一度寝ると目が覚めないでぐっすり眠りこけるたちなんだ。それが何時かわからんが、いつのまにか目が覚めて、寝棚に坐って耳を澄ました。とにかくなんか変な感じがしたんだな。そのうち、どうも寝棚の横で誰かが荒い息をしとるような気がしたもんだから、テーブルの上の銃にさっと手を伸ばしたんだが、届かなかった。目の前がぴかっと光ったと思ったら、頭にがつんとなんかが当たった。わしが覚えとるのはそれで全部だ」

「全然覚えてないってことか」アイシャム地方検事はつぶやいた。「誰に殴られたか、見ていないと？」

船長はゆるゆるとかぶりを振った。「全然。部屋は真っ暗だったし、光を眼に当てられたもんだから、何も見えなくなった」

一同はスウィフト船長の手当てをテンプル医師にまかせて、甲板に引き返した。エラリーはすっかり考えこんでいた。というよりもむしろ、悶々《もんもん》と悩んでいた。頭の奥でどこまでも逃げまわる、とらえどころのない考えを探している。とうとう、嫌気が差して頭を振ると、努力するのをあきらめてしまった。

アンテナマストの真下の甲板では、ラムゼン医師が一同を待っていた。結び目の専門家は消えていた。

「で、どうだった、先生?」ヴォーン警視が訊いた。

検死医は肩をすくめた。「特に驚くことは何もないな。三週間前にブラッドの死体について私の言ったことを覚えてるなら、もうひとことともあれに付け加えることはないね」

「暴行の痕はないわけか、それじゃ」

「首から下にはな。首から上についちゃ――」医師はまた肩をすくめた。「身元の確認は問題ない。さっきまで一緒にいたテンプルさんが、メガラは鼠蹊部《そけいぶ》のヘルニアを患っていたと言っていた。これはたしかなのかね?」

「メガラ本人がそう言っていたよ。ああ、たしかだ」

「そうか、なら、この死体はメガラだな、ヘルニアなのは見ればわかる。解剖も必要ないくらいだ。マストからおろしてすぐ、テンプルさんが行く前に死体を直接見てくれたよ。たしかにこれはメガラの身体だと言っていた――全裸にして診察したそうだ」

「証言としちゃ十分だな。メガラは何時ごろに殺されたと思う?」

ラムゼン医師はじっと中空を見つめて考えこんだ。「いろいろ条件を考えると、まあ、夜中の一時から一時半ってところかな」

「そうか、わかった、先生。死体はこっちで片づけておく。ありがとう」

「どういたしまして」医師はやれやれと鼻を鳴らし、はしごをつたって、下で待っているランチに乗り移っていった。ランチはすぐ本土に向かって離れていった。

「警視、盗まれた物はありましたか」エラリーは眉間に皺を寄せつつ訊いた。

「いえ。船室に少し現金のはいったメガラの財布が盗まれないで残ってました。壁に埋めこみ式の金庫も手つかずのままですわ」

「もうひとつ――」エラリーが言いかけたところで、一隻のランチがすべるように寄ってくると、汗だくの男たちがどかどかと乗りこんできた。

「で?」ヴォーン警視が訊いた。「手がかりはあったか」

一団のまとめ役がかぶりを振った。「いえ、警視。三キロ四方は一寸刻みに調べましたが」

「湾に沈められたのかもしれんな」ヴォーン警視はつぶやいた。

「なんのことだね?」アイシャム地方検事が訊ねた。

「メガラの頭ですよ。まあ、あってもなくても別に変わらん。海をさらう必要もないでしょう」

「ぼくならやりますね」エラリーは言った。「さっきちょうど、頭部を探しているのかどうか聞こうとしてたんです」

「ふむ、まあ、あなたの言うとおりかもしれませんな……おい、そこの、電話をかけて潜水班を手配しろ」

「きみはそうすることが重要だと思っているのかね」ヤードリー教授が声をひそめて訊いた。

エラリーは珍しく、降参《こうさん》というように両手を大きく広げた。「何が重要で何がそうでないか、わかってたらありがたいですよ。頭の中じゃ何かがずっとぶんぶん飛んでいるのに。どうしてもつかまえられない……でも、つかまえなきゃいけないんだ――わかってるんです、ちゃんとそれはわかってる」そこで言葉を切ると、たばこを口につっこんだ。「これだけはたしかですよ」エラリーはしばらくして、ぼそっと言った。「いやしくも探偵を名乗る者の中でも、ぼくはもっとも無能で役たたずだってことです」

「汝《なんじ》、みずからを知る、か」教授は淡々と言った。

25　片脚の不自由な男

ひとりの刑事が、おなじみの封筒を持ってヨットにあがってきた。

「なんだ、それは」ヴォーン警視が訊いた。

「電報です。いま届きました」

「電報ですか」エラリーはのろのろと繰り返した。「ベオグラードからですか、警視？」

ヴォーン警視は封筒を破った。「そうです……」警視は文面に目を走らせ、憂鬱《ゆううつ》そうにうなずいた。

「遅かったな」アイシャム地方検事が言った。「もう、いまさらだ。なんて書いてある？」

警視が電報を手渡すと、アイシャム地方検事はそれを読みあげた。

ツヴァル家とクロサック家の間に宿恨《しゆくこん》が存在した古い記録を発見。ステファン、アンドレヤ、トミスラフのツヴァル三兄弟は、ヴェリヤ・クロサックの父と父方の伯父二名を待ち伏せして殺害後、クロサックの屋敷から相当の金を盗んで、モンテネグロより逃亡。クロサックの未亡人が訴えた時には、すでに遅く、ツヴァル兄弟を逮捕することはできず。ツヴァル兄弟の行方も、クロサックの未亡人と幼い息子のヴェリヤの消息も不明。ご希望なら、両家の間に数世代にわたって存在する宿恨の詳細についてお知らせする。

そしてユーゴスラヴィア、ベオグラードの警察大臣の署名がはいっていた。

「ということは」ヤードリー教授が言った。「やっぱりきみは正しかったんだな、クイーン君。あの兄弟はただの泥棒だったというわけだ」

エラリーはため息をついた。「むなしい勝利ですけどね。この情報は単に、ヴェリヤ・クロサックにはツヴァル兄弟を殺す動機がさらにあったと教えてくれただけだ。一族郎党、皆殺しにされて、財産を奪われたわけですからね。しかし、この情報はどうでもいい疑問を解消するぐらいしか役にたたないな……メガラの話では、クロサック少年に見張りをつけていたということですが――たぶん、それは本当でしょう。ただし、モンテネグロから探偵を雇ったわけでなく、この国に来てから、手紙で雇ったんですね」

「気の毒に。私はなんだかクロサックに同情したくなってきた」

「いやいや、教授、いくらかわいそうでも、この事件の血なまぐささと残虐さはなかったことにできませんよ」ヴォーン警視は厳しく言った。「ええ、奴に動機があるのはわかりますよ。どんな殺人にも動機はあるもんです。しかし、殺人犯にいくらもっともな理由があっても、人殺しの罪を帳消しにすることにはできな……うん、なんだ、それは？」

また別の刑事が、公文書らしい書類の束と電報を何通か持って、ヨットにあがってきた。

「部長刑事の使いで来ました、警視。昨夜の報告書です」

「ふうむ」ヴォーン警視は手早く書類を確認した。「リンと女房に関する報告書だ」

「新しいことは？」アイシャム地方検事が訊ねた。

「これというものは何も。まあ、わかってたことだが、国じゅうの人間が奴らを見かけたと思いこんでるらしい。こいつはアリゾナから送られてきた報告書で――あっちでも捜索してくれてるんだな。で、これはフロリダからで――似た特徴の男女が車でタンパ方面に行くのを見たと。うん、まあ、可能性はゼロではないが」警視は報告書の束をポケットにつっこんだ。「私は連中がニューヨークに潜伏してるってことに賭けますね。国を横断するなんて馬鹿をやるわけがない。カナダとメキシコの国境はどっちも大丈夫みたいです。まだ国内にいるでしょう……おっ！　ビルが何かを見つけたらしい！」

その刑事はモーターボートの中で立って、帽子を振りまわしながら、何か聞き取れないことを怒鳴っている。やがて、猿のように船によじのぼってきた、その眼は輝いていた。

「大当たりでした、警視！」甲板に立ち上がると同時に刑事は叫んだ。「警視の言ったとおりです。あそこに山ほどありました！」

「なに？」

「手始めに手漕ぎ舟を調べました。あの桟橋にあったものに違いありません。もやい綱が鋭利な刃物で切断されて、結び目の方は桟橋につなぐ輪にぶらさがっていて、船の方には、切断面がぴったり合うロープが残っていました」

「わかった、わかった」ヴォーン警視はいらだったように言った。「奴はあの手漕ぎ舟を使ったってことはもうわかっている。桟橋の近くに何かほかのものを見つけたか？」

「ありました。足跡が」

皆、その言葉を思わず声に出して繰り返すと、いっせいに身を乗り出した。

ビルはうなずいた。「桟橋のすぐうしろの地面がやわらかいんです。そこで五つの足跡を見つけました――左が三つ、右がふたつ、同じサイズです――男もので二十六・五センチ前後と思われます。ともかく誰がつけたにしろ、片脚が不自由なのは間違いないです」

「片脚が不自由？」ヤードリー教授は繰り返した。「どうしてそんなことがわかるんだね」

ビルは振り向いて、憐れむような視線を、長身の醜男《ぶおとこ》の学者に向けた。「いや、だって――参ったな、こんな質問をされたのは初めてだ。先生は探偵雑誌《パルプ》を読まないんですか？　右の靴の跡の方が左よりずっと深いんです。ひと目見てわかるくらい。右のかかとがぐっと深く、もぐりこんでいる。左の具合がかなり悪いんでしょう。左はかかとがほとんど地面についていません」

「でかしたぞ、ビル」ヴォーン警視はアンテナマストを見上げた。「メガラさん」ヴォーン警視は言った。「次に会う時には――もしあの世ってものがあって、私もあんたと同じ場所に行けたら――ひとこと言わせてもらいましょうか。護衛は必要ないって？　護衛がいてさえどうだったか、よく考えてみればいい……ほかに何かあったか、ビル？」

「いいえ。リンの家とブラッドウッド荘の間を仕切る本道からおりてくる小径《こみち》は砂利道ですし、本道は砕石舗装《マカダム》なので、もう足跡はありません。部下たちが、片脚の不自由な男の行方を追っています。足跡がなくても問題ないでしょう。まあ、あればありがたいですが」

＊

部下たちはどうやら、なんの収穫もないわけでもないらしかった。

新たなる一団がケチャム入江の青い水面を猛スピードで、ヨットに向かって突進してきた。数人の刑事たちが、ひどく怯えた顔の中年男を取り囲んでいる。中年男は腰かけ梁に坐って、その縁に両手でがっちりつかまっていた。

「誰を連れてきたんだ、あいつら」ヴォーン警視は唸った。「あがってこい。誰なんだ、そこにいるのは」だんだん幅のせばまってくる水面越しに警視は怒鳴った。

「大ニュースです、警視！」私服刑事のひとりの叫ぶ声がかすかに届いた。「有力な情報です！」

そして中年の捕虜がはしごをのぼるのを、たるんだズボンの尻をうんと押して手伝った。中年男は情けない半笑いを浮かべながら、どうにか甲板に這いあがると、王族の御前《ごぜん》に立たされたかのように、フェルトの中折れ帽を取った。一同は中年男を興味深くしげしげと観察した。たいした特徴のない、金歯をはめた、気弱そうでおとなしそうな男だ。

「こちらはどなただね、ピカード？」警視は訊ねた。

「ダーリングさん、あなたから話してください」刑事が言った。「この人がうちの大親分です」

ダーリング氏はすっかり恐縮した顔になった。「お初にお目にかかります、長官様。いえ、あの、たいしたことじゃないんです。あたしは、ハンチントンのエリアス・ダーリングと申します、長官様。そこの本道で葉巻と文房具を売る店をやってまして。昨夜の真夜中に店じまいをしている時に、店の外の道でたまたま見かけたもんですから。うちの前に車が一台、ほんのちょっとの間、停まってたんです――たぶんビュイックだと思います――ビュイックのセダンだったと。あたしはたまたま、車を停めた男を見たんです――若い娘さんを連れた、小柄な男でした。で、店を閉めようとした時にあたしは、背の高い男が車に近づいていって中を覗くのを、たまたま見かけたんです――前の窓が開いていて、鍵がかかってなかったんですよ。そして男はドアを開けて、エンジンをかけて、センターポートの方に走っていきました」

「ふうん、それがどうしたんだね？」ヴォーン警視は鼻を鳴らした。「その小男の父親とか、兄弟とか、友達とか、可能性はいくらでもあるだろう。もしかすると金融会社の男が、借金の差し押さえで車を持っていったのかもしれんし」

エリアス・ダーリング氏は慌てふためいた。「そりゃ、そりゃ」かすれ声でつぶやいた。「全然思いつきませんでした！　そしたら、あたしはなんも悪くない人を悪党扱いしちまって――そのう、長官様……」

「警視だ！」ヴォーンは怒鳴った。

「はあ、警視様、とにかく、あたしはどうもおかしいと思ったもんで。それで、町の警察の署長さんに一応、言っておこうとも思ったんですが、まあ、あたしが首をつっこむことじゃないだろうとも思いまして。けど、よく考えてみると、たしかその男は左脚をかばってる――」

「なんだと！」ヴォーン警視が怒鳴った。「ちょっと待った！　左脚をかばってたって？　どんな男だった？」

一同はダーリング氏の言葉に食いついた。誰もが、ついに捜査の転機が来たと感じていた――みずからをクロサックと名乗る男を実際に目撃した生き証人による詳しい証言が！……ピカード刑事は悲しげに頭を振っていた。それでエラリーも、ダーリングの目撃証言というのは、ウィアトンのガソリンスタンド店主のクローカーによる証言とどっこいどっこいで、新たな情報があるわけではなさそうだと感づいた。

「こちらの刑事さんにも、もうお話ししたんですが」ハンチントンの商店主は言った。「顔は見ちゃいません。けど、背が高くて、肩幅が広くて、こう、小型の鞄をひとつ持ってました――うちの家内はああいうやつをオーバーナイトバッグって言ってます」

アイシャム地方検事とヴォーン警視は身体から力が抜けたようで、ヤードリー教授は頭を振った。「なるほど、よくわかりました、ダーリングさん」ヴォーン警視は言った。「わざわざありがとうございました。ピカード、ダーリングさんをうちの車でハンチントンまでお送りするように手配しろ」ピカードは商店主がはしごをおりていくのに手を貸して、ランチが本土に向かってすべるように去っていくのを見送ってから、一同の前に戻ってきた。

「盗まれた車はどうなんだ、ピカード」アイシャム地方検事が訊ねた。

「それが」刑事は口ごもった。「あまり参考になっていません。ダーリングの証言した特徴に合う男女が、昨夜午前二時にハンチントン警察署に車の盗難を届け出ています。ふたりが車をほったらかしてどこに行っていたのかは神のみぞ知る——私は知りません。ダーリングの言っていたとおり、ビュイックのセダンです。どうも、その小男は女に夢中だったので、車のキーを抜くのを忘れたらしいですね」

「車の詳細は全国に手配したのか」ヴォーン警視はたたみかけた。

「はい、警視。ナンバーも車体の特徴も、諸方面に伝達済みです」

「うんと役にたってくれるんじゃないかな」アイシャム地方検事がぼそぼそと言った。「当然だが、クロサックは昨夜、逃げるのに車が必要だったはずだ——夜中の二時、三時に列車に乗るのは危険すぎる。誰かに顔を覚えられてしまうかもしれん」

「それはつまり」エラリーはぼそぼそと言った。「クロサックが車を盗んで、ひと晩運転して、どこかに乗り捨てたと、そうお考えなわけですか?」

「いつまでも盗んだ車に乗り続けてたら、どうしようもない馬鹿ですよ」警視がぴしゃりと言った。「そりゃ、そうするでしょう。それの何が悪いんです、クイーンさん」

エラリーは肩をすくめた。「ちょっと質問をしただけで、そんなに頭ごなしに叩かなくてもいいじゃないですか、警視。別に、何も悪いことはないですよ、ぼくの考えるかぎりじゃ」

「私が思うに」教授は考え考え言った。「殺人を実行した現場のすぐ近くで、犯行の直後に車を盗めると、あてにしていたとすれば、クロサックはずいぶんと運まかせの危ない橋を渡ったものじゃないかね」

「運まかせもくそもないです」ヴォーン警視はばっさり切り捨てた。「まったく、これだからお人よしの正直者は世間を知らない。一時間あれば車なんか一ダース盗めますわ――特にこのロングアイランドじゃあ」

「いや、いいところをついてますよ。教授」エラリーがゆっくりと言った。「しかし、残念ながら、警視の言うことは正しいですね」頭上で足音がしたので、エラリーは言葉を切った。一同が見上げると、シーツでくるまれたスティーヴン・メガラの死体が無線技士の船室の屋根から甲板におろされているところだった。一メートルほど離れたところの手すりのそばで、パジャマの上に色あせた古い防水コートを羽織ったスウィフト船長が立ちつくし、石のような眼でその作業をじっと凝視している。傍《かたわ》らにはテンプル医師が無言で、火の消えたパイプをくわえて立っていた。

エラリーとヴォーン警視とアイシャム地方検事と教授は、下で待っている警察の大きなランチにひとりずつおりていった。一同が離れていく間、〈ヘリーン号〉はケチャム入江の波間でゆらりゆらりとたゆたっていた。死体はちょうど、舷側《げんそく》を越えて別のボートにおろされていくところだった。岸辺には、船の帰りを待っている、ひょろりと背の高いジョーナ・リンカンの姿が見える。ご婦人がたは消えていた。

「あなたはどうお考えです、クイーンさん」長い沈黙ののち、アイシャム地方検事が藁《わら》にもすがるような口調で訊いてきた。

エラリーは身体をよじって、ヨットを振り返り、じっと見つめた。「この連続殺人の解決には、三週間前からちっとも近づいちゃいない、ってことしかわかりませんね。ぼくに関しちゃ、完全に負けだと白状しますよ。犯人はヴェリヤ・クロサック――しかし亡霊そのもので、近くの誰に化けていてもおかしくはない。ここで我々はあいかわらず例の問題に直面します。実際、クロサックはいま現在、誰なのか?」エラリーは鼻眼鏡《パンスネ》をはずし、ごしごしと眼をこすった。「クロサックは手がかりを残していった――いや、むしろこれ見よがしにと言っていい……」

エラリーは険しい顔になると、黙りこんだ。

「どうしたんだね?」ヤードリー教授は愛弟子の、厳しい表情を見て心配そうに声をかけた。

エラリーはこぶしを握った。「いま、ふっと、考えが――頭に浮かびそうになったんです！ペルーの六悪魔の名にかけて、なんだったんだろう?」

26　エラリーは語る

　一同はブラッドウッド荘の敷地内を大急ぎで歩いて通り抜け、混乱と吐き気に苦しんで右往左往している哀れな犠牲者たちをそっとしておいた。ジョーナ・リンカンはひとことも発しなかった。もはや言葉も出ないらしい。それでも自分のとれる唯一、理性的な行動だと思ったのか、小径《こみち》を進む一同のあとをくっついてきた。なんとも奇妙なことだが、メガラの死はブラッドウッド荘の主人の死よりも、ずっと生々しく、屋敷全体を喪のとばりで包みこむように思えた。フォックスは顔面蒼白で、ポーチの階段に坐りこみ、両手で頭をかかえこんでいる。ヘリーンは揺り椅子に坐って空を仰ぎ、突然立ちのぼった雷雲が目にはいらないかのように、中空を見つめている。ブラッド夫人は気絶した。ストーリングスは、テンプル先生に奥様を診《み》ていただきたい、とおそるおそる言った。自室にこもったブラッド夫人はヒステリックに泣いており、誰にも、娘さえも手におえないようだった。一同が屋敷の裏手を通ると、家政婦のバクスター夫人がうめくように泣く声が聞こえてきた。

　道路に出たところで皆、どうしようかととまどっていたが、やがて無言のうちに示しあわせたように、再び歩き始めた。リンカンはぼんやりと門のすぐ外まで皆のあとにくっついてきたが、そこで立ち止まり、門の石柱にもたれかかった。警視とアイシャム地方検事は自分たちの仕事が忙しく、さっさとどこかへ行ってしまった。

ナニーばあさんの皺だらけの黒い顔は恐怖でくしゃくしゃにひきつっていた。ふたりのために玄関のドアを開けて、ぶつぶつ言っていた。「これはなんかの祟《たた》りでございますよ、ヤードリー様。くわばら、くわばら」

教授は返事をしなかった。まっすぐ書斎にはいっていき、エラリーもまた、そこが避難所であるかのように、あとを追ってはいった。

ふたりは同じ落ち着かない沈黙の中、腰をおろした。教授のいかつい顔には、衝撃と嫌悪の下に、負けん気がひそんでいた。エラリーは椅子にどっかり沈みこむと、無意識のうちにポケットの中のたばこを探り始めた。ヤードリー教授はテーブルにのっている大きな象牙の箱を、エラリーの方に押しやった。

「何をくよくよ考えているのかね」教授は優しく訊ねた。「まだ、さっき頭に浮かびかけていたという考えが気になっとるんだろう」

「なんというか、そんな考えは存在したことがないのに、不思議としっくりしない気持ちだけが残っている感じなんです」エラリーはまるでかたきのようにたばこをすぱすぱと吸った。「そういう、雲をつかむようなおかしな感覚は教授もわかるでしょう？　脳の奥にある路地で何かを追いまわしているのに、遠目でぼやけたうしろ姿をちらっ、ちらっとしか見ることのできない、もどかしい感じ。いま、ぼくはちょうどそんな気持ちなんです。そいつをつかまえることさえできれば……それが肝心なんだ。とにかく、そいつをつかまえることが肝心だと、そんな気がしてならないんです」

教授はパイプの火皿に刻みたばこを詰めた。「それはよくあることだ。私も経験があるが、そうやって考えをつかまえようと必死に集中するのは逆効果だな。むしろ、心の中からその考えをきれいさっぱり消して、ほかの全然関係のない話をすることだ。これが結構効き目があるぞ。こっちが無視することで、考えの方が自分から、こっちの目の前に飛び出してくるみたいにな、もう一度現れてほしいとずっと願っていると、いきなり何もないところから姿をさらしてくれる。まったく無関係のどうでもいい情報の海から、新たに創造されたかのようにな」

エラリーは唸った。雷鳴が家の壁という壁を揺るがした。

「ついさっき——十五分ほど前だが——」教授はほろ苦い微笑を浮かべて続けた。「きみは事件解決からは、現在も三週間前とまったく同じで、あいかわらずまだまだ遠いと言った。よろしい。きみは負けを認めた。しかし同時にきみは、事件の表面上には現れていない、そしてアイシャムもヴォーンも私も気づいていない結論をいくつか出したようなことを何度か口にしていたじゃないか。いま、それを全部、もう一度振り返って、じっくり考えてみたらどうだね。いくら集中しても頭の中で分析するだけでは見逃してしまったことも、実際に言葉にして口に出してみると、意外とはっきりするものだよ。まあ、ひとつだまされたと思ってやってごらん——私のこれまでの人生はずっと、そんな経験の連続だった——ひとり孤独に頭の中で考える、冷たい隔絶《かくぜつ》された思考活動と、誰かと膝つきあわせて意見を交換する、温かな血の通った議論は、根本的に違う。

たとえば、ほら、きみはチェッカーのことで何か言っていただろう。ブラッドウッド荘の書斎や、チェッカーテーブルや、盤上の駒の位置について、我々は何も気がつかなかったが、明らかにきみには重要な意味が見えていた。まず、その件について、話しあったらどうかな」

ヤードリー教授の深みのある穏やかな声の流れに心を洗われるうちに、エラリーのぴんと張りつめた神経はほぐれてきた。いつしか、前よりも落ち着いてたばこを吸いながら、顔にきつく刻まれた皺もやわらかくなっていた。「悪くない考えですね、教授」そして、もっと楽な姿勢に坐りなおすと、眼を半分閉じた。「じゃあ、ちょっとやってみましょう。ストーリングスの証言と、ぼくらが見つけた時のチェッカーテーブルの状況から、教授ならどんな推理を組み立てられますか」

教授はじっと考えつつ、暖炉に向かって煙を吹いた。すでに室内はかなり暗い。太陽は黒雲の暗幕のうしろに隠れてしまっている。「具体的な証拠による裏づけのない推論ならいくらでも頭に浮かぶが、あの状況を見て自然に導き出される推論を疑う論理的な理由は、特にないように思うがね」

「その自然に導き出される推論とは？」

「ストーリングスが最後にブラッドを見た時——殺人者を除いて、生きているブラッドを最後に見たのはあの執事と考えていいだろう——ブラッドはチェッカーテーブルの席について、自分を相手にひとりでチェッカーをしていた。それは、不自然でも、辻褄《つじつま》の合わないことでもない。ストーリングスは、ブラッドがよく盤の両面から自分と敵のひとり二役で駒を進めて——

三度のめしよりチェッカーが好きな、名人級の腕前の持ち主がやるように——遊んでいたと証言しているが、それは私も保証しよう。ということは、ストーリングスが屋敷を出て、ブラッドがチェッカーのひとり遊びを続けている間に、クロサックがうまい具合に書斎にはいりこみ、ブラッドを殺し、あれこれやっていったというわけだ。殺された時、ブラッドは赤い駒を手に握っていたに違いない、だから、我々はそれがトーテムポストのすぐそばに落ちているのを見つけた」

エラリーは疲れたように頭をごしごしこすった。「さっき——〝うまい具合に書斎にはいりこみ〟と言いましたね。どんな具合にですか」

ヤードリー教授はにやりとした。「いま、それを言おうとしたところだ。具体的な証拠に裏づけされない推理ならいくらでも考えつくと言っただろう。そのひとつは、クロサックが——これまでにきみが何度も繰り返し主張したように、我々のごく近くにいる人間かもしれないが——問題の夜にブラッドが会おうとしていた客であり、だからこそうまく屋敷の中にはいりこめたというわけだ。もちろんブラッドは友人と信じていた者が、実は代々にわたる宿敵とは知らなかったに違いない」

「裏づけの証拠はないですね！」エラリーはため息をついた。「ねえ、教授、ぼくはいまこの場ですぐ、絶対に論破されることのない仮説を披露できます。あてずっぽうじゃない、明快で論理的な手順を一歩一歩踏むことで出した結論です。ただひとつ困ったことに——この結論は、事件にかかる霧をこれっぽっちも薄くしてくれないんですよ」

教授はじっと考えつつ、大きくパイプを吸った。「ちょっと待ちたまえ。私の話はまだ終わっていない。もうひとつ別の仮説を披露できる――これも証拠による裏づけはないが、それでもさっきの仮説と同じくらい、信憑性《しんぴょうせい》があると思う。ブラッドにはあの夜、ふたりの客が訪ねてきたという仮説だ。客のひとりはブラッドがもともと会うつもりだった相手で、その密会のために、妻や義理の娘や使用人たちを家から追い払ったわけだな。もうひとりが仇敵、クロサックだ。この場合、予定していた訪問客は、クロサックより前に来たかあとに来たか――つまり、ブラッドが生きているうちか、死んでからか――どっちにしろ、自分がブラッドを訪ねたことについて口をつぐんでいることだろう。巻きこまれたくないからな。いままで誰もそれを思いつかなかったことに私は驚いているよ。この三週間というもの、いつになったらきみがそれを言いだすのかと期待していたのに」

「そうですか？」エラリーは鼻眼鏡《パンスネ》をはずしてテーブルに置いた。眼が真っ赤に充血している。稲妻が一瞬、室内をまばゆく照らし、ふたりの顔を不気味な蒼色《あおいろ》に染めた。「それはまた、ずいぶん期待されたものですね」

「まさか思いつかなかったってことはないだろう！」

「いえ、思いつきませんでした。それが事実ではないから、ぼくは言いださなかっただけです」

「ほう」教授は言った。「じゃあ、そこから考えようじゃないか。きみはここに坐ったまま、あの殺人の夜に屋敷を訪れたのはひとりきりだと証明できると？」

エラリーは苦笑した。「そう言われると困るんですが。結局、証明の価値ってのは、証明する者より、その証明を認めてくれる人が、決定するものでしょう……少し説明がややこしいんですよ。ほら、あのリュック・ド・クラピエ・ド・ヴォヴナルグって正気の沙汰《さた》とは思えない名前のフランス人の哲学者が言ってましたよね。〝ある考えを単純な言葉で説明できる根拠がない、という事実が、その考えを捨てるべきという根拠になる〟って。まあ、なんとかやってみましょうか」

教授が期待するように身を乗り出すと、エラリーは鼻梁に鼻眼鏡をのせて、言葉を続けた。

「ぼくの推理はふたつの要素にもとづいています。ひとつは、ブラッドのチェッカーテーブルの駒の配置、もうひとつは、名人の心理です。チェッカーのルールはご存じですか、教授？たしか、ブラッドとは一度もチェッカーをやったことがないとか、そんなようなことをおっしゃっていましたね」

「ああ、しかし、ルールくらいはわかる。へたくそだが。もう何年もやっていない」

「ルールさえわかれば、ぼくの分析もわかりますよ。ストーリングスが屋敷を出がけに、書斎にはいってきた時、ブラッドがひとり遊びを始めたばかりで、正確には、二手まで動かしたところを見ています。実はこの証言こそが、我々の友人たちを迷わせたんです。みんな、執事が最後に見た時のブラッドがひとり遊びをしていたのだから、殺された時もひとり遊びをしていたと考えました。教授も同じ落とし穴にはまりましたね。

しかし、チェッカーテーブルの駒はまったく違う事実を語っていたんです。盤上の駒の配置だけでなく、〝取られて〟チェッカー盤から取り除かれていた駒の位置はどうだったでしょう。

覚えていますか、黒が取った赤の駒が九つ、チェッカー盤の端とテーブルの端の間に並べられていました。赤は黒の駒を三つしか取れていませんでしたが、やはりチェッカー盤の反対側の場所に置いてありました。つまりですよ、まず、ここではっきりさせておきたいのは、黒が赤よりずっと優勢だった、という事実です。

チェッカー盤の上の駒は覚えていますか。黒は二段重ねのキングがすでに三つもできていて、一段のただの駒が三枚ありました。赤は、一段の駒さえ二枚だけです」

「それがどうしたね?」教授は訊ねた。「ブラッドがひとり遊びをしていて、仮想敵の赤を徹底的にやっつけるような駒運びをした、という意味しか見てとれんのだが」

「どうしようもなく、だめな結論ですね」エラリーは言い返した。「駒の動かしかたの研究という観点において、名人は試合の始まりと、勝負を決める最後の駒の動きにしか興味がありません。チェッカーだろうが、チェスだろうが、知恵を働かせ、個々人の腕次第で勝敗が決まるゲームの、名人プレイヤーはみんなそうですよ。どうして練習のためのひとり遊びで、キング三つに普通の駒ひとつという大差がつくまで、えんえんと続ける必要があるんです。ひとりで練習しているのに、すでに勝負の結果が決まった状態で、だらだらと無駄に駒を動かし続けるわけがない。名人なら盤面をひと目見ただけで、ほんのわずかでも一方が有利なら——たとえば駒がひとつ多いとか、駒が同数でも戦略的に優勢だとか——どちらもつまらないミスをしなければ勝負がどうなるか、最後の結果まで手を読めてしまう。ブラッドが自分を相手に、そんな一方的な勝負をいつまでも馬鹿正直に続けていたなんて、アリョーヒン（チェスの世界チャンピオン）がひとりでチェスの練習をするのに、片方にクイーンひとつとビショップふたつとナイトひとつ多くして、プレイを続けているようなものです。

　つまり、こういうことになります。執事が見かけた時にはたしかに、ブラッドはひとり遊びで練習していたのでしょうが、その晩遅くには、本当の試合をしていたのですよ。名人がひとり遊びの練習であんなワンサイドゲームをやるはずがない、裏を返して、誰かを相手に勝負していたと考えれば、あの一方的な試合運びに納得がいきます」

　外は豪雨になっていた――鈍色《にびいろ》の水の紗幕が窓に打ちつけている。

　ヤードリー教授がしぶしぶながら笑みを浮かべると、黒い顎《あご》ひげの上で白い歯が光った。

「なるほどな。うん。わかった。しかし、きみはまだ、ブラッドが本物の客を相手にチェッカーを遊び、我々が見つけた時の状態でやめて、客が帰ったあとに、クロサックが来て殺した、という可能性を排除していないぞ」

「さすがですね」エラリーはくすくす笑った。「まったくしぶといな。これはこっちも二連発銃でとどめをささないと――論理と常識という弾で。

　こう考えてみませんか。我々は殺人のあった時を、チェッカーの勝負から割り出すことができないだろうか？

　できるだけ論理的に話を進めていきますよ。さて、我々が発見した時、状況はどうだったでしょうか。黒の陣営の第一列には、まだ生きている赤の駒の、ふたつのうちひとつがのっていました。しかしチェッカーのルールでは、敵陣営の第一列にたどりついた駒は、冠をのせてキングに成《な》ることができる――つまり、たどりついた駒の上にもうひとつ別の駒を重ねることで、キングにするわけですね。では、なぜこの勝負において、黒陣営にたどりついた赤の駒はキングに成っていないのでしょう?」

「どうやらわかってきたぞ」ヤードリー教授がつぶやいた。

「単純に、そこで試合が止まったからにほかなりません。なぜなら、赤のキングに成らなければ、勝負を続けられないからです」エラリーは早口に続けた。「この時点で止まったことの裏づけはあるでしょうか? あります! しかし、まず先に片づけておかなければならない疑問がある。この試合において、ブラッドは黒だったのか、それとも赤だったのか。ブラッドがチェッカーの比類なき名人だったという証言はもうさんざん聞かされてきました。実際、チェッカーの全国チャンピオンを招いて、互角に勝負したこともあるほどの腕前だったと。では、このゲームにおいて、どう見てもぼろ負けしている赤が――へたくそで、キング三つと駒ひとつという大差を黒につけられてしまっている赤の方がブラッドだったと考えるのは妥当でしょうか? いえ、どう考えても無理ですよ。我々はブラッドが黒だったと断言できるわけです……。ここで記録を正確にするために、ひとつ訂正をさせてください。実際のところ我々は、黒が赤に優勢なのはキングが三つと駒ひとつではなく、キングがふたつと駒ふたつであるとわかっています。つまり、赤の駒のうちひとつは〝キングに成る〟寸前だったわけですからね。

まあ、それでも、はるかに優勢であることに変わりありませんが。

さて、ブラッドが黒だったとすれば、チェッカーテーブルのライティングデスクに近い側に坐っていたはずで、反対側にいた可能性はまずありません。取られた赤の駒がライティングデスク側にありますし、赤の駒を取るのは黒のプレイヤーに決まってます。

ここまではいいですね。ブラッドは黒だった、そしてライティングデスクに近い方の椅子に坐っていた。となれば、チェッカーの相手をした訪問客は反対側の椅子に、つまりライティングデスクと向きあうように坐ったはずです。ブラッドはライティングデスクを背にして坐っていたわけですね」

「しかし、それがどういう──」

エラリーは眼を閉じた。「教授、天才と呼ばれたいという大志を抱いておいでなら、ディズレーリのアドバイスに従って忍耐心を養うべきです。ぼくはいま、できるかぎり丁寧に段階を踏んで話を進めているんですよ。ぼくだって学生時代、教授がマイペースでのんびりと、一万人部隊とか、アレキサンダー大王の父親とか、イエス・キリストの話をゆるゆる進める間、先が知りたくて机の前でじりじりしていたんですから……

あれ、どこまで話したっけ？　ああ、そうだった！　赤の駒がひとつ行方不明になっていたのが、屋外のはりつけにされたブラッドの死体の近くで見つかったんですよね。ブラッドのてのひらには、丸い赤い染みがついていた。ならば、ブラッドは殺された時にチェッカーの駒を握っていたことになる。ブラッドはなぜ、赤の駒を取りあげて、握っていたのでしょうか。想像だけなら理論上いくらでも説明がつきます。しかし、すでにわかっている事実に裏づけされた説明は、たったひとつしかありません」

「その事実とは?」教授は訊ねた。

「黒側の一列目に到達した赤の駒がキングに成っていなければいけないのに、実際には成っていなかったという事実です。ブラッドの手に――つまり、黒のプレイヤーの手ということですね――唯一、行方不明だった赤の駒があった。ということは」エラリーはきびきびと言った。「赤のプレイヤーが黒の陣営に駒を送りこむことができたので、黒のプレイヤー、つまりブラッドは、みごと黒陣営にたどりついたその赤い駒の上に重ねるために、自分が奪ってテーブルによけておいた赤の駒を一枚取りあげたのだ、という結論に達せざるを得ないじゃありませんか。けれども、その取りあげた赤い駒をのせる前に、勝負を中断させてしまう何ごとかが起きたのです。言いかえれば、ブラッドが対戦相手の駒をキングにするために、手元にあった赤の駒を取りあげたが、やり遂げなかった、という事実からストレートに推理すれば、勝負はいつ中断したのかということばかりでなく、中断の原因まで推測できます」

ヤードリー教授は口をはさもうとせず、熱心に耳を傾けている。

「答えですか? ブラッドがやり遂げなかったのは、単に、できなかったからですよ」エラリーはそこで言葉を切り、ため息をついた。「その瞬間、ブラッドは襲われた。もう少し穏やかな言い方をすれば、赤のキングに王冠をかぶせることをできない状態にされた、というわけです」

「そして血痕ができたわけか」教授がつぶやいた。

「そのとおりです」エラリーは言った。「しかもそれは裏づけがあります――血痕の絨毯についた位置です。血の染みがついていたのは、黒のプレイヤー——つまりブラッドが坐っていた椅子から五十センチほどうしろについていました。我々はかなり前に、殺人がおこなわれたのはあの書斎の中であることを証明しています。書斎に残っていた血痕はあれひとつだけです。仮にブラッドが、チェッカーテーブルの前に坐っていて、赤の駒を重ねようとしたところを、前方から殴られたとすれば、ブラッドはうしろに倒れ、椅子とライティングデスクの間に落ちるでしょう。我々が血痕を見つけた位置はまさにその場所でした……ラムゼン先生は、ブラッドの胴体には暴行の痕がないので、頭を攻撃されたに違いないと主張していましたね。ならば、倒れた場所の絨毯を汚したのは、殺人者が死体をかつぎあげてあずまやに運ぶまでに、傷口から流れ出した血ということになる。これですべての細かい点がぴったりと符合します。ところが、このことでひとつ、注目すべき事実が浮かびあがるのです。ブラッドは襲われた時に、襲撃者とテーブルをはさんでチェッカーをしていた。言いかえれば、ブラッドを殺した人間は、チェッカーの対戦相手である……おや、異議あり、という顔をしてますね」

「もちろんあるとも」ヤードリーは言い返すと、パイプに火をつけなおし、すぱすぱと勢いよく吸い始めた。「きみの論証の中には、次のような場合を否定するだけの根拠はあるのかね？すなわち、ブラッドの対戦相手がまったく無実の人間である場合、もしくは、クロサックの共犯者である場合だ。つまり、無実の人間が普通にブラッドと勝負をしていたり、共犯者がブラッドの注意をひきつけるためにチェッカーをしたりしている間に、クロサックが書斎にそっと忍びこんできて、ブラッドを背後から殴ったのかもしれんだろう。血痕を発見した日に私が言ったように」

「は？　根拠はいくらでもありますよ、教授」エラリーの眼がきらりと光った。「クロサックが共犯者を持つはずがないということは、もうとっくのむかしに証明済みじゃないですか。今度の連続殺人事件はざっくり言えば、要するに復讐でしょう。金銭的に見ても、共犯者にとって魅力的な仕事では全然ありませんしね。

さらに、現場にもともとふたりの人間がいて、ひとりはクロサックで、もうひとりはブラッドとチェッカーを愉しんでいただけの無実の客だった可能性があると、そうおっしゃるんですか？……その場合、何を意味するかよく考えてください。それはつまり、クロサックがわざわざ、無実の目撃者の目の前でブラッドを襲ったことを意味するんですよ！　あまりに馬鹿げている。どう考えても、その目撃者候補が部屋を立ち去るのを待ったはずです。百歩ゆずって、目撃者の目の前で襲ったとしましょうか。その場合、クロサックはどんな手を使ってでも、この目撃者の口を封じようとすると思いませんか。クロサックのような、すでに良心が血にまみれている人間は、もうひとりの命を奪う必要があるなら、ちっともためらいませんよ。しかし、目撃者は無事に部屋を立ち去っています。……いいえ、教授、お気の毒ですが、目撃者もいなかったんですよ」

「しかし、目撃者がクロサックより前に来て、先に帰っていたとしたらどうなんだ――ブラッドとチェッカーをしていたその客がだ」教授は引き下がらなかった。

エラリーはやれやれと舌打ちした。「いやいや、だいぶお疲れのようですが、大丈夫ですかね、教授。クロサックがいる時間の前やあとに来たのなら、〝目撃者〟になりようがない、そうでしょう?」エラリーはくすくす笑った。「いいですか、肝心なことは、我々が見つけたのはブラッドとクロサックが勝負をしていた痕跡であり、クロサックより先やあとに別の訪問客があったとしても、それはクロサックが――つまり殺人者が――ブラッドとチェッカーの勝負をしていた事実を否定するものではない、ということです」

「それで、いままでのきみの長広舌から導き出される結論は、いったいなんだね?」ヤードリー教授はぼそぼそと訊いた。

「前に言ったとおりです。ブラッドを殺した犯人は、ブラッドとチェッカーをした。そしてクロサックはブラッドがよく知っている人間だったということです、もちろん、クロサックとしてでなく、別の人間として」

「あはあ!」教授は痩せたすねをぴしゃっと叩いた。「きみ、そりゃ聞き捨てならんな。なぜ、〝よく知っている〟人間だとわかる? え? それがきみの言う論理的な推理かね。ブラッドのような男が誰かとチェッカーをしたのなら、その相手は友人に違いないと? 馬鹿馬鹿しい! ブラッドは通りすがりの誰とでもチェッカーをやる男だったぞ。ルールを知っている人間はひとり残らず、ブラッドのいけにえだ。私がチェッカーにまったく興味がない、とあの男に納得させるのに三週間かかったんだからな」

「これは失礼しました、教授。ブラッドの対戦相手が友人だったに違いないと、ぼくが結論を出したのはチェッカーのゲームが根拠だという印象を持たせてしまったのなら、すみません、そういうつもりじゃなかったんです。もっと説得力のある根拠が、別にあるんですよ。ブラッドは、ツヴァル兄弟の宿敵であるクロサックがツヴァル家の由緒正しい貴重な血を求めて故国を出たことを、知っていたでしょうか？」

「もちろん知っていたとも。ブラッドが遺した書置きを見ればわかる。それにヴァンがブラッドに手紙を書いて警告していただろう」

「そのとおりです《ビャン・アシュレマン》！　では、クロサックが故郷を離れた事実を知りながらですよ、いざという時に助けてくれそうな、身内の人間をわざわざ家からひとり残らず追い出しておいて、ブラッドが赤の他人と会う約束をするでしょうか」

「ふううむ。まあ、しないだろうな」

「でしょう？」エラリーは疲れたようにため息をついた。「ちゃんと正しく役にたつデータを使えば、なんだって証明できるんですよ。たとえば——そう、もっとも極端な場合を考えてみましょうか。その夜、約束をしていた客が訪ねてきて、ブラッドとの用事をすませて、帰っていきました。そのあと、クロサックが現れます。ただし、見も知らない赤の他人としてですよ。しかし、我々はさっき、ブラッドの殺人者であるクロサックが、ブラッドと仲良くチェッカーをしていたことを証明しました。これはつまり、ブラッドがまったく無防備な家の中に、どこの馬の骨ともわからない赤の他人を、うかつにほいほい招き入れたことを意味します……もちろん、そんなはずはない。クロサックはブラッドがよく知っていた人間だったのです。予定していた訪問客だったのか、予定外で急にふらっと訪れた客かは知りませんが。実を言えば、ほくはどっちでもかまわないと思っていますがね。ぼくが信じているのは、あの夜、書斎でブラッドのそばにいたのは、ただひとりの人間――クロサックだけだった、ということです。たとえその場に何人いようが、どんな人物になりすましていようが、クロサックはブラッドがよく知っている相手であり、チェッカーをしている最中にブラッドは殺された、という結論が揺らぐことはありません」

「それで、その結論から何がわかるのかね」

「何もわかりませんよ」エラリーは憂鬱《ゆううつ》そうに言った。「だからさっき、三週間前から事態はさっぱり好転していないと言ったんです……それでも、いま気がついたんですが、この全然収拾のつかないごった煮の中から、もうひとつ、確実な事実をすくいあげることができましたよ。もっと早く気がつかないとは、ぼくも相当まぬけですが」

教授は立ち上がり、パイプをこんと暖炉に当てて、中身を落とした。「今日のきみは思いがけないことばかり言って、よく驚かせてくれるな」振り向きもせずにそう言った。「それはなんだね」

「クロサックの脚はどこも悪くない、という確実な事実です」

「それは前にも言っていたことじゃないか」ヤードリー教授は言い返した。「いや、違うな。そうとは言いきれなかったんだ。しかしなぜ――？」

エラリーは立ち上がると、両腕をうんとあげて伸びをし、行ったり来たりし始めた。書斎の中は湿気がこもって蒸している。外の豪雨は、さらに激しい音をたて始めている。「クロサックが誰だろうと、それはブラッドのよく知っていた人物でした。しかし、ブラッドがよく知っていた者の中には、脚が不自由な人間はひとりもいない。ということは、クロサックがいつもは普通の歩き方をしているということになります。単に、警察を惑わすために、子供時代の障害がいまだに残っていると見せかけているんです」

「ああ、そうか」ヤードリー教授はつぶやいた。「うかつに足跡を残していったように見せかけて、その実、警察が脚の不自由な男を追うように、ミスリードしたわけだな」

「そのとおりです。そして危険が迫る臭いを感じたとたんに、脚が悪いふりをやめてしまうんです。クロサックの足取りが見つからないのも無理ありませんよ。ぼくはもっと早く、その事実に気づくべきだった」

ヤードリー教授は大きな足を踏ん張って立ち、冷たくなったパイプを口から引き抜いた。「さて、それじゃあ」教授はエラリーを正面からじっと見つめた。「きみの頭の中を逃げまわっている考えというのは、見えてきたかな?」

エラリーはかぶりを振った。「脳の渦巻きの奥に隠れてますよ……とりあえず、最初からもう一度、検討してみますか。最初の犠牲者、クリング殺しについては満足のいく説明がついている。すぐ近くに、クロサックも、脚の悪いふりをした男もいて、動機も、事件同士のつながりも、この犯罪独特の性質も——すべて、辻褄が合う。先祖代々にわたる家同士の宿怨があった。クロサックは、相手方の兄弟のひとりであるアンドレヤを殺した、と思いこんだ。それにしても、ツヴァル三兄弟のうちでもっともうまく身をひそめていたヴァンことアンドレヤを、クロサックはいったいどうやって見つけ出したのでしょうか。この疑問にはまだ答えることができません。いずれわかる時が来れば……。やがて、クロサックが再び襲撃してくる。今度、やられたのはブラッドだ。さっきと同じ疑問があるものの、やはり答えは謎です。ともかく、ここから復讐劇はいっそうどろどろと濃くなってきます。クロサックがブラッドの書置きを見つけて、最初にせっかく殺した犠牲者は人違いで、ヴァンがまだ生きていることを知ります。本物のヴァンはいまどこにいる？　なんとしても見つけなければ、とクロサックは考えます。そうしなければ、復讐は成らない。ここで第二幕の幕がおりる――実に劇的だ……。やがてメガラが航海から戻る。メガラがそうすることは、クロサックにはわかっていました。書置きによると、ヴァンの現在の身分と隠れ家を知る唯一の人物、登場というわけです。ここで舞台は長い幕間にはいる。それから……ああっ」エラリーは言葉を切った。

　ヤードリー教授は、はっとして、息をするのも忘れて、身を硬くした。すべてのしるしが、頭の中で逃げまわる思考をやっとエラリーがとらえたことを示していた。エラリーは仁王立ちになり、ようやく見つけたという狂気じみた光で眼をらんらんと輝かせ、この家のあるじを睨みつけている。

「そうか、そうだよ！」エラリーは叫んで、ヤードリー教授の蒸し暑い書斎の中で五十センチも飛び上がった。「ぼくはなんて馬鹿なんだ！　なんてまぬけで、役たたずで、どうしようもない馬鹿も馬鹿、大馬鹿だ！　やっとわかりましたよ！」

「そおら、私の言ったとおりだ、効き目があっただろう」教授はにやりとして、ほっと身体の力を抜いた。「で、頭の中を逃げまわっていた考えというのは結局、なんだったん――おいどうした、きみ！　大丈夫か？」

教授は驚いて言葉を切った。エラリーの勝利に輝いていた顔が、がらりと変わっていたのである。がっくりと顎が落ち、両の眼にはかすみがかかり、見えないこぶしに殴られたかのように、ショックで茫然としている。

顔に表情が浮かびかけて、また消えた。なめらかな褐色の頬に、食いしばった顎のラインがくっきりと見えている。「聞いてください」エラリーは早口に言った。「要点をざっと話す時間しかない。そもそもぼくたちは何を待っていましたか？　クロサックは何を待っていたんでしたか？　ぼくたちは、クロサックがヴァンの居どころを知るために、唯一の情報源であるメガラに接触してくるのを待ち構えていたんですよね。クロサックは、そのメガラを殺した。その意味するところはひとつしかありえません！」

「クロサックがヴァンの居場所を知ったんだな」ヤードリー教授は叫んだ。ことの深刻さの重たい衝撃に、深みのある声が割れている。「なんてことだ、クイーン君、私たちはなんという馬鹿だ、まるっきり何も見えていなかった、ふたり揃ってどうしようもない大馬鹿だ！　もう手遅れかもしれん！」

エラリーは返事をして時間を無駄にはしなかった。いきなり電話に飛びついた。「ウェスタンユニオン（電報会社）を頼む……電報を。大至急で。宛名は、ウェストヴァージニア州アロヨ村のルーデン巡査……そう。本文は〝ただちに保安隊を結成してピート老人の小屋に行け。当方の到着までピート老人を保護せよ。貴殿の到着までにことが起きた場合はクロサックを捜索せよ。ただし犯行現場は手をつけずに保存せよ〃。発信人はエラリー・クイーンで。復唱してください……クロサックです――Ｋｒｏｓａｃ。そうです、そう……ありがとう」

それだけ言って受話器を放り出したものの、思いなおして、また取りあげた。そして、通りをはさんだ向かいのブラッドウッド荘に電話をかけて、ヴォーン警視を呼び出すように頼んだ。ところが、ストーリングスの話によると、警視はほんの少し前に急いで出ていってしまったとのことだった。エラリーはつっけんどんに、それなら警視の部下に代われと執事を追い払った。ヴォーン警視はどこに行きましたか？　受話器の向こうの刑事は、申し訳ないがわかりません、と答えた。警視は何か指令を受け取って、すぐに車を用意させ、アイシャム地方検事と一緒に大急ぎで行ってしまいました。

「くそっ」エラリーは電話を切りながらうめいた。「どうする。ぐずぐずしてるひまはないんだ！」窓に駆け寄り、外を覗いた。雨はどんどん激しさを増しているのか、ひどい土砂降りになっている。時折、空に稲妻が光の網のようにぱっと広がり、雷鳴がひっきりなしに轟《とどろ》いている。「教授」エラリーは振り返った。「あとを頼みます！」

「きみをひとりで行かせるのは気が進まんのだがな、本当に」ヤードリー教授はしぶしぶ言った。「特にこの嵐だ。どうやって行くつもりだね」

「ぼくのことなら心配ご無用です。教授はこっちに残って、なんとしてもヴォーンとアイシャムをつかまえてください」エラリーは電話機に飛びついた。「ミネオラ飛行場を。早く！」

エラリーが呼び出しを待っている間、教授は落ち着かない様子で顎ひげをさすっていた。

「おい、ちょっと待ちたまえ、クイーン君、まさかこんな空模様で、飛行機に乗る気じゃないだろうな」

エラリーは片手をひと振りして声を払いのけた。「もしもし！　ミネオラですか？　いますぐ南西に飛ぶので、速い飛行機を一機チャーターしたいんですが――は？」その顔にがっかりした色が広がり、ほどなくして、受話器を置いた。「天候までぼくらの邪魔をしている。暴風雨が大西洋から上陸して、南西に向かって移動しているそうです。アレゲーニー山脈（アパラチア山系の一部）のあたりは特にひどくなると、空港スタッフに言われました。飛行機は出せないと。どうしたらいいんだ」

「列車を使いたまえ」ヤードリー教授が提案した。

「いえ！　ぼくの相棒、デューシーの方が信用できる！　レインコートか何か、貸していただけませんか、教授」

ふたりは玄関ホールに駆けこんだ。ヤードリー教授はクロゼットを開けて、だぼっとした長いレインコートをひっぱり出し、エラリーがそれを着こむのを手伝った。「なあ、クイーン君」教授は息を切らしつつ言った。「早まらん方がいい。あれはオープンカーだし、道は悪いだろうし、かなりの距離を運転することに――」

「無謀なことはしません」エラリーは言った。「どっちにしろ、ルーデン巡査がちゃんとやっていてくれるでしょう」そして、さっさと歩きだし、玄関のドアを開けた。教授は玄関先までエラリーを見送りについてきた。エラリーは黙りこんでいたが、やがて片手を差し出した。

「ぼくの幸運を祈ってください、教授。いや、むしろヴァンの幸運を祈ってやってください」

「ああ、行ってきたまえ」教授は唸るように言うと、エラリーの手を勢いよく上下に振った。

「ヴォーンとアイシャムは私が全力で探し出す。気をつけていっておいで。本当に、そのことに確信があるのか？　はるばる無駄足を踏むことにはならないのかね？」

エラリーは重々しく言った。「この二週間、クロサックがメガラを殺さずにいた理由は、たったひとつ――ヴァンの居どころを知らなかったからです。それがついにメガラを殺したとすれば、ピートじいさんの変装や、山の隠れ家の秘密を知ったからに違いありません。おそらくメガラを殺す前に脅して聞き出したんだ。四人目が殺されるのを防ぐのは、ぼくの役目です。いまこの瞬間も、クロサックは間違いなくウェストヴァージニアをめざしている。奴が昨夜、ゆっくり眠ってくれていればいいんですが。そうでなければ――」エラリーは肩をすくめ、心配顔でじっと見つめているヤードリー教授に微笑みかけると、ばしゃばしゃと叩きつける驟雨《しゅうう》の中、稲妻に照らされながら、踏み段を駆けおり、外の道路に続く私道の途中にある、古ぼけたレーシングカーを停めたガレージに向かって走り去った。

ヤードリー教授は無意識に、腕時計を見た。午後一時きっかりだった。

27　行き違い

　デューセンバーグは、ニューヨークの街なかを車をかきわけて通り抜け、ダウンタウンを疾《しっ》駆《く》し、ホランドトンネルを猛スピードでくぐり抜けると、ニュージャージー州に点在する片田舎の町の迷路を危なっかしく通過したのち、ハリスバーグに続く幹線道路で本調子を取り戻して、矢のようにすっ飛んでいった。道路はすいていた。雨風の激しさは弱まることがなかった。エラリーは何度も幸運の神に祈っては制限速度を破り続けた。幸運も続いた。ペンシルヴェニア州の町から町へ弾丸よろしくぶっ飛ばしていったが、白バイに追跡されることは一度もなかった。

　雨よけが何ひとつない古ぼけた車の中は洪水が起きていた。坐っているエラリー自身、靴はぐしょ濡れ、帽子からはぼたぼたと水滴を垂らしているありさまだった。エラリーは車内をかきまわしてレース用のゴーグルを発掘した。そんなわけで、麻のスーツの上から、だぼだぼのレインコートにすっぽりおおわれ、ぐっしょりと水を吸ったフェルト帽のつばを耳まで垂らし、鼻眼鏡《バンスネ》の上に琥珀色のゴーグルをかけるという、グロテスクな姿のエラリーが、巨大なハンドルの上におおいかぶさり、暴風雨が叩きつけてくるペンシルヴェニアの田舎道を、ロケットのように車を飛ばしていくさまは、まさに鬼気迫るものであった。

その夜、七時少し前、あいかわらずの豪雨の中――まるで雨雲を追いかけているようだった――車はハリスバーグの町にすべりこんだ。

道中、エラリーは何ひとつ口に入れていなかった。からっぽの胃がきりきりと痛む。デューセンバーグをガレージにあずけ、整備士にあれこれと指示をしてから、レストランを探しに出かけた。一時間後、ガレージに戻ってくると、オイルとガソリンとタイヤを確かめてから、町を出た。道はよく覚えている。ハンドルのうしろに坐っていると、全身がじっとり濡れて、寒くて、気持ち悪い。二十キロも行かないうちにロックヴィルの町を通過して、そのまま突き進んだ。サスケハナ川を渡り、光の速さで飛んでいく。二時間後、リンカーン街道を通過すると、その先の道をがむしゃらに進んだ。豪雨はしつこくつきまとってくる。

真夜中、身体の芯まで冷えきり、疲れ果て、ついにまぶたが言うことをきかなくなるころ、ホリデイズバーグの町にはいった。ここでも、最初に立ち寄ったのはガレージだった。ここにこと愛想のよい整備士とあれこれ大声で言葉を交わしてから、歩いてホテルに向かった。雨が濡れた脚を鞭打ってくる。

「頼みたいものが三つあるんだ」小さなホテルで、エラリーはこわばったくちびるを開いた。「部屋をひとつ。服を乾かしてもらうこと。明日の朝七時のモーニングコール。お願いできるかな?」

「クイーン様」宿帳に書かれたエラリーのサインを見て、フロント係は言った。「おまかせください」

翌朝、乾いた服に身を包み、ベーコンエッグで胃袋を満たし、かなり人心地を取り戻したエラリーは、デューセンバーグのエンジンを絶好調に轟《とどろ》かせて、長旅の最後の道のりを突き進んだ。嵐が通ったあとの残骸が車の両脇を飛び去っていく――根こそぎ倒された木、あふれそうに水位の増した小川、故障して道端に乗り捨てられた車。けれども嵐そのものは、ひと晩じゅう荒れ狂ったあと、未明のころに急にいなくなっていた。とはいえ、まだ雲は低く垂れこめ、空は鉛色だ。

十時十五分、エラリーは轟音《ごうおん》をたてるデューセンバーグをたくみに操ってピッツバーグを通り抜けた。十一時半、しだいに明るくなってくる空の下、太陽がアレゲーニー山脈の尾根を照らし出そうと雄々しく努力し始めたころ、急ブレーキの派手な音を響かせ、デューセンバーグをウェストヴァージニア州アロヨ村役場の前に停めた。

＊

なんとなく見覚えのある青いデニム姿の男が、役場の入り口前の歩道を掃いていた。

「ちょっと、あんた」善良なる男はほうきを落として、脇を駆け抜けようとしたエラリーの腕をつかんだ。「どこに行くんじゃね？　誰に会いたいんじゃ」

エラリーは答えなかった。薄汚れた通路を、役場のいちばん奥の、ルーデン巡査の部屋に向かって突っ走った。巡査の部屋のドアは閉まっていた。見るかぎり、このアロヨ市民のよりどころたる建物に、人気《ひとけ》はまるっきりなかった。ドアに手をかけてみた。鍵はかかっていなかった。

デニムの男は無骨な顔に頑固そうな表情を浮かべ、慌ててエラリーのあとをついてきた。

ルーデン巡査の部屋には誰もいなかった。

「巡査はどこだ?」エラリーは食ってかかるように訊いた。

「だから、さっきそれをゆおうとしたのに」男はぶすっとして言った。「あん人はいないよ」

「ああ!」なあんだ、そういうことか、と合点がいって、エラリーはうなずいた。ルーデンは山小屋を見にいってくれているのだ。「巡査はいつ出ていったのかな」

「月曜の朝じゃよ」

「なんだって!」エラリーの声は驚愕と悲嘆と破滅への絶望にあふれた。「そんな、それじゃ、巡査はまだぼくの――」エラリーはルーデンの机に向かって走った。書類がごちゃごちゃに積まれている。青いデニムの男は抗議するように無言で片手を突き出してきたが、エラリーはおかまいなしに巡査の公的文書(かどうかは怪しいが)をひっかきまわしだした。恐れていたとおりのものがそこに横たわっていた。黄色い封筒のメッセージ。

エラリーは封筒を引き裂き、読み始めた。

ウェストヴァージニア州アロヨ村　ルーデン巡査殿
ただちに保安隊を結成してピート老人の小屋に行け。当方の到着までピート老人を保護せよ。貴殿の到着までにことが起きた場合はクロサックを捜索せよ。ただし犯行現場は手をつ

エラリー・クイーン

けずに保存せよ。

目の前をさまざまな光景が走馬灯のように飛んでいく。悪夢のような忌まわしい行き違い。運命の輪がほんのわずかにずれて、ルーデン巡査に宛てた電報は結局、最初から打たなかったも同然だった。デニムの男はくどくどと、巡査とマット・ホリス村長は二日前の朝、年に一度の、恒例の釣り休暇に出かけていったのだと説明した。あのふたりはいつも一週間ほどかけてキャンプしながら、オハイオ川やその支流で釣りを愉しんでいるらしい。日曜までふたりとも帰らないとのことだった。電報は昨日の三時少し過ぎに届いた。デニムの男は――自分は守衛であり、管理人であり、用務員であると称したが――自分が電報を受け取ってサインしたが、ルーデン巡査もホリス村長もいないので巡査の机にのせておいた、と言った。ということは、たまたまエラリーが来ていなければ、一週間、そこにほったらかしになっていたわけだ。というわけで、人は何やら気がかりな様子でもたもたと喋りだしたが、エラリーは乱暴に男を押しのけ、恐怖に目をくらませ、アロヨ村の本通りによろめきながら戻ると、デューセンバーグに飛び乗った。

車が唸りをあげて角を曲がると、エラリーは前回、アイシャム地方検事とルーデン巡査とはるばる遠征した道筋を思い返しつつ、再びそれをたどっていった。ハンコック郡のクラミット地方検事やウェストヴァージニア州警察長官のピケット警視監に連絡をとっているひまはなかった。もし、恐れていることがまだ起きていないのなら、どんな不測の事態になろうとも対処する自信はある。デューセンバーグの物入れには、装塡《そうてん》した自動拳銃《オートマチック》がはいっている。だが、すでに起きてしまっていたら……

この前と同じ茂みに車を隠し――あれだけの豪雨が降ったにもかかわらず、灌木《かんぼく》の葉に分厚くおおわれた土や草には、前回、車を停めた時の跡がまだ残っていた――エラリーは銃を片手に、前にルーデン巡査が通った踏み分け道をたどって、急な山の斜面をのぼり始めた。急いでのぼりながらも、用心はおこたらなかった。何が起きるのかまったく予測できないとはいえ、何ごとにも、何者にも、絶対に不意をつかれるまいと、固く決意していた。みずみずしく茂った森はひっそりしている。木々の間をすべるように進んでいきながら、どうかどうか間に合いますようにと祈りつつも、脳の奥からは、もう手遅れだと告げる警鐘がかすかに響いてくるのを聞こえないふりをしていた。

一本の木のうしろに身をひそめ、そっと空地を覗いてみる。柵は破られていない。入り口のドアは閉じていたが、むしろほっとした。しかし油断するつもりはない。銃の安全装置をはずし、音もなく木のうしろからすべり出る。あの有刺鉄線でおおわれた窓の奥に見えたのは、懐かしいピートじいさんのひげもじゃの顔か？　いいや。見えた気がしただけだ。銃をしっかり握りしめたまま危なっかしく柵を乗り越えた。その時だ。エラリーが足跡に気づいたのは……

たっぷり三分間、エラリーはそこに立ちつくし、湿った土に残された足跡がはっきりと声高に語る物語を頭の中でじっくりと咀嚼《そしゃく》していた。やがて、この〝お喋りな〟足跡を避けるように、ぐるりと迂回して、一歩ごとに足をおろす場所に気をつけながら、ようやくドアにたどりついた。

最初に見た時に思ったのと違って、ドアは、よく見ればきちんと閉まっていなかった。細く隙間《すきま》が開いている。

右手に銃を握ったまま、エラリーはそっと首だけ伸ばして、隙間に耳を当てた。小屋の中からはなんの物音も聞こえてこない。エラリーはまっすぐに姿勢を戻すと、不意に左手を勢いよくドアに叩きつけた。ドアは大きくさっと開き、小屋の内側が丸見えになった……

心臓が二度、三度、四度、打つ間、エラリーは立ちつくしていた。左手を中空に浮かせたまま、右手は山小屋の中にまっすぐ銃口を向け、視線は眼前に広がる凄惨《せいさん》な光景に釘づけになっている。

不意にエラリーは敷居《しきい》を飛び越えると、重たいドアを内側からしっかり閉めて、かんぬきをおろした。

＊

十二時五十分に、デューセンバーグは再び村役場の前で派手にブレーキの音をたてて停まると、エラリーを歩道に降ろした。妙な青年だ、と管理人は思ったに違いない。青年は髪を振り乱し、眼を狂気の光にぎらつかせ、襲いかからんばかりに突進してきたのである。

「あれまあ」デニムの男はおそるおそる声をかけてきた。暑い日射しの下、男はあいかわらず歩道を掃いていた。「やっぱり戻ってきたのかい。さっき、ゆうことがあったんじゃが、あんた、聞こうとせんから。ひょっとして、あんた、名前は――」

「あとにしてくれ」エラリーはぴしゃりと言った。「どうやら、この実に活気あふれる区域できみが唯一残された、公務の責任者のようだね。どうしてもきみにやってもらわなければならないことがあるんだ、管理人君。ニューヨークから何人かここに来る――いつになるかはわからない。しかし、何時間かかっても、きみにはここで待っていてもらわなければならないんだ、わかったかい?」

「ううん」管理人はほうきにもたれかかった。「急にそんなことゆわれてもなあ。それより、なあ、ひょっとしてあんた、クイーンって人じゃないかね?」

エラリーは眼をみはった。「そうだよ。どうしてわかった?」

管理人はぶかぶかのデニムのポケットの底をごそごそやっていたが、途中で手を止めて、ぺっと嚙みたばこを吐き出した。そしておもむろに、折りたたんだ紙をひっぱり出した。「最初にあんたがここに来た時にゆおうとしたんじゃがなあ、クイーンさん、でも、こっちに喋らしてくれんもんじゃから。あんたに手紙を渡してくれって頼まれてさ――背の高い、ぶおとこの、けったいなじいさんに。エイブラハム・リンカーンになんとなく似てるじいさまじゃったわ」

「ヤードリー教授だ!」エラリーは叫んで、手紙をひったくった。「きみ、なんでもっと早く言わないんだ!」たたんである紙を慌てて広げようとして、あやうく破りそうになった。

それは鉛筆でなぐり書きされた手紙で、教授の署名がはいっていた。

クイーン君へ

説明が必要だろうな。現代の魔法のおかげできみの先まわりができた。きみが行ったあと私は心配でたまらなかった。ヴォーンとアイシャムを探したが見つからなかった。あのふたりがマサチューセッツ州のたしかな筋から、リン夫妻の足取りについて信頼ある情報を得たことまでは突き止めた。きみの伝言はヴォーンの部下に託した。クロサックのような血に飢えた殺人鬼を、きみひとりに追わせるのは我慢ならなかった。ブラッドウッド荘に変わりはない——T医師はニューヨークに行ってしまった。まず間違いなく、ヘスターを追っていったんだろう。ロマンスか？

夜通しの嵐の間——眠れなかった。嵐が去ってから、午前六時にミネオラ飛行場に来てみた。飛行条件はだいぶよくなっていたので、南西に飛ぶ個人パイロットを見つけて、拝み倒してなんとか乗せてもらった。アロヨ近郊に今朝の午前十時に到着（ここまでほとんど飛行機の中で書いた）。

追記。

山小屋も、行き方を知っている人間も見つからない。ルーデンは留守だ。この村は半分死んでいる。おそらくきみの電報は読まれていない。当然、最悪が想像される。特に、片脚の不自由な男（この部分に黒々と太くアンダーラインが引かれていた）が最近、近隣に現れたという情報をつかんだいまとなってはなおさらだ。

男は小さいバッグを持ち（クロサックに違いないだろうが、人相ははっきりしない。顔をマフラーでおおっていたそうだ）、昨夜の十一時半に、アロヨ村からオハイオ川を渡ってすぐのイェロークリークで、自家用車の持ち主を金で雇っている。車の持ち主と話したよ。なんでも、クロサックをオハイオ州のスチューベンヴィルまで送って、そこのホテルで降ろしたらしい……。私はこの手紙を、アロヨ村役場のすべてを超越して有能なる管理人殿に託して、これからKを追う。きみもすぐにスチューベンヴィルに来たまえ。もし、さらなる足取りをつかんだら、フォート・スチューベン・ホテルに伝言を残しておくよ。取り急ぎ。

ヤードリー

エラリーは狂ったような眼をしていた。「きみ、そのエイブラハム・リンカーンはいつこの手紙を書いた？」

「今日の昼の十一時かそこらかのう」管理人はのんびり言った。「あんたが着く、ほんのちょっと前じゃわ」

「いまならわかる」エラリーはうめいた。「人を殺したくなる気持ちが……。昨夜はいつごろ雨がやんだ？」不意に思いついてそう訊ねた。

「十一時かそこらかねえ。ここらは雨がやんだけど、川向こうはひと晩じゅう、ひどい土砂降りじゃったらしいわ。なあ、クイーンさん、ちっといいかね――」

「いや」エラリーはぴしゃりと言った。「この手紙を、ニューヨークから来る人たちに渡してくれ」そして、手紙の裏に伝言をなぐり書きで付け加えると、管理人の手に紙を押しつけた。

「ここにいてくれ――道を掃いていても、嚙みたばこを嚙んでいても、なんでも好きなことをしていてくれていいから――だけど、その人たちが来るまでは絶対に、ここの通りにいてほしい。アイシャムとヴォーンって人たちだ。警察だ。わかったか？　アイシャムとヴォーンだ。手紙を渡してくれ、頼む。少ないが、これは手間賃だ」

エラリーは管理人に紙幣を一枚投げつけ、デューセンバーグに飛び乗り、もうもうと土煙を巻きあげて、アロヨの本通りを走り去っていった。

28　二度目の死

ヴォーン警視とアイシャム地方検事は水曜の朝八時に、疲れてはいたものの意気揚々《ようよう》と、ブラッドウッド荘に車で引き返してきた。車には連邦検察官がひとり同乗していた。後部座席には、ぶすっとむくれた顔でパーシーとエリザベスのリン夫妻が坐っていた。

この英国人の泥棒夫婦が監視つきでミネオラ飛行場に送り出され、警視がやれやれとゆっくり伸びをしているところに、部下のビルが両腕を振りまわしながら駆け寄ってきて、早口に話しだした。得意満面だった表情がヴォーンの顔から消えていき、かわりに心配の色が広がった。アイシャム地方検事はヤードリー教授からの伝言をすっかり聞き終わると、いらだちのあまり呪いの言葉を吐いた。

「いったいこれからどうすればいいんだ」

ヴォーン警視はぴしゃりと言った。「追うに決まってるでしょう!」そして、またパトカーに乗りこんだ。地方検事は頭の禿げた部分をこすると、観念したようにしぶしぶあとに続いた。

ミネオラ飛行場で、ふたりはヤードリー教授の情報を仕入れた。教授はその日の朝六時に、とある飛行機に金を払って乗せてもらい、南西のどこやらに飛んでいったらしい。十分後、ふたりは機上の人となり、強力な三発機の客室に詰めこまれて、同じ目的地に向かって飛んでいた。

＊

ふたりが重たい脚を引きずり、やっとのことでアロヨ村にたどりついたのは午後一時半のことだった。飛行機は警視たちを村から五百メートル足らずのところにある牧草地に降ろしてくれたのだ。ふたりは村役場に向かった。青いデニム姿の男が役場の踏み段に坐りこみ、すりきれてぼろぼろのほうきを足元に転がしたまま、のんきにいびきをかいていた。警視のがみがみと怒鳴る声に、男はよろよろと立ち上がった。

「ニューヨークから来たんかね?」

「そうだ」

「ヴォーンとかアイシムとかいう人たちかい?」

「そうだ」

「あんたらに手紙をあずかっとるよ」管理人は大きなてのひらを開いた。その中にはくしゃくしゃになって、汚らしく、じっとり湿っていたものの、ヤードリー教授の手紙がしっかりとはいっていた。

ふたりは無言で教授の書置きを読み、それから紙をひっくり返してみた。エラリーが追記を書き加えていた。

状況はすべてヤードリーが説明したとおりです。山小屋にはぼくが行ってきました。ひどいありさまです。できるだけすぐに行ってください。小屋の前で迂回するようについているのはぼくの足跡です――もうひと組は……ご自分の眼で確かめてください。狩りの最後を一緒に見届けたければ、できるだけ急いで。

Q

「遅かったか」アイシャム地方検事はうめいた。

「クイーンさんはいつ、ここを出ていった?」ヴォーン警視は嚙みついた。

「一時ごろかのう」管理人は答えた。「なあ、だんな、いったい何が起きてるんじゃね? みんなしてどたばた走りまわっとるようじゃが」

「行こう、アイシャムさん」警視は低い声で言った。「道案内してください。まず、その小屋を見てみないと」

ふたりは役場の角を曲がって歩きだした。あとに残された管理人はじっとその背中を見送り、頭を振っていた。

＊

丸太小屋のドアは閉まっていた。

アイシャム地方検事とヴォーン警視は、苦労して有刺鉄線の柵をなんとか乗り越えた。「足跡を踏まないように気をつけて」警視は言葉少なに言った。「どれどれ……こっちのぐるっとまわり道してるやつがクイーンの足跡だな。で、もうひと組のが――」

ふたりはその場に立ちつくし、ほんの小一時間前にエラリーが見たのと同じ足跡を眼でたどっていった。そこには同じ靴でつけられた、ふた組の完全な足跡があった。エラリーの足跡を除けば、ほかに足跡はなかった。ふた組は、はっきりと見分けがついた。ひとつは、柵から小屋に向かう足跡で、もうひとつは、それから少しずれたところを小屋から柵に戻っていく足跡だ。有刺鉄線の柵の外は地面が岩場になっており、足跡はつきようがない。小屋に向かう足跡の方が、小屋から出ていく足跡よりもくっきりと深かった。どの足跡も、左足より右足の方が深く、地面に食いこんでいる。

「片脚をかばって歩いているな、間違いない」ヴォーン警視はつぶやいた。「しかし、最初の足跡の方が――どうも変だな」警視はふた組の足跡を避けて進むと、ドアを開けた。アイシャム地方検事もあとに続いた。

そこに見えたものを、ふたりは純粋な恐怖の眼で凝視した。

ドアの向かい側の、荒く削《けず》った丸太の壁に、まるで狩りの獲物の毛皮を誇らしく飾るように、男の死体が釘で打ちつけられている。首はなかった。両足は揃えるように釘づけしてある。血まみれのぼろ着——あの山男の扮装《ふんそう》のぼろ服を着ているということは、不運な小学校長の死体なのだろう。

石の床には血だまりができていた。四方の壁にも飛び散っている。前にアイシャム地方検事が訪れた時にはあんなにこざっぱりとして居心地のよかった小屋が、いけにえをほふる祭壇のようだ。草を編んだ敷物は赤黒い染みで点々と汚れている。床には赤いものが流れ、べったりと踏みにじられた跡がついている。頑丈そうな古びたテーブルは、普段、上にのっていた物はすべて払いのけられ、石板《せきばん》がわりにされていた。そしてこの石板の上には、巨大な血文字が書かれていた。あのおなじみの、クロサックの復讐のシンボル——大文字のTが。

「うう」ヴォーン警視は声をもらした。「胸糞悪い。とっつかまえたら、法がどうとか関係ない、素手でこのクソ殺人鬼をくびり殺してやる」

「失礼する」アイシャム地方検事が咽喉《のど》を詰まらせながら言った。「すまん——気絶しそうだ」よろめきながら戸口を通り抜けると、外の壁に寄りかかり、しきりにえずいていた。

ヴォーン警視は眼をしばたたくと、ぐっと肩をいからせ、部屋の中に向かって足を踏み出した。どろりと固まった血だまりは踏まないように、死体に触れてみた。すっかり固くなっている。てのひらや足の甲から飛び出ている釘の頭から、赤いしずくがしたたり落ちている。

「死後十五時間はたってるか」ヴォーン警視は胸の内でつぶやき、こぶしを握りしめた。はりつけにされた死体を見上げる警視の顔は蒼白だった。首があった場所にぽっかり口を開けた生生しい真っ赤な断面、ぴんと真横に伸ばされた両腕、ぴったりと寄せられた両脚。何もかもが、悪魔がふざけてこしらえた、グロテスクで狂気じみた芸術品としか思えない……死んだ人間の肉で作った、不気味でおぞましい巨大なTの文字。

ヴォーン警視は頭を振ってどうにかめまいをこらえつつ、一歩下がった。そしてぼんやりと、ここできっと格闘があったに違いない、と思った。なぜならテーブル近くの床にいくつか物が転がっていて、その時の凄惨《せいさん》な様子を物語っていたからだ。まず、ひとつ目の物はずっしりと重たい斧で、柄も刃も乾いた血におおわれていた。明らかに、これこそがアンドレヤ・ツヴァルの首を切り落とした凶器だった。ふたつ目は、ぺらぺらの平たいドーナツのような、まるく巻いた包帯だ。端はほつれて汚れ、片面は赤黒い液体が滲《し》みこんだのが、いまは乾いている。警視はかがみこんで、慎重にそれをつまみあげた。持ち上げるとばらばらにほぐれてしまい、驚いてよく見れば、鋭利な刃物ですぱっと切断されている。はさみかな、と考えつつ、ヴォーン警視は見回した。正解だった。床の一メートルほど離れたところに、大慌てで投げ出したように、どっしりした大ばさみが転がっている。

ヴォーン警視は戸口に歩いていった。アイシャム地方検事は青ざめ、げっそりとやつれた顔をしていたが、さっきよりは元気を取り戻しているようだった。「これ、何に見えますか」ヴォーン警視は切断された包帯の輪を差し出してみせた。「うわ、こりゃまた、そこらじゅうずいぶん派手に、いやあ、もう吐くものは全部吐いたんですか、アイシャムさん！」

地方検事は鼻に皺を寄せた。みじめな顔でしょんぼりしている。「手首に巻いた包帯かな」自信なさそうに言った。「ひどい傷だったんだろう、それだけ血を吸って、ヨードチンキの染みがついているということは」

「私もそう思います」ヴォーン警視は重々しく言った。「この輪の直径から考えて、手首に違いない。人体にこの細さの部位はほかにはない。足首はこんなに細くはありませんからね。気の毒に、クロサック氏は手首にちょいと怪我をしたようだ！」

「取っ組み合いでもしたか、それとも自分で——死体を切断した時にやってしまったのか」アイシャム地方検事は考えを口に出し、身震いした。「しかしなぜ包帯なんて、手がかりになるものを残していったんだろう」

「簡単ですよ。ほら、こいつは血をぐっしょり吸っている。取っ組み合いか何か知らないが、ここに来てすぐに怪我をしたんでしょう。だから、最初に巻いた包帯は切って捨てて、新しいのを巻きなおした……そいつを残してった理由は——クロサックはひどく慌てていたんですよ、アイシャムさん、この山小屋から一刻も早く離れようとして。まあ、たいした傷じゃないんでしょう。包帯をこの場に残していったという事実から、傷は隠せる場所にあるとわかる。服の袖で隠れるんでしょう。じゃあ、中に戻りますか」

アイシャム地方検事は大きく唾を飲みこむと、勇敢にも、警視のあとに続いて小屋の中に戻っていった。ヴォーン警視は斧と大ばさみを指さした。そして、さっき包帯を見つけた場所のすぐ近くに、半透明の大きな瓶が転がっているのも示した。それは濃い青のガラス瓶で、ラベルはついていない。ほぼからっぽだ。中身がこぼれて、瓶の転がっていた場所の床に茶色い染みを作っている。コルク栓は一メートルほど離れた場所にはね飛んでいた。その近くには端のほぐれた包帯がひと巻き落ちている。

「中身はヨードチンキだ」ヴォーン警視が言った。「これでわかった。奴め、怪我をして、この薬戸棚からこいつを取ってきたんですよ。テーブルに置いたのをうっかり落っことしたか、いらいらして床に投げ捨てたかしたんでしょう。このガラスは分厚いから割れなかったんだ」

ふたりは死体が吊るされている壁に近づいていった。一メートルほど脇の、部屋の角には、洗面台らしきしつらえとポンプのハンドルがあり、その上の方に、前回、アイシャム地方検事がこの小屋に来た時、見覚えていた戸棚があった。中は二カ所に隙間《すきま》があるだけで、ぎっしり物が詰まっている。棚の上には脱脂綿の大きな青い包みがひとつと、歯みがきのチューブがひとつと、絆創膏《ばんそうこう》のロールがひとつと、包帯がひと巻きと、巻いたガーゼがひとつと、ヨードチンキとラベルの貼られた瓶がひとつと、それと対になるマーキュロクロム（赤チン）とラベルの貼られた瓶がひとつと、ほかにいくつか小さな瓶や容器がある――便秘薬、アスピリン、亜鉛軟膏、ワセリン、等々。

「これではっきりしましたね」警視は陰気な顔で言った。「奴はヴァンの私物を使ったんだ。包帯もあのヨードチンキのでかい瓶もヴァンの薬戸棚から取ってきたもので、いちいちもとの場所に戻す手間を惜しんだってわけでしょう」

「ちょっと待て」アイシャム地方検事は眉を寄せた。「きみは、怪我をしたのはクロサックだという結論に飛びついているが、怪我したのが、そこの壁にぶらさがってる気の毒な校長だったらどうする？　傷があるのはクロサックでなくヴァンだったら、手首に傷のある男をクロサックとして指名手配すると、とんでもない大間違いをやらかすことになるぞ」

「さすが、鋭いですね」ヴォーン警視は感嘆の声をあげた。「そいつは思いつかなかった。よしっ！」警視はがっしりした肩をぐっとそらした。「なら、やることはひとつです――死体を確かめましょう」

「ちょっと、いや、その」アイシャム地方検事はうめいて、顔をうんとしかめた。「私は――私は、遠慮したいな、ヴォーン」

「なに言ってんですか」ヴォーン警視は嚙みついた。「こっちだって、こんな仕事はやりたかないですよ。だけど、やらないわけにいかんでしょうが。ほら、早く」

十分後、首なし死体は床の上に横たわっていた。ふたりは死体の両手両足の釘を引き抜いたのだ。ヴォーン警視が死体からぼろを脱がせたので、それはいま白い素裸の、はりつけにされた主《しゅ》の像の趣味の悪いパロディのように、床に転がっていた。アイシャム地方検事は床に寄りかかり、両手で胃を押さえつけている。そんなわけで、裸の死体を苦労してくまなく調べ、傷の有無を確かめたのは警視だった。この恐ろしい物体を裏返し、背中側も丹念に調べた。

「いや」警視は立ち上がりながら言った。「両手両足の釘の穴のほかに傷はない。手首を怪我したのはクロサックで間違いないですね」

「もう出よう、ヴォーン。お願いだ」

重苦しい沈黙に包まれ、穢《けが》れのない空気を深々と吸いこみながら、ふたりはアロヨ村に引き返した。村にはいると、ヴォーン警視は電話を探し出し、郡役所のあるウィアトンの町にかけた。警視は五分ほど、クラミット地方検事と話していた。やがて受話器を置き、待っていたアイシャム地方検事のもとに引き返した。

「クラミットはこの事件をしばらく伏せておいてくれるそうです」警視は険しい顔で言った。「いやあ、驚いていましたよ、あちらさんは！　しかし、これで外部にこのことがもれる心配がなくなってよかった。それだけが気がかりだったんですよ。ピケット警視監と検死官もこっちに連れてきてくれるそうです。我々が、ハンコック郡の真新しい死体をこっちの自由裁量でちょいといじくったことも伝えましたよ」ヴォーン警視は自分の軽口に笑ってみせたが、眼はまったく笑っていなかった。ふたりはアロヨ村の本通りにはいり、小さなガレージに向かって歩いていった。「連中は、アンドルー・ヴァンの検死審問を二度、開くってわけですな！」

アイシャム地方検事は何も言わなかった。まだ吐き気と戦っていたのである。ふたりは速い車の持ち主を雇うと――エラリーから一時間半ほど遅れて――同じような土煙を巻きあげて出発した。オハイオ川をめざし、橋を渡り、スチューベンヴィルに向かった。

読者への挑戦状

犯人は誰だろう?

私の小説においては、正しい解決を導き出すために必要な事実がすべて提示された時点で、読者の知恵に挑戦するのが恒例となっている。『エジプト十字架の謎』も例外ではない。与えられたデータをもとに、厳格なる論理と推理を働かせることによって、あてずっぽうではなく、犯人の正体をきちんと証明することが、現時点ですでに可能だ。

今後の解説の章を読めばわかるが、唯一の正しい解決には、〝もしも〟も〝ただし〟もない。論理は運の手助けを必要とするものではないが、それでも——諸君のよき推理と、幸運を祈る!

エラリー・クイーン

29　地理の問題

それは四つの州の記録に残る、風変わりで血沸き肉躍る大捕物《おおとりもの》が始まった、歴史的な水曜日であった。追跡の道のりはジグザグコースをたどり、全長なんと八百八十キロにも及んだ。現代のありとあらゆる高速の交通手段——自動車、急行列車、飛行機が作戦に投入された。五人の男が参加して——六人目に参加してきたのはまったく意外な人物であった。そしてそれは、エラリーがオハイオ州のスチューベンヴィルに足を踏み入れてから、九時間に及ぶ苦難の大捕物となったが、この指揮官以外の参加者には、九百年にも感じられたものである。

三重の追跡……三組の者が、うしろから来る者に追われ、前を行く者を追いかける様は、鬼気迫るものであった。追跡の、はるかに長くのびる道のりの先では、いつもいま一歩というところで追いつけず、休息も、食事も、相談さえもしているひまはなかった。

＊

水曜の午後一時半——アイシャム地方検事とヴォーン警視がのろのろと重たい足を引きずりながらアロヨ村役場に向かって歩いているころ——エラリー・クイーンはデューセンバーグで、にぎわうスチューベンヴィルの町の中につっこんでいくと、交通整理の警官に道を訊いて少々時間を費やしてから、フォート・スチューベン・ホテルの前に車を停めた。

鼻眼鏡《バンスネ》は鼻の上でななめにずり落ち、帽子は頭のうしろにようやくひっかかっている。まさに映画に出てくる新聞記者そのもので、フロント係もそう思ったのだろうか。にやりと笑っただけで、宿帳を差し出そうともしなかった。

「エラリー・クイーン様ですね?」エラリーが荒い息をととのえるより先に、そう言ってきた。

「そうだ! なんでわかった?」

「ヤードリー様から、ご様子をうかがっていましたので」フロント係はそう言った。「今日の午後にいらっしゃるはずだともおっしゃっていましたから。お手紙をおあずかりしています」

「よかった!」エラリーは叫んだ。「見せてくれ」

手紙はよほど慌てて書かれたらしく、およそ大学教授とは思えないひどいなぐり書きだった。

クイーン君
フロント係にあれこれ質問して時間を無駄にするな。必要な情報はすべて書いておく。Kらしき人相風体の男が昨日の真夜中近くにこのホテルに来て泊まった。今朝七時半に、ハイヤーで出ていった。ホテルを出る時は足を引きずっていなかったそうだ、しかし、手首のところにサポーターをしていたというのは、どういうことだ? 追跡を恐れている様子は全然ない。それどころか堂々と、これならゼーンズヴィルに向かうと行き先を言っている。私は車で追う。フロント係からだいたいの人相を聞いておきたまえ。ゼーンズヴィルに着いたら、クラレンドン・ホテルのフロントに、新たな指示を残しておく。

ヤードリー

手紙をポケットにつっこんだエラリーの眼は輝いていた。「ヤードリーさんはスチューベンヴィルをいつ出ていった？」

「正午です。ハイヤーで」

「行き先はゼーンズヴィル、だね？」エラリーは考えこんだ。やがて、電話に手を伸ばし、受話器に向かって言った。「ゼーンズヴィルの警察署長をお願いします……もしもし、警察ですか？　署長をお願いします……いいから、早く！　ぼくが何者かとかどうでもいい……もしもし！　こちらはニューヨーク市のエラリー・クイーンという者です。ニューヨーク市警殺人課のリチャード・クイーン警視の息子……そうです、そうです！　スチューベンヴィルにいます。背の高い、黒髪で浅黒い肌の、手首にサポーターをしてハイヤーに乗った男を追ってます。別のハイヤーに乗った、背の高い、顎《あご》ひげの男が追跡していて……そう、その最初の男が殺人犯なんですよ……ええ！　今朝七時半にスチューベンヴィルを発っています……ふうむ。おっしゃるとおりだ。もうずっと前にそちらを通過しているでしょうね。ともかく、なんでもいいから足取りをつかんでください、お願いします。ふたり目の男はまだゼーンズヴィルにたどりついていないでしょう……クラレンドン・ホテルのフロントと連絡をとってください。ぼくもできるだけ急いでそっちに向かいます」

エラリーは電話を切ると、フォート・スチューベン・ホテルの外に駆け出した。デューセンバーグは開拓時代の超特急郵便駅馬車《ポニー・エクスプレス》のように、がたがたと西をめざして走りだした。

＊

ゼーンズヴィルに着くと、エラリーはすぐにクラレンドン・ホテルを見つけた。フロント係と、警官の制服を着たずんぐりむっくりの男がいて、ずんぐりむっくりの方が、ロータリークラブの会員のような満面の笑みで手を差し出してきた。

「で、どうなんです？」エラリーは怒鳴った。

「私がここの署長のハーディです」ずんぐりむっくりが答えた。「あなたの言っていた顎ひげの男が、少し前にここのフロントに電話で伝言を頼んできたそうですよ。すくなくとも、その男は自分から〝顎ひげの男〟と名乗ったそうです。最初の男は行き先を変えて、ゼーンズヴィルではなく、コロンバス方面に向かったそうですよ」

「ああ、やっぱり！」エラリーは叫んだ。「教授がへまをやらかすことぐらいわかってたんだ。あのご老体はただの本の虫で、ど素人なんだから。コロンバスに連絡はとってくれましたか？」

「もちろんとりましたよ。重要な逮捕なんですか、クイーンさん」

「とても重要です」エラリーは簡潔に言った。「ありがとうございました、署長。失礼します――」

「あの」フロント係がおずおずと言った。「電話をかけておいでの紳士は、コロンバスのセネカ・ホテルに、あなた様宛の伝言を残すとおっしゃっておいででした。そこのフロント係は私の友人でございます」

エラリーは疾風のごとく立ち去った。あとに残された、制服姿のずんぐりむっくりの紳士は、煙に巻かれて眼を白黒させていた。

*

七時に──一方そのころ、ヴォーン警視とアイシャム地方検事はスチューベンヴィルとコロンバスの間で、あっちに行かされこっちに行かされ、まごつきながらもややこしい道のりを必死に追いかけてきている最中だった──エラリーは、髪の毛が一本残らず逆立つほど猛烈な運転でゼーンズヴィルからぶっ飛ばしてきたのち、コロンバスのイーストブロード街をゆるゆると車を転がしながら、セネカ・ホテルを探していた。

今度はなんのアクシデントも起きていなかった。デスクの向こうのフロント係はヤードリーが残したなぐり書きの手紙をあずかっていてくれた。

クイーン君

一度はしてやられたが、すぐに足取りを嗅ぎつけた。奴が故意に行方をくらまそうとしたとは思わない──ちょっと気が変わってコロンバスに行くことにしただけのようだ。少し時間を無駄にはしたが、Kがここからインディアナポリス行きの一時の列車に乗ったことを突き止めた。私は時間のロスを取り戻すために飛行機で追う。いやはや、スリル満点だな！きみも早く来たまえよ。私がインディアナポリスで狐を捕まえたら、きみはさぞかし顔を真っ赤にして悔しがるだろうな！

Y

「あの教授が調子にのってべらべら喋りだすと」エラリーはひとりごとを言った。「なんかこう、むかむかと腹がたってくるな……きみ、その紳士は何時にこの手紙を書いたのかな？」エラリーはべとべとに汚れた額に流れる汗をぬぐった。

「五時半にお書きになりました」

エラリーは受話器をひったくるように取りあげ、インディアナポリスに電話をかけた。ほどなく、エラリーは警察本部と話していた。自己紹介をすると、すでにコロンバス警察から話が通っていることがわかった。インディアナポリス警察は、たいへん申し訳ないが、人相の特徴があまりに漠然としているので、なかなか確認が難しく、いまのところターゲットの男の足取りは皆目《かいもく》わかっていない、と詫びてきた。

エラリーは受話器を置いて、天を仰いだ。「ほかに何か、ヤードリー教授からぼくにことづてはあるかい」

「ございます。インディアナポリスの空港に伝言を残していかれるそうです」

エラリーは財布を取り出した。「きみ、急いで頼みを聞いてくれたら、礼をはずむよ。いますぐ飛行機を一機、チャーターしてもらえないかな」

フロント係は微笑んだ。「ヤードリー様が、きっとあなたは飛行機を必要となさるとおっしゃいました。それで、まことに僭越《せんえつ》ながら、私の一存で、あなたのために一機、チャーターしておきました。飛行場でもうあなたを待っているはずです」

「教授め！」エラリーは口の中でつぶやき、デスクに紙幣を一枚、放り出した。「ぼくのおかぶを奪いやがって。この追跡の主役を誰だと思ってるんだ」そこで、不意ににこりとして、声をかけた。「よくやってくれた。こんなところでこれほど頭がまわる人に会えるなんて思わなかったよ。外にぼくの車があるんだ――あずかっといてもらえないかな？　あとで取りにくるよ――いつになるかわからないが」

その直後、エラリーは通りに立ってタクシーをつかまえていた。「飛行場だ」エラリーは怒鳴った。「急いで！」

＊

八時を少しまわったころ――エラリーがヤードリーから二時間近く遅れてコロンバスをチャーター機で発ってから一時間後、そしてめざす獲物が列車でコロンバスを出てから七時間後――疲れ果てたふたりの旅人、すなわちヴォーン警視とアイシャム地方検事が、コロンバスの町に転がりこんだ。ヴォーン警視の公的身分がふたりの旅に翼を貸してくれた。ゼーンズヴィルからあらかじめ、大至急の通達が届いていた。コロンバスの飛行場ではすでに飛行機がふたりを待ち構えていた。アイシャム地方検事が三度うめき声を出すまでに、ふたりは空に浮かんでインディアナポリスをめざしていた。

＊

背景にこんなにもいやな目的さえなければ、この追跡の旅はさぞかし愉快なものだっただろう。飛行機の中でエラリーはほっとくつろいで、いろいろなことを考えていた。その眼は何も見ていないかのようだった。七カ月の間、あんなにも不明瞭で不確実だったことが、いまはすっかり明らかだった！　心の中で事件のすべてを思い返し、アンドルー・ヴァンの殺人に至るところで、エラリーはみずからの頭脳労働の結果を見つめなおして、これでよし、と確信を持った。

すいすいと飛ぶ飛行機は、まるで雲をまき散らした空に吊り下がって、動いていないように感じられた。はるか眼下で、点々と町をちりばめた地面がゆっくりと動いているのを見れば、身体が静止しているような錯覚は破られる。インディアナポリス……ヤードリーはそこで狐に飛びかかることができるか？　エラリーは素早く計算し、時間的には可能だと知った。殺人者はコロンバスを列車で発っている。インディアナポリスに六時より前に着くことは絶対にないはずだ——列車で五時間はかかるのだから。一方、ヤードリーはコロンバスを飛行機で五時半過ぎに飛び立った。わりあい短い飛行距離だから、まず間違いなく七時には到着する。エラリーが身をもって実感しているとおり、飛行条件は上々だ。犯人がインディアナポリスを発つ時にぐずぐずと手間取ったり、乗りこんだ列車がいくらか遅れたりしていれば、教授が追いつける可能性は十分にある。エラリーはため息をつき、獲物が教授の不慣れな手からなんとかうまく逃れてくれないだろうか、と半分本気で願ったりした。ヤードリー教授ときたら、ずぶの素人のくせに、いまのところ、なかなかりっぱにやってのけているじゃないか！

飛行機は薔薇《ばら》色の黄昏の空を、まるで落ち葉がひらりとすべり落ちるようにインディアナポリスの飛行場に舞い降りた。エラリーは腕時計を見た。八時半だ。

三人の整備士が飛行機の翼をつかみ、車輪の下に車輪止めのブロックをかませたところで、制服姿の青年が客室のドアに向かって走ってきた。エラリーは外に出て、あたりを見回した。

「クイーンさんですね？」

エラリーはうなずいた。「ぼくに伝言かい」食いつくように訊ねた。

「はい。ヤードリーさんとおっしゃる紳士から手紙をおあずかりしています。まだ一時間半もたっていません。大切な手紙だとおっしゃっていました」

「大切どころじゃない」エラリーはつぶやいて手紙をひったくった。開きながらエラリーは、この事件はなんだか、乗り物をとっかえひっかえのめちゃくちゃなレースと、行く先々で手紙を受け取ったり残したりの伝言ゲームになりつつあるな、と考えた。

ヤードリーのなぐり書きには、これしか書いていなかった。

Qへ。たぶんこれが最後の追いこみだ。追いつけると思ったが、タッチの差で逃がした。

Kらしき男がシカゴ行きの飛行機に乗った直後、ここに着いた。七時に発ったそうだ。七時十五分まで次の飛行機はない。Kの飛行機はシに八時四十五分から九時の間に到着の予定。もし八時四十五分より前にきみがここに到着したら、シの警察に連絡して、我らが高飛び紳士を空港で捕まえる手配をしてはどうだろう。私はもう行く！

Y

「ヤードリーさんは七時十五分の飛行機に乗ったんだね？」エラリーは詰問した。

「そうです」

「ということは、シカゴには九時から九時十五分の間に着くのかい？」

「そうです」

エラリーは小額の紙幣を青年の手にすべりこませた。「電話に案内してくれないか、一生恩に着るよ」

青年はにっこりして走りだし、エラリーも風のように駆けだした。

空港のターミナルビルで、エラリーは半狂乱でシカゴに電話をかけていた。「警察本部ですか？　長官をお願いします……そう、警察長官を！……早くしろ、この馬鹿、生きるか死ぬかの問題なんだよ……長官ですか？　ええ？……聞け、ぼくはニューヨークのエラリー・クイーンって者だ、長官に個人的な話がある。重要な話だ！」電話線の向こうの話し相手が、恐ろしく用心深くて、なんだかんだと質問をしてくるのに業を煮やし、エラリーは地団太を踏んだ。

罵倒と懇願《こんがん》を繰り返して五分が費やされると、ようやくシカゴ警察を統括する、威風堂々たる紳士の声が受話器から響いてきた。「長官！　ぼくを覚えておいでですか――リチャード・クイーン警視の息子です……ロングアイランドの連続殺人事件をいままさに解決しようとしています。それです！……背の高い、黒髪で浅黒い肌の、手首にサポーターをした男が、八時四十五分から九時の間に、インディアナポリスからの飛行機でシカゴに到着します……いいえ！空港では捕まえないでください……個人的な希望です。その男のあとを追って、行きついた先を包囲しておいてもらえますか？……そうです。奴がシカゴを出ようとした場合にだけ、逮捕してください。カナダに向かうおそれが……でなければ、西海岸に、ええ……奴はあとをつけられていることを知りません……それと、ついでにエイブラハム・リンカーンのような顎ひげを生やした背の高い男が、インディアナポリスから同じ飛行場に向かって飛んでいるので、見つけてほしいんです――ヤードリー教授という男です。部下のかたには、できるだけ教授をいたわるように申し伝えていただけませんか……ありがとうございます、では失礼します」

「それじゃ」エラリーは、電話ブースの外でにこにこしている青年に向かって叫んだ。「飛行機に案内してくれ！」

「どちらに向かわれます？」青年が訊ねた。

「シカゴだ」

＊

十時二十五分、端から端まで照明にこうこうと照らされたシカゴの飛行場の上を、単発機が旋回していた。エラリーがガラス越しにうんと首を伸ばして外を覗くと、手足を広げて地面を這うような建物群や、格納庫や、滑走路や、ずらりと並ぶ飛行機や、慌ただしく走りまわる人々が見えた。そんなこまごまとした景色は、飛行機が着陸のために急降下すると、ふわりとぼやけて――パイロットは早く着けば、ボーナスをはずんでやると言われて、はりきっていた――エラリーがやっとまともに呼吸ができるようになり、ひっくり返りかけた胃袋がなんとかもとに戻った時にはもう地面すれすれにおり、滑走路に向かって突入しているところだった。エラリーはまぶたを閉じ、単発機の車輪が地面の上で飛び跳ねる衝撃を感じていた。やがて、身体に伝わる感触が変化したので眼を開けてみると、すでに飛行機はコンクリートの上を猛スピードで走っているところだった。

エラリーはおぼつかない足で立ち上がると、ネクタイを直した。そしてついに……モーターが誇らしげに最後のおたけびをあげると、飛行機はぴたりと止まった。パイロットは首をねじ曲げて振り返り、叫んだ。「着きましたよ、クイーンさん！　全力を尽くしました」

「すばらしいよ」エラリーは渋い顔でそう言うと、よろよろとドアに向かった。いくら命令に従うといっても、限度というものがあるんじゃないかな……。誰かが外からドアを開いてくれて、エラリーは飛行場に降り立った。一瞬、照明の強烈な光に眼をぱちくりさせ、三メートルほど離れたところからこちらをじっと見つめて立っている男たちの一団に顔を向けた。

もう一度、エラリーは眼をぱちくりした。そこに立っているのは、ひょろりと背の高い、わざと不機嫌そうにぶすっとしたヤードリー教授だ。仏頂面《ぶっちょうづら》をしているが、実は笑っている証拠に、顎ひげが水平になるほどきゅっと持ちあがっている。がっしりと筋骨逞《たくま》しいシカゴ警察長官の姿は、七カ月前に父と、この風の街（シカゴの俗称）を訪れた時に見覚えていた。思えばあの旅こそがすべての始まり、エラリーがアロヨ殺人事件の捜査に乗り出すきっかけだった。誰だかわからない男たちが数名見えるが、たぶん刑事たちだろう。それと……誰だ、あれは？　小粋《こいき》なグレーのスーツをりゅうと着こなし、小粋なグレーのフェルト《フ》の《エ》中《ド》折れ《ラ》帽を頭にのせ、小粋なグレーの手袋をはめ——小粋に頭をかしげてこちらを見ている老いた顔の小柄な紳士は……

「お父さん！」エラリーは叫んで、前に飛び出すと、リチャード・クイーン警視の手袋をはめた手をぎゅっと握った。「どうして、なんで、お父さんがここに？」

「やあ、エル」クイーン警視は落ち着き払った声で言うと、にやりと笑った。「その程度のことも推理できんくせに、おまえは探偵を名乗っとるのか？　ゼーンズヴィル警察のハーディが、おまえから電話があったあと、ニューヨークのわしに電話をかけてきたんで、たしかにわしのせがれに間違いないと答えてやったよ。おまえの身元を確認したかったそうだ。わしは二と二を足して、おそらく事件が大詰めなのだと思った。おまえが追っとる男はシカゴかセントルイスをめざすとあたりをつけて、ニューヨークを二時の飛行機で発って十五分前にここに着いた。それで、ここにいるってわけだ」

エラリーは父の痩せた肩に片腕をまわした。「まったく、お父さんは永遠の驚異だ、現代のロードス島の巨人（世界七不思議のひとつ）だ。本当に、お父さん、会えてほんとに嬉しいですよ！　さすがは亀の甲より年の劫《こう》だ、逆立ちしたってかなわない……やあ、教授！」ヤードリーは眼を輝かせ、エラリーと握手した。「私も七十代組のお仲間に入れてもらえるんだろうね？　さっきからずっとお父さんと、きみの話で盛りあがっていたところだよ。どうもお父さんは、きみが袖口に何か隠していると思っとられるようだ」

「ああ」エラリーはようやく落ち着いて、答えた。「ふうん、おやじがそんなことを？　ご無沙汰しています、長官。たいへん失礼な電話を差しあげたのに、すぐに応じてくださって、感謝してもしきれません。とにもかくにも、あの時は切羽詰まっていましたので……それで、どういう状況です？」

一同はゆっくりと飛行場を横切ってターミナルビルに向かって歩きだした。長官が言った。

「なかなかいい塩梅《あんばい》だよ、クイーン君。きみが追っている男は九時五分前に飛行機で到着した――こちらの刑事はぎりぎり駆けつけるのに間に合った。奴は自分が追われていることに、まったく気づいていない」

「私はちょうど二十分遅れて着いたんだ」教授はため息をついた。「いやあ、あんなに恐ろしかったことは生まれて初めてだよ。やっとこさ、ぎしぎしいっとる老骨を飛行機の外に出したと思ったら、いきなり刑事に腕をつかまれて、やぶからぼうに、どすのきいた声で〝ヤードリーさん？〟なんて言われた日にゃあ、いや、まったく、きみ――」

「それはそれは。ご愁傷様です」エラリーは言った。「それで、その――ええと――クロサック、ですが、いまはどこにいるんです、長官？」

「奴はゆうゆうとしたもので、のんびり飛行場を出て、九時五分にタクシーに乗りこむと、ループ（シカゴの中心商業地区）にある三流ホテルに行った——ロックフォード・ホテルだ。奴は知らないことだが」長官はいかめしく付け加えた。「タクシーの出発から到着まで、四台の覆面パトカーが付き添っていたんだがな。いまはホテルの部屋の中だ」

「絶対に逃げられることはありませんね？」エラリーは心配そうに訊ねた。

「クイーン君！」長官は心外だという声をあげた。

　警視がくすくす笑った。「それはさておき、エルや、ナッソー郡のヴォーン警視とアイシャム地方検事がおまえを追ってきてるはずだろう。ふたりを待ってさしあげないつもりかね？」

　エラリーはぴたりと動きを止めた。「そうだ、あのふたりのことをすっかり忘れていた！　長官、申し訳ありませんが、ヴォーン警視とアイシャム地方検事がここに到着次第、案内するよう、指示を出していただけませんか。たぶんぼくより一時間かそこら遅れているだけだと思うんです。ロックフォード・ホテルに連れてきてください。最後の幕であのふたりをのけものにするのは、あんまりですから！」

*

　けれどもエラリーから一時間遅れていたはずのアイシャム地方検事とヴォーン警視は、ずっと早くやってきた。暗い空からシカゴ空港にきっかり十一時に降り立ったふたりは、数名の刑事に出迎えられ、パトカーで商業地区まで案内された。

巡礼たちの再会はちょっとしたお祭り騒ぎだった。一同はロックフォード・ホテルの、刑事でごった返しているスイートルームに集まった。エラリーは上着を脱いでベッドにのびのびと横たわり、幸せそうに休んでいる。クイーン警視と長官は部屋のすみで親しげに話をしている。ヤードリー教授はいくつもの州で少しずつためこんできた旅の汚れを落とそうと、洗面所で顔や手を洗っている……。長旅に疲れ果てたふたりの紳士は、ぼやける眼であたりを見回した。

「で？」ヴォーン警視が、がらがら声を出した。「旅はここが終点ですかね、それとも、アラスカまで追っかけなきゃならんのですかね？　なんなんだ、まったく、この犯人は――マラソン選手ですか？」

「ここが」エラリーはくすくす笑った。「間違いなく正真正銘の終点ですよ、警視。お坐りください、あなたもです、アイシャムさん。疲れたでしょう、ひとつ骨休めといきませんか。時間はひと晩たっぷりある。クロサック氏はもう袋のネズミです。まず、何か腹に入れませんか」

それぞれに交わされる自己紹介と、湯気をあげる料理と、すばらしく熱いコーヒーと、笑い声とさまざまな憶測が、室内を満たした。その間じゅう、エラリーはひとりおとなしくだんまりで、思考もどこか遠くに飛んでいるようだった。ときどき、刑事が報告に現れた。やがて、643号室の紳士が――インディアナポリス在のジョン・チェイスと名乗っているらしい――ついいましがたフロントに電話をかけてきて、翌朝のサンフランシスコ行きの大陸横断鉄道の切符をとるように依頼してきたという知らせがはいった。これに関しては慎重に検討が重ねられた。このチェイス氏、もしくはクロサック氏が、アメリカの海岸を離れて東洋にはるばる足をのばそうと計画しているに違いないことはもはや明らかだ。サンフランシスコが終点と考えるのは理屈に合わない。

「ところで」真夜中まであと数分という時になって、エラリーがけだるい口調で言いだした。「643号室に押し入って、ジョン・チェイス氏とご対面とあいなった場合ですが、教授、目の前にいるのは誰だと思いますか」

老警視はいぶかしげに息子を見やった。ヤードリー教授はエラリーを見つめた。「そりゃあ、きみ、ヴェリヤ・クロサックだろう、当然」

「そうですか？」エラリーは煙の輪を吹いた。

教授は眼をまんまるくした。「どういう意味かね。もちろん私が言っているのは、生まれた時にはクロサックと名づけられたものの、現在、我々が違う名前で知っている人物、という意味だが」

「そうですか？」エラリーは繰り返した。そして立ち上がり、両腕をうんと伸ばした。「皆さん、そろそろ、ええと、その——まあ、クロサックということにしておきましょうか——例の男を地上に引きずりおろす時が来たと思うんですが。用意はできていますか、長官？」

「きみの号令待ちだよ、クイーン君」

「ちょっと待った」ヴォーン警視が声をあげた。そしてまなじりをつりあげ、猛然と食ってかかった。「まさかあんた、643号室の男の正体を知ってるって言うつもりなんですか」

「当たり前じゃないですか！　あなたがそんなに洞察力のないかただとは、心底、驚きですよ、警視。だって、わかりきったことでしょう」

「わかりきったこと？　何がわかりきったことなんです」

エラリーはため息をついた。「やれやれ、まあ、いいでしょう。ただし、言っておきますが、腰を抜かすことうけあいですよ。じゃあ、行きますか。さあ《アナヴアン》！」

＊

五分後、ロックフォード・ホテルの六階の廊下は軍の練兵場のようになった。どこを見ても警官と私服刑事がぎっしりだった。上下の階は封鎖された。エレベーターも閉めきられ、しんと静まり返っていた。６４３号室に出口はひとつしかない――廊下に通じるドアだ。

小柄で怯えた顔のベルボーイが、この作戦に協力させられていた。ボーイは一団――エラリーとその父親とヴォーン警視とアイシャム地方検事とシカゴ警察長官とヤードリー教授――に取り囲まれてドアの前に立ち、合図を待っている。エラリーはあたりを見回した。息づかいの音しか聞こえない。そして、エラリーはおごそかに、ボーイに向かってうなずいてみせた。

ボーイはごくりと咽喉《のど》を鳴らし、ドアに歩み寄った。拳銃を抜いたふたりの刑事が、ぴたりとドアの脇の壁に張りついている。そのひとりが、鋭くノックした。返事はない。ドアの上の明かり取りの窓からうかがったかぎりでは、室内は真っ暗で、部屋の主《ぬし》はどうやら眠っているようだった。

刑事はまたノックした。今度はドアの向こうでかすかな物音がしたかと思うと、ベッドのスプリングのきしむ音が聞こえた。深みのある男の声が、切りつけるように呼ばわった。「誰だ?」

ボーイはもう一度、ごくりと唾を飲みこんで、大きく叫んだ。「ルームサービスでございます、チェイス様!」

「なんだと――」男がやれやれとばかりに鼻を鳴らし、またベッドのきしむ音が聞こえてきた。「ルームサービスなんか呼んでないぞ。なんの用だ?」ドアが開いて、髪がぼさぼさの男の頭が突き出された……

続いて起きた一連の出来事――ふたりの私服刑事がいきなり飛び出し、ボーイが慌てふためいて飛びのき、敷居《しきい》をまたいだ床の上で取っ組み合いが始まり――それらの出来事のうち、エラリーの記憶に残ったのはたったひとつの瞬間だった。それは誰も動かなかったほんの一瞬。その男が廊下の光景を見た瞬間――待機する警察官、刑事、制服警官、そして、エラリー・クイーンとアイシャム地方検事とヴォーン警視の顔を、その男が見た瞬間だった。蒼白な顔に刻まれた、まじりけなしの驚愕の表情。広がった鼻孔。張り裂けんばかりに見開かれた眼。ドアの枠をつかんだ手の手首に巻かれた包帯……

「なんだ、これは――これは、こんな――」ヤードリー教授は二度、くちびるをなめたあと、言葉が見つからないようだった。

「やっぱりそうだった」エラリーは、床の上の必死の格闘を見守りながら、のろのろと言った。「ぼくはあの山小屋を調べた時、すぐにわかったんです」

一同はやっと、643号室のジョン・チェイス氏を取り押さえた。口の端《はた》から、よだれが糸を引いて垂れている。眼はいまや完全に狂人のそれだった。

その眼は、アロヨの小学校長――アンドルー・ヴァンの眼だった。

30 エラリー、再び語る

「いや、参った。完全に参りましたよ」ヴォーン警視は吐き捨てるように言った。「私の頭じゃあ、これまでにわかった事実だけで、どうやってあんな解答をひねり出せるのか、てんで見当もつかない。参りました、クイーンさん、ともかく今度のこれがあてずっぽうでないってことを、こっちが納得するように説明してもらわないと」

「クイーン家の者は」エラリーはおごそかに言った。「決して、あてずっぽうなどというまねはしません」

それは木曜日だった。ニューヨークに向かう超特急豪華列車〈二十世紀号〉の特別客車の中でくつろいでいるのは、ヤードリー教授、エラリー、クイーン警視、アイシャム地方検事、ヴォーン警視の一行だった。誰もが疲れてはいたが、悪くない気分でいた。顔には、それまでくぐり抜けてきた数々の、神経をすり減らす経験における緊張の名残が見えた――もちろん、クイーン警視だけはのんびりと、この状況を愉しんでいるようだった。

「あなたが最初じゃあない」老人はヴォーン警視に話しかけた。「いつものことですよ。せがれが難事件を解決するたびに、必ず誰かが、どうやって解いたのか知りたがって、あてずっぽうに違いないと言いたてる。そういうわしも、毎度毎度、種明かしの説明を聞かされたあとでさえ、どうしてせがれがそんなところにたどりつけたのやら、さっぱりわからんのですがね」

「私にはまったく、ちんぷんかんぷんですよ」アイシャム地方検事は告白した。

ヤードリー教授は知識人としてのプライドが傷つけられることになって、ご機嫌ななめだった。「私は無教養な人間ではないつもりだ」教授がぶつくさ言うと、エラリーはにやりとした。「しかし、この事件に論理がどう通用したのかわかるものなら、ハマンのようにはりつけにされても（旧約聖書エステル記7章10節より）文句は言うまいよ。最初から最後まで矛盾と不整合のごった煮だったからな」

「不正解ですね」エラリーはのんびり言った。「最初から四番目の殺人までが、矛盾と不整合のごった煮でした。そこに至ってようやく泥が全部洗い落とされて、水晶のようにすべてきれいにはっきりと見通せるようになったんです。実のところ」そう言うと、眉を寄せた。「ぼくはずっと、たったひとつの小さなピースを見つけて、鍵となる場所にはめこむことさえできれば、ほかのすべてのピースが――一見、ぐちゃぐちゃで論理もへったくれもないように見えるただの寄せ集めが――きちんと理解できるまともな絵になるはずだと思い続けてきました。そのかなめとなるピースは、ウェストヴァージニアの山小屋で手にはいったんです」

「きみは昨日もそう言っていたが」教授はぶつくさ言った。「私にはいまだにわからん――」

「そりゃそうですよ。だって教授はあの山小屋を一度も見てないんですから」

「私は見ましたがね」ヴォーン警視は不機嫌まるだしで言った。「山小屋の何が、この胸糞悪い事件を解く手がかりになったのか、説明できるもんならしてくださいよ――」

「おっ、挑戦ですか。いいですとも」エラリーは客車の低い天井めがけて、煙を吹いた。「少し時間をさかのぼらせてください。火曜の夜にアロヨ村の山小屋で殺人が起きた時、ぼくはほとんど何もわかっていませんでした。そもそもアロヨにおける第一の殺人は、アンドルー・ヴァン本人がおもてに出てくるまで、謎に包まれた事件だった。ヴァンは、この死体は間違って殺された召使のクリングであり、クリングを殺したのはヴェリヤ・クロサックという名の、血なまぐさい動機を持つ者だと証言しましたね。その後、ヴァンの兄弟であるトマス・ブラッドが殺されました。さらに、ヴァンの兄弟であるスティーヴン・メガラも殺されます。メガラは生前、クロサックに関する話を裏づけし、ユーゴスラヴィアの当局による捜査もそれを後押しする結果を出しました。そんなわけで、事件のあらましは明々白々に見えました――満たされない、一生の復讐に暴走した偏執狂の男が、自分の父や伯父を殺した一族を執拗に追い、かたっぱしから血祭りにあげているのだと。ツヴァル兄弟がクロサックに渡るはずの遺産を横取りした事実も判明し、この仮説に、さらなるもっともらしい動機が付け加えられることになりました。

以前、ぼくはヤードリー教授に、ブラッドの死をとりまく状況からふたつの確実な結論を引き出せると説明したことがあります。ひとつは、ブラッドを殺した犯人は、ブラッドのよく知っている人物だったということ。もうひとつは、ブラッド殺しの犯人の脚はちっとも悪くないということ。そうでしたよね、教授?」ヤードリーがうなずくと、エラリーは手早く、チェッカーの駒の位置やその他のわかっている事実にもとづいた推理をおおざっぱに、ヴォーン警視とアイシャム地方検事に説明した。

「しかし、こんな結論を出したところで、どうにもなりませんでした。ぼくらはすでに、このふたつは単なる可能性にすぎず、確実な推理ではないと結論を出していました。せっかくふたつの事実を証明したものの、なんの役にもたたなかったってことです。ぼくは山小屋で死体を発見するまで、最初の三つの殺人における奇妙な点はすべて、クロサックがTという文字に病的にこだわる狂気と妄執によるものだとばかり思っていました——すなわち、首を切り落としたり、Tという文字をでかでかと書き残したり、三つの殺人すべてに、やけにTの文字がからんでいるという点ですが」

エラリーは思い出しているようにほんのりと微笑を浮かべ、じっとたばこを見つめていた。

「なんたって、今回の一連の事件で真に驚くべきなのは、捜査のそもそもの始まりに——実は、七カ月前、ぼくがウィアトンの法廷で、第一のひどい死体を見せられた時なんですが——あの時に、ぱっと頭に浮かんだ考えをそのまま追求していったら、その場でぼくは事件を解決できていたかもしれないってことですよ。それは、現場にばらまかれたTの文字の意味を、全然違うふうに解釈した考えでした。ぼくのいつもの推理癖でいろいろ想像してみたうちの、本当にちょっとした思いつきだったんです。しかし、その考えはあまりに突拍子もないように思えたので、放棄してしまいました。その後も後押ししてくれる事実がこれっぽっちも現れないので、ぼくはこの思いつきを放棄し続けました。ですが、その仮説は頭の奥でしつこくぼくに囁き続け……」

「どういう仮説だね？」教授が好奇心をあらわに訊いてきた。「ああ、あれのことか、エジプト十字架——」

「それは忘れてください」エラリーは慌てて言った。「そのこともすぐにお話ししますから。まず、第四の殺人の詳細についておさらいしましょう」エラリーはつい前の日に有刺鉄線の柵にがっちり囲まれた山小屋の敷居《しきい》をまたいだ瞬間、眼に飛びこんできた光景を、言葉で手早く描き出していった。ヤードリー教授とクイーン警視は眉を引き結んでじっと耳を傾け、問題に集中していた。しかし、エラリーが語り終えると、ふたりともぽかんとして顔を見合わせた。

「まったくもって、何もわからんのだがね」教授は告白した。

「わしもだ」クイーン警視は言った。

ヴォーン警視とアイシャム地方検事は、疑いのまなざしでエラリーを見ている。

「やれやれ」エラリーは叫んで、吸い殻を窓からはじき飛ばした。「はっきりしているでしょう！　あの山小屋の内にも外にも、壮大な物語が書かれているじゃないですか、ご一同。パリの裁判所にある警察学校の教室にかかげられた標語にはなんと書いてありますか、お父さん？〝眼は求めるものしか見ず、すでに心にあるものしか求めようとせぬものなり〟。我が国の警察もこの標語をしかと心に刻みおくべきですよ、ねえ、ヴォーン警視。

小屋の外には足跡がありました。あれはよく調べましたか」

ヴォーン警視とアイシャム地方検事はうなずいた。

「それなら、この殺人にはたったふたりの人物しか関与していないという、明白な事実にはすぐお気づきになったと思います。あそこにはふた組の足跡しかありませんでした――ひとつは小屋にはいっていくもの、もうひとつは出てくるものです。形と大きさから、どちらも同じ靴でつけられた足跡なのははっきりしています。足跡のつけられた時間も、おおざっぱに割り出すことができました。アロヨの雨は、前の夜の十一時ごろにやんでいます。かなりの豪雨でした。雨が降る前に足跡がついたなら、あんなふうに野ざらしでは完全に洗い流されて、あとかたもなくなっていたはずです。ならば、足跡は十一時以降につけられたということになります。ぼくが、壁にはりつけにされているのを見つけた死体の状態は、だいたい死後十四時間というところでした――言いかえれば、前の晩の十一時ごろというわけです。あの足跡は――ついでに言っておけば、唯一の足跡、ですが――殺害されたのとだいたい同じ時間帯につけられたと言っていいでしょう」

エラリーは新しいたばこをくわえた。「この足跡は何を物語っていたでしょうか。それは、殺害があったと推測される時間帯に、ただひとりの人物が小屋にはいり、出ていったという事実です。あの小屋に出入り口はひとつしかなかった――ドアです。たったひとつの窓は有刺鉄線でがっちりふさがれています」

エラリーはたばこにマッチを寄せ、思案顔でふうっと煙を吐いた。「あとは簡単ですよ。あそこには被害者と殺人者がいた。我々は被害者を発見した。ということは、小屋の前の濡れた地面に足跡をつけたのは殺人者です。あの足跡は、片脚をかばうように歩いていました――ここまでは、問題ないですね。

さて、小屋の中の石の床には、事件に光明をもたらす品物がいくつもありました。証拠その一は、血とヨードチンキがべったり滲《し》みついた包帯の輪で、その形と輪の大きさから手首に巻かれていたものに違いありません。そばには、使いかけの包帯がひと巻き、落ちていました」

いま一度、アイシャム地方検事とヴォーン警視はうなずき、教授は声をあげた。「ああ、そういうことだったのか！　あの手首はいったいどうしたのかと不思議に思っていた」

「証拠その二。ヨードチンキがはいっていた大きな青いガラス瓶と、それが落ちていた場所から少し離れて転がっていたコルク栓です。この瓶は半透明で、ラベルが貼られていません。

すぐに、ある疑問が立ちはだかりました。包帯が巻かれていたのは、誰の手首なのか？　この事件にはふたりの人物しか関わっていません。被害者と犯人です。ならば、そのどちらかということになります。もし被害者が包帯を巻いていたのなら、片方の手首を負傷しているはずです。ぼくは死体の両方の手首を調べました――どちらにも傷はなかった。したがって、犯人が自分の手首の片方を切ってしまったということになります。斧で被害者の身体に切りつけた時か、それとも被害者が殺される前に取っ組みあった時にやられたと思われます。

犯人が手首を怪我したのなら、ヨードチンキと包帯を使ったのも犯人ということになる。のちにその包帯を切ってはずしているのが妙ですが。包帯の状態から察するに、傷の出血が意外とひどくて、小屋を出ていく前にきれいな包帯に取りかえた、というだけでしょう」

エラリーは吸いさしの、煙をあげるたばこを大きく振った。「しかし、ここでどれほど重大な意味を持つ、ひとつの事実が引き出されたのか、よく考えてみてください！　もし、犯人がヨードチンキを使ったとすれば、それはどういうことになりますか。さあさあ、もうここまできたら子供のなぞなぞですよ。あれ、まさか、まだ誰もわからないんですか？」

顔を恐ろしくしかめたり、爪を嚙んだり、深く考えこんでいる表情から、一同が必死に脳みそを絞っているのはよくわかった。が、結局、皆、かぶりを振った。

エラリーは椅子の背にぐったりもたれかかった。「もう、しょうがないなあ。ぼくから見ると、こんなにはっきりしてるのに。犯人が床に残していったヨードチンキの瓶の、あの瓶そのものが持つ、ふたつの特徴はなんでしたか。その一。それは半透明の青いガラス瓶である。その二。それはラベルが貼られていない。

では、犯人はどうやって、その瓶の中身がヨードチンキであることを知ったのでしょうか」

*

ヤードリー教授の顎《あご》が、がっくりと落ちた。そして額をぴしゃりと叩いたが、その仕種が、ニューヨークで数々の事件をエラリーやクイーン警視と共に解決してきた敬愛する盟友、サンプスン地方検事そっくりなのがおかしかった。「ああ、私はどうしようもない馬鹿者だ！」教授はうめいた。「もちろん、そうだ。そうだとも！」

ヴォーン警視はびっくり仰天した顔のままだった。「なあんだ、そんな簡単なことだったのか」まるで、どうしてそんなことを見落としたのかわけがわからないというように、驚きあきれた口調で言った。

エラリーはひょいと肩をすくめた。「そういう簡単なことですよ、たいていは。でも、これでわかったでしょう、推理の道筋が。犯人は、瓶を見ただけでは中身がヨードチンキであることをわかりようがなかったはずなんです。ラベルもなくて、半透明の青いガラスのせいで中身の色は変わって見えるんですから。中身を知る方法はふたつの可能性のうち、どちらかしかない。瓶の中身をもともと知っていたか、コルク栓を抜いて中身を調べるかです。

さて、皆さん、思い出してください。〝ピートじいさん〟の粗末な小さい洗面所の上の薬戸棚には、隙間《すきま》がふたつありました。そのふたつの隙間には、床の上のふたつの品物がはいっていたことは一目瞭然です――すなわち、ヨードチンキの瓶と包帯が――どちらも普通、薬戸棚にはいっているものです。言いかえれば、犯人は怪我をしてしまったので、包帯とヨードチンキが欲しくて薬戸棚をあさったわけですよ」

エラリーはここでにやりと笑った。「だけど、おかしいじゃないですか！　あの戸棚には、ほかに何がありましたか。もちろん覚えているでしょうが、こまごました品物がいろいろ並ぶ中に、大慌ての犯人がとっさに手を伸ばしたくなる瓶がふたつもありましたね――ヨードチンキがひとつ、マーキュロクロムがひとつ、どちらもはっきりと消毒薬の名が書かれたラベル付きの瓶が。それならなぜ、わざわざラベルのついていない半透明の瓶のコルク栓を開けて中身を確かめる必要がありますか。ひと目で消毒薬とわかるラベルを貼った瓶がすぐそこにふたつもあるんですよ？　そんなことをする理由なんてどこにもない。あの小屋を初めて訪れた人間なら、まさに一刻を争うという時に、自分の欲しい品物が最初《はな》から目の前にあるのに、何がはいっているかわからない瓶の中身をわざわざ調べる気になるわけがない。

となると、ぼくがあげたふたつの可能性のうち、第一のそれが妥当ということになる。つまり、犯人はそのラベルを貼っていない半透明の大きな瓶をよく知っており、中身がヨードチンキであることを前もって知っていたに違いないんです！　さて、いったい誰が、前もって知ることができたでしょうか」エラリーはため息をついた。「ここまでくれば、もうわかるでしょう。もろもろの状況や、ヴァン自身があの隠れ家は完全に他人の眼から隔離されていると話していた事実から、知ることができたのはこの世でただひとり――小屋の持ち主、というわけです」

「わしの言ったとおりでしょう、うちのせがれは」クイーン警視は鼻高々にそう言いながら、愛用の古ぼけた茶色い嗅ぎたばこ入れに手を伸ばした。

「この事件には、ふたりの人物しか――殺人犯と被害者しか関与していないこと、さらに、手首を怪我してヨードチンキを使ったのは犯人であることは、もう証明しましたよね。小屋の持ち主であるピートじいさんこと、アンドルー・ヴァンこと、アンドレヤ・ツヴァルだけが、あの謎めいた瓶にヨードチンキがはいっていたことを前もって知ることができた、この世でただひとりの人物であるならば、手首に怪我をしたのはアンドルー・ヴァンであり、壁にはりつけにされた気の毒な人物はアンドルー・ヴァンではなく、アンドルー・ヴァンに殺された男ということになります」

エラリーはそこで黙りこんだ。ヴォーン警視はもぞもぞと身じろぎし、アイシャム地方検事が口を開いた。「なるほど、しかし、その前の三つの殺人については？　昨夜、我々がヴァンを逮捕したあとであなたは、最後の事件を調べたとたんにこの連続殺人の最初から最後まではっきりわかったと言いましたね。最後の事件の犯人はヴァンである、という理屈は受け入れるとしても、その前の三つの事件の犯人であることを、どう論理的に証明できますか」

「だって、アイシャムさん」エラリーは眉をあげた。「ここから先はもう、明々白々じゃないですか。あとは単に分析と常識の問題ですよ。どこまで話しましたっけ。あの時ぼくは、行方をくらました男、すなわち、片脚をかばって歩く足跡を残した男、すなわち、殺人犯は、アンドルー・ヴァンその人であると知りました。しかし、ヴァンが殺人者である、というだけでは不十分です。たとえば襲いかかってきたクロサックを、ヴァンが正当防衛で殺してしまったというケースだって想像できる。この場合は、ヴァンを前の三つの事件の犯人とみなすのはおかしい。ここでひとつの事実が目をひきます。アンドルー・ヴァンは誰かを殺し、その死体にピートじいさんのぼろ服を着せて、小屋に残していきました。つまり、他人の死体を自分自身に変装させた。これは、れっきとした詐欺です！　それでぼくは、この問題は案外単純らしいぞと気づきました。では、この最後に惨殺された男は何者でしょうか。

死体は、ぼくがすでに証明したとおり、ヴァンのものではありません。ブラッドの死体かもしれないというとんでもない可能性も一応考えましたが、すぐにそれは捨てました。ブラッドの死体は未亡人が、ふとももにある赤いあざで本人に間違いないと確認しています。一応、純粋に推理の一環として、最後の死体がメガラという可能性を考えてみました。それもありえません。テンプル先生がメガラは慢性的なある種のヘルニアを患っていると診断し、ラムゼン先生は〈ヘリーン号〉のアンテナマストに吊るされた死体に同じ種類のヘルニアを発見しています。ということは、ブラッドとメガラの死体は間違いなく本人のものと考えるのが妥当です。かくして、この事件に関係した人物で残るのは、あとふたり――つまり、縁もゆかりもない人間がたまたま巻きこまれたという可能性を抜きにすればですよ、残るのは、ヴェリヤ・クロサックと、ヴァンの召使のクリングのふたりだけということになります」

エラリーはちょっと言葉を切って息を継ぐと、先を続けた。「ここからは物的証拠のない推論だけになります。死体がクロサックということはありえるでしょうか。しかしですね、もしこの死体がクロサックで、ヴァンが殺したのであれば、堂々と正当防衛を主張できるんですよ！　ヴァンは警察に通報して、死体を示すだけでいい。すでに警察も承知しているこの事件の背景や事情が考慮されて、あっさり無罪放免されたに違いないんですから。ヴァンの立場なら、やましいところがなければこうするのが当然だ。ところがそうしなかったという事実が、そうできなかったことの証拠と言えます。なぜか？　なぜなら、死体がクロサックではなかったからですよ！

クロサックでないとすれば必然的に、死体はただひとり残る可能性のクリングということになります。しかし、クリングは最初の事件、つまり、七カ月前にアロヨ村の交差点の事件で殺されたことになっています！　ところで、最初の死体がクリングであることを、ぼくらはどうやって知りましたか？　ただヴァンの言葉を通じてですよ。そしていま、ヴァンは人殺しであることばかりか、詐欺師であることも証明されました。それならぼくらには、ヴァンの言葉だけでなんの裏づけもない証言は疑う権利がある。あらゆる状況から考えれば、どの事実も残された可能性はひとつしかないことを示しているのですから、最後の死体はクリングに違いないと考えるのが妥当ですよ」

エラリーはきびきびと続けた。「どうです、すべてのピースがきちんと決まった場所にぴったりおさまっていくでしょう。それじゃ、最後の死体がクリングだとすれば、クロサックはどこにいるのでしょうか。ブラッドとメガラの死体はそれぞれの事件ですでに本人であると確認されている。ならば論理的に、七カ月前にアロヨ村で死んでいた人物はクロサックその人ということになります！　四十八州と三カ国の警察が七カ月間、捜し続けてきた殺人鬼は……足取りがまったくつかめなかったのも無理はありません。その間、ずっと死んでいたんです」

「まったく驚きだ。とても信じられん」教授は感嘆した。

「いや、こんなものは序の口ですよ」クイーン警視は愉快そうに笑った。「まあ、聞いていてごらんなさい。せがれはまだまだ、驚きの種をどっさり隠し持っとるはずだ」

黒人のポーターが、冷たい飲み物をのせた盆を持って現れた。一同は無言で飲み物に口をつけ、窓の外のどんどん変わっていく風景を眺めていた。ポーターが出ていってしまうと、エラリーは言った。「アロヨでクロサックを殺したのは誰でしょうか。この事件の犯人としての根本的な条件は即座に断言できますね。誰だったにしろ、ツヴァル一族の過去を知り、Tの文字を現場にばらまいてそれを利用することができた人間です。ツヴァル家の過去を知っていたのは誰ですか？　ヴァン、メガラ、ブラッド、そしてクロサックです。ヴァンとメガラは口を揃えて、例の過去の話を知っているのはツヴァル兄弟とクロサックだけだと言っていました。では、メガラはアロヨでクロサックを殺してTの文字を残すことはできたでしょうか。いいえ。メガラは純粋に地理的条件によって除外されます――当時、メガラは地球の反対側にいました。ブラッドですか？　不可能ですね。ブラッド夫人が、嘘をつけばすぐにばれる人々の前で、ブラッドが全国チェッカー選手権のチャンピオンをクリスマスイブに招待し、夜通しチェッカーをしていたと証言しています。クロサックはもちろん被害者なので除外します。物理的に唯一、可能性があるのはクリングですが？　いいえ、あの死をもたらすTの文字の意味を知らないばかりでなく、そもそも何度も繰り返し言われていたとおり、クリングは知能が低く、幼児のような頭脳の持ち主だったわけで、あれほど知性を必要とする狡猾《こうかつ》な殺人事件の計画を立てて実行するのは、まず無理でしょう。ということは、クロサックの殺人者である条件をすべて持ちあわせた、残るただひとりの人物、ヴァンに、クロサックは殺されたとしか考えられない。

そうです。ヴァンがクロサックを殺したのです。どうやって、どんな状況で？　ピースをつなぎあわせれば、話は見えます。ヴァンはクロサックが自分や兄弟たちを追ってきているのを知っていました。そして、クロサックの居場所をなんらかの方法で知ったのです――そう、クロサックがあの狂ったストライカー老人と一緒に旅をしていることを。おそらくヴァンは匿名《とくめい》の手紙か何かでクロサックをアロヨにおびきよせたに違いありません。クロサックは、生涯の望みである復讐が、いままさに成就する瞬間が来たと思いこみ——有頂天になったせいで情報源に疑問を持つこともなく——餌に食らいつき、みずからの傀儡《くぐつ》であるストライカー老人を操って、アロヨ村の近くを通るように仕向けました。そしてクロサックは——いま言っているのは正真正銘のクロサック本人ですよ、実際にこの事件の当事者として舞台に登場したのは、ただ一度、この時だけです——ウィアトンのガソリンスタンドの主人《あるじ》のクローカーを雇って、車であの交差点まで送らせました。思い出してください、クロサックはウィアトンでは鞄を持っていませんでしたね——その後に続くどの事件でも、犯人が鞄を持ち歩いていたことを考えると、これは実に意味深長な事実ではありませんか。なぜクロサックは最初の事件では——唯一、クロサック本人が計画したこの事件では、鞄を持ち歩いていなかったのでしょう？　なぜなら、犠牲者を切り刻んで肉塊にするつもりがなかったからですよ。たしかにクロサックはかたき討ちに凝《こ》り固まっていたかもしれませんが、かたきの死体をむごたらしくばらばらにするような狂人ではなく、単に命を奪うだけで満足する、いわば正常な人間だったのでしょう。クロサックの計画が成功していれば、我々はアロヨの小学校長の、おそらくは射殺された五体満足の死体を見つけたはずです。

しかし、この連続殺人事件のすべてを操っていたヴァンが、なんの疑いも持たずにやってきた復讐の主《ぬし》を待ち構え、返り討ちにしてしまった。ヴァンはかわいそうなクリングの身体を生、きたまま縛りあげて隠しておき、クロサックの死体に自分の服を着せ、首を切り落とし、その他もろもろのことをやってのけたのですよ。

一連の事件は最初からすべてが、ヴァンことアンドレヤ・ツヴァルの計画だったことは明らかです。何年もかけて周到に準備した犯罪でした。この連続殺人すべてがひとりの男、すなわち、何年も血を求め続けてすっかり狂ってしまったという設定がおかしく思われないクロサックの復讐であると見せかけるべく、計画を練ったのですよ。ヴァンはクリングを、最後の事件で自分が殺されたように見せる死体として利用するつもりで、生かしたまま隠しておいたのです。ヴァンの計画は、クロサックが最初の事件でなんの関係もない人間を人違いで殺したあと、ツヴァル兄弟を立て続けにふたり殺し、ついに三人目を――七カ月前に犯した間違いを正すために殺したように見せかける、というものでした。そして、この最後の偽装殺人で、いかにも自分が偏執狂の復讐の犠牲になったように見せかけておいて、実は、一生かけて貯めた金と、兄のスティーヴンからうまいこと巻きあげた結構な金を持って高飛びする気だったのです。そして警察は、とうのむかしに死んでいるクロサックの亡霊を永遠に探し続けることになる……。死体を自分に見せかけるのは簡単でした。ヴァンがピッツバーグの孤児院にみずから出向いて、自分の眼で見てクリングを召使に雇ったことを思い出してください。ヴァンは自分によく似た身体つきの男を選んだのですよ。最初の入れ替わり――つまり、クロサックの死体を自分に見せかけようと思いついたのは、おそらく、ヴァンとクロサックの体格がたまたま似ていたからでしょう。モンテネグロから追ってきたこの復讐鬼の居場所を突き止めて匿名の手紙を送りつける前に、自分たちの背格好がよく似ていることに気づいて——そこからヴァンはすべての計画を立てたのかもしれませんね」

「おまえはさっき何か言っとったな」警視はまた愛用の嗅ぎたばこ入れに指をつっこみながら、考え考え、口を開いた。「事件の始まりでは正しい考えを追っていたのに、途中で道をそれてしまったと。どういう意味だね」

「始まりだけじゃないんですよ」エラリーは情けなさそうに言った。「この連続殺人事件の間じゅう、何度も頭に浮かんだ考えなのに、ぼくはそのたびに脇に押しやっていたんです。……だって、考えてみてください。そもそも最初の殺人事件から、ひとつのことがやたらと目立っていたでしょう？　つまり、死体の頭部が切断されて、持ち去られていたことです。犯人はなぜそんなことをしたのでしょうか？　その時には、偏執狂の犯人の異常な執着の表れのひとつという答えしかないように思われました。のちに我々は、ツヴァル家の事情と、Tの文字が表しているのはクロサックの復讐のシンボルであることを知ります。そんなわけで当然ぼくらは、首を切り落としたのは死体の形を大文字のTに似せるためだと考えたわけです。しかし、最初にいだいたあの疑いは心に残っていました……

それはですね、なんだかんだ言っても、首を切り落としたことには、ほかの解釈ができるからです——非の打ちどころのない仮説が成り立つんですよ。つまり、死体がTの字に見えるようにしたことや、そのほかのいろいろなTの文字——最初の事件ではT字形の交差点、道標、Tの文字の落書き、第二の事件ではトーテムポスト、第三の事件ではアンテナマスト（もちろんTの文字の落書きはどの事件でもありましたね――第四の事件でも）――それらのさまざまなTの要素が犯行現場にやたらとばらまかれていたのは、たったひとつの目的のため、すなわち、死体の頭部が切り取られていた事実が目立たないようにするためだったという仮説です。身元を特定する方法がほかにない場合は頭部、顔が死体の身元を確認するのにもっとも有効な手段でしょう。ですからぼくは、この連続殺人はTの文字に取りつかれた偏執狂の仕業ではなく、（健全ではないにしろ）完全に正気な人間が、死体の身元をごまかす目的で首を切り落として持ち去った計画的な犯行の可能性だって、論理的にはありえると思いました。一応、裏づけはあります。首がひとつも発見されていないという事実です。なぜ犯人は犯行現場、もしくはその近くに、首を残していかなかったのでしょうか。なぜできるだけ早く首を手放さなかったのでしょうか――狂人だろうと正気だろうと、普通は衝動的にそうしたいと思うものでしょう。首がその場に転がってたって、死体そのものがTの形をしていることに変わりないんだから、Tに対する犯人の妄執は満足できたはずです。ところが、首はひとつ残らず、影も形もなくなってしまっている。ぼくは、すべてが見かけと違っている可能性があるんじゃないかという気がしてなりませんでした。しかし、そんな思いつきは単なる仮説にすぎませんし、その他の事実はどれもこれも気の狂った復讐鬼こそが犯人であると、これでもかと指し示しているので、ぼくは真相だった仮説を無視し続けてしまったんです。

しかし、第四の殺人を調べて、ぼくはアンドレヤ・ツヴァルこそがデウス・エクス・マキナ（古代ギリシャ・ローマ劇で、混乱した劇の筋を解決するために登場する神の役割）であると知り、この事件全体の筋書が、実は単純であることに気づきました。第一の殺人、つまりクロサック殺しでは、死体の身元を特定されることを防ぎ、この死体はヴァンであると見せかけ、のちに、実はクリングであったと思わせるために、首を切り落とさなければならなかった。しかし、ただ首を切っておくだけでは疑いを招き、いずれは破滅するはめになる。どんなぼんくら捜査官でも、遅かれ早かれ正しい道にたどりつくに決まってます。だからヴァンは、いかにも狂人の頭が思いつきそうな、何がなんだかさっぱりわからないTの文字だらけの現場を――さまざまな種類の、しかもどれにも全然なんの関連性もないTの文字をばらまくという巧妙な細工をしたんですよ。これで事件そのものが混乱するだろうから、死体から首がなくなっていることの真の意味に気づくものは誰もいないと、ヴァンは踏んだわけです。ならば、最初と最後の死体の身元はごまかし通すことができるはずだと。

当たり前ですが、一度始めてしまえば、あの不気味なTをこしらえる悪夢のような作業をやめるわけにいきません。クロサックとTを結びつける恐怖の演出を続けるために、ヴァンはブラッドの首を切り、メガラの首を切らなければならなかった。もちろん最後の殺人においては再び、首を切ることそのものが本来の目的に戻ったわけですが。心理的に見ても、実際の出来ばえを見ても、実に頭のいい計画でした」

「最後の殺人事件では」アイシャム地方検事はごくりと唾を飲んだ。「その――単に私の気のせいかもしれませんが、あの山小屋にはいっていく足跡は、出ていく足跡よりも深くついていたように見えましたが」

「鋭いですね、アイシャムさん！」エラリーは叫んだ。「その話を持ち出してくださって実に好都合だ――いやあ、いいところに目をつけられました。それこそ、事件全体を把握《はあく》するにあたって、もっとも重要な裏づけでしたよ。おっしゃるように犯人の足跡が、小屋に近づいていく時には深く、遠ざかる時には浅くついていることに、ぼくも気づきました。説明ですか？単純な三段論法ですよ。*なぜ、同じ地面についた同じ人物のつけた足跡ふたつのうち、片方だけが深くついているのか。それは、片方の足跡をつけた時には何か重たい物を持っていて、もう片方の時には持っていなかったからです。ほぼ同じ時間帯に同一人物の体重が不自然に違っていたのならば、これが唯一の論理的な説明です。そしてこの説明は状況にぴったり当てはまります。ぼくは最後の死体がクリングのものであると知りました。ヴァンはクリングをどこに隠していたでしょうか。山小屋の中ではなかった。それなら近場のどこか別の場所のはずです。ルーデン巡査は以前、ウェストヴァージニア州の山中は自然の洞窟だらけだと言っていました。ヴァン自身も、洞窟を探していた時にあの打ち捨てられた山小屋を発見したと言っています！（たぶん、このために洞窟を探していたんですよ！）そんなわけでヴァンはクリングを何カ月も閉じこめておいた洞窟に出向いて、彼を連れ出し、小屋の中にかつぎこんだんです。雨は、ヴァンが小屋を出てからクリングを連れて戻るまでの間に、やんだのでしょう。それでヴァンが小屋を出る足跡は洗い流され、小屋にはいる足跡は地面に残ったのです。深い足跡はヴァンがクリングを小屋にかつぎこんだ時に、浅い足跡はヴァンが殺人を終えてこれが最後と小屋を出ていった時に、ついたのですよ」

「なぜクリングを小屋まで歩かせなかったのでしょうか」アイシャム地方検事がさらに訊ねた。

「そりゃ、ヴァンが、クロサックという片脚の不自由な男の足跡を手がかりとして残すつもりだったからですよ。クリングを運びながら、片脚をかばった歩き方をすることで、いけにえを小屋の中に運び、なおかつ、小屋にはいったのはひとりの男——クロサックだけであるように見せかけるという、一石二鳥の効果を得られます。その後、片脚をかばって歩き去ることで、クロサックが出ていったように見せかける錯覚の駄目押しをしたわけです。ヴァンはたったひとつの間違いを犯しました。重さが加われば、やわらかい地面につく足跡は深くなることを、失念していたのですよ」

「私の頭じゃ鈍すぎて追っつかない」教授がぶつぶつ言っている。「あの男は天才だったに——天才に違いない。たしかにいかれているだろうが、それにしても、あれだけの計画を立てるにはすばらしい頭脳が必要なはずだ」

「そうですか?」エラリーはこともなげに言った。「単に、学のある男が何年もかけて計画を練りあげたってだけですよ。まあ、すばらしいことに変わりはないですが。たとえばですね。

＊ エラリー・クイーン氏の『ギリシャ棺の謎』を購入されたかたは、『クイーンの物語の読みかた』という小冊子がはさみこまれていたことを覚えておられるだろう。小冊子の中でクイーン氏は、ここの三段論法の説明のくだりを例文に使っている——氏のちょっとしたいたずらなのだが、小冊子を読んだ当時の読者に、例文の真のおもしろみを理解できるはずもない。実はこれが次回作の推理におけるきものネタバレであることを、読者は知りようがないからである。——編者

ヴァンは最初から最後まで、ある問題に直面していました。ヴァン自身がやらなければならない作業ひとつひとつに、必ずクロサックがやったように解釈できるもっともらしい理由がつくようにしなければならなかったのです。たとえば、あのパイプのことや、血痕のついた敷物を回転させたことや、ブラッドの書置きをわざと残しておいたことですね。以前、ぼくは皆さんに、本当の犯行現場の発見を遅らせたいとクロサックが望む場合の理由をお伝えしました――つまり、ブラッドの書置きでヴァンが生きていると知ったクロサックは、メガラが犯行現場に到着して初めてそこが真の現場であるとわかるように細工しておくことで、メガラからヴァンの居場所を引き出そうとした、というストーリーです。

こうしてクロサックが発見を遅らせたがる理由を巧妙に練りあげ、我々に提供してくれましたが、実はヴァン自身が、真犯人として現場の発見を遅らせたい、さらに強い理由を持っていたのです。もし警察がすぐに書斎を調べれば、ブラッドの書置きは――もちろん、これはヴァン自身がブラッドに書くようにすすめたに違いありませんが――メガラが帰ってくるずっと前に発見されるでしょう。そうなると、ヴァンがまだ生きていることがすぐ、警察に知られてしまいます。もしヴァンがほんの少しへまをして、ピートじいさんがヴァンであるかもしれないと警察に疑いを持たれれば、ヴァンの立場はあやういものになります。仮にメガラが航海中にどこかで死んで、二度と帰ることがなくなったとしましょう。その場合、ピートじいさんことヴァンが、実はブラッドとメガラの兄弟であると警察に証言してくれる生き証人がひとりもいないことになります。発見を遅らせることで、ヴァンはメガラが帰ってきたまさにその時に、メガラ自身に自分たちが兄弟であることを証言させるという、そんな保証を得たわけです。誰にも裏づけされずに自分から主張しただけでは疑われたかもしれませんが、ヴァンの言葉をメガラがいちいち裏づけてくれたおかげで、ヴァンはまるで罪のない人間のように見えたのです。

　しかし、そもそもなぜヴァンは犯行現場に戻らなければならなかったのでしょうか？　そう、そこに、メガラが帰るまで発見を遅らせるために、あんなややこしい手間をかけてまで成し遂げようとした、真の目的があるのですよ。前もってブラッドに書置きを残させるように手をまわしておけば、続くありとあらゆる出来事の連鎖の結果、アンドルー・ヴァンが正統なツヴァル兄弟のひとりとして犯行現場に戻ってくることで、ヴァンは自分の相続権を手にすることができるのです。わかりやすく言いましょうか。ヴァンは第一の事件において自分が殺されたと警察に信じこませたのち、法的に死者となったままでいれば、クロサックの仮面をかぶって自分の兄弟たちを殺していく計画を続けることができます。しかし、そうやって法的に死んだままでいては、ブラッドが遺言でのこしてくれた金をどうやって手に入れることができるでしょうか。だから戻ってこなければならなかったのですよ――生きている人間として。なおかつ、メガラが、ヴァンは間違いなく自分たちの兄弟であると保証してくれるタイミングで。こうすれば、ヴァンは自分の取り分である五千ドルを安全に受け取ることができる。それにしてもヴァンの奴、遠慮してみせたのは、なかなかどうしてたいしたものじゃないですか。ほら、メガラが〝怯えた〟弟の恐ろしく取り乱したありさまに心を動かされたのと、自分の良心の呵責もあって、さらに五千ドルを上乗せしてヴァンに渡そうとして――ヴァンがそれを断ったのを覚えているでしょう？　自分の取り分だけもらえればそれでいいと言って……まったく頭のいい悪党ですよ。そうやって断ってみせることで、自分が念入りに作りあげてきた世捨て人としての幻影が、もっともらしく確固たるものになると計算済みだったのです。

そのうえで最後の最後に、ブラッドの書置きと、犯行現場に戻った時にヴァン自身がしてみせた話によって、自分がまた殺されそうだということを警察に納得させる下準備をしました。復讐者がツヴァル兄弟の血を求めて追ってきていて、さらに最初の事件で人違いをしたと気づいている、と警察は思いこんでしまったわけですからね。まったく悪魔のように頭のまわる奴だ」

「私にはちんぷんかんぷんですわ」ヴォーン警視は頭を振った。

「わしなんか父親になってからこのかた、ずっとこんな目にあいどおしですよ」クイーン警視はぶつくさと言った。そして大げさにため息をつくと、実に嬉しそうに窓の外を見やった。

けれどもヤードリー教授は親馬鹿な父性愛をこれっぽっちも持ちあわせておらず、嬉しそうな表情からほど遠い顔をしていた。無意識にだろう、短い顎ひげを指先でごしごししごいている。「そこまではよくわかった」教授は言った。「謎解きにかけては私も結構な手練れと自負している――まあ、専門は主に古代の謎ではあるがね――だから、精緻《せいち》きわまる謎を作りあげた頭脳の実例をもうひとつ見せられたからといって、別に驚きはしない。しかしひとつ驚いたことはだ……きみはアンドレヤ・ツヴァルが、血を分けた兄弟であり、一族の罪、そして個人の罪を分かちあったステファンとトミスラフ・ツヴァルを殺してしまう計画を、何年もかけて練ったと言ったな。なぜだね？　あまりと言えばあまりじゃないか、いったいなぜなんだ？」

「教授が不思議に思う気持ちはわかりますよ」エラリーは考え考え言った。「そこがこの連続殺人の恐ろしい点です。この事件には動機のほかに、その謎を説明してくれることがらが存在する。教授もふたつのことは認めてくれるでしょうか？　ひとつは、この計画すべてを成功させるためには、アンドレヤ・ツヴァルがさまざまな不愉快なことをする必要があったということです——何人もの首を（それも、自分の兄弟の首もですよ）切り落とし、間に合わせの十字架に死体の手足を釘で打ちつけ、尋常じゃない量の血をぶちまけなければならなかった……。第二に、アンドレヤ・ツヴァルは狂人であったということです。そうに違いありません。仮に、このおぞましい計画を思いついた時は正気だったとしても、実行し始めた時にはもう狂っていたのですよ。そう考えれば、不思議でもなんでもない、何もかもがすっきりするじゃありませんか——ひとりの狂った男が、神聖なる霊液を惜しげもなく流した。そうしてできた血の海の一部は、おのれの兄弟の身体から流されたものだった。そういうことです」エラリーはじっとヤードリー教授を見つめた。「本質的な違いがありますか？　教授はクロサックが狂人だとすんなり認めていたでしょう——じゃあ、なぜヴァンが狂人であっちゃいけないんです？　違いはただ、他人の身体をばらばらにするのか、実の兄弟の身体をばらすのかってことだけですよ。教授はもちろん、犯罪に関する知識についてはご専門ではないでしょうが、夫が妻の死体をごみのように焼いたり、姉が妹を血まみれの肉片に細かく切り刻んだり、息子が母親の脳みそを叩きつぶしたりといった、近親間のおぞましい所業、ありとあらゆる形の家族間の犯罪があることくらいはご存じでしょう。ごく普通の人間にはなかなか理解できないでしょうが、ぼくの父やヴォーン警視に訊いてみてください――それはもう残虐な非道きわまりない犯罪の実話をいくらでも聞かせてもらえますよ。教授の顎ひげが恐ろしさのあまり一本残らず逆立つような話をね」

「ああ、そうだな」ヤードリー教授は言った。「そういう犯罪は抑圧されたサディズムがもとだという観点から理解できるとも。しかし動機はなんだね、きみ、動機は！　第四の犯罪まではヴェリヤ・クロサックが犯人であると、きみも信じていたのなら、どうしてヴァンの動機を知ることができたのかね」

「お答えしますと」エラリーはにこりとした。「ぼくはヴァンの動機を知りませんでしたし、いまこの瞬間も知りません。知らなくて何か問題がありますか？　狂人の動機なんて――あやふやで雲をつかむようなものだし、変質者の動機と同じくらい、これだとはっきり具体的に言うのは難しいものですよ。ぼくの言っている狂人というのはもちろん、凶暴だとか大騒ぎするとか、そんないかにも挙動不審な連中のことだけを言っているわけじゃないですよ。ヴァンは、教授もごらんになったとおり、見かけは完全に正気の人間でした。あの男の狂気は脳のほんのひと条《すじ》の深い皺、たったひとつのひずみに潜んでいただけで――それ以外についてはまったく正気そのものです。ぼくや教授と同じくらい正気に見える殺人鬼が実は凶悪きわまりない偏執狂だった、という実例なら、ぼくの父やヴォーン警視がいくらでも挙げてくれるでしょう」

「動機ならわしが教えられるよ」クイーン警視がため息まじりに口を開いた。「昨夜、長官とヴォーンさんがヴァンをたっぷりしめあげた時に、おまえも教授も居合わせなくて残念だったな。わしがこれまで立ち会った取り調べの中でも、最高におもしろい体験だったぞ。あの男、興奮のあまり、ひきつけを起こしかけたが、どうにかこうにか鎮《しず》まって、ついに全部白状した――兄ふたりの首に呪いの言葉を吐きながらな」

「そうそう、首と言えば」アイシャム地方検事が口をはさんだ。「そのふたりの首はおもりをつけて湾に沈めたと言っていましたよ。残りの首は山中に埋めたそうです」

「動機だが、兄のトミー――ええと、トミス――トムに対しては」老人は続けた。「よくあるやつだった――女さ。故郷でヴァンはある娘と恋仲だったが、兄のトムに横取りされたらしい――ありふれた話だな。それがトムのひとり目の妻で、ヴァンの話によれば、トムに虐待されたせいで死んだそうだ。本当かどうか、わしらには知るすべもないが、まあ、それがヴァンの言い分だよ」

「メガラに対する動機は?」エラリーが訊いた。「気難しいところはありましたけど、メガラはわりとまともな男だったとぼくは思ったんですが」

「そこがちょっと、曖昧《あいまい》な話なんですがね」ヴォーン警視は葉巻の先を見つめて顔をしかめながら答えた。「ヴァンは三兄弟の末っ子ということで、先代のツヴァル家の財産を相続する権利がまったくなかったようです。どうも、メガラとブラッドは、ヴァンを相続でのけものにしたらしいんですわ。メガラが長兄で、家の全財産を管理しとったそうで。しかも、上のふたりはクロサック家から盗み取った金をびた一文、ヴァンに渡さなかったらしい――ヴァンはまだ若すぎるとかなんとか言って。そりゃ、ヴァンだって兄貴たちに思い知らせてやる気になるでしょうなあ！」ヴォーン警視はふふん、と笑った。「もちろん、ヴァンは盗みの片棒をかついでいたわけだから、密告することはできなかった。しかしこれでなぜ、三兄弟がこの国に逃げてきた時に、ヴァンだけがほかのふたりとは別行動をとって、ひとり離れて生きてきたのか説明がつくってものです。ブラッドは多少、良心の呵責を覚えとったんでしょうな、ヴァンに五千ドルを遺してやったんですから。それがお互いのためだってことで！」

一同は長いこと黙りこんでいた。特急〈二十世紀号〉は轟音《ごうおん》をたててニューヨーク州を突っ切っていく。

しかしヤードリー教授はブルドッグのごとく、一度食らいついたらあきらめないたちだった。少しでも納得のいかないことをそのままにしておくことはどうしても我慢がならないのだ。教授はパイプをしつこくしゃぶりながら、何度も何度も、何かを心の中でしきりにためつすがめつしているようだった。「なら、全知全能の神にお訊ねしよう。きみは偶然を信じるかね？」

エラリーは手足を大きく投げ出して、背もたれにだらしなく背中をあずけると、煙の輪をぽっぽっと天井めがけて吹きあげた。「教授がお悩みだぞ……いいえ、信じませんよ——こと殺人事件においては」

「なら、この不可解な事実をきみはどう説明する？」ヤードリー教授はリズムをとってパイプを振りながら言った。「あの、ヴァンの相棒だったストライカーは——これも狂人だったとは、また偶然だな！——アロヨ事件でも、そこからあんなに遠く離れた次の事件の地にも現れていたという、この事実はいったいどういうことだね？ ヴァンが犯人なら、自分が太陽神のラー・ホルアクティだと思いこんでいるあの哀れな老人は無実ということになる……ならば、あの老人が第二の殺人が起きた地に現れたのは、驚くべき偶然ではないかね？」

「いやあ、教授、まったくあなたはふたりといないすばらしい相棒ですよ。そのことを持ち出してくれるとは、実にありがたい」エラリーはきびきびと活気づいた口調になると、背筋をしゃんと伸ばして坐りなおした。「もちろん偶然なんかじゃありませんよ、ほら、ぼくたちが教授のご友人の〝男子部屋《シラームリク》〟で――実に気持ちいい言葉ですね、これは！――初めて話しあった時に、推理をご説明したでしょう。これまでに判明した事実を論理的に組みあげていったら、教授も正しい結論にたどりつけませんか？ クロサックは神話に出てくる超人ではない、ただの人間です。そのクロサックが、ツヴァル兄弟のひとりがウェストヴァージニア州のアロヨ村にいるのを知ることができた。ということは、ヴァンがクロサックに〝匿名〟の手紙でそれを教え、さらに、残るツヴァル兄弟ふたりの居場所――すなわち、ブラッドがロングアイランドに住んでおり、メガラがブラッドと暮らしている事実も教えたと考えるのは、無茶な想像とは言えないと思いませんか。ヴァンの計画にすきがあるはずはない。ヴァンはクロサックがストライカー老人と一緒にイリノイ州や、さらに西部の方まで旅してまわっていることも、東に移動してくる時にはウェストヴァージニア州を通過するに違いないのだから、最初に小学校長を襲うことも、ちゃんと知っていたのですよ。

　さて。ここで前提としておかなければならないのは、クロサック本人が決して馬鹿ではなかったということです。クロサックはまず、アンドルー・ヴァンという偽名を名乗るひとり目のツヴァル一族の者を殺し、そのあと、ブラッドとメガラを名乗る残りのふたりを殺すつもりでした。しかし、哀れな〝疑うことを知らない〟小学校長のヴァンが殺されたなら、たいへんな騒ぎになるだろうから、犯行後にはひとまずほとぼりが冷めるまで身を隠す必要があることも承知していたはずです。ここからひとつの結論にたどりつきます。なら、第二、第三の獲物の住まいの近くに身を隠したらいいじゃないか？　というわけで、クロサックはニューヨークの地方紙を読み、ケチャム老人が出したオイスター島を貸し出すという広告を発見すると、哀れなストライカー老人をうまく言いくるめて教祖に仕立てあげ、太陽を拝む新興宗教を開かせてから、ケチャム老人に手紙を送り、早くから前もって島を借りておいたのです……このあとどうなったかはご存じでしょう？　クロサック自身が、逆に殺されてしまいます。何も知らない哀れなストライカーはわけがわからないままに、やはり何も知らないロメインと仲間になると、オイスター島の賃貸契約書をロメインに見せ、ふたり連れだってかの地に向かったのです。これが、オイスター島に太陽教信者の裸体主義者たちがわんさか現れた理由ですよ」

「いや、まったく」警視が感嘆の声をあげた。「仮にヴァンがストライカーに濡れぎぬを着せようとどんなうまい計画を立てたとしても、これほどうまくことは運ばなかっただろうな！」

「それで思い出したが」教授は考え考え言った。「あのエジプト学の要素についてだがね、クイーン君。ヴァンの頭の中には、ストライカー老人のエジプト学と連続殺人を結びつけようという気があったとか言いだすつもりじゃなかろうな？」

「もう勘弁してください」エラリーは苦笑した。「そんなことは言いませんよ。思い出すだけで冷や汗が出る、あの〝エジプト十字架〟に関する長広舌をぶって、ぼくはずいぶんな赤っ恥をさらしてしまいました、そうでしょう、教授」不意にエラリーがまっすぐに坐りなおし、ふとももをぴしゃりと叩いた。「お父さん、すごいことに気がつきました！」

「おい」警視も鋭い声で嚙みつくように言った。「さっきまでの上機嫌はどこかに吹き飛んでいる。「わしも気がついた。おまえ、飛行機をチャーターして、あれやこれや好き放題に乗りまくって、アメリカを横断するめちゃくちゃな追い駆けっこで、我が家の銀行口座の貯金を半分も使っちまったんじゃないのか。この勘定はわしが持たにゃならんのか？」

エラリーはくすくす笑った。「この問題も論理的に解決しましょうか。ぼくは三つの選択肢があると思っています。ひとつは、ぼくの使った分を必要経費としてナッソー郡に請求することです」そしてアイシャム地方検事を見やると、検事殿はぎょっとして、口をぱくぱくさせて何か言おうとしていたが声が出ないまま、おどおどした様子でいかつい顔に愛想笑いのようなものを浮かべ、とうとう座席に沈みこんでしまった。「いやいや、ぼくの見たところ――どう考えても――これは実現不可能らしいですね。ふたつ目の選択肢は、ぼくがこの料金をすべて引き受けることです」エラリーは頭を振り、口を結んだ。「いいや、これはこれで自己犠牲が過ぎるというものだ……さっきぼくはすごいことに気づいたと言いましたよね」

「しかし」ヴォーン警視が唸った。「ごまかしの請求書をでっちあげることはできん、たと言って、あんたが自腹で払うつもりもないんなら、いったいどうやって――」

「まあまあ、警視」エラリーはのんびりと言った。「ぼくはこの事件をもとに本を書きますよ。題名は、ぼくが発作的に学のあるところをひけらかしたがることを記念して、『エジプト十字架の謎』とします。かかった費用は、読者の皆さんに払ってもらうことにしましょうよ！」

終わりよければ、すべてよし

『ゲスタ・ロマノルム』ラテン語訓話的物語集より

一九三二年の奇跡

山口雅也

一九三二年には、三百二十馬力のスーパーチャージ・モデルJが登場する。（中略）ユタ州のボンネビル・ソルトフラッツにおいて平均時速二百四十五キロメートルを達成した。
（英語版『ウィキペディア』の「デューセンバーグ」の記事より）

――と、のっけから、ミステリの解説と関係なさそうなアメリカの自動車に関する文章の引用から書き始めたのには、もちろん理由がある。

理由の一つは、右の引用の冒頭にある一九三二年という年が意味するもの。この年には、一九二九年に始まった大恐慌がピークに達していて、アメリカの世相には、まだまだ暗いものがあったろうし、いっぽう、国外でも、ナチスがドイツ国会選挙で第一党となり、満州国が建国を宣言するなど、来るべき第二次世界大戦の予兆となるような不穏な影が世界を覆い始めていた。

ところが、そんな年に、アメリカのミステリ作家エラリー・クイーン（フレデリック・ダネイとマンフレッド・リーの従兄弟《いとこ》同士の共同ペンネーム）は、そのキャリアの頂点を迎えることになる。

一九三二年にクイーンは、四冊の長編を発表している。一九二九年に処女作『ローマ帽子の謎』で始めた所謂《いわゆる》《国名シリーズ》（探偵役は作者と同名のエラリー・クイーン）の第四作『ギリシャ棺の謎』と第五作の『エジプト十字架の謎』（本書）、そして、バーナビー・ロス名義で発表した、シェイクスピア俳優のドルリー・レーンを探偵役に配した四部作の内の最初の二作、『Xの悲劇』と『Yの悲劇』――の計四作品である。それら四作品の内容がまた凄かった。例えば、『ギリシャ』と『エジプト』は《国名シリーズ》、あるいはクイーンの代表作として常に名前があがってくる秀作だし、『X』『Y』の両悲劇に至っては、独りクイーンの代表作と言うにとどまらず、ミステリ全史のオールタイム・ベストで、常に一、二位の座が指定席になっているほどの名作なのである。ミステリの長い歴史において、一年の間に、これほどの質と量の作品を発表した作家を他には知らない。この奇跡の一九三二年をクイーン――いやミステリ全史の《当たり年》と言わずして何と言ったらいいのだろう。

――で、この奇跡の一九三二年に、アメリカ車デューセンバーグも、冒頭の引用にあるような頂点を極めることになる。デューセンバーグは、当時のアメリカで「最も大きく、高速で、高価で、品質のよい」自動車であり、所謂《狂乱の二〇年代》を象徴する文物《ぶんぶつ》の一つとして知られていた。世界中の自動車スピード・レースで数々の輝かしい戦歴を残し、クラーク・ゲーブルなど有名人たちの愛車となり、当時の標準的な大衆車の実に四十倍もの値段で売買されていた当時の最高級車デューセンバーグ。

――そのデューセンバーグが名声の頂点を極めた一九三二年に、作家エラリー・クイーンもその創作活動の頂点を極め、軌を一《いつ》にするかのように、同年発表の本書『エジプト十字架の謎』の中に、探偵エラリーの愛車として、この車を初登場させているのだ。

このミステリ史に残る最高の名探偵と当時の最高級車の組み合わせというのが、本書『エジプト十字架の謎』の特徴を、象徴的に、そして如実に、物語っているように思えてならない。

その特徴とは、ずばり、当時のミステリ小説が盛り込みうる最高の《エンターテインメント》性――ということ。

それが、端的に表れているのが、物語終盤のスリリングな犯人の追跡シーンだ。ここで探偵エラリーは「最速」の愛車デューセンバーグと近代高速交通機関を駆使して、四州にまたがり八百八十キロにわたる真相究明のための大追跡を敢行する。当時の読者が、この場面に、全盛を極めていたハリウッド映画顔負けの《エンターテインメント》性を感じたであろうことは、想像に難くない。

『エジプト十字架の謎』の《エンターテインメント》性重視の姿勢は、この終盤部だけにとどまるものではない。冒頭から、T字形の道標に磔《はりつけ》にされた奇妙な首なし死体が発見されるというインパクトの強い事件が起こり、以後、T十字架に絡《から》む不気味な首なし死体は四連続で現われて、探偵と読者は大いに幻惑・翻弄されることになる。クイーンという作家は、同時代のディクスン・カーのように怪談じみた謎やオカルト趣味などのケレン味でリーダビリティーを確保するという手は使わなかったし、小説の冒頭から展開部にかけては、事情聴取や現場の精査などに終始する、どちらかと言うとスタティックな（私は楽しめるのだが、人によっては退屈に感じる）印象が強かったが、本作では、異例とも言えるほどの派手な掴《つか》みと展開で、まさに「巻をおく能《あた》わざる」一編となっている。

こうした豊かな「動」の《エンターテインメント》性が、名品揃いの奇跡の一九三二年発表作の中でも、『エジプト十字架の謎』をひと際輝かせ、忘れがたいものにさせているのだと思うが、一方の「静」の《エンターテインメント》性――本格謎解きミステリとしての読みどころである《推理》の部分については、どうだろうか。

クイーンの作品では、犯人側が仕掛ける奇抜なトリックよりも、現場に残された些細な手掛かりから、探偵役が演繹《えんえき》的かつ精緻な推理を重ねる過程――つまり論理的推理の面白さが重視される。本書中でも、探偵エラリーが警察学校の標語を引用して、「眼は求めるものしか見ず、すでに心にあるものしか求めようとせぬものなり」――と語っているが、実際、現場の捜査陣（読者）が見逃してしまいがちな些細なものを、エラリーは絶対に見逃さず、その些細なものどもを重要な手掛かりに変貌させ、そこから独創的な推理を展開して、まったく意想外な真相へと到達する。

（以降、本書の中でエラリーが得る手掛かりについて触れています。未読の方はご注意下さい。また他の作品の手掛かりは未読の方の興を殺《そ》がないよう、伏せ字にしています）

だから、エラリー・クイーン作品の最大の魅力は、記憶に残る《名推理》の面白さ――と言ってもいいのかもしれない。

それらの《名推理》の例を思い出してみても、『オランダ靴の謎』の〇〇の推理、『ギリシャ棺の謎』の××の推理、『シャム双子の謎』の△△の推理……などなど、枚挙にいとまがない。本書もその例に漏れることはなく、前半のパイプとチェッカー駒の推理もいいが、何と言っても終盤で語られる、ヨードチンキ瓶に関するシンプルで鮮やかな推理から連続殺人事件の意外な全体像が浮かび上がる過程は圧巻。マニアの間で「ヨードチンキの推理」と言えば、それだけで通じるほどの、あまりにも有名なクイーン流《名推理》の好例として知られている。

豊かな《エンターテインメント》性とクイーン本来の《名推理》の妙味が共存した本作は、最初に読むのならこれ――というエラリー・クイーン入門の書として、万人にお薦めできる絶好の一冊だと思う。

※本稿は井上勇訳『エジプト十字架の謎』新版（二〇〇九年一月刊）の解説に加筆したものです。

訳者紹介　1968年生まれ。1990年東京外国語大学卒。英米文学翻訳家。訳書に，ソーヤー『老人たちの生活と推理』，マゴーン『騙し絵の檻』，ウォータ ーズ『半身』『荊の城』，ヴィエッツ『死ぬまでお買物』，クイーン『ローマ帽子の謎』など。

検印
廃止

エジプト十字架の謎

2016年7月22日　初版
2024年6月7日　4版

著　者　エラリー・クイーン

訳　者　中《なか》　村《むら》　有《ゆ》　希《き》

発行所　（株）東京創元社
代表者　渋谷健太郎

162-0814/東京都新宿区新小川町1-5
電　話　03・3268・8231-営業部
03・3268・8204-編集部
URL　http://www.tsogen.co.jp
振　替　00160—9—1565
暁印刷・本間製本

乱丁・落丁本は，ご面倒ですが小社までご送付ください。送料小社負担にてお取替えいたします。

ISBN978-4-488-10440-5　C0197

シリーズを代表する傑作

THE BISHOP MURDER CASE◆S. S. Van Dine

僧正殺人事件

新訳

S・S・ヴァン・ダイン

日暮雅通 訳　創元推理文庫

◆

だあれが殺したコック・ロビン？
「それは私」とスズメが言った――。
四月のニューヨークで、
この有名な童謡の一節を模した、
奇怪極まりない殺人事件が勃発した。
類例なきマザー・グース見立て殺人を
示唆する手紙を送りつけてくる、
非情な〝僧正〟の正体とは？
史上類を見ない陰惨で冷酷な連続殺人に、
心理学的手法で挑むファイロ・ヴァンス。
江戸川乱歩が黄金時代ミステリベスト10に選び、
後世に多大な影響を与えた、
シリーズを代表する至高の一品が新訳で登場。

H・M卿、敗色濃厚の裁判に挑む

THE JUDAS WINDOW◆Carter Dickson

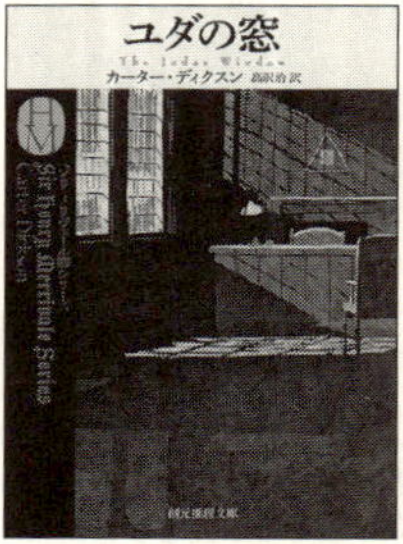

ユダの窓

カーター・ディクスン
高沢 治 訳　創元推理文庫

◆

ジェームズ・アンズウェルは結婚の許しを乞うため
恋人メアリの父親を訪ね、書斎に通された。
話の途中で気を失ったアンズウェルが目を覚ましたとき、
密室内にいたのは胸に矢を突き立てられて事切れた
未来の義父と自分だけだった——。
殺人の被疑者となったアンズウェルは
中央刑事裁判所で裁かれることとなり、
ヘンリ・メリヴェール卿が弁護に当たる。
被告人の立場は圧倒的に不利、十数年ぶりの
法廷に立つH・M卿に勝算はあるのか。
不可能状況と巧みなストーリー展開、
法廷ものとして謎解きとして
間然するところのない本格ミステリの絶品。

車椅子のH･M卿、憎まれ口を叩きつつ推理する

SHE DIED A LADY◆Carter Dickson

貴婦人として死す

カーター･ディクスン
高沢 治 訳　創元推理文庫

◆

戦時下英国の片隅で一大醜聞が村人の耳目を集めた。
海へ真っ逆さまの断崖まで続く足跡を残して
俳優の卵と人妻が姿を消し、
二日後に遺体となって打ち上げられたのだ。
医師ルーク・クロックスリーは心中説を否定、
二人は殺害されたと信じて犯人を捜すべく奮闘し、
得られた情報を手記に綴っていく。
近隣の画家宅に滞在していたヘンリ・メリヴェール卿が
警察に協力を要請され、車椅子で現場に赴く。
ルーク医師はＨ・Ｍと行を共にし、
検死審問前夜とうとう核心に迫るが……。
張りめぐらした伏線を見事回収、
本格趣味に満ちた巧緻な逸品。